Vi Keeland
Hot Client

GOLDMANN
Lesen erleben

Vi Keeland

Hot Client

Roman

Aus dem Amerikanischen
von Babette Schröder

GOLDMANN

Die amerikanische Originalausgabe erschien 2018 unter dem Titel
»The Naked Truth«.

Dieses Buch ist auch als E-Book erhältlich.

MIX
Papier aus verantwortungsvollen Quellen
FSC® C014496
FSC
www.fsc.org

Verlagsgruppe Random House FSC® N001967

1. Auflage
Deutsche Erstveröffentlichung Juli 2020

Umschlaggestaltung: UNO Werbeagentur, München
Umschlagmotiv: FinePic®, München
Redaktion: Antje Steinhäuser
MR · Herstellung: kw
Satz: KompetenzCenter; Mönchengladbach
Druck und Bindung: GGP Media GmbH, Pößneck
Printed in Germany
ISBN: 978-3-442-49052-3
www.goldmann-verlag.de

Besuchen Sie den Goldmann Verlag im Netz

Zu vergeben erfordert Stärke.

Wenn du dich in eine starke Frau verliebst
und es verbockst, wird sie dir vergeben …
aber erst macht sie dich fertig.

1. Kapitel

Layla

»Tut mir leid. Ich hab vergessen, dich anzurufen. Ich kann heute keine Mittagspause machen.« Ich seufzte und deutete auf die Papiere, die auf meinem Schreibtisch lagen. »Pittman hat mich gebeten, eine Präsentation für einen neuen Mandanten vorzubereiten.«

»Der alte Pittman oder Joe?«

»Der alte Pittman. Nun ja, *gebeten* ist nicht ganz das richtige Wort. Er ist ohne anzuklopfen in mein Büro geplatzt. Ich war gerade in einer Telefonkonferenz. Er hat mich gezwungen, den Mandanten mitten im Satz in die Warteschleife zu hängen und dann etwas geblafft von wegen *um drei Uhr im Konferenzraum in der obersten Etage*, dann war er wieder weg. Ich musste seine Sekretärin anrufen, um Genaueres zu erfahren.«

»Das ist doch toll. Endlich stehst du wieder in der Gunst der Namenspartner. Ich wusste, dass du das hinkriegst.« Oliver kam um den Schreibtisch herum und küsste mich auf dem Weg nach draußen auf den Scheitel. »Ich bring dir die frischen Thunfisch-Tacos mit, die du so gern magst.«

»Du bist der Beste.«

Seit ungefähr einem Monat war ich mit Oliver Blake zusammen, davor waren wir fast fünf Jahre lang nur Freunde gewesen. Er war Juniorpartner in der Abteilung für Urheberrecht in der Kanzlei, in der ich arbeitete, und ich habe nicht übertrieben – er ist wirklich der Beste.

Als ich letztes Wochenende krank war, hatte er mir Hühnersuppe vorbeigebracht. Wenn ich mal niedergeschlagen war, erinnerte er mich an all die guten Dinge in meinem Leben. Schon bevor wir ein Paar geworden waren, war er mein größter Unterstützer gewesen – er ermutigte mich, dem Sturm hier bei Latham & Pittman zu trotzen, nachdem man mir vor zwei Jahren fast die Anwaltslizenz entzogen und mich gefeuert hätte. Klug, gut aussehend und beruflich erfolgreich – er war der ideale Mann, den eine Frau gern ihren Eltern vorstellen würde. Und das ganze Gegenteil von den Idioten, zu denen ich mich normalerweise hingezogen fühlte.

Letzte Woche hatte er erwähnt, dass sein Mietvertrag in einigen Monaten ausliefe, und angedeutet, dass er es toll fände, wenn ich ihm bei der Suche nach etwas Größerem helfen würde. Er hoffte, ich würde künftig öfter bei ihm sein. Klug, gut aussehend, beruflich erfolgreich *und* … frei von Bindungsängsten.

Ich nahm mir vor, seine Schränke heimlich auf versteckte Leichen zu durchsuchen, wenn ich das nächste Mal bei ihm wäre, und wandte mich dann wieder meiner Präsentation zu.

Ich hatte schon mehrmals Präsentationen der Seniorpartner beigewohnt, doch es war das erste Mal, dass ich selbst eine hielt. Und es widerstrebte mir zutiefst, dass ich nur zwei Stunden Zeit hatte, um die Folien durchzugehen und mir Notizen zu machen. Ganz zu schweigen davon, dass ich von dem Investmentunternehmen, dem ich uns vorstellte, nur wusste, dass es sich um ein Start-up mit einem Riesenbudget handelte. Wahrscheinlich irgendein erfolgreicher, arroganter Investmentbanker, der bei seiner Firma gekündigt und milliardenschwere Investoren mitgenommen hatte – genau die Art von Mandant, die die Seniorpartner liebten.

Konservative Investmentfirmen waren gute Mandanten – unablässig konnten Rechnungen für das Prüfen von Verträgen, Subskriptionen und unzähligen Vereinbarungen mit der Börsenaufsicht gestellt werden. Junge, arrogante, moderne Investmentfirmen aber, die von Yuppies geführt wurden, produzierten Rechnungen, als würden sie mit Spielgeld bezahlen. Sie wurden wegen sexueller Belästigung von Angestellten, Diskriminierung, Vertragsbruch und Verstößen gegen das Wertpapierhandelsgesetz verklagt. Teufel, selbst unsere Steuerrechtsabteilung war involviert, weil diese jungen Typen sich für schlauer hielten als die Steuerbehörde.

Zwei Stunden später, als es Zeit für meine Präsentation war, fuhr ich mit dem Fahrstuhl in die oberste Etage und trat durch die dicken Glastüren in den Vorstandsbereich. Meine Kanzlei war keineswegs geizig – mein Büro war komfortabel, die Einrichtung hochwertig. Doch die Chefetage roch geradezu nach Geld, nach altem Geld – Empfangstresen aus Mahagoni, Kristallleuchter, Perserteppiche und perfekt ausgeleuchtete Kunst.

Es war mir nur zu bewusst, dass ich das letzte Mal vor fast zwei Jahren hierher eingeladen worden war. Damals hatte man mich aufgefordert, mein Handeln, das eine Klage durch die Anwaltskammer von New York zur Folge hatte, zu erklären. Wenn man in die oberste Etage beordert wurde, hatte es immer etwas zu bedeuten – ob gut oder schlecht –, weshalb ich noch neugieriger war, warum man mir die heutige Präsentation überließ.

Auf dem Weg zum Konferenzraum traf ich Sarah Dursh, eine Seniorpartnerin. »Bereit?«

»So bereit wie möglich, nachdem ich nicht viel über den Mandanten weiß.«

Sarah legte die Stirn in Falten. »Wie meinen Sie das, Sie wissen nicht viel über ihn?«

»Ich kenne nur die Basics. Die Firmenbroschüre war noch nicht verfügbar, darum weiß ich nichts über die Hauptakteure. Ich fühle mich nicht wirklich gut vorbereitet.«

»Aber Sie haben doch schon mit dem CEO zusammengearbeitet.« Sie schüttelte den Kopf. »Aus diesem Grund hat er darum gebeten, dass Sie die Präsentation machen.«

»Man hat nach mir verlangt? Das war mir nicht klar. Wer hat darum gebeten?«

Als wir die Glastür zum Konferenzraum erreichten, sah ich Archibald Pittman auf der anderen Seite stehen. Er unterhielt sich lachend mit einem Mann, der uns den Rücken zuwandte, sodass ich sein Gesicht nicht gleich erkennen konnte.

Und ich schaltete auch nicht gleich, als Sarah sagte: »Da ist er ja. Das ist Mr. Westbrook. Er hat darum gebeten, dass Sie die Präsentation leiten.«

Da ich mit einem Arm voller Akten, meinem Laptop und einem Pappbecher mit Kaffee beladen war, öffnete Sarah die Tür, und ich trat als Erste hindurch. Ich hatte genau zwei Schritte getan, als sich der Mann, mit dem Pittman sich unterhalten hatte, umdrehte. Dann brach alles zusammen.

Buchstäblich. Ich erstarrte.

Sarah, die direkt hinter mir war, rannte gegen mich,

woraufhin mir die Akten aus den Händen glitten. Ich beugte mich vor, um sie aufzufangen. Mein Kaffeebecher geriet dabei ins Wanken, und ich verstärkte den Griff um ihn, sodass der Deckel aufsprang. Bei dem Versuch, ihn wieder zuzudrücken, verschüttete ich fast den gesamten Kaffee auf dem Teppich. Ich konnte gerade noch verhindern, dass mein Laptop ebenfalls auf den Boden knallte.

Ehe ich meine Sachen aufsammeln oder mich wieder aufrichten konnte, packte eine kräftige Hand meinen Ellbogen. Der Mann war direkt vor mir in die Hocke gegangen, und ich konnte nichts anderes tun, als ihn anzustarren.

Ich traute meinen Augen nicht.

Und ich wusste auch nicht, wie ich meine sonst so große Klappe dazu bringen konnte, auch nur ein einziges Wort hervorzubringen. Er war direkt vor mir. Die Kraft unserer Verbindung raubte mir den Atem. Mein Puls raste, mein Herz hämmerte, und ich unternahm noch nicht einmal den Versuch, die Akten aufzuheben oder mich um den verschütteten Kaffee zu kümmern.

Er hielt weiterhin meinen Ellbogen fest und streckte mir die andere Hand hin.

»Schön, dich zu sehen, Sommersprosse.«

Keine Ahnung, wie ich es schaffte, mit der Präsentation zu beginnen. Ursprünglich hatte ich gedacht, ich wäre wegen Mr. Pittman und der anderen Namenspartner im Raum nervös. Doch da ahnte ich noch nicht, dass Gray Westbrook mich vom anderen Ende des Tisches aus taxieren würde. Sein Blick war durchdringend, und sein Grinsen ärgerte mich und schüchterte mich zugleich ein.

Weitaus schlimmer war, dass er noch umwerfender aussah, als ich ihn in Erinnerung hatte. Seine Haut war leicht gebräunt, wodurch seine grünen Augen umso intensiver leuchteten. Und er war kräftiger geworden, in seinem maßgeschneiderten Anzug steckte ein Körper, der genauso gemeißelt wirkte wie sein Kinn. Vor der Stirnseite des Tisches sitzend strahlte er eine Macht aus, die all meine Sinne ansprach. Ich hatte ganz vergessen, dass ein Mann eine derartige Wirkung auf meinen Körper haben konnte.

Ich bemühte mich, ihn zu ignorieren und mich an meine Folien zu halten. Doch das machte er mir so gut wie unmöglich. Kaum hatte ich angefangen, zwang er mich durch Fragen, mit ihm zu interagieren. Meine Präsentation umfasste ungefähr dreißig Folien, und er hatte mich schon bei mindestens zehn unterbrochen. Zunächst machte mich das nervös, obwohl seine Fragen im Grunde leicht zu beantworten waren. Doch nachdem ich mich wieder einigermaßen gefasst hatte, fing seine ständige Fragerei allmählich an, mich zu nerven.

»Unsere Wertpapierabteilung arbeitet eng mit der Börsenaufsicht, der FINRA, dem Justizministerium und der Wertpapieraufsicht des Staates New York zusammen, um …«

Er unterbrach mich. *Schon wieder.* »Wer wird mein Team leiten?«

»Wie ich Sie gerade wissen lassen wollte, wird die Abteilung für Finanzrecht von einem Seniorpartner geleitet, der im Justizministerium gearbeitet und Prozesse wegen Aktienbetrugs in elf …«

Während ich sprach, schaute Gray auf seine Armbanduhr. Dann unterbrach er mich ungefähr zum zwanzigsten Mal in noch nicht einmal einer halben Stunde. »Es tut mir leid. Ich habe ein Meeting auf der anderen Seite der Stadt. Ich muss mich umgehend auf den Weg machen.«

Wären meine Blicke Dolche, würde der Mann jetzt aussehen wie ein Schweizer Käse. *Was zum Teufel treibt er hier? Will er sich dafür rächen, wie die Sache mit uns auseinandergegangen ist?*

Ich verschränkte die Arme über der Brust. »Wussten Sie nicht, dass die Präsentation mindestens eine Stunde dauern würde?«

Ich ließ Gray nicht aus den Augen, spürte jedoch, wie sich alle Köpfe in meine Richtung drehten. Vermutlich bekamen die Seniorpartner gerade einen Herzinfarkt.

Das war mir egal.

Gray verzog die Lippen. Er amüsierte sich. *Dieser Mistkerl.*

»Ursprünglich hatten wir eine Stunde vorgesehen, doch es ist etwas Wichtiges dazwischengekommen, um das ich mich sofort kümmern muss.«

»Tatsächlich? Wann?«

»*Layla*«, sagte Mr. Pittman warnend und verkniff sich gerade noch ein *Das reicht, raus mit Ihnen.* Doch er musste es gar nicht aussprechen, sein Ton sagte genug.

Dann wandte er seine Aufmerksamkeit Gray zu. »Es tut mir leid, Mr. Westbrook. Natürlich verstehen wir, dass Sie beschäftigt sind. Vielleicht können wir einen neuen Termin vereinbaren. Ich würde mich freuen, wenn ich die Präsentation zu Ende führen und all Ihre Fragen beantworten dürfte.«

Gray stand auf und knöpfte sich das Sakko zu. »Das wird nicht nötig sein.«

Mr. Pittman hob an, etwas zu sagen, doch Gray sprach über den Tisch hinweg zu mir: »Vielleicht kann Layla die Präsentation heute bei einem Abendessen zu Ende bringen.«

Ich blinzelte. »Ich habe bereits einen Mandantentermin.«

Pittman fielen fast die Augen aus dem Kopf. »Das übernehme ich für Sie, Layla. Bringen Sie die Präsentation beim Abendessen mit Mr. Westbrook zu Ende.«

Der große Boss fragte nicht, er ordnete an. Ich hatte mein Glück schon mehr als genug strapaziert, darum hielt ich den Mund und starrte Gray nur wütend an.

Die Partner schüttelten unserem Mandanten in spe die Hand und betrieben Small Talk. Ich hatte nicht vor, ans andere Ende des Tisches zu gehen. Stattdessen packte ich meinen Laptop und die Akten zusammen und hoffte, Mr. Westbrook würde einfach verschwinden.

Doch Fehlanzeige.

Gray kam zu mir und streckte mir die Hand hin. »Miss Hutton.«

Da ich sah, dass meine Chefs uns über Grays Schulter hinweg beobachteten, legte ich meine Hand in seine, was er dazu nutzte, mich näher zu sich zu ziehen. Ich spürte seinen heißen Atem auf meinem Hals, als er mir ins Ohr flüsterte.

»Du kannst noch so wütend tun. Dein Körper sagt etwas anderes. Du freust dich genauso, mich zu sehen, wie ich mich, dich zu sehen.«

Empört riss ich den Kopf zurück. »Sie sind ja verrückt.«

Sein Blick fiel auf meine Brust, wo sich meine Nippel deutlich unter meiner dünnen Bluse abzeichneten. *Verräter.*

Gray grinste. »Um 19 Uhr im Logan's. Ich reserviere und schicke dir einen Wagen.«

»Wir treffen uns dort.«

Lachend schüttelte er den Kopf.

»Dieser scharfe Ton hat mir gefehlt, Sommersprosse.«

Gut, denn den wirst du noch häufig hören.

Natürlich war ich die Einzige, die pünktlich war. Ich sah auf mein Telefon. Zehn nach sieben. Ich beschloss, das akademische Viertel zu warten und Gray noch weitere fünf Minuten zu geben, ehe ich den Termin als nicht wahrgenommen betrachten und gehen würde.

»Darf ich Ihnen etwas zu trinken bringen, solange Sie auf die anderen Gäste warten?«, fragte der Kellner.

Normalerweise hätte ich gewartet, um zu sehen, ob der Mandant Alkohol trank, und um mich an ihm zu orientieren. Doch der heutige Abend war nicht normal.

Ich rieb mir den steifen Nacken. »Ich hätte gern einen Wodka Cranberry.«

Ich hoffte, der würde meine Nerven beruhigen und meinen Kiefer etwas lockern, damit ich nicht auch noch heftige Kopfschmerzen bekam. Ich holte mein Telefon heraus und scrollte zum Zeitvertreib durch meine E-Mails, während ich auf den Drink und meine Essensbegleitung wartete.

Als ich Grays Stimme hinter mir vernahm, riss ich ruckartig den Kopf hoch. »Tut mir leid, dass ich zu spät bin.«

Mein Herz schlug unerwartet schneller, und ich kämpfte mit einer gewissen Aufregung. »Ach, tatsächlich? Ich habe eher den Eindruck, dass es dir an Benehmen mangelt, so oft, wie du mich heute unterbrochen hast.«

Er setzte sich auf den Platz mir gegenüber und ignorierte meinen Vorwurf. »Um diese Uhrzeit durch den Verkehr nach Downtown zu kommen, ist eine echte Aufgabe. Das nächste Mal essen wir bei mir.«

»Es wird kein nächstes Mal geben.«

Gray verzog den Mund zu einem spöttischen Grinsen und hielt meinen Blick fest. »Doch, natürlich. Es wird zahlreiche nächste Male geben. Und irgendwann wirst du aufhören, so zu tun, als würdest du meine Gesellschaft nicht genießen.«

Es ärgerte mich, dass mein Körper auf ihn reagierte. Von Anfang an hatte zwischen uns eine verrückte Energie geherrscht, die sich nur schwer ignorieren ließ.

Ich seufzte. »Was soll das, Gray? Warum bist du in meine Kanzlei gekommen?«

Er nahm die Stoffserviette, die vor ihm lag, und breitete sie auf seinem Schoß aus. »Ist das nicht offensichtlich? Ich brauche einen neuen Rechtsbeistand.«

»In meiner Kanzlei? Und es ist dir lieber, wenn ein Angestellter die Präsentation durchführt als der Leiter der Abteilung für Finanzrecht? Oder sogar Pittman, der dir gern zur Seite stehen und dir seine gesamte Erfahrung aus fünfzig Jahren als Anwalt zur Verfügung stellen wollte?«

»Das Entscheidende ist für mich die Loyalität. Ich möchte demjenigen mein Geschäft anvertrauen können.«

»Und das soll ausgerechnet *ich* sein? Eine Angestellte mit fünf Jahren Erfahrung, die gerade eine Strafe der Anwaltskammer wegen Verstoßes gegen das Anwaltsgeheimnis aufgebrummt bekommen hat?«

Der Kellner brachte meinen Drink. »Bitte, Ma'am.« Er wandte sich an Gray. »Darf ich Ihnen etwas zu trinken bringen? Oder möchten Sie warten, bis ein weiterer Gast eingetroffen ist?«

»Wir erwarten niemanden mehr. Ich nehme einen Macallan, pur, bitte.«

»Kommt sofort.« Der Kellner ging auf die andere Seite des Tisches und machte sich daran, das dritte Gedeck abzuräumen. Ich streckte die Hand aus, um ihn aufzuhalten. »Doch, es kommt noch jemand, Sie können das dalassen.«

»Sehr gern.« Er nickte.

Gray wartete, bis der Kellner außer Hörweite war. »Ich habe niemanden mehr eingeladen.«

Ich nippte an meinem Drink und schenkte ihm ein zuckersüßes falsches Lächeln. »Ich aber. Ich dachte, einem wichtigen Mandanten wie Ihnen sollten zwei Anwälte für seine Fragen zur Verfügung stehen.«

Als ich mein Glas absetzte, sah ich den anderen Mann, auf den ich wartete, das Restaurant betreten. Als er sich suchend umsah, hob ich die Hand und winkte.

»Perfektes Timing. Da ist Oliver ja.«

Gray blickte zu dem Mann, der auf uns zukam, dann wieder zu mir. Anstatt sauer zu sein, amüsierte sich dieser Idiot. »Das ist ja süß. Du hast einen Anstandswauwau mitgebracht, weil du Angst hast, dass du mir nicht widerstehen kannst.«

2. Kapitel

Gray

»Sie sind also Laylas Chef?« Ich nahm einen großen Schluck von dem Drink, den der Kellner mir gerade gebracht hatte.

»Nein, ich bin nicht ihr Chef. Ich arbeite in der Abteilung für Urheberrecht. Aber ich bin Juniorpartner bei Latham & Pittman. Ich gehöre seit fünfzehn Jahren zur Kanzlei und kann Ihnen jede Frage beantworten.«

Ich wollte, dass dieser Störenfried, der zwischen Layla und mir saß, verschwand. »Wollen Sie andeuten, dass Layla nicht in der Lage ist, jede meiner Fragen zu beantworten?«

»Nein, keineswegs.«

»Warum sind Sie dann hier?«

Dieses Würstchen sah Hilfe suchend zu Layla.

»Ich habe Oliver eingeladen«, erklärte sie. »Wie gesagt, ich dachte, es sollten Ihnen zwei Anwälte für Ihre Fragen zur Verfügung stehen. Schließlich wäre Ihr Mandat äußerst wertvoll für die Kanzlei.«

»Da irren Sie sich.« Ich wandte mich wieder an Oliver. »Sie können gehen. Ich habe Vertrauen, dass Layla alle Fragen beantworten kann.«

Layla sprach durch zusammengebissene Zähne, schaffte es jedoch, sachlich zu klingen. »Nun ist Oliver schon einmal da. Und er hat einiges zu bieten. Ich bin mir sicher, dass Sie das am Ende des Abendessens auch so sehen.«

Der Kellner erschien mit den Speisekarten.

»Ganz bestimmt nicht«, murmelte ich vor mich hin.

Nachdem wir bestellt hatten, entschuldigte sich Laylas Anstandswauwau und ging auf die Toilette.

Sobald er außer Hörweite war, sagte ich: »Wir müssen uns unterhalten, Layla. Allein. Sag ihm, dass er verschwinden soll.«

»Wie bitte? Nein!«

Ich stand auf. »Gut. Dann kümmere ich mich selbst darum.«

Ich ignorierte Layla, die hinter mir herrief, und folgte Mr. Juniorpartner in den Waschraum. Das Würstchen stand am Pissoir. Anscheinend sah alles an ihm wie ein mickriges Würstchen aus. Ich stellte mich neben ihn, griff in die Hosentasche und holte zehn Hundertdollarnoten aus meiner dicken Brieftasche. Ich wartete, bis er sich den Hosenschlitz zugezogen hatte, dann hielt ich ihm das Geld hin.

»Gehen Sie mit jemand anderem essen? Auf meine Kosten.«

Das Würstchen sah erst auf das Geld, dann hoch zu mir, schließlich ging er zum Waschbecken. Er wusch sich die Hände, und ich wartete.

Als er fertig war, lehnte er sich mit verschränkten Armen gegen das Waschbecken. »Ich nehme an, wir sprechen hier von Mann zu Mann, nicht von Anwalt bei Latham & Pittman zu möglichem Mandanten, richtig?«

»Klar.« Ich nickte. »Von Mann zu Mann.«

Er lächelte. »Gut. Dann sage ich Ihnen eins: Wenn Sie an Miss Hutton interessiert sind, vergeuden Sie Ihre Zeit.«

»Warum das?«

»Aus drei Gründen. Erstens: Layla würde nie mit einem Mandanten ausgehen. Zweitens: Ich habe Sie sorgfältig überprüft. Sie mögen ein lukrativer Mandant für die Kanzlei sein, aber Sie haben im Gefängnis gesessen. Und drittens: Sie ist meine Freundin.«

Mein Blut geriet in Wallung. Mit dem letzten Teil hatte ich nicht gerechnet. Wenn Oliver allerdings dachte, das würde mich abschrecken, hatte er sich schwer getäuscht. Ich hatte gerade drei Jahre im Gefängnis gesessen. Selbst wenn ich diesen Typen nur im Entferntesten einschüchternd finden sollte – was nicht im Geringsten der Fall war –, würde er mich nicht einmal schwitzen sehen.

Ich lächelte und legte ihm eine Hand auf die Schulter. »Ich will ehrlich zu Ihnen sein – Sie wissen schon, von Mann zu Mann. Keiner dieser *drei Gründe* schreckt mich ab.«

Zumindest hatte er den Hinweis verstanden, so schlau war er immerhin. Oliver – *der Freund* – hielt beim Abendessen überwiegend den Mund, Layla übernahm die Gesprächsführung. Anders als heute Nachmittag ließ ich mir von ihr alles über die Kanzlei erzählen, von der ich bereits wusste, dass ich sie anheuern würde, und unterbrach sie nicht. Die alten Säcke, die sich um meine Belange kümmern würden, interessierten mich im Grunde nicht im Geringsten. Doch es machte mir Spaß, Layla an dem kleinen Tisch gegenüberzusitzen, beim Sprechen ihren Mund zu beobachten sowie die vereinzelten Sommersprossen, die sie zu überdecken versuchte. Meinen Blick auf ihren vollen Lippen verweilen zu lassen, wenn sie es bemerkte und das Würstchen nicht: *Bring Layla dazu, dass sie sich auf ihrem Stuhl windet.*

Ich hatte sie über ein Jahr lang nicht gesehen, und wenn das überhaupt möglich war, war sie noch schöner geworden. Sie trug ihr dunkles Haar länger und in natürlichen Wellen anstatt seidenglatt geföhnt wie vor einem Jahr. Ich hatte mir immer vorgestellt, dass ihre Haare so aussehen würden, nachdem wir stundenlang unsere Körper aneinandergerieben hatten.

Nachdem sie jeglichen Kontakt zu mir abgebrochen hatte, war dieser Traum immer wiedergekehrt. In vielen einsamen Nächten hatte er meine Gedanken beherrscht.

Heute Abend waren ihre vollen Lippen leuchtend rot geschminkt, die Einkerbung in der Mitte der Oberlippe war deutlich zu sehen und bildete ein makelloses kleines V. Am liebsten hätte ich mit meiner Zunge darübergestrichen. Ich musste in ihren langen zarten Hals beißen, an ihm saugen. Doch der Gipfel waren ihre Augen. Sie hatten einen hellen Grünblauton, und aus Erfahrung wusste ich, dass sie dunkel wurden, sobald sie erregt war.

»Hören Sie mir überhaupt zu?« Layla blinzelte zweimal.

Mist. Ich hatte kein Wort von dem gehört, was sie gesagt hatte. »Natürlich.«

Sie beugte sich vor und senkte die Stimme. »Und *was* habe ich gerade gesagt?«

Shit, ihre Augen werden auch dunkel, wenn sie sauer ist. Ich konnte es nicht erwarten, sie zu vögeln, wenn sie wütend war. Wie würden sie wohl dann erst aussehen?

»Sie haben von der Kanzlei gesprochen.«

Sie sah zwischen meinen Augen hin und her und blinzelte. »Egal. Ich habe den ganzen Abend geredet. Sagen Sie, *Mr. Westbrook*, welche Dienstleistungen erwarten Sie von einer Kanzlei? Heute Nachmittag erwähnten Sie den Einspruch wegen Ihrer Zulassung als Börsenhändler und Ihr neues Unternehmen. Aber ich weiß nichts über Ihre Pläne. Heute Nachmittag waren Sie ja zu beschäftigt, um uns eine *ganze Stunde* zu widmen.«

Das Würstchen sah von einem zum anderen. Ihm war anzusehen, dass er keine Ahnung hatte, wie er Laylas Verhalten deuten sollte. Um Missverständnissen vorzubeugen, ich bin mir sicher, dass er ihr abweisendes Verhalten genoss, schließlich hatte ich versucht, ihn loszuwerden. Doch ich hatte das Gefühl, dass er keine Ahnung von der Geschichte zwischen Layla und mir hatte, und beschloss, meine Theorie zu überprüfen.

»Sie kommen mir bekannt vor, Oliver, doch ich kann Sie irgendwie nicht zuordnen. Sind Sie jemals im Bundesgefängnis in Otisville gewesen?«

Es war das erste Mal, dass ich ihn seit unserer Begegnung auf dem Herrenklo direkt ansprach.

»Ich? Nein.« Er sah zu Layla. »Aber hast du da nicht eine Weile in diesem Berufungsprogramm für Häftlinge unterrichtet?«

»Ja.« Sie warf mir einen warnenden Blick zu.

Oliver war offenbar schnell im Rechnen, er zählte zwei und zwei zusammen. »Haben Sie da Ihre Strafe verbüßt?«

Ich führte mein Glas an die Lippen und lächelte. »Ja, genau.«

Er sah seine liebende Freundin an, dann mich, dann wieder sie. »Seid ihr zwei euch schon mal begegnet?«

Und seine liebende Freundin log ihm direkt ins Gesicht. »*Nein.*«

Das machte mich verdammt glücklich. Ich schenkte Oliver mein erstes aufrichtiges Lächeln. Ich hatte gedacht, in

Gegenwart dieses Würstchens würde ich Laylas Interesse, die Dinge mit mir zu klären, womöglich falsch einschätzen. Doch ihre Lüge sagte weit mehr, als hätte sie aus freien Stücken zugegeben, dass wir uns kannten.

Man lügt nicht ohne Grund, es sei denn, jemand ist gestört. Und es gibt nur einen Grund, warum man dem Typen, mit dem man zusammen ist, etwas über einen anderen Mann vorlügt: damit er nicht eifersüchtig wird. Was bedeutete, dass es einen Grund für ihn gab, eifersüchtig zu sein.

Ich hob eine Augenbraue und grinste Layla schief an. Sie warf mir einen finsteren Blick zu, und ihre Augen wurden noch dunkler.

»Erzählen Sie uns doch, welche Art von Rechtsbeistand Sie brauchen, Mr. Westbrook«, sagte sie. »Welche Art von Geschäft gründen Sie?«

»Ein Venture-Capital-Unternehmen. Wir wollen im Bereich Technik und Kommunikation investieren. Darum brauche ich jemanden, der sorgfältig den Rahmen für potenzielle Investitionen prüft, sich um die Kaufverträge kümmert, Kreditvereinbarungen aufsetzt und dafür sorgt, dass wir nicht mit irgendwelchen Betrügern ins Bett steigen.«

»Der letzte Teil ist interessant.« Layla nippte an ihrem Drink. »Und Sie wollen einen Antrag stellen, dass man Ihnen die Lizenz als Börsenhändler zurückgibt?«

»Ja. Aber noch nicht. Fürs Erste will ich mich auf das neue Unternehmen konzentrieren und mich um einige Dinge kümmern, die für den Antrag hilfreich sein könnten.«

»Wissen Sie, die Chancen, dass die FINRA nach der Verurteilung für ein Kapitalverbrechen Ihre Zulassung als

Börsenhändler erneuert, sind ziemlich gering«, sagte Layla. »Man ist automatisch für zehn Jahre gesperrt.«

»Theoretisch bin ich gar nicht verurteilt worden. Ich habe es nicht zu einer Verhandlung kommen lassen, sondern mich auf einen Deal eingelassen. Damals schien es mir das geringere Übel.«

»In den Augen des Gesetzes ist das Einlassen auf einen Deal mit einer Verurteilung gleichzusetzen.«

»Die Konsequenzen von einem solchen Deal leuchten mir ein. Allerdings habe ich gelesen, dass man trotz einer Sperre eine Sondererlaubnis für eine Lizenz erhalten kann.«

»Laut Gesetz ist das zwar möglich, aber einfach ist das nicht. Wir haben einige Anträge gestellt, und sie sind nie durchgegangen.«

»Nun ja, dann scheinen künftig einige *Premieren* auf uns zu warten.« Ich hob mein Glas, um mit ihr anzustoßen.

Nachdem das Abendessen zu Ende war, gingen wir zu dritt hinaus zum Parkservice. Ich ließ mir Zeit und grub in meiner Hosentasche nach dem Ticket, mit dem ich mein Auto zurückbekam. Zu meinem Glück wurde Olivers Wagen als Erster gebracht, dann einer, der weder Layla noch mir gehörte. So konnte Oliver nicht warten.

Er zögerte den Abschied hinaus und hoffte wahrscheinlich, dass Laylas Wagen gebracht wurde, damit er uns zwei nicht allein lassen musste. Doch er kam nicht.

Als ein Paar in das Auto hinter ihm stieg, deutete ich mit dem Kinn darauf. »Sieht aus, als würden Sie den Wagen da behindern.«

Oliver sah zu Layla, dann wieder zu mir.

Ich lächelte und sagte: »Keine Sorge. Ich sorge dafür, dass sie sicher in ihr Auto kommt.«

Ich an seiner Stelle würde meine Frau unter keinen Umständen vor einem Restaurant mit einem Ex-Knacki allein lassen. Insbesondere nicht, wenn dieser schon deutlich gemacht hatte, dass er ein nicht-geschäftliches Interesse an ihr hatte – egal ob er möglicherweise ein potenter Mandant war oder nicht.

Oliver schien hin- und hergerissen zu sein, traf am Ende jedoch die falsche Entscheidung.

»Wir sehen uns morgen im Büro.« Er drückte Laylas Schulter, dann streckte er mir die Hand hin. *Schlaffer Händedruck … Weichei.* »Hat mich gefreut, Sie kennenzulernen. Ich hoffe, Sie kommen zu Latham & Pittman.«

Meine Antwort bestand aus einem festen Händedruck. »Gute Nacht.«

Layla und ich beobachteten schweigend, wie der Störenfried davonfuhr.

»Oliver ist mein Freund«, erklärte sie in warnendem Ton.

»Ich weiß. Er hat es auf dem Herrenklo erwähnt, als ich versucht habe, ihm Geld zu geben, damit er sich verkrümelt. Netter Abschiedskuss übrigens.«

Ihre Augen funkelten. »*Das hast du nicht getan.* Gott, was bist du für ein Idiot!«

Mein Blick fiel auf ihre Lippen. »Dieser sündige Mund hat mir gefehlt.« *Und ich kann es nicht erwarten, ihn zu vögeln*, doch ich war klug genug, das jetzt nicht zu erwähnen. Es wäre nicht der richtige Zeitpunkt.

»Du bist verrückt. Und mich vor einem Mandanten zum Abschied zu küssen, wäre vollkommen unprofessionell gewesen – wobei es mich nicht überrascht, dass *du* das nicht gemerkt hättest.«

»Ich finde, verrückt ist dein Freund, der gerade weggefahren ist und seine Frau mit einem Mann zurückgelassen hat, der ein eindeutiges Interesse an ihr bekundet hat. Und übrigens wäre es mir völlig egal, ob es professionell ist oder nicht, ich würde mein Revier markieren.«

Layla stemmte die Hände in die Hüften. »Er *vertraut* mir. Und was bist du? Ein Hund? *Dein Revier markieren.* Pinkelst du auch gegen Hydranten?«

»Er vertraut dir? Dann hat er deshalb wohl nicht bemerkt, dass du gelogen hast. Du hast ihm weisgemacht, wir wären uns noch nie zuvor begegnet.«

Ich trat einen Schritt näher, direkt vor sie. Anstatt zurückzuweichen, legte sie den Kopf in den Nacken und sah zu mir hoch. Wie wunderbar, dass sie sich weigerte zurückzuweichen.

»Es gibt keinen Grund, weshalb er von uns erfahren muss. Weißt du, warum? Weil es nie ein *Uns* gegeben hat.«

»Rede dir ein, was immer du willst.«

»Gott, du bist so arrogant.«

Ich strich ihr übers Haar. »Du hast eine neue Frisur. Die Wellen gefallen mir. Sieht sexy aus. Aber du deckst wieder diese wundervollen Sommersprossen auf deiner Nase ab.«

Sie schlug meine Hand fort. »Hörst du mir überhaupt zu?«

»Ja. Er vertraut dir. Kein Uns. Ich bin ein arrogantes Arschloch.«

Sie sah mich finster an. Es war hinreißend.

»Ihre Schlüssel, Miss.«

Wir hatten beide nicht bemerkt, dass ihr Wagen vorgefahren worden war oder dass der Mann vom Parkservice neben uns stand und die Schlüssel in der Luft baumeln ließ.

Sie nahm sie ihm ab und schritt zu ihrem Wagen. Der Mann vom Service lief zurück, um ihr die Tür zu öffnen.

Layla stieg ein, hielt in der Bewegung inne und sagte über die Motorhaube hinweg: »Heuere eine andere Kanzlei an, Gray. Was immer du meinst, was zwischen uns passieren wird, *es wird nicht passieren.*«

3. Kapitel

Layla

»Die sind ja wunderschön.«

Becca, die Empfangsdame, die zugleich meine Freundin war und mit der ich oft zu Mittag aß, kam mit einem Riesenstrauß gelber Rosen in mein Büro. Es mussten zwei Dutzend sein. Seufzend stellte sie ihn auf meinem Schreibtisch ab. »Ich wünschte, ich könnte einen Typen wie Oliver finden. Dieser Mann ist verrückt nach dir.«

Ich lächelte, hatte allerdings das dumpfe Gefühl, dass der Strauß nicht von ihm war. Hoffentlich täuschte ich mich.

»Wollen wir heute zusammen mittagessen?«, fragte sie.

»Unbedingt. Gegen eins?«

»Ich ruf dich an. Sonst kommst du erst hier raus, wenn es draußen dunkel ist.«

Sie hatte recht. Ich neigte dazu, mich in ein Projekt zu stürzen und vollkommen die Zeit zu vergessen.

Becca verließ gerade mein Büro, als Oliver hereinkam.

»Warum hast du keinen Bruder, Oliver?«, scherzte Becca.

Er lächelte. Dann landete sein Blick auf dem Riesenstrauß auf meinem Schreibtisch, und sein charmantes Lächeln erstarb.

Mist. Sie sind nicht *von ihm.*

»Hast du einen heimlichen Bewunderer? Muss ich mir Sorgen machen?«

»Äh … Die hat Becca gerade gebracht. Ich dachte, die wären von dir.«

Er schüttelte den Kopf. »Ich wünschte, sie wären es.«

Obwohl Oliver und ich seit fast einem Monat zusammen waren, hatten wir nie *das Gespräch* geführt – es war einfach nicht nötig gewesen. Keiner von uns hatte überhaupt *Zeit*, sich mit anderen zu treffen. Gott, wenn wir konnten, gingen wir zusammen mittagessen, aber in vier Wochen waren wir nur ein paarmal offiziell verabredet gewesen. Wir arbeiteten beide zehn Stunden am Tag, sechs Tage die Woche. Darum hatte ich mir nie Gedanken darüber gemacht, dass Oliver sich mit anderen Frauen treffen könnte, und wie es aussah, er umgekehrt auch nicht. *Bis jetzt.*

Er fragte nicht, doch er wartete, und sein Blick zuckte hin und wieder zu dem ungeöffneten Umschlag, der von außen an die Klarsichtfolie getackert war. Die Situation wurde allmählich unangenehm.

Im Stillen wünschte ich mir, dass das Telefon klingeln möge, aber natürlich tat es das nicht. Schließlich löste ich die Karte, während ich intensiv darüber nachdachte, was ich sagen sollte, wenn die Blumen tatsächlich von Gray waren. Oliver beobachtete, wie ich die kleine Karte aus dem rosa Umschlag zog.

Während ich sie las, setzte ich das künstliche Lächeln auf, das ich regelmäßig vor Gericht einsetzte. »Von meiner Freundin. Ich habe ihr bei einer Rechtssache geholfen, sie wollte sich nur bedanken.«

Oliver sah erleichtert aus. Ich knüllte die Karte in meiner Hand zusammen, die bereits zu schwitzen begonnen hatte.

»Und was führt dich in diese Niederungen hinunter?«, fragte ich. »Willst du mal sehen, wie die andere Hälfte von uns so lebt?«

Olivers Büro lag zwei Stockwerke über meinem. Es war kürzlich renoviert worden, und auch wenn meine Etage verglichen mit anderen Kanzleien ganz nett war, war seine luxuriös.

»Ich dachte, ich sag dir Guten Morgen und erzähle dir, was für eine interessante Unterhaltung ich gestern Abend auf der Toilette mit unserem Mandanten in spe hatte.«

Mist. Ich verstrickte mich immer weiter in ein Netz aus Lügen, und alle hatten mit Gray Westbrook zu tun. Ich wusste eigentlich gar nicht, warum ich überhaupt so getan hatte, als würde ich ihn noch nicht kennen. Doch die Lügerei ging einfach weiter.

»Ach ja?« Theoretisch war das keine Lüge – wenn ich so tat, als wüsste ich nichts von dem Gespräch; ich verschwieg ja nur etwas. Aber ob verschweigen oder lügen – wie auch immer man es nannte –, es fühlte sich nicht richtig an.

»Er ist mehr als nur an deinem Rechtsbeistand interessiert. Dieser Blödmann dachte doch tatsächlich, er könnte mir ein Bündel Geldscheine in die Hand drücken und ich würde mich noch vor dem Essen verdrücken.«

»Was hast du gesagt?«

»Dass du nie mit einem Mandanten oder mit einem ehemaligen Häftling ausgehen würdest.«

»Verstehe ...«

»Es ist die erste Präsentation, die die Partner dir überlassen haben. Darum weiß ich, wie wichtig es ist, dass du das Mandat bekommst. Doch meine egoistische Seite hofft, dass er woanders hingeht, damit er dich nicht anmacht.«

»Ich kann auf mich aufpassen.«

»Das weiß ich. Das finde ich ja so sexy an dir. Du hast weit mehr Mumm als die meisten Männer. Aber dieser Typ kommt frisch aus dem Gefängnis.«

»Aus dem Bundesgefängnis. Wegen Insiderhandel. Er ist kein Vergewaltiger.«

»Ja. Aber die Vorstellung, dass du dich mit einem Typen abgibst, der keine Moral hat, ist mir zuwider.«

»Wenn ich mich nicht mit Leuten ohne Moral abgeben würde, hätte ich ziemlich wenige Mandanten. Ich arbeite nun mal im Bereich Finanzrecht und nicht im Bereich des hochanständigen, künstlerischen Urheberrechts so wie du.«

»Traurig«, Oliver grinste, »aber wahr. Ich muss mich beeilen – hab um zehn ein Meeting, auf das ich mich noch vorbereiten muss. Wollen wir diese Woche irgendwann zusammen abendessen?«

»Klar. Klingt gut.«

Ich bat Oliver, meine Tür zu schließen, wenn er ging, und tat, als hätte ich eine Telefonkonferenz, in die ich mich schnell einwählen müsste. Sobald ich allein war, lehnte ich mich auf meinem Schreibtischstuhl zurück, faltete die zerknitterte Karte in meiner Hand auseinander und las sie noch einmal.

Sommersprosse,
du hast mir gefehlt. Gib dir einen Ruck und mir noch eine Chance.
X
Gray

Alles, was dieser Mann in den letzten vierundzwanzig Stunden getan hatte, widerstrebte mir zutiefst. Er war ohne Vorwarnung in meiner Kanzlei aufgetaucht und hatte darauf bestanden, dass ich die Präsentation durchführte. Er hatte vor den Partnern gefordert, dass ich mit ihm zu Abend aß – ein Abendessen, bei dem er unverschämt zu Oliver gewesen war. Er brachte mich dazu, zu lügen und so zu tun, als würde ich ihn nicht kennen, und er besaß die Frechheit, mir Blumen zu schicken. Aber am schlimmsten war … dass ich in seiner Gegenwart Schmetterlinge im Bauch hatte.

Rosenduft erfüllte die Luft. Obwohl ich weder das Cellophan entfernt noch die Vase aus dem schützenden Karton genommen hatte, wehte ein süßer Blumenduft durch mein Büro. Mehr als einmal hatte ich mich dabei erwischt, wie ich auf den Strauß starrte und meine Gedanken abschweiften. Er lenkte mich davon ab, ein Angebot für einen Aktienkauf durchzulesen. Ich hatte schon den ganzen Vormittag und noch drei Stunden nach dem Mittagessen versucht, mich durch das verdammte Ding zu arbeiten, wofür ich eigentlich nur eine Stunde hätte brauchen dürfen.

Verzweifelt riss ich mir die Lesebrille von der Nase, schleuderte sie auf den Schreibtisch, lehnte mich zurück und starrte wütend auf die verdammten Rosen vor mir.

»Wisst ihr, ihr seid genau wie er.« Ich hatte eindeutig den Verstand verloren, denn ich sprach mit einem noch in Cellophan verpackten Blumenstrauß. »Ihr seid hübsch und riecht gut. Aber wenn ich nachgebe und eine in die Hand nehme, verletze ich mich an einem Dorn.«

Es war klar, dass ich nichts auf die Reihe kriegen würde, solange diese verdammten Dinger auf meinem Schreibtisch standen. Ich stieß die Luft aus, stand auf, nahm den Strauß, ging zum Papierkorb und beförderte die Blumen, die vermutlich an die zweihundert Dollar wert waren, kopfüber hinein.

Vielleicht war es ein symbolischer Akt, oder ich war einfach *verrückt*, aber anschließend konnte ich mich wieder konzentrieren. In weniger als einer halben Stunde hatte ich das Papier durchgearbeitet und ging hinaus zu meiner Assistentin, damit sie meine handschriftlichen Notizen abtippte.

Als ich gerade zurück im Büro war und etwas in einem Aktenschrank suchte, klopfte jemand an die offen stehende Tür. Als ich aufsah, stand der alte Pittman im Türrahmen, woraufhin ich den Schrank schnell schloss.

»Mr. Pittman. Was kann ich für Sie tun?«

Es war das zweite Mal innerhalb von zwei Tagen, dass er sich aus der Thronhalle zu mir hinunterbegab, um mit mir zu sprechen. Ich wusste, dass sein Anliegen mit Sicherheit mit einem gewissen künftigen Mandanten zu tun hatte. Zum ersten Mal kam mir der Gedanke, dass der Schlag, den ich Grays Ego versetzt hatte, ihn veranlasst haben könnte, sich bei meinen Vorgesetzten über mich zu beschweren. Wenn die Seniorpartner glaubten, ich hätte ein in Aussicht stehendes großes Mandat sabotiert, würde ich in dieser Kanzlei nicht überleben. Der wackelige Boden, auf dem ich nach meiner vorübergehenden Sperre gestanden hatte, hatte sich erst seit Kurzem wieder gefestigt.

»Wir kommen mit guten Neuigkeiten, Layla.« Pittman zeigte ein seltenes Lächeln.

»Gute Neuigkeiten?«

»Ja.«

Er trat einige Schritte in mein Büro, und erst da bemerkte ich, dass er nicht allein war. Gray schritt hinter ihm herein, als gehörte ihm der Laden. Er grinste verschlagen.

Pittman zeigte auf ihn. »Mr. Westbrook hat gerade bei uns unterschrieben. Er sagte, Sie wären beim Abendessen sehr überzeugend gewesen.«

Ich bemühte mich, nichts Unbesonnenes zu sagen. »Oh. Das … das sind ja fantastische Neuigkeiten.«

Pittman klopfte Gray auf den Rücken. »Sie haben die richtige Wahl getroffen. Layla wird sich sehr gut um Sie kümmern.«

Die Augen von diesem Mistkerl funkelten. »Darauf baue ich.«

»Nun, dann lasse ich Sie beide mal allein.« Pittman sah mich an. »Es wird Sie jemand bei der eidesstattlichen Aussage im Fall Barag vertreten. Ich bitte Charles, das zu übernehmen. Mr. Westbrook ist ein VIP-Mandant. Wir müssen einiges umorganisieren, damit Sie zur Verfügung stehen, wenn er Sie braucht.«

»Die eidesstattliche Aussage? Die ist morgen.«

»Keine Sorge. Wenn Charles es so schnell nicht schafft, setzen wir einen neuen Termin an. Mr. Westbrooks Reise hat Vorrang.«

»Reise?«

»Sie werden ihn nach Greensboro begleiten.«

Bis sich die Tür hinter Pittman schloss, schwieg ich und setzte mein eingeübtes Lächeln auf. Er hatte Dollarzeichen in den Augen gehabt, als er ging, und ahnte nicht, dass ich den neuen VIP am liebsten erwürgt hätte.

Mit verschränkten Armen drehte ich mich zu Gray um und zischte: »Was für ein Spiel spielst du hier?«

»Wie bitte? Ich brauche einen neuen Rechtsbeistand.«

»Ich dachte, ich hätte gestern Abend deutlich gemacht,

dass ich nicht daran interessiert bin, dich zu vertreten. Ich habe gesagt: ›*Such dir eine andere Kanzlei.*‹ Was ist daran so schwer zu verstehen?«

»Ich bin ein guter Mandant. Deine Kanzlei schreibt den Erfolg, diesen Fisch gefangen zu haben, dir zu. Das ist doch gut für dich.«

Trotzig schob ich das Kinn vor. »Du hast keine Ahnung, was gut für mich ist. *Du* bist nicht gut für mich.«

Als er auf mich zukam, hielt ich die Luft an. Obwohl er mich nicht berührt hatte, kribbelte meine Haut am ganzen Körper. Doch ich würde unter keinen Umständen zurückweichen oder ihm zeigen, welche Wirkung er auf mich hatte. Gray trat dicht vor mich.

Ich rechnete damit, dass er mich mit dem tiefen Vibrato seiner einschüchternden Stimme in die Schranken weisen würde. Stattdessen überraschte er mich, indem er ganz leise sprach.

»Es tut mir leid, dass ich dich angelogen habe, Layla.«

Wenn es um diesen Mann ging, war ich wie festgefahren. Ich konnte nicht nett sein.

»Was immer vor über einem Jahr vorgefallen ist, war ein Fehler«, sagte ich. »Aber der Fehler war nicht deine Lüge. Der Fehler war, dass ich mich auf dich eingelassen habe.«

Die Andeutung eines Zuckens in seinem Augenwinkel war das einzige Zeichen, dass ihn meine Worte getroffen hatten.

»Wir müssen morgen um zwölf Uhr in Greensboro sein, um meine neuen Partner zu treffen«, sagte er. »Es ist besser, du bist schon dabei, wenn die Bedingungen für die Partnerschaft ausgehandelt werden. Dann ist alles klar, wenn du den Vertrag aufsetzt.«

Der Gedanke an sich war nicht ungewöhnlich. Ich hatte schon einige Male Mandanten bei Geschäftsgründungen begleitet. Was allerdings ungewöhnlich war, dass ich im Grunde keine Wahl hatte. Es bestand kein Zweifel daran, dass Gray vollauf bewusst war, in welch missliche Lage er mich gebracht hatte. Wenn ich jetzt zu den Partnern ging und mich weigerte, an dem neuen Mandat zu arbeiten, würde ich eine Erklärung liefern müssen.

Und was sollte ich sagen? »*Wissen Sie noch, als ich einen Pro-Bono-Fall als Strafe übernehmen musste, weil ich gegen das Anwaltsgeheimnis verstoßen hatte? Als Sie mich fast gefeuert hätten, erinnern Sie sich? Nun ja, während ich im Männergefängnis meine Strafe ableistete, lernte ich Grayson Westbrook kennen und verliebte mich in ihn. Manchmal schlichen wir uns in der Bibliothek zwischen die Regale und knutschten herum. Alles war toll – bis er mich anlog. Wie bitte? Sie meinen, damit hätte ich rechnen müssen? Aber wie sollte ich wissen, dass es eine schlechte Idee war, sich mit einem Häftling einzulassen, der wegen Insiderhandels einsaß?*«

Ich warf ihm einen genervten Blick zu. »Ich lasse meine Assistentin die Flüge buchen und schicke dir die Unterlagen per E-Mail.«

Ein laszives Grinsen erschien auf seinem attraktiven Gesicht. Am liebsten hätte ich es ihm aus dem Gesicht geprügelt.

»Toll. Sag ihr, dass mir das Langham am liebsten ist.«

»Ein Hotel? Ich dachte, das Treffen findet um zwölf Uhr mittags statt?«

»Ja. Aber einige der Investoren kommen von außerhalb – sie reisen ebenfalls mit dem Flieger an und erwarten, dass wir zusammen zu Abend essen.«

»Dann iss du mit ihnen. Dafür brauchst du mich doch nicht.«

»Beim Abendessen werden wir das Gespräch über das Geschäft fortsetzen.«

Ich straffte die Schultern. »Dann mach dir Notizen und informiere mich, ob sich nach dem *eigentlichen* Geschäftstermin am Tag etwas geändert hat. Ich werde morgen Abend nach Hause fliegen.«

Zu meiner Überraschung gab Gray nach. Er nickte, trat einen Schritt zurück und streckte mir die Hand hin. »Ich freu mich, Sie in meinem Team zu haben, Frau Anwältin.«

Mein Blick fiel auf seine Hand. Eine Erinnerung, an die ich ewig nicht gedacht hatte, blitzte in meinem Kopf auf. Das erste Mal, als er mich geküsst hatte, hatte er seine großen Hände auf meine Wangen gelegt, und ich war dahingeschmolzen. Es störte mich enorm, dass ich jetzt schon Angst hatte, ihn überhaupt zu berühren. Ich durfte nicht zulassen, dass die Vergangenheit Macht über mich gewann.

In der Hoffnung, dass ich nicht zitterte, legte ich meine Hand in seine. Ein Stromschlag durchfuhr mich. Es war, als hätte ich in eine Steckdose gefasst. Abrupt zog ich die Hand zurück und ging um ihn herum zu meinem Schreibtisch.

»Mail mir die Namen deiner Partner, damit ich sie schnell bei der Börsenaufsicht und durch unseren Ermittler überprüfen lassen kann.«

»Das ist nicht nötig.«

Der Schreibtisch bildete nun eine Barriere zwischen uns, und ich nahm eine Akte in die Hand und richtete beim Sprechen meine Aufmerksamkeit auf sie. »Eins will ich klarstellen. Wenn ich deine Anwältin bin, werden die Dinge so gemacht, wie ich es für richtig halte, und sie werden sorgfältig geprüft.«

Ich sah nicht auf, doch ich hörte seiner Stimme an, wie belustigt er war. »Ja, Ma'am.«

»Gib meiner Assistentin deine Kontaktdaten, wenn du gehst. Schönen Tag noch.«

Eine Minute später ging die Tür auf, darum riskierte ich einen Blick nach oben. Natürlich hatte Gray nur darauf gewartet. Er deutete mit dem Blick auf den Papierkorb mit den Rosen.

»Allergisch?«

Ich konnte ein Grinsen nicht verbergen. »Ja, genau.«

Um Grays Augen erschienen Lachfältchen, und er zwinkerte mir zu. »Beim nächsten Mal schicke ich dir was Süßes.«

»Beim nächsten Mal schick sie deiner Frau.«

4. Kapitel

Layla

Zwei Jahre zuvor

»Sie müssen andere Schuhe anziehen.«

»Andere Schuhe?« Ich schaute auf meine Füße hinunter. Die roten Riemchensandalen von Brian Atwood passten tatsächlich nicht ganz zu meinem konservativen Anwaltskostüm. Doch wenn ich schon an einem Samstag hier arbeiten musste, brauchte ich etwas, um mich menschlich zu fühlen. Und ganz sicher waren die Schuhe nicht gar so verkehrt, dass ich sie wechseln musste. Ich sah wieder zu der Vollzugsbeamtin. »Was stimmt mit denen nicht?«

»Offene Schuhe sind in einem Bundesgefängnis nicht erlaubt.«

Das soll wohl ein Witz sein.

»Das hat mir niemand gesagt. Ich bin heute Morgen um fünf Uhr aufgebrochen und vier Stunden hierhergefahren. Das ist mein erster Tag als Ehrenamtliche.«

Sie grinste. »Was haben Sie angestellt?«

»Angestellt?«

»Anwälte, die *ehrenamtlich* am Wochenende herkommen, sind normalerweise keine echten Ehrenamtlichen.«

»Oh.«

Die Vollzugsbeamtin hob eine Augenbraue – sie wartete auf eine Antwort.

Ich seufzte. »Zweihundert Sozialstunden wegen Verstoßes gegen das Anwaltsgeheimnis.«

Sie pfiff. »Zweihundert Stunden. Da sind die Strafen, die hier verhängt werden, vergleichsweise harmlos.«

»Ach ja? Was passiert, wenn hier jemand in Schwierigkeiten gerät?«

»Verrätern geht es an den Kragen.«

Na toll. Einfach toll.

Sie reichte mir meinen Ausweis zurück. »Haben Sie nun also ein anderes Paar Schuhe dabei oder was?«

»Nein. Gibt es hier in der Nähe einen Laden, in dem ich mir ein Paar Pumps oder so etwas kaufen kann?«

»Zwanzig Meilen die Straße hoch ist ein Walmart.«

Ich sah auf meine Armbanduhr. »Ich sollte in dreißig Minuten anfangen.«

»Dann sollten Sie sich besser beeilen.«

Ich befand mich in einem Gefängnis. Nicht in einem Besucherraum, wie man ihn aus dem Fernsehen kennt – in denen die Besucher hinter einer dicken Sicherheitsscheibe sitzen und man sich nur über ein Telefon verständigen kann –, sondern im eigentlichen Gefängnis, in dem die Männer frei herumliefen. Im Vergleich zu dem benachbarten Hochsicherheitsgefängnis wirkte die weniger gesicherte Vollzugsanstalt von Otisville, in der ich die nächsten Monate jeden Samstag unterrichten würde, eher wie ein College. Die Einrichtung war nicht umzäunt. Die Insassen lebten nicht in verschlossenen Zellen. Stattdessen erinnerten die Unterbringung und die Türschlösser eher an Wohnheime. Wenn ich nicht gewusst hätte, dass ich ein Gefängnis betrat, hätte ich die Männer, die in lässigen Khakis und Button-down-Hemden herumliefen, nicht weiter beachtet. Die meisten wären als Professoren durchgegangen. Es schienen überwiegend ältere, gepflegte Männer zu sein, die so wirkten, als würden sie sonst ein Penthouse bewohnen.

»Wie viele Insassen hat diese Anstalt?«, erkundigte ich mich bei dem Aufseher, der mich zur Bibliothek führte.

»Das schwankt von Tag zu Tag, aber für gewöhnlich etwas über hundert.«

Wir gingen durch eine Tür und einen langen Flur mit Fenstern hinunter. Die Männer draußen lächelten und schienen sich zu amüsieren.

»Ist das ein … Bouleplatz?«

Er kicherte. »Yep. Es gibt auch ein Baseballfeld, das besser ist als das in meiner Highschool. Diese Einrichtungen werden nicht ohne Grund Club Med auf Staatskosten genannt.«

Der Laden war deutlich ansprechender, als ich erwartet hatte, aber die Bibliothek – die Bibliothek war unglaublich. In zwei Dutzend Regalen standen mehr Bücher als in der Stadtbücherei, mit der ich aufgewachsen war. Es gab lange Tische mit Holzstühlen, die mich an die erinnerten, auf denen ich während des Jurastudiums bis spät in die Nacht gesessen hatte. Hinter einer Glaswand befand sich ein großes Klassenzimmer, auf jedem Schreibtisch stand ein moderner Flatscreen.

»Meine Güte.« Ich sah mich um.

»Nicht, was Sie erwartet haben, stimmt's?«

»Überhaupt nicht.«

Der Aufseher deutete auf den Klassenraum. »Die Bibliothek ist für jeden geschlossen, der nicht an Ihrem Kurs teilnimmt. Sie können also den Klassenraum oder die Bibliothek benutzen. Ganz, wie Sie wollen. Ich glaube, es haben sich vierzehn Männer für den Kurs angemeldet, der heute beginnt, Westbrook nicht mitgerechnet. Sie haben also jede Menge Platz.«

»Westbrook?«

»Er koordiniert die Kurse, die derzeit stattfinden.«

»Ah, okay.«

»Wenn man vom Teufel spricht.« Der Aufseher hob das Kinn. »Da kommt ja unser hübscher Junge.«

Ich drehte mich um und sah einen großen, dunkelhaarigen Mann auf uns zukommen. Er unterhielt sich mit einem anderen Mann und hielt den Kopf gesenkt, bis er den Eingang zur Bibliothek erreichte. Als er ihn hob, vollführte mein Herz bei seinem Anblick einen kleinen Tanz. »Hübscher Junge« wurde dem Mann nicht gerecht. Er war umwerfend. Absolut umwerfend. Dieser kräftige, dunkle, männliche Typ war mit Sicherheit ziemlich arrogant und von sich überzeugt. *Eine Schwäche von mir.*

Unsere Blicke trafen sich, und auf seinem Gesicht erschien ein laszives, dreistes Grinsen. Und in diesem Moment kam seine größte Waffe zum Vorschein – die auffälligsten, tiefsten Grübchen, die ich je gesehen hatte.

Yep. Er ist eindeutig von sich selbst überzeugt.

Aber … vielleicht war diese Strafe ja doch nicht so schlimm.

Der Aufseher stellte uns vor. »Westbrook, das ist Layla Hutton. Sie gibt den Kurs für Häftlinge, die selbst ihre Berufung beantragen möchten.«

Er streckte mir die Hand hin und nickte. »Freut mich.

Grayson Westbrook. Die Aufseher hier nennen die Leute nur bei ihrem Nachnamen. Zivilisten nennen mich Gray.« Er musterte mich beiläufig von oben bis unten. »Ich werde dicht bei Ihnen bleiben müssen. Viele dieser Männer haben eine so schöne Frau schon seit …« Er schüttelte den Kopf. »Verdammt, für viele dürfte es eine Premiere sein.«

Der Aufseher grinste. »Ja. Deshalb bleibst du dicht bei ihr, Westbrook.« Er wandte sich an mich. »Wie gesagt, dies ist ein Gefängnis mit einer niedrigen Sicherheitsstufe. Unsere Türen sind nicht verschlossen, und die Insassen haben eher einen Ehrenkodex verletzt. Hier gibt es keine Gewaltverbrecher. Wenn sie abhauen, werden sie irgendwann zurückgebracht, und dann sind sie keine Gäste dieser netten Einrichtung mehr. Ist es okay, wenn ich Sie mit unserem Casanova hier eine Weile allein lasse? Dann hole ich mir etwas zu essen. Wir haben nicht genügend Personal und lassen Anwälte und Mandanten normalerweise allein, wenn sie einverstanden sind.« Er zeigte auf die Kameras an Wänden und Decke. »Wir haben immer ein Auge auf Sie und sind in Reichweite. Und die Tür zur Bibliothek wird verschlossen, heute keine Öffnungszeiten.«

»Also … na klar.« Eigentlich war ich ziemlich nervös, wobei ich mich ein wenig entspannte, als der hinreißende Programmkoordinator erneut seine Grübchen zeigte.

Nachdem der Aufseher verschwunden war, brachte Gray mich in den benachbarten Klassenraum. »Und? Wurde Ihnen in Ihrer Kanzlei der Schwarze Peter zugeschoben? Oder haben Sie sich selbst in Schwierigkeiten gebracht, und dies ist Teil Ihrer Strafe?«

Vermutlich fuhren die meisten Anwälte nicht freiwillig ans Ende der Welt und halfen verurteilten Kriminellen aus reiner Güte bei ihren Berufungsverfahren. »Strafe. Heute ist der erste Tag.«

»Es könnte schlimmer sein. Sie könnten hier einsitzen, anstatt dass man Sie zwingt, hier nur eine Weile zu arbeiten.«

»Stimmt.«

»Wodurch sind Sie in Schwierigkeiten geraten?«

»Wissen Sie nicht, dass es unhöflich ist, eine Frau nach ihrem Alter, ihrem Gewicht oder danach zu fragen, warum ihr fast die Anwaltslizenz entzogen wurde?«

Er lächelte. Gott, er musste unbedingt damit aufhören. »Sorry.«

»Schon okay.«

Gray schaltete den Laptop vorn im Klassenzimmer ein. »Der hat WLAN, aber es ist eingeschränkt. Wenn Sie eine Seite brauchen, zu der Sie keinen Zugang haben, sagen Sie mir Bescheid. Ich sorge dann dafür, dass sie freigeschaltet wird.«

»Okay. Sehr gut.«

»Der Kurs beginnt erst in ungefähr zwei Stunden. Ich bin nebenan in der Bibliothek, dann können Sie sich einrichten. Klopfen Sie einfach an die Scheibe, wenn Sie etwas brauchen.«

Die nächste halbe Stunde überprüfte ich, ob ich Zugang zu allen Quellen hatte, die ich für meine erste Präsentation brauchte. Dann ging ich die Folien durch, die ich vorbereitet hatte.

Gray saß in einem Sessel in der Bibliothek und las ein Buch – dabei trug er eine Brille. Offensichtlich eine Lesebrille. Da ich mich (wie üblich) sorgfältig auf den heutigen Kurs vorbereitet hatte, hatte ich eine Menge Zeit totzuschlagen. Und … ich war neugierig, wie der bebrillte Adonis aus der Nähe aussah. Also ging ich nach nebenan in die Bibliothek.

»*Treibsand?*«

Gray war in sein Buch vertieft gewesen und hatte mich nicht hereinkommen hören.

»Ist das Literatur oder ein Sachbuch?«, fragte ich.

Er sah auf. Die eckige Brille mit dem dicken Rahmen stand ihm äußerst gut – sie gefiel mir. Ihre entschiedene Form passte zu seinem markanten Kiefer. Er nahm sie ab, und während er sprach, überlegte ich, ob er mir besser mit oder ohne gefiel.

»Ein Sachbuch. Es ist der autobiografische Bericht von einem Mann, der die Diagnose Lungenkrebs erhalten hat. So eine Art Rückblick, solange er noch unbeschwert gelebt hat.«

»Das klingt bedrückend.«

»Stimmt. Aber das ist es eigentlich nicht. Es ist lustig. Er sieht jetzt, was für einen Quatsch er früher ernst genommen hat. Und er merkt, dass die wichtigsten Tage in seinem Leben die einfachen waren, die er mit den richtigen Menschen verbracht hat.«

Ich setzte mich an den Tisch ihm gegenüber, und unsere Blicke trafen sich. Er schlug das Buch zu. Ich hatte den Mann gerade erst kennengelernt, wusste nichts über ihn, außer dass er in einem Gefängnis arbeitete, aber ich hatte das äußerst merkwürdige Gefühl, dass heute einer dieser wichtigen Tage war. Es war verrückt.

Schweigend lächelten wir uns an, und die völlig irre Energie zwischen uns erreichte ein gefährliches Ausmaß, bis der Aufseher die Tür zur Bibliothek öffnete.

»Ich wollte nur nach Ihnen sehen. Ist alles in Ordnung?«

Ich winkte. »Alles okay. Danke.«

»Ich komme später noch mal vorbei, bevor die Schüler eintreffen.«

»Okay.«

Während ich mit dem Aufseher gesprochen hatte, hatte Gray mich nicht aus den Augen gelassen. Er gab nicht einmal vor, woanders hinzusehen, während ich mich wieder auf meinen Stuhl setzte. Ich fühlte mich wie ein Teenager, der von dem süßen Jungen angestarrt wird, der neben ihm im Matheunterricht sitzt – eine Art nervöse Aufregung. Doch mit Nervosität ging ich immer offensiv um. Selbst auf der Highschool hatte ich mich zu dem Jungen umgedreht und sein Lächeln erwidert, bis er zurückwich oder etwas unternahm. Das war jetzt nicht anders.

»Sie starren mich an«, stellte ich fest.

Sein Lächeln verstärkte sich. »Sie sind wunderschön. Stört es Sie, dass ich das genieße?«

Ich hielt seinem Blick stand. »Nein. Sie sind auch nicht schlecht. Stört es Sie, wenn ich Sie anstarre?«

Seine Augen strahlten noch etwas mehr. »Auf keinen Fall, starren Sie.«

Die nächsten Minuten verbrachten wir damit, uns einfach nur anzusehen. Es war das Seltsamste, was ich je mit einem Mann getan hatte, den ich gerade erst kennengelernt hatte.

»Erzählen Sie mir etwas von sich, Layla Hutton. Abgesehen von Alter, Gewicht oder dem Grund, warum Sie fast Ihre Lizenz verloren hätten, natürlich.«

»Ich bin neunundzwanzig, wiege neunundfünfzig Kilo, und ich habe herausgefunden, dass ein Mandant seine Frau missbraucht. Darum habe ich gegen das Anwaltsgeheimnis verstoßen und es der Polizei gemeldet.«

Er lächelte und rieb sich das Kinn. »Klingt, als sollten Sie für den letzten Teil einen Orden bekommen und nicht suspendiert werden.«

»Tja … das finde ich auch. Aber der Disziplinarausschuss und die Partner der Kanzlei, in der ich arbeite, sind da anderer Meinung.«

Ich seufzte. Es fühlte sich gut an, mir das alles von der Seele zu reden, obwohl ich den Mann gerade erst kennengelernt hatte.

»Wissen Sie, was?«, sagte ich. »So sollte es immer sein. Man lernt einen Mann kennen. Er sagt einem, dass er einen attraktiv findet. Man sagt es ihm auch. Dann wäscht man seine schmutzige Wäsche. Wenn er einen danach noch genauso ansieht, bleibt man. Wenn nicht, geht man. Das Leben ist zu kurz, um Zeit zu verschwenden.«

»Stimmt. Sagen Sie, wie ich auf Sie wirke, nachdem Sie Ihre schmutzige Wäsche gewaschen haben?«

Ich musterte ihn. Als ich mich weiter vorbeugte, um genauer zu sehen, was in seinem hübschen Kopf vorging, zog er eine Augenbraue nach oben. Was ich sah, verursachte bei mir eine Gänsehaut. Augen waren wirklich der Spiegel der Seele.

Ich lehnte mich auf meinem Stuhl zurück. »Sie sehen mich an, als würden Sie mich gern nackt sehen.«

Gray warf lachend den Kopf zurück. »Sehr gut.«

Ich hob das Kinn. »Sie sind dran. Erzählen Sie mir von Ihrer schmutzigen Wäsche.«

Ein Schatten legte sich auf seine dunklen Augen, und seine Miene wurde ernst. »Ich bin einunddreißig, wog einhundertzwei Kilo, als ich mich das letzte Mal gewogen habe, und …« Er hielt inne und beugte sich vor, stützte sich auf die

Ellbogen und sah mir direkt in die Augen. »Und ich sitze wegen Insiderhandel im Gefängnis, den ich nicht zu verantworten habe.«

Mein Lächeln verblasste, ehe der letzte Teil überhaupt in meinem Gehirn ankam. Ich war verwirrt. »Sie waren im Gefängnis?«

»Ich bin der Programmkoordinator, Layla. Das ist mein Job. Mein Job als *Häftling.*« Gray beugte sich weiter vor und suchte meinen Blick. »Wie sehen Sie mich jetzt an?«

5. Kapitel

Layla

Ich hatte versucht, mich auf einen Becher Kaffee zu beschränken, aber heute Morgen brauchte ich unbedingt die doppelte Dosis. Die ganze Nacht hatte ich mich von einer Seite auf die andere gewälzt, in meinem Kopf hatte es unablässig gerattert, und ich war nicht zur Ruhe gekommen. Zum Glück gab es Concealer.

Während ich meinen Kaffee trank, schaute ich aus dem Schlafzimmerfenster meiner Wohnung im dritten Stock. Mir blieb eine halbe Stunde, ehe mich der Wagen zum Flughafen abholen würde. Ich musste mich nur noch anziehen, weshalb ich umso mehr Zeit zum Nachdenken hatte.

Eine schwarze Limousine verlangsamte die Fahrt und hielt dann am Straßenrand vor meinem Haus. Um mich zu vergewissern, dass ich mich nicht in der Zeit vertan hatte, sah ich zu der Uhr neben meinem Bett. Halb sieben. Der Fahrservice kam heute ziemlich früh. Natürlich könnte ich den Fahrer bis sieben Uhr warten lassen, der Zeit, für die ich ihn bestellt hatte, aber das war nicht meine Art. Ich leerte den Rest Kaffee und ging zum Schrank, um das Kleid herauszuholen, das ich für heute ausgesucht hatte. Als es klingelte, blieb ich stehen. Normalerweise warteten die Fahrer im Wagen vor der Tür, bis ich herauskam, sie sagten Bescheid, dass sie da waren.

Ich drückte die Gegensprechanlage. »Hallo?«

»Morgen, Schönheit.«

Ich erstarrte. Grays tiefe Stimme war unverkennbar. Es bestand kein Zweifel, dass er es war.

»Was machst du hier?«

»Wir wollen dich zum Flughafen abholen.«

»Wir?«

»Mein Fahrer und ich.«

»Ich habe einen eigenen Wagen bestellt. Wir sehen uns dann am Flughafen.«

»Ich habe deinen Wagen storniert.«

»Du hast *was*?«

»Wir müssen vor dem Meeting noch ein paar Sachen durchsprechen. Außerdem ist es sinnlos, mit zwei Wagen zum selben Ort zu fahren. Deine Sekretärin hat mir deinen Reiseplan gegeben, und ich habe deinen Dienst angerufen und denen gesagt, dass der Wagen nicht mehr gebraucht wird.«

»So etwas kannst du nicht machen.«

»Ich bin doch hier und biete dir Ersatz, oder etwa nicht?«

Ich sah zur Decke und zählte bis zehn. Gray wollte nicht nur den Wagen zum Flughafen mit mir teilen, er wollte mich aus dem Tritt bringen. Ich wandte diese Taktik selbst hin und wieder an, um Gegner aus dem Gleichgewicht zu bringen. Dann wechselte ich mitten in einer Befragung willkürlich das Thema oder schmiss die Reihenfolge meiner Zeugen um – alles, was sie irritierte, trug zu ihrer Verunsicherung bei.

Ich hatte nicht vor, eine Schachfigur in Grays Spiel zu werden. Was immer er mit mir vorhatte.

Nach einer langen Pause drückte ich den Summer. »Ich bin gleich unten.«

»Ich muss deine Toilette benutzen.«

»Nein!«

»Entweder das oder ich muss mir irgendwo eine dunkle Gasse suchen.«

»Dann such dir eine dunkle Gasse.« Ich ließ den Knopf der Gegensprechanlage los und ging zurück, um mich anzuziehen. Aus dem anderen Zimmer hörte ich ihn in der Ferne antworten, verstand jedoch nicht, was er sagte. Egal. Er würde garantiert nicht zu mir in meiner Wohnung hochkommen.

Ich war von Natur aus bemüht, es den Leuten recht zu machen. Darum zog ich mich auch jetzt schnell an, um den Fahrer und Gray nicht warten zu lassen. Als es mir bewusst wurde, ließ ich mir mehr Zeit, machte mir in Ruhe die Haare und tuschte noch mal die Wimpern nach. Doch dabei bekam ich nur noch schlechtere Laune, weil ich auf einmal das Gefühl hatte, ich würde mich für meinen Reisegefährten besonders herrichten.

Ich musste aufhören, mir so viele Gedanken zu machen und Gray wie jeden anderen Mandanten behandeln.

Ich packte die wenigen Akten in die Tasche, fügte einen Notizblock und Stifte hinzu und holte tief Luft, dann ging ich nach unten. Gray lehnte direkt vor meiner Haustür am Geländer.

»Hast du eine dunkle Gasse gefunden?«, fragte ich schnippisch.

»Nope. Ich habe es mir anders überlegt. Ich bin auf Bewährung draußen und will nicht wegen Erregung öffentlichen Ärgernisses erneut in den Knast wandern.«

»An der Ecke gibt es ein Café.«

»Da war ich schon. Die Toilette ist kaputt.«

Stöhnend rollte ich mit den Augen, drehte mich jedoch um und ging wieder nach oben. »Komm schon. Aber *nur* das Bad.«

Im Aufzug richtete ich den Blick starr geradeaus, obwohl ich aus dem Augenwinkel sah, dass Gray mich musterte. Doch die silbern glänzenden Türen des Fahrstuhls, die fast so gut wie ein Spiegel reflektierten, machten es mir schwer, ihn nicht anzusehen. Er trug einen maßgeschneiderten Fünftausend-Dollar-Anzug von Brioni, und der Schneider hatte verdammt gute Arbeit geleistet. Der Anzug betonte seine schlanke Taille, umschmeichelte die breiten Schultern und ließ ihn mühelos elegant wirken. Einige Frauen standen auf den Bad-Boy-Look – James Dean mit Lederjacke –, doch mich machte ein gut sitzender Anzug an.

Als ich das Prachtstück vor mir bewunderte, vergaß ich fast sein wahres Gesicht. *Fast.*

Die Aufzugtüren glitten auseinander, und ich stürzte aus der Kabine, erpicht darauf, Luft zu atmen, die ich nicht mit Gray Westbrook teilte. Ich schloss meine Wohnung auf, öffnete die Tür und deutete hinein.

»Den Flur hinunter, die erste Tür rechts. *Trödle nicht.*«

Er ging hinein, und ich riss den Blick von ihm los, weil ich nicht sehen wollte, dass der Schneider hinten ebenso gute Arbeit geleistet hatte wie vorn.

Während ich ungeduldig wartete und die Wohnungstür aufhielt, klingelte irgendwo ein Handy. Ich sah mich in der Küche um, ehe ich begriff, dass es aus dem Bad kam.

Ein paar Minuten später schritt Gray den Flur herunter. Als er wieder bei mir an der Tür war, klingelte es erneut. Er holte das Telefon aus der Hosentasche und hielt einen Finger hoch.

»Was gibt's?«, fragte er ins Telefon. »Ist alles in Ordnung?«

Er klang besorgt. Am anderen Ende hörte ich eine Frauenstimme, konnte jedoch nicht verstehen, was sie sagte. Darum lauschte ich nur der einen Seite des Gesprächs.

»Für dich habe ich immer Zeit. Was ist los?«

Als die Frau wieder sprach, schloss er die Augen.

»Bist du verletzt? Was ist passiert?«

Die Besorgnis in seiner Stimme rührte mich.

Er hörte zu, was sie antwortete, und strich sich durchs Haar. »Wer ist gefahren?«

Wieder lauschte er ins Telefon.

Gray schüttelte den Kopf. »Wo bist du? Ist die Polizei schon da?«

Weitere gedämpfte Laute drangen aus dem Telefon.

»Ich bin sofort da. Sprich mit niemandem, Etta. Kein Wort.«

Er beendete den Anruf mit einem Wischen über das Display und sah mich an. »Planänderung.«

»Was ist passiert?«

»Eine Freundin der Familie hatte einen Unfall. Sie ist siebenundsiebzig, und eigentlich hat der Arzt ihr letztes Jahr den Führerschein weggenommen. Sie fährt aber trotzdem noch. Ich muss nach Queens.«

»Fahren wir.«

Auf dem Weg nach Queens sah Gray aus dem Fenster.

»Es kommt alles in Ordnung. Sie bekommt nur einen Strafzettel wegen Fahrens ohne Führerschein.«

Er nickte.

»Wie heißt sie? Hast du Etta gesagt? Ich erinnere mich, dass du sie ein paarmal erwähnt hast.«

»Die Abkürzung für Henrietta. Aber nenn sie nicht so. Sie hasst den Namen. Etta ist vielleicht in ihren Siebzigern, aber sie kann einem immer noch ganz schön einheizen.«

Ich lachte, bis ich merkte, dass das kein Witz war. »Wer ist sie?«

»Sie war fast fünfunddreißig Jahre lang die Haushälterin meines Vaters. Als ich klein war, hat sie sich auch um mich gekümmert – im Grunde hat sie mich großgezogen, weil mein Vater nie da war.«

»Oh. Wow. Und sie wohnt in Queens?«

»Ja. In einem Mietshaus, das meinem Vater gehörte. Den meisten Frauen gegenüber hat er sich nicht anständig verhalten, aber für Etta hat er gut gesorgt.«

Als wir eintrafen, standen zwei Streifenwagen diagonal auf der Straße und riegelten die Unfallstelle ab. Sanitäter hoben einen älteren Herrn auf einer Trage in einen Rettungswagen.

Kaum dass wir hielten, sprang Gray aus dem Wagen und rannte zu Ettas Auto. Ich folgte ihm, so schnell ich konnte. Die Fahrertür stand offen, und Etta saß quer auf dem Sitz, die Beine aus dem Auto gestreckt. Ein Beamter stand neben ihr und schrieb etwas in sein kleines Notizheft.

»Etta. Geht es dir gut?«

»Ja, Klemmi. Eigentlich wollte ich dich nicht anrufen. Ich war mir nur nicht sicher, ob ich bei der Polizei nicht deine Hilfe brauche.«

Klemmi?

Gray ging auf die Knie und musterte Etta. Er schien zu prüfen, ob sie verletzt war.

»Ist sie von einem Arzt untersucht worden?«, erkundigte er sich bei den Beamten.

»Die Sanitäter haben sie sich angesehen. Es ist alles in Ordnung. Sie wollte auch nicht ins Krankenhaus.«

»Tut dir was weh?«, fragte er sie.

»Nichts, was nicht schon vorher wehgetan hätte.«

»Du solltest trotzdem ins Krankenhaus fahren, Etta. Nur zur Vorsicht.«

Sie winkte ab. »Unsinn. Leute meines Alters kommen wegen ein paar Stichen ins Krankenhaus und sterben eine Woche später an einer Staphylokokken-Infektion, die sie sich dort eingefangen haben.«

»Hast du dir den Kopf angeschlagen?«

»Es war nur ein leichter Klaps. Mein Henry hat meinen Schädel früher heftiger gegen das Bettende gestoßen. Der Mann war ein Hengst.«

Die Augenbrauen des Beamten schossen nach oben, und er schüttelte lachend den Kopf.

Ettas Blick glitt zu mir hoch. »Wo wir gerade von Bett reden, wen haben wir hier?«

»Das ist Layla Hutton. Sie ist …«

Ich trat vor. »Ich bin Grays Anwältin.«

Ettas Augen funkelten. »Layla. Wie schön, Sie endlich kennenzulernen, Liebes.« Sie wandte sich an Gray. »Und sie sieht verflucht viel besser aus als dieser Idiot, der dich zu diesem miesen Deal überredet hat.«

»Ja, das stimmt«, sagte Gray. »Was ist hier passiert, Etta?«

»Ich habe mir eine neue Fernsehzeitschrift gekauft und war auf dem Weg nach Hause. Ich glaube, der Postbote hat mir meine geklaut.«

Gray unterbrach sie: »Aber doch nicht um halb sieben Uhr morgens?«

»Wenn du in mein Alter kommst, fordert Gott keinen

Schlaf mehr von dir, damit du das bisschen Zeit, das dir noch bleibt, nicht vergeudest.«

Gray holte tief Luft und schloss einen Moment die Augen. Ich spürte, wie aufgebracht und außer sich er war, doch er tat sein Möglichstes, es nicht zu zeigen. »Erzähl mir weiter von dem Unfall.«

»Da gibt es nicht viel zu erzählen. Ich habe an dem Stoppschild an der Ecke gehalten, und irgendein alter Knacker, dem man längst den Führerschein hätte wegnehmen müssen, ist mir hinten reingefahren.«

Der Polizist hörte auf, in sein Notizheft zu schreiben, und deutete mit dem Stift auf Etta. »*Er* hatte einen Führerschein, Mrs. Bell. Sie nicht.«

»Was weiß ich.« Etta verdrehte die Augen.

Ich wandte meine Aufmerksamkeit dem Beamten zu. »Könnten wir uns eine Minute unterhalten?«

Der Polizist deutete mit dem Kopf auf den Streifenwagen. »Klar. Ich will nur kurz Bescheid sagen, dass der Rettungswagen auf dem Weg ist.«

Ich brauchte zehn Minuten, um den Beamten davon zu überzeugen, Etta nicht vor Gericht zu bringen. Ich erzählte ihm, sie habe vergessen, dass sie keinen Führerschein mehr habe, und musste ihm versprechen, ihr die Schlüssel abzunehmen, sobald ich sie nach Hause gebracht hatte.

Mit dem Polizeibericht in der Hand ging ich zurück zum Wagen. »Diesmal lässt er es Ihnen noch mal durchgehen. Aber Sie müssen sich einen Führerschein besorgen, oder Sie dürfen nicht mehr fahren, Mrs. Bell.«

»Nennen Sie mich Etta. Und ich hatte länger einen Führerschein, als dieser Idiot auf der Welt ist. Und übrigens auch als der Augenarzt von der Kraftfahrzeugbehörde. Ich finde, wenn einem jemand den Führerschein wegnimmt oder einem einen Strafzettel gibt, sollte er zumindest den Anstand haben, über dreißig zu sein.«

Gray schüttelte den Kopf. »Danke, dass du dich darum gekümmert hast. Sieht aus, als könnte man mit ihrem Wagen noch fahren. Er hat nur eine Delle hinten in der Stoßstange. Vielleicht fahre ich Etta nach Hause, und du kommst mit dem Fahrer hinterher.«

»Klar.« Ich prüfte auf meinem Telefon die Uhrzeit. »Wir verpassen den Flug.«

»Ich rufe die Fluggesellschaft an und versuche, uns auf den nächsten Flieger zu buchen, wenn wir bei Etta sind.«

Als ich mich allein wieder in den Wagen setzte und den Fahrer über die Situation informierte, fiel mir auf, dass dort keine Beförderungslizenz aushing. »Entschuldigen Sie, arbeiten Sie für einen Limousinen-Service?«

»Nein, ich arbeite für Mr. Westbrook. Ich heiße Al, Ma'am.«

Gray war erst vor zwei Wochen entlassen worden. Das hatte ich überprüft. »Hallo, Al. Wie lange arbeiten Sie schon für Mr. Westbrook?«

Der Fahrer suchte im Rückspiegel meinen Blick. Er war älter und hatte silberfarbenes Haar, vermutlich war er in den Sechzigern. »Mit Unterbrechungen seit acht Jahren.«

»Mit Unterbrechungen?«

»Ja, Ma'am. Während Mr. Westbrook … nicht in der Stadt war … war ich eine Weile freiberuflich als Fahrer tätig. Aber jetzt, nachdem er wieder da ist, bin ich auch wieder da.«

Ich weiß nicht genau, warum, aber ich fand das interessant. Gray war drei Jahre lang im Gefängnis gewesen, kaum zwei Wochen wieder draußen und schon rettete er sein altes

Kindermädchen vor einem Strafzettel und stellte seinen Fahrer wieder ein.

Ettas Haus lag nur wenige Blocks von dem Unfallort entfernt. Der Fahrer hielt am Straßenrand, während Gray in der Einfahrt parkte. Ich stieg aus, um zu sehen, ob ich ihm helfen konnte.

Es stellte sich heraus, dass Etta kaum Hilfe benötigte. Sie öffnete die Autotür und war bereits ausgestiegen, ehe Gray den Motor ausgeschaltet hatte und ihr zu Hilfe eilte.

Zusammen gingen wir ins Haus.

»Trinken Sie einen Tee mit mir, Layla«, sagte sie.

Gray schloss die Haustür hinter uns. »Wie bitte? Und mich lädst du nicht auf einen Tee ein?«

»Du bist eingeladen, Tee zu *machen*. Du bist kein Gast mehr in meinem Haus, seit du Windeln getragen hast. Jetzt erinnere dich an deine Manieren und setz den Kessel auf. Besorg uns dazu was zum Knabbern. Ich glaube, im Schrank links neben dem Kühlschrank sind noch ein paar Biscotti.«

Gray sah von Etta zu mir und dann wieder zurück zu Etta. »Gut.«

Es amüsierte mich, wie handzahm der große, sonst so bestimmende Gray bei dieser alten Frau plötzlich wurde. Die Dynamik zwischen ihnen war, vorsichtig ausgedrückt, interessant.

Etta ging zu einem Sessel, der schräg gegenüber von einem Sofa stand. »Kommen Sie, Liebes. Setzen Sie sich. Wir haben nicht viel Zeit.«

Irgendwie wusste ich, dass sie nicht meinte, die Zeit sei begrenzt, weil Gray und ich zur Arbeit mussten. Neugierig nahm ich ihr gegenüber Platz.

Sie schenkte mir ein warmes Lächeln, dann sagte sie:

»Dass das gleich klar ist: Gray kann ein echter Mistkerl sein.«

Meine Augenbrauen schossen nach oben. »Wow.« Ich lachte. »Ich bin mir nicht sicher, was ich erwartet habe, aber das ganz sicher nicht.«

»Ich bin schon lange aus dem Alter raus, in dem man darüber nachdenkt, ob es sich ziemt, etwas zu sagen oder nicht.«

»Das weiß ich zu schätzen. Ich bin selbst ziemlich direkt.«

»Ich weiß. Das ist eine der Sachen, die Klemmi gleich an Ihnen gefallen hat.«

Aufgrund ihrer Reaktion bei unserer Vorstellung hatte ich schon vermutet, dass sie über mich und über meine Geschichte mit Gray Bescheid wusste.

»Gray hat Ihnen von mir erzählt?«

Sie öffnete die Schublade des Beistelltisches neben sich und holte einen dicken Stapel Umschläge heraus, die von einem Gummiband zusammengehalten wurden. »Seit dem Tag, an dem er Sie in dieser Bibliothek kennengelernt hat, hat er Sie in jedem Brief erwähnt. Man kann einen Häftling nur besuchen, wenn er einen auf die Besucherliste setzt. Dieser kleine Mistkerl wollte nicht, dass ich ihn besuche. Er wollte nicht, dass ich ihn so sehe. Aber er hat mir jede Woche geschrieben.«

»Das wusste ich nicht. Das ist sehr lieb.«

»Darüber wollte ich mit Ihnen sprechen. Grayson *ist* lieb. Er hat einige schlechte Entscheidungen getroffen, hatte nicht die besten Vorbilder im Leben, aber er ist nicht der Mann, für den Sie ihn halten.«

»Ich möchte nicht unhöflich sein, Etta, aber woher wissen Sie, wofür ich ihn halte?«

Sie nickte und lächelte. »Ich war mehr als vierzig Jahre lang verheiratet, ehe mein Henry gestorben ist.« Sie sah zu einem gerahmten Hochzeitsbild an der Wand, und ihr Blick wurde weich. »Er war ein charmanter Mann. Konnte jede Frau um den Finger wickeln. Diese Frau hier eingeschlossen. Wir lernten uns im Plaza Hotel kennen – sind in der Lobby buchstäblich ineinander reingerannt. Er war neu in der Stadt, und wir verstanden uns ziemlich gut. Er erzählte mir, dass er noch nie ernsthaft mit einer Frau zusammen gewesen sei. Nachdem wir ungefähr einen Monat lang unzertrennlich gewesen waren, fand ich heraus, dass er verheiratet war. Ich würde sagen, ernsthafter kann man mit einer Frau nicht zusammen sein, oder?«

»Absolut.«

»Langer Rede, kurzer Sinn, nachdem ich herausgefunden hatte, dass Henry mich angelogen hatte, brach ich den Kontakt ab. Später erfuhr ich, dass Henry mit seiner Frau einen Autounfall gehabt hatte. Er hatte am Steuer gesessen, und sie war bei dem Unglück gestorben. Sie waren nur wenige Wochen verheiratet gewesen. Er fühlte sich für ihren Tod verantwortlich, obwohl er keine Schuld an dem Unfall hatte. Da ihn in der kleinen Stadt, in der sie gelebt hatten, alles an sie erinnerte, zog er nach New York, wo er aufgewachsen war, und ließ alles hinter sich. Es war zu schmerzhaft für ihn, darüber zu reden, darum tat er einfach so, als wäre es nie passiert.«

»Wie traurig.«

»Ja, nicht wahr? Das Beste, was ich je getan habe, war, Henry eine Chance zu geben und ihm zuzuhören. Er hatte mich angelogen. Aber manchmal lügen die Menschen nicht, weil sie uns die Wahrheit verheimlichen wollen. Manchmal lügen sie, um sich selbst zu schützen.«

»Ich weiß nicht, Etta. Grays Frau ist nicht gestorben. Ich kann mir nicht vorstellen, wie er eine solche Lüge rechtfertigen könnte. Wir hatten keine normale Beziehung. Wir konnten nicht zum Abendessen ausgehen oder ins Kino. Was wir hatten, waren lange Gespräche und Aufrichtigkeit. Darum war es so schmerzhaft, als ich herausfand, dass er verheiratet war. Nachdem meine sechsmonatige Lehrverpflichtung zu Ende war, habe ich ihn ein Jahr lang jeden Samstag besucht. Er hatte jede Gelegenheit, mit mir zu reden.« Ich holte tief Luft. »Außerdem bin ich darüber hinweg. Ehrlich gesagt, habe ich ziemlich lange dafür gebraucht. Aber ich habe es geschafft. Und jetzt bin ich mit einem tollen Mann zusammen.«

Etta streckte die Hand aus und tätschelte mir das Knie. »Okay, Schätzchen. Ich will Sie nicht aufregen. Ich wollte nur, dass Sie wissen, dass ich den Mann sein ganzes Leben lang kenne. Und er ist die treueste Seele überhaupt. Im Grunde ist er dadurch erst in Schwierigkeiten geraten. Sie sind genauso reizend, wie er Sie in seinen Briefen beschrieben hat. Ich hoffe, Sie sind glücklich, Liebes.«

Gray kam mit zwei Bechern Tee herein und sah unsere ernsten Gesichter. »Herrgott! Glaub nichts von dem Quatsch, den Etta dir erzählt.«

Etta schalt ihn für das Wort *Quatsch*, aber ich sah das Leuchten in ihren Augen. Sie liebte diesen Mann aufrichtig.

Wir tranken Tee mit Etta, dann mahnte Gray etwas widerwillig zum Aufbruch. Er umarmte sie zum Abschied und sagte, er würde am Wochenende zurückkommen und nach ihr sehen.

Etta zog mich ebenfalls in ihre Arme. »Es war wunderbar, Sie endlich kennenzulernen, Layla.«

»Das fand ich auch, Etta.«

»Gray, würde es dir etwas ausmachen, mir die Fernsehzeitung aus dem Auto zu holen, bevor du gehst?«

Sobald wir wieder allein waren, drückte sie meine Hand. »Ich sehe, wie er Sie ansieht. Sie bedeuten ihm sehr viel. Ich freue mich für Sie, dass Sie darüber hinweg sind. Aber ich kenne meinen Klemmi. Er hat einen starken Willen. Er wird nicht lockerlassen, solange er glaubt, es bestehe auch nur die geringste Chance, die Sache mit Ihnen wieder einzurenken. Er hat gerade unverdientermaßen drei Jahre seines Lebens verloren. Wenn Sie sich irgendwie dazu überwinden können, hören Sie ihm zu. Lassen Sie ihn seine Geschichte erzählen. Wenn er merkt, dass Sie weiterhin kein Interesse haben, nachdem Sie alles wissen, hilft ihm das vielleicht, ebenfalls loszulassen. Er hat genug Zeit verloren.«

6. Kapitel

Layla

»Danke für heute Morgen«, sagte Gray, als wir im Flugzeug unsere Plätze einnahmen – nebeneinander in der ersten Klasse.

Das war wohl ein weiteres Detail meines Reiseplans, das Gray korrigiert hatte, denn der Platz, den meine Assistentin reserviert hatte, befand sich in Reihe dreiundzwanzig. Über diese Änderung beschwerte ich mich allerdings nicht.

»Gern. Etta ist toll. Sie hat dich sehr gern.«

»Sie ist mehr eine Mutter für mich als meine leiblichen Eltern. Nachdem Mom gestorben war, dachten die meisten Lehrer in der Schule, sie *wäre* meine Mutter. Etta war die Einzige, die an Elternsprechtagen und bei Chorauftritten auftauchte. Mein Vater nie.«

Ich merkte, wie ich mich allmählich öffnete. Wir sprachen wieder ebenso aufrichtig miteinander, wie wir es über ein Jahr lang getan hatten. Wenn er so nett von einer Frau sprach, die ganz offensichtlich derart wichtig für ihn war, wollte ich nicht abweisend sein, aber ich wollte auch nicht, dass er die Lage ausnutzte, um wieder mit mir anzubändeln.

Ich schenkte ihm ein mitfühlendes Lächeln und richtete

den Blick aus dem Fenster. Gray mochte vieles sein, aber er war vor allem einfühlsam. Er verstand den Hinweis, und während Boarding und Start schwiegen wir. Ich hatte Kopfhörer dabei und sie eigentlich aufsetzen wollen, um Smalltalk mit Gray zu entkommen, doch nach heute Morgen kam mir das irgendwie unhöflich vor.

Eine Viertelstunde nachdem wir unsere Reiseflughöhe erreicht hatten, drehte er sich zu mir. »Da du jetzt nur die Wahl hast, fünfunddreißigtausend Fuß in die Tiefe zu springen oder mir zuzuhören, möchte ich dir etwas erklären.«

Wir saßen in Reihe zwei, sodass ich die Tür des Flugzeugs im Auge hatte. Ich musterte sie. »Gib mir einen Moment, ich denke über die Alternative nach.«

Er lächelte, dann wurde er ernst. »Ich will nicht um den heißen Brei herumreden. Ich habe ziemlich lange gewartet, um es endlich loszuwerden.«

Unsere Blicke trafen sich, und er deutete mein Schweigen als Erlaubnis, fortzufahren.

»Ich war verheiratet. Kurz. Aber theoretisch habe ich dich nicht angelogen, als du mich danach gefragt hast. Ich habe die Ehe annullieren lassen. Was heißt, sie hat nie existiert.«

Auf einmal stieg eine Welle der Übelkeit in mir auf. Ich hatte ein paarmal überlegt, zurückzufahren und ihn auf seine Lüge anzusprechen, aber ich war zu verletzt gewesen und kam mir dumm vor, dass ich mich in einen Typen verliebt hatte, der im Gefängnis saß.

Ich hatte in jenem Jahr einige unglückliche Entscheidungen getroffen und war an einem Punkt, an dem ich zutiefst verunsichert war. Wäre Gray ein normaler Typ gewesen und ich hätte herausgefunden, dass er verheiratet war, wäre ich zu ihm gefahren und hätte ihn zur Rede gestellt. Doch bei Gray hatte ich tief in meinem Inneren wohl Angst, ihm die Chance zu geben, sich zu rechtfertigen. Ich hatte mich schnell und heftig in ihn verliebt, doch mein Kopf sagte mir immer noch eindringlich, dass das eine schlechte Idee war.

»Sie hat sich auf dem Besucherprotokoll als deine Ehefrau eingetragen.«

»Das kann ich nur so erklären, dass sie, als ich die Besucherliste erstellt habe, noch meine Frau war.«

»Warum hast du mir nicht einfach erzählt, dass du verheiratet warst und die Ehe annulliert wurde, als ich dich gefragt habe, ob du jemals verheiratet warst? Du hast mir auch erzählt, du hättest vorher noch nie eine ernsthafte Beziehung gehabt. Ich glaube, eine Ehe kann man als ziemlich ernsthaft bezeichnen.«

Gray raufte sich die Haare. »Ich hatte Angst, es dir zu sagen.«

»Warum? Eine Scheidung oder eine annullierte Ehe hätte mich nicht abgeschreckt. Aber dass du mich angelogen hast und mir das Gefühl gegeben hast, mir über ein Jahr lang etwas vorgemacht zu haben … das war schrecklich.«

»Ich weiß. Das habe ich verstanden, als du meine Briefe ungeöffnet zurückgeschickt und mich nicht mehr besucht hast.«

»Ich verstehe das nicht. Warum hattest du Angst, es mir zu erzählen?«

»Weil du Fragen gestellt hättest, und ich wollte dir nicht erklären, was für ein Idiot ich gewesen bin. Ich wusste, dass dich anfangs beunruhigt hat, was zwischen uns passiert. Sagen wir es, wie es ist: Du hast mich im Gefängnis kennengelernt. Die Lage sprach nicht gerade für mich.«

Einen Moment lang sah ich aus dem Fenster, mir ging Verschiedenes durch den Kopf. *Glaube ich ihm? Spielt das eine Rolle?* Was, wenn er vor einem Jahr ehrlich zu mir gewesen wäre? Wo stünden wir dann heute? *Was ist mit Oliver?*

Einerseits wollte ich Grays Geschichte nicht hören. Die Frau in mir wollte ihm keine Chance geben, die Wahrheit zu sagen. Ich würde ihm ohnehin nie wieder vertrauen. Er hatte mehr als nur mein Vertrauen missbraucht. Er hatte mir das Herz gebrochen.

Doch die Anwältin in mir wollte verstehen, was passiert war. Und wenn ich mit ihm zusammenarbeiten würde, mussten wir diesen Mist hinter uns lassen. Andernfalls würde immer etwas zwischen uns stehen. Etta schien zu denken, es würde Gray helfen, loszulassen, wenn er mir seine Geschichte erzählen konnte und sah, dass sich dadurch zwischen uns nichts änderte. Vielleicht war es für uns beide gut, wenn er es endlich tat.

Es konnte unsere Beziehung nicht noch *mehr* belasten, wenn ich ihm zuhörte und seine Entschuldigung annahm.

Ich atmete tief durch, drehte mich mit Pokermiene zu ihm um und schenkte Gray meine ganze Aufmerksamkeit. »Erzähl von Anfang an.«

Gray musterte mich einen Moment, dann nickte er. »Max und ich gründeten gemeinsam eine Investmentfirma.«

»Du hast mir von ihm erzählt. Du sagtest, dein Partner hätte dich reingelegt.«

Er schüttelte den Kopf und schloss die Augen. »Max ist kein Er. Das hast du angenommen, und ich habe dich in dem Glauben gelassen, um dir nicht die Wahrheit erzählen zu müssen. Max ist eine Frau. Sie war meine Partnerin und eine Zeit lang meine Ehefrau.«

»Der Partner, der dich reingelegt hat, war deine Ehefrau?«

Gray senkte den Blick. »Ja. Ich habe das alles nicht kommen sehen.«

»Wie lange wart ihr verheiratet?«

»Lange genug, um mein Leben gründlich zu versauen.« Er zögerte. »Zwei Jahre nachdem wir die Firma gegründet hatten, hatten wir bereits über eine halbe Milliarde Dollar an Investments zusammen. Als wir den bislang größten Gewinn eingefahren hatten, machten Max und ich eine Reise in die Dominikanische Republik, um zu feiern. Wir waren beide Workaholics. Wir waren zwölf Stunden am Tag zusammen, aber bis zu dieser Reise war unser Verhältnis ausschließlich geschäftlicher Natur.«

»Okay.«

»Wir verbrachten ein langes Wochenende zusammen, dann kam es zu dem verhängnisvollen Ereignis. Am letzten Abend betranken wir uns, und am Ende waren wir verheiratet. Es war ein spontaner Entschluss, zumindest dachte ich das damals.« Gray schüttelte den Kopf. »Ich hatte keine Ahnung, dass es Teil einer Intrige war, die mich buchstäblich Jahre meines Lebens kosten sollte.«

»Und du hast die Ehe annullieren lassen, als du nach Hause kamst?«

»Nein. Hätte ich das nur getan! Stattdessen freundete ich mich mit der Idee an, verheiratet zu sein. Ich arbeitete viel und hatte keine Zeit oder kein Verlangen, eine Beziehung aufzubauen. Immer wenn ich mit einer Frau ausging, stellte ich von vornherein klar, dass ich nichts Festes wollte. Sie sagten, das wäre für sie okay, aber das änderte sich immer nach ein paar Treffen. Mit Max zusammen zu sein war leicht.«

»Hast du sie geliebt?«

»Ich weiß es nicht. Ich dachte es. Nicht so sehr als Frau, aber zumindest als Partnerin und Freundin.«

»Wie lange wart ihr verheiratet?«

»Fast zwei Jahre.«

»Du hast mir erzählt, dein Partner hätte dich reingelegt und du hättest dich auf einen Deal eingelassen, weil die Beweise gegen dich dermaßen erdrückend waren, dass du zehn Jahre oder mehr dafür hättest bekommen können. Du wusstest also, dass sie es war, konntest es aber nicht beweisen?«

Gray stieß die Luft aus. »Ich habe den Deal *ihretwegen* angenommen. Das ist eine lange Geschichte. Sie ließ es so aussehen, als hätte einer der Typen, die für uns arbeiteten, uns *beide* reingelegt. Es wurde gegen uns beide ermittelt. Gegen mich wurde zuerst Anklage erhoben. Ihre Anklage war angeblich in Vorbereitung. Ich nahm den Deal an, weil unser Anwalt sagte, es wäre möglich, dass wir beide über zehn Jahre bekämen. Für mich wäre ich das Risiko eingegangen. Ich war unschuldig. Aber ich konnte nicht zulassen, dass Max – *meine Frau* – ins Gefängnis kam. Mein Anwalt konnte einen Deal aushandeln, bei dem ich nur ein paar Jahre in den Knast ging, wenn ich die ganze Schuld auf mich nahm. Max wurde Immunität gewährt.« Er schüttelte den Kopf. »Nicht deine Feinde verraten dich, sondern die, die dir nahestehen.«

Ich machte große Augen. »Dann hast du den Deal akzeptiert, um die Person vor dem Gefängnis zu bewahren, die dich hintergangen hat?«

Er lächelte traurig. »Was für eine Ironie.«

In mir regten sich verschiedene Gefühle. Traurigkeit.

Schuld. Wut. Mitleid. Überraschung. *Angst.* Ich hatte Angst, ihm zu glauben, obwohl ich tief im Inneren wusste, dass er die Wahrheit sagte.

»Du hättest es mir erzählen können …«

»Ich habe mich so geschämt. Und du hattest sowieso schon Angst, mir zu nahezukommen. Ich wollte dich nicht mit diesem Mist abschrecken – einer Ex-Frau, meiner Naivität. Ich wollte einfach wieder mein Leben führen und nicht mehr zurückblicken.«

»Wann hast du gemerkt, dass Max dich hintergangen hat?«

»Ungefähr einen Monat nachdem ich meine Strafe angetreten hatte, kam mich ein Freund besuchen. Er hatte Max zufällig in der U-Bahn gesehen, sie ihn aber nicht. Sie war zu beschäftigt, mit Aiden Warren herumzuknutschen.«

»Dann wurdest du misstrauisch, weil sie dich betrogen hat?«

»Aiden Warren war der Typ, von dem wir dachten, er hätte uns reingelegt.«

Wieder bekam ich große Augen. »Mist. Dann haben die beiden dich zusammen hintergangen?«

»Über zehn Millionen Gewinn aus Insiderhandel sind auf ein Konto mit meinem Namen geflossen – nichts davon wurde je gefunden oder ist irgendwo wieder aufgetaucht. Ich bat meinen Freund, einen Detektiv zu beauftragen und Aiden zu überprüfen. Anscheinend waren die beiden schon ein Paar gewesen, bevor ich ihn überhaupt einstellte.«

»Kannst du das alles beweisen? Hast du mit deinem Anwalt überlegt, das Schuldeingeständnis zu widerrufen?«

»Mein Anwalt sagte, es wäre schwierig, ein Schuldeingeständnis aufzuheben, nachdem man einmal verurteilt worden ist – und noch schwieriger, wenn man die Strafe bereits abgesessen hat. Wir haben ein paar Beweise, und ich arbeite noch daran, aber ich bin mir nicht sicher, ob ich meine Zeit mit diesem Kampf verschwenden will.«

»Aber wenn das Geständnis aufgehoben würde, müsstest du nicht den harten Kampf um deine Börsenlizenz führen.«

»Ich weiß.« Er nickte. »Ich hatte neununddreißig Monate Zeit, über mein Leben nachzudenken. Ich bin mit Geld aufgewachsen. Mein Vater führte eine erfolgreiche Investmentfirma, und ich war dabei, in seine Fußstapfen zu treten. Ich habe nur gearbeitet. War nie zu Hause. Kein Gewinn war jemals hoch genug. Ich habe eine Frau geheiratet, weil es sich gut mit meinem Job vereinbaren ließ. Mein Vater suchte sich keine Frauen, mit denen er arbeitete. Nachdem meine Mutter gestorben war, suchte er sich Frauen, denen es egal war, ob er zu Hause war, und die fröhlich sein Geld ausgaben. Doch irgendwann wurde es ihnen allein zu langweilig, dann ließ er sich wieder scheiden. Als er fünfzig wurde, war er fünfmal verheiratet gewesen. Er starb mit neunundfünfzig einsam an einem Herzinfarkt, während ich meinen letzten Monat im Gefängnis absaß.«

»Das tut mir leid.«

Gray lächelte mich traurig an. »Danke. Die Jahre in Otisville haben mir klargemacht, dass ich nicht wie er enden will. Der Markt verbrennt die Leute – ich selbst war schon auf dem besten Weg. Mein Vater hat mir genug Geld hinterlassen, um eine Entschädigung zu zahlen und trotzdem meine eigene Firma zu gründen. Ich habe die Chance, noch einmal neu anzufangen. Und die werde ich nutzen.«

»Wow. Das klingt, als hättest du tatsächlich eine Menge nachgedacht.«

»Es ist erstaunlich, was passiert, wenn man jahrelang nichts anderes tun kann, als immer wieder über sein Leben nachzudenken – man begreift, was wichtig ist.«

Ich hatte Mitgefühl mit ihm. Wenn das alles stimmte, und mein Bauch sagte mir, dass dem so war, dann hatte er drei Jahre seines Lebens verloren, sein Geschäft und seinen Vater. Obendrein war er von der Frau, die er geheiratet und der er offenbar vertraut hatte, nach Strich und Faden betrogen worden. Doch er klang nicht verbittert. Es heißt doch, *wenn dir das Leben Zitronen gibt … mach Limonade draus.* Ich bin mir ziemlich sicher, dass ich an seiner Stelle den Leuten die Zitronen an den Kopf geworfen hätte.

Ich hatte mich auf die Armstütze zwischen uns gelehnt. Gray strich zärtlich über meinen Arm.

»Es tut mir leid, dass ich dich verletzt habe, Layla. Ich weiß, es braucht Zeit, bis du mir wieder vertraust. Aber ich werde mir dein Vertrauen aufs Neue erarbeiten.«

Ich wusste nicht, was ich darauf erwidern sollte, also schwieg ich. Obwohl es vermutlich mehr als irgendwelche Worte sagte, dass ich den Arm von der Lehne nahm.

In seinen Augen erschien ein Ausdruck des Bedauerns. »Liebst du diesen Oliver?«

»Er ist ein guter Kerl. Wir sind ein gutes Team.«

Er suchte meinen Blick. »Ich habe nicht das Wort *Liebe* gehört.«

»Das spielt keine Rolle.« Ich wedelte mit der Hand zwischen uns hin und her. »Zwischen uns wird nichts passieren, Gray.«

Ein laszives Lächeln erschien auf seinem hübschen Gesicht. »Oh doch. Du kannst dich wehren, so viel zu willst.« Er beugte sich zu mir herüber.

Fast berührten sich unsere Nasen. Mein Körper kribbelte, als ich seinen heißen Atem auf meiner Haut spürte.

»Eigentlich möchte ich sogar, dass du dich wehrst. Mit Händen und Füßen. Das macht es für uns beide noch viel besser, wenn du schließlich nachgibst.«

7. Kapitel

Gray

Ich konnte mich unmöglich den ganzen Tag konzentrieren.

Die Hälfte der Zeit beobachtete ich Layla auf der anderen Seite des Tisches. Ich hörte nicht ein gottverdammtes Wort von dem, was sie sagte, doch jedes Mal, wenn sie ein *th* aussprach, erhaschte ich einen Blick auf ihre nasse rosa Zunge, die zwischen den knallrot geschminkten Lippen und den strahlend weißen Zähnen hervorlugte. Wenn sie schief lächelte, zog sie den linken Mundwinkel nach oben, und ein Hauch von Lachfältchen erschien auf ihrer Porzellanhaut.

Zum Glück konnte sich einer meiner zwei Partner konzentrieren. Franklin Marks war Mitte sechzig und lebenslang ein Geschäftspartner meines Vaters gewesen. Diese Venture-Capital-Firma mit mir zu gründen, war ein Hobby für ihn. Er hatte schon mehr Geld, als die zwei nachfolgenden Generationen an Marks-Kindern jemals verbrennen konnten. Franklin hatte jahrzehntelange Erfahrung im Finanzgeschäft – er verfügte über die Art von Wissen, das einem im Wirtschaftsstudium an einer Eliteuni nicht vermittelt wird. Er war konservativ, aber das war okay, denn damit bildete er einen Ausgleich zu Jason, meinem anderen Partner.

Jason und ich waren seit Kindertagen befreundet. Ich

würde ihm mein Leben anvertrauen. Im Laufe der Jahre hatten wir aus Spaß gemeinsam in einige kleinere Projekte investiert. Doch er neigte dazu, Risiken einzugehen, beruflich wie auch privat. Er arbeitete hart und war ein Draufgänger. Darum nahm ich ihn nach unserem Meeting zur Seite, um ihm zu erklären, dass die Anwältin, wegen der ihm den ganzen Tag über fast die Augen aus dem Kopf fielen, tabu war.

Das Meeting heute hatte mir in erster Linie als Ausrede gedient, um mit Layla zu verreisen – ich wollte eine Weile mit ihr allein sein. Ich hatte sogar das Abendessen mit meinen Partnern heute Abend abgesagt, nur um noch einige weitere Stunden auf dem Rückflug mit ihr zu haben. Doch die Reise hatte sich als äußerst produktiv erwiesen. Layla hatte jetzt alles, was sie brauchte, um die Verträge fertig zu machen. Franklin war so beeindruckt von ihr, dass er sie noch in einer anderen Angelegenheit anrufen wollte.

Im Wagen auf dem Rückweg zum Flughafen vibrierte mein Telefon. Als ich es zur Hand nahm, fand ich die beste Nachricht vor, die ich je bekommen hatte. Ich konnte mir ein Lächeln nicht verkneifen und zeigte Layla die Information von American Airlines.

»Der Flug wurde gestrichen.«

»Was? Nein!« Sie nahm mir das Telefon aus der Hand, um sich davon zu überzeugen, dass die Nachricht echt war. »Sie haben uns auf einen Flug für morgen umgebucht? Wir müssen da anrufen. Es muss doch heute Abend noch einen anderen Flug geben.«

Ich schüttelte den Kopf. »Als ich die Flüge wegen des Unfalls heute Morgen umgebucht habe, sagte meine Assistentin, dass es der letzte Flug des Tages wäre.«

»Das ist doch unmöglich.«

»Wir fliegen von Greensboro, nicht von Atlanta. Da geht nicht Tag und Nacht alle drei Minuten ein Flug.«

Sie holte ihr Smartphone heraus und ging ins Internet, um selbst nachzusehen. Während sie vergeblich versuchte, meiner Gesellschaft zu entkommen, nutzte ich die Gelegenheit, in der Nähe ein Hotel mit einem guten Restaurant ausfindig zu machen – vorzugsweise etwas Romantisches.

Ich hatte schon einmal im O. Henry gewohnt. Es war ganz nett, und ich erinnerte mich, dass es dort auch ein Restaurant gab. Ich rief es auf meinem Smartphone auf und sah mir die Fotos an. Das Hotel wirkte genauso hübsch, wie ich es in Erinnerung hatte, und was noch besser war, das Restaurant schien ruhig zu sein und eine nette Atmosphäre zu haben. Während Layla noch nach Flügen suchte, reservierte ich uns zwei Suiten.

Sie schnaubte. »Ich kann nicht glauben, dass es heute Abend wirklich keinen anderen Flug mehr gibt.«

»Ich habe uns zwei Zimmer in einem Hotel reserviert, in dem ich schon einmal gewohnt habe.« Dass ich um zwei nebeneinanderliegende Zimmer gebeten hatte, verschwieg ich.

»Ich habe noch nicht einmal etwas zum Umziehen oder eine Zahnbürste dabei.«

»Gegenüber gibt es eine Einkaufspassage, und im Hotel gibt es ein Restaurant.«

Sie sah mich finster an. »Kannst du zumindest so tun, als würdest du dich nicht dermaßen darüber freuen? Dein Lächeln geht mir auf die Nerven.«

»Ich habe mir vorgenommen, dich nie wieder anzulügen, wenn ich dich nur dazu bringe, wieder mit mir zu sprechen. Darum verheimliche ich dir nicht einmal, wie sehr ich mich freue, dass wir hier festsitzen.«

Ich sagte dem Fahrer, er solle uns zum O.-Henry-Hotel bringen, und Layla rief ihr Büro an, um ihre Assistentin über die Planänderung zu informieren. Als wir vor dem Hotel hielten, war es schon ziemlich spät, die Läden würden bald schließen.

»Wir sollten schnell rüberlaufen, ehe die Geschäfte zumachen.«

»Okay.«

Der erste Laden war zufällig eine Filiale von Victoria's Secret. Es kam mir vor, als wäre ich über ein Jahr mit dieser Frau zusammen gewesen, doch ich hatte keine Ahnung, welche Wäsche sie bevorzugte. Falls ich die Hoffnung gehegt hatte, es bald herauszufinden, wurde diese schnell zunichtegemacht.

Layla blieb vor dem Geschäft stehen. »Warum besorgst du dir nicht, was du brauchst? Ich komme hier allein klar.«

»Bist du dir sicher? Vielleicht willst du in der Umkleide eine zweite Meinung hören.«

Sie zeigte auf eine Gap-Filiale. »Verschwinde.«

Ich lächelte. »Ich besorge ein paar Sachen und checke uns dann ein. Wir sehen uns im Hotel.«

Sie öffnete die Tür zum Geschäft. »Ich kann selbst einchecken.«

Während sie sich entfernte, sagte ich zu ihrem Rücken: »Meine Lieblingsfarbe ist Rot …«

Zumindest zeigte sie mir nicht den Mittelfinger. *Immerhin ein Fortschritt.*

Ich wusste, dass sie Layla hieß, weil ihre Mutter ein großer Clapton-Fan war. Ich wusste, dass sie sich in der dritten Klasse mit einem Jungen geprügelt und ihm die Nase gebrochen hatte. Aber ich hatte sie noch nie in Jeans gesehen oder mit ihr ein richtiges Mahl geteilt. Ich saß an der Restaurant-Bar und genoss den Anblick ihrer wohlgeformten Hüften, die in einer engen Jeans steckten und auf mich zuschwangen.

»Sieh mich nicht so an.«

Ich nippte an dem Scotch mit Soda, den ich mir bestellt hatte. Noch etwas, das mir gefehlt hatte. »Wie?«

»Das weißt du ganz genau.«

»Als würde ich zum Abendessen lieber dich vernaschen als irgendetwas, was hier auf der Speisekarte steht?«

Die Kellnerin kam, um mir zu sagen, dass der Tisch bereit sei, und unterbrach Layla, die gerade etwas Schnippisches erwidern wollte. Wie schade.

Ich stand auf und streckte den Arm aus. »Nach dir.«

Sie blinzelte. »Okay. Aber glotz mir nicht auf den Hintern.«

Als ob auch nur die geringste Chance dazu bestünde.

Nachdem wir saßen, bestellte Layla sich einen Wein, doch ich verzichtete auf einen weiteren Drink. Nach drei alkoholfreien Jahren vertrug ich nicht mehr viel, und wenn ich mit dieser Frau zusammen war, wollte ich einen klaren Kopf behalten.

Ich blickte über den Tisch zu ihr. In vielerlei Hinsicht kam sie mir jetzt wie eine Fremde vor. Doch fremd hin oder her, ich fühlte mich mit ihr stärker verbunden als mit irgendjemandem sonst in meinem Leben. Zwischen uns gab es eine Verbindung, und während sie versuchte, diese zu trennen, hatte ich vor, sie zu verstärken.

»Deine neuen Partner machen einen netten Eindruck«, sagte sie.

»Ja. Ganz bestimmt besser als meine letzte Partnerin.« Mir war klar, dass ich nur wenig Zeit mit ihr allein hatte, und ich konnte nur an eins denken. »Und wie lange bist du schon mit diesem Würstchen zusammen?«

Sie runzelte verwirrt die Stirn, und obwohl ich fand, dass eigentlich klar war, wen ich meinte, fügte ich hinzu: »Der Anwalt, mit dem du zusammenarbeitest. Ist das Anbandeln mit Kollegen in deiner Kanzlei nicht verboten?«

»Du weißt, dass er Oliver heißt. Und wie lange ich schon mit ihm zusammen bin oder welche Regeln es in meiner Kanzlei gibt, geht dich rein gar nichts an.«

Die Kellnerin brachte Laylas Wein und nahm unsere Bestellung auf. Zu beobachten, wie Layla das Glas an die Lippen führte und sich ihr schlanker Hals bewegte, als sie schluckte, war geradezu spektakulär.

»Du hast recht«, sagte ich. »Je weniger ich weiß, umso besser. Solange du nicht mit ihm vögelst.«

»Ich schlafe, mit wem ich will.«

»Hast du mit einem Mann geschlafen, als wir zusammen waren?«

Sie schnaubte. »Zusammen waren? So nennst du den Sozialdienst, durch den ich gezwungen war, mit dir zusammenzuarbeiten?«

»Nein. So nenne ich die drei Stunden, die wir jede Woche zusammen verbracht haben, bevor dein Sozialdienst begann. Und all die Samstage, die wir zusammen verbracht haben, als du nicht mehr hättest kommen müssen. Und die langen Briefe, die wir uns jede Woche geschrieben haben. Natürlich war das nicht ideal – ich konnte dich nicht schön zum Abendessen einladen oder am Ende des Abends befummeln –, aber dennoch waren wir in meinen Augen ein Paar.«

»Mit dieser Ansicht bist du allein.«

Ich wusste, dass sie log. Sie hatte es genauso gesehen. Aber es war leichter für sie, mit mir umzugehen, wenn sie es leugnete.

»Erzähl mir von deiner Arbeit. Wie läuft es für dich? Als unsere Beziehung …« Ich grinste. »… auseinanderging, war deine Position ziemlich wackelig. Nachdem du noch da bist, nehme ich an, dass sich alles zum Guten gewendet hat?«

»Ich habe letztes Jahr knapp dreitausend Stunden berechnet – mindestens zweihundert Stunden mehr als jeder andere Anwalt. Sie wären verrückt gewesen, mich zu feuern.«

Ich überschlug rasch im Kopf. »Dreitausend Stunden, das macht sechzig Stunden die Woche. Mittagspause und Arbeitsweg hinzugerechnet sowie ein paar Pinkelpausen musst du zwölf Stunden am Tag, sieben Tage die Woche gearbeitet haben.«

»Stimmt. Dieses Jahr bin ich auf sechs Tage zurückgegangen, damit ich kein Burn-out bekomme.«

»Zumindest hattest du auf diese Weise wenig Zeit für ein Date.«

Sie verdrehte die Augen, dann kippte sie den Rest von ihrem Wein herunter. Anschließend schien sie sich ein bisschen zu entspannen. Das Gespräch verlief nicht mehr ganz so feindlich.

»Wie lange bist du jetzt draußen? Zwei Wochen?«

»Fünfzehn Tage. Ich musste einiges in Ordnung bringen, ehe ich in deiner Kanzlei aufgetaucht bin. Ich war eine Woche nicht in der Stadt, weil ich ein paar Sachen wegen meines Vaters klären musste.«

»Mein Beileid noch mal. Das muss hart für dich gewesen sein.«

»Das Verhältnis zu meinem Vater war angespannt gewesen. Aber sein letzter Wille war ehrenhaft. Er hatte fünf Ehefrauen, aber er wollte bei meiner Mutter begraben werden.«

»Sie ist gestorben, als du noch klein warst, oder?«

»Ja. Brustkrebs mit achtunddreißig. Sie wurde in Kalifornien bei ihrer Mutter und ihrer Schwester begraben. Beide sind aufgrund derselben Krankheit nicht einmal vierzig geworden.«

»Herrje.«

»Sie war Floristin und hat meinen Vater kennengelernt, als er seiner Freundin Blumen schicken wollte.« Ich schüttelte den Kopf. »Das hätte ihr eigentlich eine Warnung sein sollen.«

»Dann hast du ihn neben deiner Mutter beisetzen lassen?«

»Wahrscheinlich wird sie mir dafür irgendwann einen Tritt in den Hintern geben, aber ja. Ich habe alles aus der Haft heraus organisiert.«

Layla lächelte.

»Ich war erst neun, als sie starb. Aber sie waren schon einige Jahre getrennt. Obwohl sie sich nie von ihm hat scheiden lassen. Sie sagte, er sei die Liebe ihres Lebens, und wenn man den Richtigen gefunden habe, könne man ihn nicht ersetzen, weil man sein Herz nun einmal schon verschenkt habe.«

»Wow. Und offenbar hat er genauso empfunden, wenn er vier andere Frauen hatte, aber bei ihr begraben werden wollte.«

»Sieht so aus. Sie konnten nicht zusammenleben, aber sie haben nie aufgehört, sich zu lieben.«

Unsere Blicke trafen sich, aber Layla sah schnell zur Seite.

»Warst du in Kalifornien, um ihr Grab zu besuchen?«, fragte sie.

»Ja. Und um einen großen Garten anzulegen.«

Sie legte die Stirn in Falten. »Einen Garten?«

Ich lachte bei dem Gedanken, mit was für einem Quatsch ich meine erste Woche in Freiheit verbracht hatte. »Als sie frisch verheiratet waren, wollte meine Mutter ein Haus in einem Vorort haben. Mein Vater wollte jedoch nah bei seinem Büro sein und wohnte in einem Penthouse, das ihm gehörte. Sie einigten sich darauf, ein paar Jahre in der Stadt zu bleiben und dann nach Westchester oder Long Island zu ziehen. Meine Mutter hatte große Pläne für einen Garten mit all ihren Lieblingsblumen und -bäumen. Sie arbeitete damals ständig daran. Auf großen Zeichenblättern mit allen möglichen Details. Jahrelang überarbeitete sie die Entwürfe ein- oder zweimal die Woche, ständig fügte sie etwas hinzu. Nachdem wir aus dem Penthouse meines Vaters ausgezogen waren, habe ich die Pläne nie mehr gesehen. Sehr bald nach ihrer Trennung wurde meine Mutter krank.«

»Dann hast du einen Garten für sie angelegt?«

»Nicht irgendeinen Garten, *ihren* Garten. Der Anwalt meines Vaters hatte die alten Entwürfe bei seinem Testament. Mein Vater hatte ihre Pläne all die Jahre aufgehoben und die Anweisung hinterlassen, jemanden anzuheuern, der den Garten dort anlegt, wo sie begraben ist.«

»Das ist ungewöhnlich romantisch.«

»Ich habe eine Woche gebraucht, um das ganze Zeug zu finden, das sie pflanzen wollte. Von der ganzen Graberei habe ich immer noch Sonnenbrand im Nacken.«

»Du hast ihn selbst angelegt?«

Ich nickte. »Der Plan war, dass meine Mutter und ich ihn zusammen anlegen. Dazu haben wir aber nie die Chance bekommen. Es war das Mindeste, was ich tun konnte. Und auch wenn ich meinen Vater für vieles verachtet habe, hoffe ich, dass meine Eltern wieder vereint sind und den Garten zusammen genießen.«

Die Kellnerin brachte das Essen und unterbrach uns. Nachdem sie gegangen war, sah Layla mich mit merkwürdigem Blick an.

»Was ist?«, fragte ich.

»Nichts.« Sie schüttelte den Kopf. »Iss einfach und halt den Mund, damit du nicht noch mehr Dinge von dir gibst, die mir gefallen.«

Ich grinste. »Ich glaube, was ich mit meinem Mund sonst so alles anstellen kann, würde dir noch besser gefallen.«

8. Kapitel

Layla

Seit wir am Flughafen eingetroffen waren, hatte ich geschwiegen. Während wir in der Abflughalle darauf warteten, dass das Boarding begann, ging ich auf dem Laptop meine E-Mails durch. Ich konnte rund um die Uhr arbeiten, ohne dass mir in der Kanzlei je die Arbeit ausging. Doch wenn ich ehrlich war, vergrub ich heute die Nase in der Arbeit, weil ich nicht mit Gray reden wollte.

Gestern Abend hatten wir verabredet, zusammen zu frühstücken, ehe wir zum Flughafen fuhren. Doch dann hatte ich stundenlang wach gelegen und über den Mann nachgegrübelt, von dem ich gestern einen flüchtigen Eindruck gewonnen hatte. Er hatte mich dazu verführt, den Mann zu sehen, den ich vor zwei Jahren kennengelernt hatte – einen Mann, der mich umgehauen hatte –, und ich brauchte meinen Kopf, nicht mein Herz, um die Dinge aus dem richtigen Blickwinkel zu sehen.

Praktischerweise hatte ich heute Morgen Kopfschmerzen und sagte das Frühstück mit ihm ab. Ich wollte nicht noch mehr Zeit mit Gray allein verbringen. Gerade erst hatte ich mein Leben wieder auf Spur gebracht, und ich wollte auf keinen Fall alte Wunden aufreißen.

Nachdem ich ihm zugehört hatte, fühlte ich mich allerdings wirklich schlecht. Doch ich hatte fast ein Jahr gebraucht, um über ihn hinwegzukommen, und dabei hatten wir noch nicht einmal Sex gehabt. Die Verbindung, die wir geteilt hatten, war anders als alles, was ich bis dahin erlebt hatte, und seine Lüge – ob nur eine Formalität oder nicht –, gepaart mit seiner verrückten Vergangenheit und der Tatsache, dass er jetzt mein Mandant war … das war einfach zu viel.

Ich hatte nicht gerade viel Geschick bei der Auswahl meiner Männer bewiesen. Ebenso wenig wie meine Mutter. Und ich war entschlossen, nicht wie sie zu werden – eine Frau, die ihr ganzes Leben mit einem Mann verbracht hatte, der ihr nie ganz gehörte –, auch wenn die Versuchung groß war.

Als das Flugzeug die Reiseflughöhe erreicht hatte, holte ich in dem Bemühen, Gray zu ignorieren, meinen Laptop heraus. Vorsichtig streckte er die Hand aus und klappte ihn zu.

»Das wird aber ganz schön teuer, wenn ich dich jedes Mal auf zehntausend Meter Höhe einsperren muss, wenn ich mit dir reden will«, sagte er.

»Sorry. Ich muss mich im Hinblick auf ein paar Dinge auf den neuesten Stand bringen, das habe ich gestern Abend nicht mehr geschafft. Wolltest du den Gesellschaftervertrag mit mir durchsprechen?«

Er schüttelte den Kopf.

Ich holte tief Luft und atmete hörbar aus. »Gray, du gründest eine neue Firma. Du hast dein Leben zurück. Du solltest nach vorn schauen. Ich bin mir sicher, du brauchst nur mit dem Finger zu schnippen, und schon hast du ein Date. Ist dir schon mal aufgefallen, wie die Stewardess dich angesehen hat, als sie uns die warmen Handtücher gebracht hat? Sie ist attraktiv. Warum bittest du sie nicht um eine Verabredung?«

Er warf mir einen finsteren Blick zu. »Gehst du mit allen anständig aussehenden Männern aus, die an dir interessiert sind?«

»Nein. Aber ich *bin* ja auch mit jemandem zusammen.«

»Er ist nicht der Richtige für dich.«

»Und das weißt du nach einem Abendessen, bei dem du dich ihm gegenüber ziemlich unverschämt benommen hast und er seiner Arbeit wegen höflich bleiben musste?«

»Nein. Das weiß ich, weil er nicht ich ist.«

Wir sahen uns lange in die Augen. Ich hatte das Gefühl, dass nichts, was ich auf dieser Reise gesagt hatte, ihn im Mindesten abgeschreckt hatte. »Ich habe weitergelebt, Gray. Damit musst du dich abfinden, wenn wir zusammenarbeiten.«

»Und wenn du nicht mit dem Minischwanz zusammen wärst?«

»Ich dachte, er wäre ein Würstchen?«

»Ich war mit ihm auf der Toilette. Glaub mir, die Statur ist charakteristisch für die ganze Anatomie.«

»Du bist so ein Idiot.«

»Du verteidigst nicht seine Ehre und sagst, dass ich unrecht habe. Was heißt, dass nur einer von uns die traurige Erfahrung gemacht hat, seinen mickrigen Schwanz zu sehen. Oder dass du weißt, dass es stimmt und es bei dem Thema nichts zu verteidigen gibt.«

»Ich glaube, du hast den Verstand verloren. Ich diskutiere doch nicht mit dir über die Genitalien eines anderen Mannes.«

»Das ist gut. Denn ich würde mich viel lieber mit dir über meine unterhalten.«

Ich musste unwillkürlich lachen. »Im Ernst, Gray. Wie wäre es, wenn wir über niemandes Schwanz diskutieren und du mir stattdessen erzählst, was ich abgesehen von dem Gesellschaftervertrag noch für dich tun kann?«

»Darauf darfst du keine anständige Antwort erwarten – was du sonst noch für mich tun kannst …«

»Ich achte künftig auf meine Formulierungen.«

Grays amüsierte Miene wurde ernster. »Es gibt tatsächlich etwas, das du für mich tun kannst.«

»Und zwar?«

»Lass uns neu anfangen. Reden wir nicht mehr über die Vergangenheit und alles.«

Damit hatte ich absolut nicht gerechnet. »Okay. Ich glaube, das ist eine gute Idee. Wir haben alles noch einmal besprochen und es zu den Akten gelegt. Es ist sicher gut, einen klaren Schnitt zu machen, wenn wir zusammenarbeiten.« Ich legte den Kopf schief. »Obwohl es mich etwas überrascht, dass du das vorschlägst. Schließlich hast du die letzten vierundzwanzig Stunden überwiegend versucht, mir in Erinnerung zu rufen, was zwischen uns gewesen ist.«

Meine linke Hand hatte zwischen uns auf der Armlehne gelegen. Gray legte seine auf meine und sah mir in die Augen. »Ich wollte dir nur alles erklären. Die Fakten darlegen. Aber ich bin bereit, noch einmal neu anzufangen, um dich zurückzugewinnen.«

»Gray …«

»Ich lasse dir jetzt etwas Raum. Ich weiß, dass du das brauchst.« Er fing meinen Blick auf. »Aber keine Lügen oder Auslassungen mehr. Abgesehen davon ist es zwischen uns noch nicht vorbei. Wir fangen gerade erst an. Denn was wir hatten, war real, und etwas *Reales* geht nicht weg, egal wie sehr man es sich auch wünscht.«

9. Kapitel

Layla

Zwei Jahre zuvor

»Erzähl mir etwas über dich, was kein anderer weiß.«

Gray kratzte sich an dem Bartschatten an seinem Kinn. Seit Stunden saßen wir an dem Tisch in der Bibliothek und bereiteten angeblich den Kurs vor, den ich in einer Stunde geben musste. So hatten wir es geschafft, in den letzten acht Wochen samstags viel Zeit miteinander zu verbringen.

»Ich esse keine Wassermelone«, sagte er.

Ich blinzelte. »Und das ist ein großes Geheimnis?«

»Nein. Aber niemand kennt den *Grund*, warum ich sie nicht esse.«

Ich stützte die Ellbogen auf den Tisch. »Erzähl …«

Gray zeigte warnend auf mich. »Aber nicht lachen.«

»Das kann ich dir nicht versprechen.«

Schmunzelnd schüttelte er den Kopf. »Auf der Grundschule las unsere Lehrerin uns *Hans und die Bohnenranke* vor. Ich glaube, deshalb vermutete ich, dass aus Kernen riesige Dinge entstehen können, wenn man sie an die richtige Stelle pflanzt. Zu Hause lag eine Weile eine runde Wassermelone auf dem Küchentresen, und eines Tages beschloss meine Mutter, sie aufzuschneiden. Sie sagte, in ihr wären keine Kerne, und ich sah auch keinen der üblichen schwarzen Kerne, also biss ich hinein. Bei meinem dritten Stück erklärte ich meiner Mutter, dass ich die ovalen Wassermelonen, die sie normalerweise kaufte, lieber möge als die runden. Die wären irgendwie *knusprig.*«

»*Knusprig?* War deine Melone schlecht?«

»Nein, da waren kleine weiße Kerne drin, die ganz weich waren, aber an den Rändern so knusprig, und die habe ich geschluckt, ohne dass ich es gemerkt habe. Meine Mutter holte sie aus einem Stück heraus und zeigte sie mir. Sie sagte, sie wären harmlos. Aber in meinem Kopf hatte sich festgesetzt, dass in meinem Bauch jetzt eine riesige Wassermelone wachsen und ich am Ende explodieren würde. Jede Nacht, wenn ich ins Bett ging, streckte ich den Bauch raus, um zu sehen, ob er gewachsen war. Und ich war mir so sicher, dass das passieren würde, dass ich mir einbildete, mein Bauch würde tatsächlich größer.«

Ich hielt mir lachend den Mund zu. »Oh, mein Gott! Und danach hast du aufgehört, Wassermelone zu essen?«

Er nickte. »Ich habe seit fünfundzwanzig Jahren keine Wassermelone mehr gegessen.«

»Das ist verrückt.«

Er hob den Zeigefinger. »Und darum weiß niemand, warum ich keine Wassermelone mehr esse.«

Ich beobachtete, wie Grays Blick über mein Gesicht glitt, zu meinen Lippen zuckte und dann wieder nach oben zu meinen Augen wanderte. »Du hast Sommersprossen auf der Nase«, stellte er fest. »Aber du versuchst, sie zu überschminken.«

Ich tastete nach meinem Gesicht. »Anscheinend ist es mir nicht besonders gut gelungen.«

»Mir gefallen sie. Sie erinnern mich daran, dass du real bist. Manchmal, nachdem du gegangen bist, frage ich mich, ob ich dich mir nur eingebildet habe.«

Aus irgendeinem Grund ging mir daraufhin das Herz auf.

Ein Wachmann steckte auf seinem routinemäßigen Rundgang den Kopf herein und unterbrach uns. »Alles okay hier?«

Ich winkte und nickte. »Alles gut. Danke, Marcus.«

»Ich komme in einer halben Stunde zum Kursbeginn wieder.«

Ich machte ein langes Gesicht. Die wenigen Stunden, die ich jeden Samstag mit Gray allein verbrachte, waren für mich zum Highlight der Woche geworden. Doch in letzter Zeit schienen sie immer schneller zu vergehen. Bis ich mich halbwegs entspannt und wieder davon überzeugt hatte, dass ich nicht verrückt war, weil ich in einen Häftling in einem Bundesgefängnis verliebt war, fing auch schon der Kurs an. Ich kam jetzt jede Woche drei Stunden früher und tat, als müsse ich mit Gray den Kurs vorbereiten. Doch eigentlich saßen wir uns nur gegenüber und erfuhren von dem anderen so viel, wie in der kurzen Zeit, die uns blieb, möglich war. Es war wie ein Date – ich brauchte mehr Zeit, um mich vorher fertig zu machen, spürte das Adrenalin, wenn er den Raum betrat, und wollte immer mehr über ihn wissen. Das Schwerste war allerdings, unsere gegenseitige körperliche Anziehungskraft zu ignorieren. Sie war stets präsent, und letzte Woche hatten wir uns auf neues Terrain vorgewagt: Gray hatte den Kuss *beschrieben*, den er mir gern geben würde. Ich hatte bis dahin nicht gewusst, dass *Reden* über Körperliches so erotisch sein konnte.

»Du bist dran«, sagte Gray.

Ich war mit den Gedanken woanders gewesen. »Mit was?«

Grays Blick fiel erneut auf meine Lippen, und sein Mundwinkel zuckte, als wüsste er, was in meinem Kopf vorging. »Du bist dran, mir etwas zu erzählen, was kein anderer weiß.«

Als ich nicht gleich antwortete, sah ich wieder auf und stellte fest, dass Gray nun breit grinste. Ich schüttelte den Kopf in dem Bemühen, mich zu fassen.

»Alsooooo …« Mir fiel etwas ein, das noch nicht einmal meine beste Freundin wusste, das aber vielleicht zu verrückt war, um es zu erzählen. »Ich habe ein Auf-jeden-Fall-Notizbuch.«

Er zog die Brauen zusammen. »Ein was?«

»Ein Auf-jeden-Fall-Notizbuch. Nun, eigentlich sind es inzwischen eher sieben.«

»Was genau ist ein Auf-jeden-Fall-Notizbuch?«

»Eine Liste von Dingen, die ich analysiere, um zu entscheiden, ob man etwas auf jeden Fall oder auf keinen Fall tun sollte. Sag nichts gegen den Namen. Ich habe es angefangen, als ich sieben war. Ich habe meinen Dad gefragt, ob wir einen Hund haben könnten, und er sagte, mit einem Hund müsse man viel spazieren gehen, hinterher müsse man ihn sauber machen, und er sei teuer. Ich sagte, dann hätten wir einen Wachhund und ich würde lernen, Verantwortung zu übernehmen. Er lachte, das sei ein netter Versuch, aber die Nachteile würden überwiegen. Daraufhin nahm ich an jenem Abend ein neues Notizbuch, schlug die erste Seite auf und zog in der Mitte eine Linie. Ich schrieb alle Vor- und Nachteile auf, die mir einfielen, dann unternahm ich einen neuen Versuch bei meinem Vater. Natürlich waren mir fünfundzwanzig Dinge eingefallen, die dafür und nur zehn, die dagegen sprachen.«

Gray lächelte. »Die Anwältin in dir zeigte sich schon früh, wie ich sehe.«

»Ja. Meine Liste änderte nichts an seiner Meinung, aber sie überzeugte meine Mutter, und so bekamen wir am Ende einen Hund. Und ich stellte fest, dass mir das Aufschreiben von Vor- und Nachteilen von Dingen gefiel. Es half mir irgendwie, meine Gedanken zu ordnen.«

»Für was für Sachen hast du noch Listen erstellt?«

»Für alles. Sollte ich in der achten Klasse Danny Zucker küssen? Sollte ich woanders aufs College gehen? Sind ein Paar Lederstiefel tausendvierhundert Dollar wert?«

Grays Augen funkelten. »Hast du Danny Zucker geküsst?«

Ich hob die linke Hand und zählte ab, was dafür gesprochen hatte. »Er war beliebt. Er hatte schöne Lippen. Er hatte Erfahrung im Küssen.« Ich hielt die rechte Hand hoch und zählte auf, was dagegen gesprochen hatte. »Aufgrund seiner Erfahrung hatte er die Spucke mit …« Ich rümpfte die Nase. »Amanda Ardsley getauscht.« Ich führte weitere Contra-Punkte auf. »Alle kannten all die Mädchen, die er bislang geküsst hatte, also würden sie wahrscheinlich auch erfahren, wenn ich es tat. Bakterien. Zahnspange.« Ich knickte den letzten Finger um und sagte todernst: »Mundgeruch.«

Gray warf lachend den Kopf in den Nacken. »Verstehe, der arme Danny hat verloren.«

Ich grinste. »Ja.«

»Bist du woanders aufs College gegangen?«

»Ja. Das war wahrscheinlich meine unausgewogenste Liste. Dagegen sprach, dass ich meine Mutter und meine Freunde vermissen würde. Und dass ich Angst hatte. Für die Vorteile brauchte ich zwei Seiten.«

»Die Stiefel?«, fragte er.

»Ich werde sie nächste Woche für dich tragen.«

Ich mochte die kleinen Lachfältchen um seine Augen zu gern, wenn sein ganzes Gesicht lächelte.

»Und du hast all die Notizbücher aufgehoben, in denen du die Pros und Contras aufgeschrieben hast?«

»Yep. Sieben volle Notizbücher, die fast zwanzig Jahre zurückreichen. Sie sind meine eigene ungewöhnliche Form eines Tagebuches geworden.«

»Machst du immer noch Listen?«

Ich biss mir auf die Lippe und rang mit mir, ob ich ihm von der erzählen sollte, die ich letzte Woche erstellt hatte. »Hin und wieder. Ich finde es aus irgendeinem Grund beruhigend.«

Sein Blick glitt über mein Gesicht. Der Mann besaß die verblüffende Fähigkeit, meine Gedanken zu lesen. Es machte mich genauso nervös, wie es mich faszinierte. Als sich unsere Blicke begegneten, wusste ich, dass er die Antwort kannte, bevor er überhaupt die Frage stellen musste.

»Hast du eine gemacht, ob du dich auf mich einlassen sollst?«

Der Kurs war seit zehn Minuten zu Ende, doch ein paar Männer warteten noch darauf, mit mir persönlich zu sprechen. Je mehr ich ihnen über das Berufungsverfahren und über die Recherche zu Präzedenzfällen beibrachte, desto mehr fragten sie sich, wie die Chancen auf eine Berufung in ihrem eigenen Fall standen.

Ein Wachmann, den ich ein- oder zweimal gesehen, mit dem ich aber noch nie gesprochen hatte, blieb neben dem Eingang zum Klassenraum stehen.

»Die Zeit ist um, Jungs«, sagte er von der Tür aus.

Mein Blick zuckte zu Gray. Er ging zu dem Wachmann und sprach eine Weile mit ihm. Hin und wieder sprangen ihre Blicke zu mir. Als sie fertig waren, kam Gray wieder zu mir nach vorn und sagte etwas zu den paar Männern, die dort noch standen.

»Kirkland muss den Raum bis zum Ende seiner Schicht räumen. Ihr müsst eure Fragen nächste Woche stellen.«

Ohne sich groß zu beklagen, verließen die letzten Schüler den Raum. Der Umgang mit den meisten Männern, die hier einsaßen, war nicht anders als mit meinen Mandanten in der Kanzlei. Diese Männer waren Wirtschaftskriminelle, viele von ihnen waren gebildeter als ich.

Der Wachmann rief Gray in warnendem Ton zu: »Sie haben zehn Minuten, Westbrook. Mehr nicht. Dann muss ich Sie abmelden.«

Ich wartete, bis die Tür ins Schloss fiel, dann fragte ich: »Was ist los?«

»Das vierte Regal hinter der Bibliothekstür. Da gibt es einen toten Winkel, der von den Kameras nicht erfasst wird.« Gray deutete mit dem Kinn auf mein Buch. »Nimm das Buch mit, das du im Kurs benutzt hast. Tu so, als müsstest du es wegstellen.«

»Aber das ist aus der Bibliothek meiner Kanzlei. Ich habe es mitgebracht.«

Er sah mir in die Augen. »Vertrau mir. In zwei Minuten da drüben.«

Nachdem seine schwarzen Pupillen fast das gesamte Grün seiner Augen überdeckten, meinte ich zu wissen, was passieren würde. Und obwohl ich mich vor dreißig Sekunden noch ganz normal gefühlt hatte, kribbelte mein gesamter Körper augenblicklich vor freudiger Erwartung. Ich nickte, ging in die benachbarte Bibliothek und zählte die Regale. Die Haut in meinem Gesicht brannte, doch meine Finger und Zehen fühlten sich kalt und taub an. Mir schwirrte der Kopf, und obwohl ich weiche Knie hatte, versuchte ich, möglichst normal zu gehen und mich normal zu verhalten, denn überall waren Kameras.

Unsicher, was ich tun sollte, als ich das vierte Regal erreichte, versuchte ich, beschäftigt zu wirken, und strich mit dem Finger über die Titel auf den Buchrücken. Wenn jemand aufgetaucht wäre, mir eine Waffe an den Kopf gehalten und mich aufgefordert hätte, die Worte vorzulesen, wäre ich allerdings tot gewesen. Ich war viel zu aufgeregt, um etwas zu erkennen.

Ich roch Gray, bevor ich ihn sah. Er roch frisch und zugleich männlich. Als er hinter mich in den Gang trat, stand ich mit dem Rücken zu ihm. Er fasste mit einer seiner großen Hände meine Hüfte, mit der anderen strich er mein Haar zur Seite. Ich schnappte nach Luft. Hätte ich in einer Achterbahn gesessen, die sich langsam über die Schienen nach oben schob, wäre dies der Moment, in dem sie oben auf dem Gipfel verharrte – das Blut pumpte das Adrenalin durch meine Adern, ängstlich und erwartungsvoll zugleich wartete ich auf den aufregenden Sturz in die Tiefe.

Seine tiefe Stimme kitzelte meinen Nacken. »Wenn du das hier nicht willst, halt mich jetzt auf, Layla.«

Der Achterbahnwagen schaukelte am Abgrund vor und zurück. »Was ist mit den Kameras?« Meine Stimme klang so heiser und atemlos, dass ich sie selbst kaum wiedererkannte.

»Vertrau mir«, sagte er.

Vertrau mir.

Und so verrückt es auch war, das tat ich. Vielleicht waren

mir die möglichen Folgen auch egal. Ich wollte diesen Mann so sehr berühren, wie ich noch nie etwas gewollt hatte. Ich drehte mich um, und Grays leidenschaftlicher Blick suchte meinen. Er sah mir in die Augen und schien mir noch eine letzte Chance zu geben, ihn aufzuhalten. Unfähig zu sprechen, nickte ich kaum merklich, während sich meine Brust schwer hob und senkte.

Ehe ich mich auf das vorbereiten konnte, zu dem ich gerade mein Einverständnis gegeben hatte, umfasste Gray mit beiden Händen mein Gesicht und stieß mich rücklings gegen das Bücherregal. Er neigte den Kopf und legte seine Lippen auf meine.

Der Schock, als er seinen Körper gegen meinen presste, ließ mich alles andere um mich herum vergessen. Er leckte über meine Lippen, drängte mich, sie zu öffnen, und stöhnte in meinen Mund, als seine Zunge meine fand. Ich wimmerte. Noch nie in meinem Leben hatte ich ein solches Verlangen empfunden und mich so begehrt gefühlt. Ich spürte ein heftiges Pulsieren zwischen meinen Beinen und drängte mich gegen ihn, konnte ihm aber nicht nah genug kommen.

Als spürte er, was ich brauchte, fasste Gray meinen Hintern, packte meine Schenkel und forderte mich auf, die Beine um ihn zu schlingen, damit er sich fester gegen mich drängen konnte. Er presste seine Erektion gegen meine empfindliche Klitoris und rieb sich an mir. Ich war so erregt, dass ich dachte, er müsse sich nur noch einmal bewegen und ich würde kommen.

Ich schob die Finger durch sein seidiges Haar und riss an den weichen Strähnen. Wieder stöhnte er, und der Laut trieb eine Lustwelle von unseren intensiv miteinander verbundenen Lippen direkt zwischen meine Beine. Er löste eine Hand von meinem Po, umfasste meinen Nacken und neigte meinen Kopf zur Seite, damit er den Kuss vertiefen konnte.

Das Gefühl von Schwerelosigkeit breitete sich in meinem Bauch aus, und ich begann zu fallen. Meine Achterbahn rollte ein letztes Mal vor und zurück, ehe der Wagen über die langen Schienen nach unten raste. Während wir uns keuchend aneinanderklammerten, streckte ich in meiner Vorstellung die Hände in die Luft und genoss die verrückte, beängstigende und wundervolle Abwärtsfahrt.

Als wir den Kuss langsam beendeten, war ich verzaubert von der Wirkung, die dieser Mann auf mich hatte. Wieder legte Gray die Hände auf meine Wangen, streichelte mich sanft mit dem Daumen und verteilte federleichte Küsse auf meinen Lippen.

Seine Stimme war rau. »Das ist real.«

Ich schluckte und verstand nicht gleich, was er meinte.

Als die Tür knarrte und ich die laute Stimme des Wachmannes hörte, zuckte ich zusammen. »Die Zeit ist um, Westbrook!«

Gray lehnte seine Stirn gegen meine. »Ich muss gehen. Merk dir, was ich gerade gesagt habe, wenn du am Dienstag anfängst zu zweifeln.«

10. Kapitel

Gray

Zwei Jahre zuvor

»Mein Haftkonto war leer, jetzt ist auf einmal der Höchstbetrag von zweihundertneunzig Dollar drauf«, verkündete Rip, mein Zimmergenosse. »Kannst du dir das erklären?«

Ich war froh, dass ich mit dem Rücken zu ihm stand. Ich beschäftigte mich weiter mit der Wäsche, die ich gerade auf meinem Bett zusammenlegte. »Warum zum Teufel soll ich wissen, woher das Geld auf deinem Konto stammt?«, log ich.

Ich hatte Etta vor ein paar Wochen einen Brief geschrieben und sie gebeten, sein Konto aufzufüllen. Sie hatte Zugang zu allen meinen Finanzen draußen in der realen Welt, und ich hatte mich schon gefragt, ob er es bekommen hatte.

»Vielleicht ist es von meiner Katie?«

Ich hatte ein schlechtes Gewissen, ihm dadurch Hoffnungen zu machen, dass seine Tochter ein Einsehen gehabt hatte. Doch von mir würde er das Geld nicht annehmen, und ich wusste, dass er ihr einen Stapel Briefe geschrieben hatte, sich das Porto aber nicht leisten konnte. Rip und ich waren seit meinem ersten Tag in Haft Zimmergenossen. Er war schon ein paar Monate vor mir hier gewesen und führte mich in alles ein.

»Vielleicht. Aber zumindest kannst du dir jetzt etwas von dem Gourmet-Essen besorgen, das du so gern isst«, foppte ich ihn. »Ramen-Nudeln, Backpflaumen, Pop-Tarts.«

»Nicht jeder hat als Kind Kaviar von einem Silberlöffel gegessen.«

Ich lachte. »Was steht heute nach der Dialyse auf deinem Programm?«

»Wahrscheinlich etwas fernsehen. Heute Nachmittag werden im Aufenthaltsraum John-Wayne-Filme gezeigt.«

»Ah. Also ein schönes langes Nickerchen?«

Er warf mit einem Handtuch nach meinem Rücken.

Rips echter Name war Arthur Winkle. Doch man hatte ihm den Spitznamen Rip gegeben, weil er wie *Rip van Winkle* in der Geschichte mit dem Zauberschlaf gern ein Nickerchen hielt. Der Typ schlief mitten im Gespräch ein, beim Abendessen und beim Fernsehen sowieso. Stets leugnete er, geschlafen zu haben, und behauptete, nur »seine Augen auszuruhen«. Wann immer die Häftlinge sich zum Fernsehen trafen, stöhnten alle, wenn Rip dazukam, weil er innerhalb von zehn Minuten schnarchte wie ein Bär.

»Um wie viel Uhr kommt deine Freundin heute?«, fragte er.

»Um zehn.«

Rip wusste alles über Layla und mich. Hauptsächlich deshalb, weil ich ununterbrochen von ihr redete. Unter der Woche zählte ich die Tage bis zum Wochenende. Und während die Samstage unglaublich waren, waren die Sonntage deprimierend, weil es noch so lange dauerte, bis ich sie wiedersah. Ihre sechs Monate Sozialdienst gingen in zwei Wochen zu

Ende, und ich hatte gezögert, das Thema anzusprechen. Es kam mir nicht richtig vor, sie zu bitten, weiterhin jede Woche herzukommen, nur um mich zu besuchen. Der Gedanke, sie über ein Jahr lang nicht mehr zu sehen, bis ich entlassen wurde, brachte mich allerdings um.

»Ich glaube, ich werde Katie einen Brief schreiben und mich bei ihr für das Geld bedanken, dann schicke ich all die Briefe ab, die sich angesammelt haben.« Rip schrieb seiner Tochter jede Woche, pünktlich wie ein Uhrwerk, und sie hatte ihm nicht ein einziges Mal zurückgeschrieben.

»Klingt nach einem guten Plan.« Ich sah auf die Uhr – zehn vor zehn –, dann schnappte ich mir den Apfel, den ich mir gestern vom Mittagessen aufgehoben hatte, um der Lehrerin zu schmeicheln. »Ich gehe besser nach unten zum Kurs.«

»Erzähl mir etwas, was du in deiner Kindheit gehasst hast.«

Ich lehnte mich auf meinem Stuhl zurück und verschränkte die Hände hinter dem Kopf. *Erzähl mir etwas* war zum wöchentlichen Ritual zwischen Layla und mir geworden. Jede Woche stellte einer von uns dem anderen irgendeine Frage dieser Art. Die Erfahrung, alles von einer Frau wissen zu wollen, war neu für mich.

Ich war zwar nicht der Typ, der bei einem Date nur von sich sprach. Ich hatte durchaus Gespräche geführt, aber sie waren meist oberflächlicher Natur gewesen – über die Arbeit, Urlaub, solches Zeug. Ich hatte mich nie für die Kindheit einer Frau interessiert. Mir war es nie in den Sinn gekommen, überhaupt eine solche Frage zu stellen.

Aber ich wollte alles und jedes über Layla wissen – *wie diese Frau tickte*.

»Donnerstage. Ich habe Donnerstage gehasst.«

Ich zog eine Augenbraue nach oben. »Großer Testtag in der Schule?«

»Nope. Es war der Tag, an dem mein Vater jede Woche wegfuhr.«

Sie hatte erwähnt, dass sie nicht mehr mit ihrem Vater sprach, aber sie scheute davor zurück, es genauer zu erklären. Wir hatten nur wenige Stunden jede Woche, und ich wollte sie nicht dazu drängen, sich mit etwas auseinanderzusetzen, an das sie nicht erinnert werden wollte.

»Jede Woche? Arbeitete er in Teilzeit oder so?«

»Er hatte eine Teilzeitfamilie.«

»Hatte er eine Ex-Frau und Kinder?«

Sie sah nach unten und schüttelte den Kopf. »Nein, er hatte eine Frau und Kinder. Wir hatten ihn von Montagabend bis Donnerstagmorgen. Seine Frau und die Kinder an der Westküste hatten ihn an den anderen vier Tagen.«

»Herrgott! Dann war deine Mom seine Geliebte?«

»Yep.«

»Wie lange ging das so?«

»Über zwanzig Jahre. Bis meine Mutter gestorben ist.«

»Das ist ja beschissen. Und sie wusste, dass er verheiratet war?«

»Yep. Und seine Frau wusste, dass er eine Freundin hatte. Alle außer mir schienen mit dem Arrangement einverstanden zu sein. Und ich bin erst als Teenager auf die Idee gekommen, dass etwas daran nicht richtig war – denn merkwürdigerweise war mein Vater ein toller Vater für mich. Obwohl er nur einige Tage in der Woche da war, verbrachte er mehr Zeit mit mir als die Väter meiner Freundinnen, die ständig da waren, mit ihren Töchtern. Mein Vater hatte einfach zwei Familien, und wir sprachen nicht darüber. Doch als ich älter wurde, konnte ich nicht verstehen, wie man zwei Menschen lieben konnte und warum man zwei Familien brauchte.«

»Ist er als Mormone aufgewachsen?«

»Nein. Katholisch.«

Ich schüttelte den Kopf. »Nun ja, ich verstehe, warum du die Donnerstage nicht mochtest.«

Layla stieß einen tiefen Seufzer aus. »Du bist der einzige Mensch, abgesehen von meiner besten Freundin aus Kindertagen, der davon weiß.«

Ich hielt ihren Blick fest. »Ich fühle mich geehrt, dass du es mir erzählt hast.«

Sie lächelte, dann lehnte sie sich auf ihrem Stuhl zurück. »Du bist dran.«

»Danach ist ziemlich sicher alles, was ich dir erzählen könnte, langweilig.«

»Nun ja, ich glaube, wir könnten danach etwas weniger Deprimierendes gebrauchen. Lass mich nachdenken.« Sie tippte sich mit dem Finger an die Lippen.

Gott, wie gern hätte ich an ihnen gesaugt!

»Erzähl mir deine letzte Lüge.«

»Das ist leicht. Vor ein paar Stunden habe ich meinen Zimmergenossen angelogen.«

»Rip?«

»Ja. Ich habe sein Haftkonto etwas aufgestockt und es ihm nicht gesagt. Er will keine Almosen.«

Sie lächelte. »Das ist lieb.«

»Aber dadurch habe ich ihm Hoffnungen gemacht, dass das Geld von seiner Tochter stammt.«

»Haben sie kein gutes Verhältnis?«

»Sie hat nicht mehr mit ihm gesprochen, seit er in Haft ist. Ist noch nicht ein einziges Mal zu Besuch gekommen. Soweit ich weiß, hat ihn überhaupt noch niemand besucht. Seine Frau ist schon einige Jahre vor seiner Festnahme gestorben.«

»Das ist traurig.«

»Ja. Er ist ein guter Kerl. Die meisten Typen sind wegen ihrer Gier hier. Er, weil er selbstlos ist.«

»Du hast gesagt, er hätte Sozialversicherungskarten gedruckt und verkauft. Er sitzt wegen Dokumentenfälschung, richtig?«

»Ja. Er hat über vierzig Jahre eine Druckerei betrieben. Seine Enkeltochter war sehr krank, und es fielen hohe Arztkosten an. Darum fing er an, für einen Kerl zu arbeiten, der mit Ausweisen, Lizenzen und allen möglichen Arten von gefälschten Dokumenten handelte. Er schickte ihr das Geld anonym, weil er es auf legalem Weg nicht hätte verdienen können.«

»Herrje. Und deshalb spricht seine Tochter nicht mit ihm?«

Ich nickte. »Familien machen verrückte Dinge, wenn es hart auf hart kommt.«

»Was du nicht sagst.«

Plötzlich spürte ich ihren nackten Fuß an meiner Wade. Sie hatte ihren Schuh ausgezogen und schob mein Hosenbein nach oben – eine der wenigen Berührungen, die wir genießen konnten, ohne dass die Kamera sie aufzeichnete. Es gefiel mir, wie ihre Augen funkelten, wenn sie etwas sagte oder tat, was sie nicht tun sollte. Mein Blick fiel auf ihre Nase. Es war mir schon vorher aufgefallen, aber ich hatte noch nichts gesagt, weil ich ihren Redefluss nicht unterbrechen wollte.

»Du hast deine Sommersprossen heute nicht überschminkt. Hast du das für mich getan?«

Sie grinste. »Vielleicht. Gefallen sie dir?«

»Sehr. Sie sind total sexy, aber die Tatsache, dass du es für mich gemacht hast, macht mich mehr an als alles andere.«

Sie strich mit den Zehen weiter meine Wade hinauf, und ich stöhnte. »Ich werde noch hart nur von einem verfluchten Fuß an meinem Bein.«

Das Licht in ihren Augen tanzte. »Nun, wir haben noch eine ganze Stunde, bis der Kurs beginnt. Machen wir das Beste draus.«

Ich blinzelte, unsicher, was sie im Schilde führte.

»Weißt du noch, wie wir das kleine Spiel gespielt haben und du mir beschrieben hast, wie du mich küssen würdest?«

»Ja, Sommersprosse. Ich vergesse kein einziges Detail von deinen Besuchen.«

»Also, wie wäre es, wenn wir das noch mal spielen und ich dir beschreibe, wie ich dich *unterhalb deines Gürtels* küssen würde?«

11. Kapitel

Layla

»Ich brauche so nötig einen Drink, das kannst du dir gar nicht vorstellen.«

»Und ich dachte, du kommst wegen meiner gewinnenden Persönlichkeit.«

Meiner besten Freundin Quinn gehörte eine Bar, keine vier Blocks von der Kanzlei entfernt. Das O'Malley's war ein Pub, der, solange ich denken konnte, ihrem Vater gehört hatte. Nachdem er vor einigen Jahren beschlossen hatte, nach Florida zu ziehen, wollte Quinn den Laden eigentlich nur vorübergehend weiterführen, bis ihr Vater einen Käufer gefunden hätte. Ein halbes Jahr später hatte sie verstanden, was ihr Vater an dieser Arbeit so gemocht hatte, und übernahm den Pub kurzerhand selbst.

Die Gäste, meist ältere Männer, kamen überwiegend tagsüber, es war der perfekte Ort, um nach der Arbeit etwas zu trinken – keine jungen Typen, die meinten, eine Frau allein am Tresen wäre einzig darauf aus, flachgelegt zu werden. Gut, dass ich ein Workaholic war, sonst hätte ich leicht meine ganze Zeit in diesem Laden verbracht und wäre eine andere Sorte von *-holic* geworden.

Quinn nahm zwei Schnapsgläser aus dem Regal und holte

eine Flasche unter dem Tresen hervor. Da sie kein Etikett hatte, wusste ich, was sie mir einflößen wollte.

Ich legte die Hand auf das winzige Glas. »Auf keinen Fall. Nach dem Zeug hatte ich eine Woche lang Kopfschmerzen.«

»Das ist eine neue Sorte.«

»Selbst gemacht?«

Quinn lächelte stolz. »Klar.«

»Nein, danke.«

Nachdem sie zu viele Folgen *Moonshiners – die Schwarzbrenner von Virginia* gesehen hatte, fand Quinn, sie könnte ihren eigenen Alkohol herstellen. Das konnte sie auch – nur dass er ungenießbar war und nach Nagellack schmeckte.

Quinn schmollte und schenkte sich selbst einen Shot ein, dann langte sie in das Geheimversteck für meinen Wein, den sie hinter der Bar aufbewahrte. »Viel zu tun im Büro, Süße? Warte, fangen wir mit etwas Positivem an. Hast du deine Dürreperiode beendet und schon mit dem neuen Typen geschlafen, mit dem du jetzt zusammen bist? Wie heißt er noch?«

Ich strich mit dem Finger über den Rand meines Weinglases. »Oliver. Und nein. Aber wir sind heute Abend verabredet. Er kommt in einer Stunde her.«

Sie zog eine Augenbraue nach oben. »Du klingst ja nicht gerade begeistert.«

Quinn *kannte* mich. Seit dem 2. Februar in der vierten Klasse waren wir unzertrennlich gewesen. An jenem Tag hatte man mich nach unten ins Büro des Schuldirektors geschickt, um die neue Mitschülerin abzuholen. Sie trug zwei verschiedenfarbige Socken und hatte einen Ochsenfrosch in ihrer kaputten Brotdose – ihr Brot mit Erdnussbutter und Gelee klemmte in einer braunen Papiertüte ganz unten im Rucksack.

Ich seufzte. »Vielleicht nicht so begeistert, wie ich es sein sollte, aber ich bin gern mit Oliver zusammen.«

Quinn stützte die Ellbogen auf dem Tresen ab und legte den Kopf auf ihre Hände. »Spuck's aus. Was ist los? Nach eurem ersten Date vor einem Monat warst du vollkommen begeistert. Moment ... lass mich raten. Mundgeruch? Redet die ganze Zeit von seiner Mutter? Kuscheltiere auf der Hutablage im Auto?«

Ich lachte. »Nichts dergleichen. Es ist nur ... also ... ich habe einen neuen Mandanten.«

Quinns Augen leuchteten auf. Sie hatte mit neunzehn ihre Highschool-Liebe geheiratet. Darum lebte sie indirekt durch mich – nicht dass sie im letzten Jahr etwas Aufregendes zu hören bekommen hätte.

»Erzähl. Wie sieht er aus?«

»Er ist groß, hat absolut faszinierende grüne Augen – eine Farbe, die dich im Winter wärmt, wenn du durch den Schnee stapfst, und dich daran erinnert, dass das Gras im Frühjahr wieder wächst.«

Quinn zog die Brauen zusammen und lächelte befremdet. »Das ist eine ziemlich ausführliche Beschreibung. Mach weiter.«

»Ein Gesicht wie ein griechischer Gott, schlanker, muskulöser Körper, total scharfe Unterarme, und er strahlt Selbstvertrauen aus.«

Quinn stieß einen sehnsüchtigen Seufzer aus und schloss die Augen. »Unterarme mit kräftigen Adern?«

»Ein paar. Genug, um zu sehen, dass er ziemlich viel trainiert. Aber nicht so viel, dass es aussieht, als würde eine Infusion gleich einen Geysir produzieren.«

Sie öffnete die Augen. »Ich habe eine Theorie. Es heißt ja,

man könnte von der Schuhgröße eines Mannes auf die Größe seines Penis schließen. Aber ich glaube, eigentlich sind die Unterarme viel aussagekräftiger. Im Grunde sind sie ein optisches Pendant – kräftige Unterarme mit Adern, *o Gott.* Dürre Unterarme, *Ach, ist es schon vorbei?*

Ich lachte. »Ich werde mich für die Gemeinschaft opfern und die Theorie testen.«

Quinn wirkte plötzlich niedergeschlagen. »Ist er verheiratet? Ist das das Problem?«

»Es hat sich herausgestellt, dass er das nicht ist.«

»Und warum triffst du dich dann hier mit Oliver und nicht mit diesem neuen Typen? Wie heißt er?«

Ich sah ihr in die Augen. »Grayson.«

Sie stutzte. »Grayson? Wie dieser Dreckskerl?«

Ich nickte langsam und wartete, gleich würde der Groschen bei ihr fallen.

Sie machte große Augen. »Dein neuer Mandant ist Gray? Der Typ aus dem Gefängnis?«

Ich deutete mit dem Weinglas auf sie, dann nahm ich einen kräftigen Schluck. »Genau der.«

Die nächste Stunde klärte ich meine Freundin auf, was in den letzten zehn Tagen passiert war, seit Gray wieder in mein Leben spaziert war. Es gab einiges zu erzählen – die Präsentation, das Abendessen, die Blumen, unsere Reise – *seine Ehe.* Zum Glück kannte sie schon den Rest unserer Geschichte, was bedeutete, dass sie auch wusste, wie fertig ich gewesen war, als ich herausfand, dass er verheiratet war und Schluss machte. Darum musste ich ihr nicht erklären, was ich jetzt empfand und wie zerrissen ich innerlich war.

»Und was ist passiert, nachdem ihr von der Reise zurück wart?«

»Nichts.« Ich ließ die Schultern hängen. »Ich habe nichts mehr von ihm gehört.«

Gray hatte Wort gehalten und mir meinen Raum gelassen. In den acht Tagen seit unserer Rückkehr hatte ich, abgesehen von einem kurzen E-Mail-Austausch wegen des Gesellschaftervertrags, keinen Piep von ihm gehört.

Und es ärgerte mich, dass ihn ein Teil von mir vermisste.

Wenigstens hatte ich diese Woche viel zu tun gehabt. Ich war jeden Abend lange im Büro gewesen, weil die Fälle, an denen ich gearbeitet hatte, *bevor* Grayson Westbrook zurück in mein Leben gestürmt war, noch nicht auf andere Kollegen verteilt worden waren – bis auf eine Vernehmung.

»Was wirst du tun? Gibst du ihm noch eine Chance?«

»Das kann ich nicht. Ich bin über Gray hinweg. Ich habe jetzt einen anderen.«

Quinns Gesicht drückte aus, dass sie das für totalen Blödsinn hielt. »Darf ich dich was fragen?«

»Was?«

»Wie lange hast du Oliver nicht gesehen?«

»Du meinst, wann unser letztes Date war?«

»Nein. Ich meine, wann bist du ihm das letzte Mal begegnet. Heute? Vor vier Tagen? Wie lange ist das her?«

Hmm. Oliver und ich arbeiteten in derselben Kanzlei, aber es gab Wochen, in denen wir Glück hatten, wenn wir einmal zusammen mittagaßen und drei Minuten im Aufzug miteinander sprachen. »Also, gestern war ich den ganzen Tag bei einer Anhörung. Darum wohl Donnerstag.« Ich zögerte. »Moment. Nein. Donnerstag war er nicht da – er hatte eine Konferenz außerhalb. Es muss Mittwoch gewesen sein. Oder vielleicht Dienstag. An einem der beiden Tage haben wir beim Griechen zusammen zu Mittag gegessen.«

Quinn schenkte mir Wein nach. »Und Gray? Wann hast du ihn zum letzten Mal gesehen?«

»Letzte Woche Donnerstag.«

»Bist du sicher?«

»Ja. Donnerstagmorgen um neun Uhr dreißig, um genau zu sein. Da sind wir am Flughafen gelandet. Worauf willst du eigentlich hinaus?«

Quinn stellte die Weinflasche auf dem Tresen ab und drückte den Korken hinein. »Du bist nicht über Gray hinweg. Du hängst noch immer an ihm.«

»Was redest du denn da?«

»Wenn du genau weißt, wann du einen Mann zum letzten Mal gesehen hast, bist du nicht über ihn hinweg.«

»Das ist doch albern.«

»Hat er deine Handynummer?«

»Ja. Die steht auf meiner Visitenkarte. Alle Mandanten haben sie. Aber er hat mich noch nie auf dem Handy angerufen.«

Auf Quinns Gesicht erschien ein wissendes Grinsen. »Siehst du nach, ob du irgendwelche Anrufe von ihm verpasst hast oder ob er dir eine Nachricht geschickt hat, bevor du ins Bett gehst?«

Ich schürzte die Lippen.

Sie nahm meine Hände. »Schon okay, Süße. Du wirst es schon noch merken.«

Quinn ging ans andere Ende des Tresens, um einen Gast zu bedienen. Als sie zurückkam, fragte sie: »Hat Oliver dunkelblondes Haar und wirkt wie ein gut aussehender Schüler einer Prep School, der gerade erwachsen geworden ist?«

»Kann sein.«

Sie sah über meine Schulter. »Dann kommt wohl gerade

der Mann, über den du tatsächlich hinweg bist, auf uns zu.«

»Hey.« Oliver legte mir eine Hand auf die Wange und gab mir einen zärtlichen, aber flüchtigen Kuss.

So ein süßer Typ. Ich drehte mich wieder um und stellte ihn Quinn vor. In dem Moment bemerkte ich, dass mein Telefon auf dem Tresen vibrierte und den Eingang einer Nachricht meldete. Als ich den Namen *Gray* aufleuchten sah, nahm ich es schnell herunter und sah mich um, ob Oliver den Namen ebenfalls gelesen hatte. Hatte er nicht.

Doch während er lächelte und sich auf Quinn konzentrierte, sagte mir das schiefe Grinsen auf ihrem Gesicht, dass *sie* den Namen sehr wohl bemerkt hatte. Ich warf das Handy in meine Tasche und nahm mir im Geiste vor, es während meiner Verabredung heute Abend zu ignorieren.

Wir drei plauderten, während ich meinen Wein austrank und Oliver sich ein Bier bestellte. Nach zwanzig Minuten sah er auf seine Armbanduhr.

»Es tut mir leid. Mir war nicht klar, dass deine Freundin hier arbeitet. Ich dachte, wir treffen uns nur auf einen schnellen Drink, darum habe ich für acht in der Gramercy Tavern einen Tisch reserviert.«

Meine Freundin stieß einen Pfiff aus. »Gramercy Tavern. Schick. Geht nur. Viel Spaß! Ich muss mich sowieso wieder um meine Arbeit kümmern.«

Oliver griff in die Hosentasche und holte Bargeld für unsere Drinks heraus. Ehe er es auf den Tresen legen konnte, hob Quinn die Hand.

»Layla zahlt hier nichts, genauso wenig wie ihr Gast.«

Er lächelte herzlich. »Danke.«

Ich beugte mich über den Tresen und küsste meine Freundin auf die Wange. »Wir sehen uns Donnerstagabend zum Essen, oder?«

»Yep. Vielleicht gibt es nur Makkaroni mit Käse, es sei denn, Brian kommt früh von der Arbeit. Aber wir sind verabredet. Dein Patenkind will dir unbedingt die Nägel lackieren. Was heißt, dass deine Finger größtenteils mitlackiert werden. Vielleicht solltest du dir also für Freitag irgendwann einen Termin zur Maniküre machen.«

Ich lachte. »Okay. Danke für die Warnung.«

Oliver ergriff über den Tresen hinweg Quinns Hand. »Es war nett, dich kennenzulernen.«

»Ebenso.« Während seine Hand noch in ihrer lag, schob sie mit der anderen den Ärmel von seinem Sakko nach oben und entblößte seinen Unterarm.

Oliver schien ziemlich verwirrt, ließ sie jedoch seinen Unterarm studieren.

»Oh.« Sie schüttelte den Kopf. »Sorry. Ich dachte, du hättest da ein Tattoo. Ich war nur neugierig.«

Oliver lächelte wie immer freundlich. »Nein. Kein Tattoo.«

Als meine Verabredung sich zur Tür wandte, warf ich ihr einen warnenden Blick zu. Wir wussten beide ganz genau, was sie getan hatte. Doch für den Fall, dass ich es nicht gesehen hatte, führte sie Daumen und Zeigefinger zu einem winzigen Kreis zusammen und sagte lautlos: »Dünne Unterarme.«

Diese verdammte Nachricht beeinträchtigte meine Konzentrationsfähigkeit. Ich stellte mir vor, dass mein Smartphone heiß wäre, wenn ich es aus der Tasche holte. Unter dem Tisch schlug buchstäblich das Herz meiner Vergangenheit, und nur ich konnte es hören. Zugleich ärgerte es mich, dass die Nachricht mich ablenkte, und das musste ich ändern. Denn wenn ich zuließ, dass ein Mann aus meiner Vergangenheit sich wieder in meinem Herzen einnistete, war dort kein Platz für einen neuen.

Die Nachricht auf dem Telefon machte mich zusammen mit dem Bewusstsein, dass dies mein *drittes offizielles Date* mit Oliver war, irgendwie nervös.

Ich wollte mich in den Abend stürzen, alles vergessen und mich mit diesem süßen Typen amüsieren. Doch wenn es mir gelang, mich auf Oliver zu konzentrieren, konnte ich nur daran denken, dass er mich eingeladen hatte, nach dem Essen mit zu ihm zu kommen und einen Film zu sehen – was vermutlich ein Code für Sex war.

Ich war nicht leicht zu haben. Auf dem College hatte ich es ein- oder zweimal mit einem One-Night-Stand probiert und schnell gemerkt, dass das nichts für mich war. Und obwohl das dritte Date ein üblicher Zeitpunkt sein mochte, an dem Paare zusammen ins Bett sprangen, brauchte ich oft länger. Ich musste den Mann kennen und Vertrauen aufbauen, was bei mir dauerte. Doch ich kannte Oliver jetzt schon seit Jahren, darum fühlte ich mich mit ihm bei der dritten Verabredung schon so wohl wie sonst manchmal erst nach einem halben Jahr.

Die Ahnung, was später kam, die beunruhigende Nachricht, die auf mich wartete, und das Gespräch, das ich vorhin mit Quinn an der Bar geführt hatte – all das zusammen führte dazu, dass die Stimmung beim Essen etwas gedämpft war. Oliver musste es ebenfalls merken. In unserem Gespräch gab es mehrfach Pausen, und sie schienen länger zu werden. Die Stimmung zwischen uns war immer locker gewesen. Doch plötzlich kam es mir vor, als hätte ich in meinem Hirn die Krimskramsschublade geöffnet und würde willkürlich irgendwelchen Quatsch erzählen.

»Was meinst du ... welcher Musikkünstler wird am meisten überschätzt?«

Oliver warf mir einen fragenden Blick zu. »Musikkünstler?«

Ich nippte an meinem Cappuccino, den mir die Kellnerin nach dem Essen gebracht hatte, und nickte.

»Ich glaube, Blake Shelton.«

Schweigen.

»Hast du in letzter Zeit einen guten Film gesehen?«

Oliver stellte die Kaffeetasse, die er gerade angehoben hatte, wieder ab. »Ist alles in Ordnung, Layla?«

»Ja. Warum?«, erwiderte ich zu schnell, ohne ernsthaft über seine Frage nachzudenken.

»Ich weiß nicht. Du wirkst ... irgendwie unruhig. Fast nervös. Ist bei der Arbeit alles okay?«

»Ja, es läuft alles prima.«

»Nur weil ... deine Fragen, obwohl sie an sich nicht ungewöhnlich sind ... zum Beispiel, welchen Film ich in letzter Zeit gesehen habe ... sind sie ...« Oliver verstummte. Die Falten auf seinem Gesicht glätteten sich, als ihm eine Erkenntnis zu kommen schien. »*Filme* ... Ist es dir vielleicht unangenehm, nach dem Essen mit zu mir zu kommen?«

Oliver war ein verdammt guter Anwalt. Von Zeugenbefragungen war er es gewohnt, dem Gedankengang von jemandem zu folgen. Das ging uns beiden so. Er hatte aus meiner Aussage geschlossen, dass ich vor heute Abend Angst hatte. Was ... nicht ganz falsch war.

Ich beschloss, ehrlich zu sein, stieß die Luft aus und

platzte heraus: »Ich will noch nicht mit dir schlafen. Ich bin noch nicht so weit.«

Oliver trank einen Schluck von seinem Kaffee. »Ich auch nicht.«

Ich sah ihn mit großen Augen an. »Nicht?«

Er grinste verlegen. »Doch. Ich mache nur Spaß. Aber ist schon okay. Ich wollte keinen Druck ausüben, indem ich dich zu mir einlade.«

»Darf ich dich was fragen?«

»Was?«

»War *Film* ein Code für Sex?«

Er sah mir in die Augen. »Ich würde lügen, wenn ich sagte, ich hätte nicht gehofft, dass die Dinge sich in diese Richtung entwickeln. Aber ich habe wirklich ein paar Filme ausgeliehen, von denen ich dachte, dass sie dir gefallen.«

Ich schenkte ihm ein trauriges Lächeln. »Es tut mir leid.«

»Muss es nicht. Schon gut.« Er nahm meine Hand. »Ich bin gern mit dir zusammen, Layla. Es ist egal, wie lange es dauert.«

Nach diesem Gespräch war ich entspannter. Ich genoss sogar das Dessert, das wir uns teilten. Vor dem Restaurant gab Oliver dem Parkwächter sein Ticket und nahm meine Hände. »Willst du mit zu mir kommen und einen Film sehen? Und mit Film meine ich wirklich *Film*.« Er lächelte.

Ich wünschte, ich wäre mit dem Herzen dabei. »Können wir das auf ein anderes Mal verschieben? Ich bin ziemlich müde.«

»Na klar.« Er versuchte, sich seine Enttäuschung nicht anmerken zu lassen, ich sah sie ihm dennoch an. »Dann möchte ich dich aber wenigstens nach Hause bringen.«

Oliver wohnte in Westchester und ich in der Stadt – es war

genau die entgegengesetzte Richtung. Doch ich hatte das Gefühl, ihn für heute Abend schon genug gekränkt zu haben.

»Gern. Das wäre toll. Danke.«

Endlich konnte ich meinem Drang nachgeben. Doch nicht ehe ich mir ein großes Glas Merlot eingeschenkt, mein Kleid und den BH gegen eine bequeme Jogginghose und ein altes T-Shirt vom College getauscht und beruhigende Musik angestellt hatte. Ich warf mich aufs Sofa, nahm mein Handy und gab mein Passwort ein, um *endlich* die Nachricht zu lesen, die Gray mir vor Stunden geschickt hatte. Mein Herzschlag beschleunigte sich peinlicherweise schon, als nur sein Name aufleuchtete.

Ich nahm einen großen Schluck Wein und machte mich bereit, um eine ziemlich lange Nachricht zu lesen.

Gray: *Hey. Tut mir leid, wenn ich störe. Es sei denn, du hast ein Date. Dann tut es mir nicht leid.*

Wenige Minuten später folgte eine weitere Nachricht.

Gray: *Vielleicht treibe ich es mit der Ehrlichkeit zu weit. Ich fange noch einmal von vorne an. Etta hatte heute schon wieder Schwierigkeiten mit der Polizei. Ein Strafzettel wegen zu schnellen Fahrens und wegen Fahrens ohne Führerschein. Sie hat mir gestanden, dass es schon das zweite Mal war. Google sagt dazu, es könnte dann eine Straftat sein. Ich habe ihr erklärt, du würdest keine Verkehrssachen machen, aber sie hat darauf bestanden, dass ich dich anrufe. Vielleicht könntest du zumindest mit ihr reden? Ruf mich an.*

Mist.

Ich konnte schlecht Ettas Wohlergehen der Sache zwischen Gray und mir opfern. Das wäre nicht fair. Also musste ich ihn anrufen.

Zumindest rechtfertigte ich auf diese Weise vor mir selbst, dass mein Finger über seinem Namen schwebte und ich überlegte, ob ich ihm an einem Samstagabend um elf Uhr eine Nachricht zurückschicken sollte.

12. Kapitel

Gray

Heute Abend war meine neue Matratze geliefert worden, und ich hatte wie besessen mein Telefon auf Nachrichten überprüft.

Ich war gerade drei Jahre an einem Ort eingesperrt gewesen, den ich nicht verlassen konnte – ohne Frauen und mit beschissenem Essen. Und nun hockte ich an einem Samstagabend ganz allein in meiner Wohnung und aß mindestens so beschissenes chinesisches Essen.

Nachdem ich erneut auf mein Telefon geschaut hatte, schleuderte ich es aufs Sofa und stieß einen frustrierten Seufzer aus.

Ich sollte in irgendeiner Bar abhängen und eine Frau kennenlernen, die sich nach nichts so sehr sehnte wie nach einem harten Schwanz zwischen ihren Beinen. Doch stattdessen saß ich zu Hause und war einer Frau treu, die höchstwahrscheinlich bei einem verdammten Date war.

Layla Hutton.

Irgendwie hatte ich gedacht, meine Faszination würde nachlassen, wenn ich sie wiedergesehen und ihr alles gesagt hatte, nachdem ich nur mit der Erinnerung an ihr Aussehen und ihren Geruch gelebt hatte.

Aber Fehlanzeige. Diese Frau war mir tief unter die Haut gegangen, und ich wurde sie nicht mehr los – anders als die Frau, deren Zweitausend-Dollar-Espresso-Maschine ich gerade in einen Karton beförderte, um sie an den örtlichen Goodwill-Laden zu schicken.

Ich hatte damit gerechnet, dass die Eigentumswohnung, die mir gehörte und in der ich mit Max gelebt hatte, ausgeräumt sein würde, wenn ich nach drei Jahren zurückkam. Doch das Gegenteil war der Fall gewesen. Max hatte alles, was bei meinem Haftantritt in der Wohnung gestanden hatte, hiergelassen. Sogar ihre Kleidung hing noch im Schrank. Wobei es ihr bei dem Betrag, den sie ergaunert hatte, mit Sicherheit nicht wehtat, eine neue Auswahl edler Klamotten zu erstehen.

Da ich den Nachmittag über nichts vorgehabt hatte, hatte ich mich zu einer Entrümpelungsaktion entschieden – ich wollte all ihr Geraffel loswerden. Ganz egal, ob die Sachen neu waren und ich sie noch benutzen konnte. Alles, was Max gekauft hatte, sollte aus meinem Leben verschwinden.

Jetzt war der Flur zu meinem Penthouse vollgestellt mit Kartons und Tüten voller Spenden.

Prada-Schuhe.

Hermès-Tüten.

Sonnenbrillen von Cartier.

Max hatte einen edlen Geschmack. Wahrscheinlich spendete ich überteuerten Mist im Wert von fünfzig Riesen. Doch den Rest meines Lebens von ihr zu reinigen, war jeden Preis wert.

Ich entsorgte eine KitchenAid-Küchenmaschine, die sie gekauft und nie benutzt hatte, und sah mich in der halb leeren Wohnung um. *Raus mit dem Alten, rein mit dem Neuen.*

Abgesehen von der neuen Matratze, die heute geliefert worden war, wollte ich nichts dringend sofort ersetzen.

Ich war mir nicht sicher, ob Max die dreißig Jahre alte Flasche Scotch erstanden hatte, die ich gerade ins Auge fasste, aber *hey*, ich würde mich ihrer nach heute Abend entledigen – wenn sie leer war.

Ich setzte mich in meinen geliebten alten Ledersessel, der gegenüber von einem Designersofa stand, trank den guten alten Stoff und sah hinaus auf die Stadt. Vom Wohnzimmer meiner Eigentumswohnung in Tribeca blickte man auf Lower Manhattan, vom Schlafzimmer aus auf den Hudson River. Die Stadt war dunkel, aber die helle Skyline erhellte die Nacht. Je länger ich hinausblickte, desto mehr fragte ich mich, wo Layla heute Abend wohl sein mochte.

Ich war nicht so dumm zu meinen, es wäre leicht, sie zurückzuerobern. Doch der Gedanke, dass sie dort draußen mit irgendeinem anderen Typen zusammen war, würde ich nicht lange aushalten. Wenn ich sie nicht haben konnte, musste ich irgendwie dafür sorgen, dass sie auch kein anderer Mann bekam.

Mein Telefon vibrierte auf dem Sofa, wo ich es hingeworfen hatte. Ich sah auf meine Armbanduhr, es war kurz nach elf, darum vermutete ich, dass es einer meiner Geschäftspartner war. Beide wohnten an der Westküste und schliefen nie.

Doch als ich Laylas Namen auf dem Display aufleuchten sah, zeigte sich ein kleiner Sonnenstrahl am dunklen Horizont.

Layla: *Tut mir leid mit Etta. Natürlich helfe ich ihr.*

Ich ließ die Eiswürfel in meinem Glas klirren und dachte über eine Antwort nach. Es war gut gewesen, dass ich sie in letzter Zeit in Ruhe gelassen und ihr Raum gegeben hatte, selbst herauszufinden, dass es mit uns noch nicht vorbei war. Obwohl ich alles andere als erfreut über Ettas Lage war, war ich erleichtert, weil Layla antwortete und den Kontakt mit mir nicht völlig mied.

Gray: *Danke.*

Ich konnte mich nicht beherrschen, noch eine Nachricht hinterherzuschicken.

Gray: *Es ist schon spät. Gerade nach Hause gekommen?*

Layla: *Ja.*

Gray: *Ein Date?*

Ich beobachtete, wie die Punkte hüpften, dann aufhörten, dann wieder anfingen.

Layla: *Nicht, dass es dich etwas anginge, aber ja. Ich war mit Oliver aus.*

Der Gedanke, dass sie mit einem anderen Mann unterwegs gewesen war, müsste mich nerven, doch stattdessen lächelte ich vor mich hin und kippte den Rest von meinem Drink herunter.

Keine Pyjama-Party. Braves Mädchen.

Ich schrieb zurück.

Gray: *Ich hatte auch keinen Sex.*

Fünf Minuten lang war sie mucksmäuschenstill. Vielleicht war ich zu weit gegangen. Jemanden über Textnachrichten zu necken, war nicht dasselbe, wie es persönlich zu tun. Ich strich mir durchs Haar und schrieb eine weitere Nachricht.

Gray: *Sorry. War nur ein Witz.*

Weitere zehn Minuten vergingen, doch diesmal sah ich, dass die Punkte hüpften und stillstanden. Hüpften und wieder aufhörten. Und noch einmal. Offenbar ging ihr etwas durch den Kopf, doch sie hatte Bedenken, es mir zu sagen. Gerade wollte ich ihr noch einmal schreiben, als ihre Antwort eintraf.

Layla: *Du machst meine Chance zunichte, eine nette, normale Beziehung zu haben.*

Mist.

Ich wollte gerade zurückschreiben, überlegte es mir dann jedoch anders. Stattdessen rief ich sie an. Sie hob nach dem ersten Klingeln ab.

»Hey«, hauchte sie ins Telefon.

Ein Wort, und ich wusste, dass sie weniger verärgert als mitgenommen war. Ich musste ihr gegenüber sanft sein.

»Deine Stimme hat mir gefehlt.«

»Nach einer Woche?«, fragte sie. »Du hast sie ein ganzes Jahr lang nicht gehört und bist damit klargekommen.«

Ich legte meinen nackten Fuß auf den Couchtisch. »*Ah.* Aber ich *habe* deine Stimme gehört. Ich habe jeden Tag deine Briefe gelesen. Ich bin mir ziemlich sicher, dass ich einige von ihnen jetzt auswendig kann. In meinem Kopf habe ich alles gehört, was du mir geschrieben hast.«

»Vielleicht solltest du sie wieder hervorkramen. Wenn du das Bedürfnis hast, meine Stimme zu hören, kannst du die nehmen und musst mich nicht anrufen.«

Ich lachte. »Die waren nur ein Ersatz, weil es unmöglich war, der Besitzerin der Stimme persönlich zu begegnen.«

»Das ist immer noch unmöglich.« Ich hörte das Lächeln in ihrer Stimme.

»Keineswegs. Du musst es nur sagen, und in zwanzig Minuten stehe ich vor deiner Tür.«

Sie schwieg einen Moment, darum neckte ich sie: »Wenn du es in Betracht ziehst, mache ich mich auf den Weg, damit wir keine Zeit verlieren, falls du dich wider Erwarten dafür entscheidest.«

Mit dem Geständnis, das als Nächstes kam, hatte ich nicht gerechnet. »Ich hatte das letzte Mal Sex, bevor ich dich kennengelernt habe.«

»Warum?«

Sie schwieg eine Weile, und meine Hoffnung stieg exponentiell. »Weil ich es nicht wollte.«

»Weil du ihn mit mir haben willst?«

»Nein. Ich will keinen Sex mit dir.«

»Willst du es nicht, oder willst du nicht, dass du es willst? Das ist ein großer Unterschied, Sommersprosse.«

Wieder Schweigen. »Ich will nicht, dass ich es will. Ich will noch nicht einmal mit dir reden wollen.«

Das tat höllisch weh. Doch dass sie Angst hatte, war verständlich. Ich musste ihr Vertrauen zurückgewinnen.

»Wenn es dir dann besser geht«, sagte ich. »Ich hatte auch keinen Sex mehr, seit ich dich kennengelernt habe.«

Ihr war anzuhören, dass sie mit den Augen rollte. »Armer Kerl. Du bist seit drei Wochen draußen und findest keine, die deine Bedürfnisse befriedigt?«

»Bilde dir ja nichts ein. Ich könnte leicht eine Frau flachlegen, Layla. Aber es gibt nur eine, die ich flachlegen will, und das bist *du*.«

Ich hörte sie atmen, sie hatte nicht aufgelegt. *Scheiß drauf. Warum nicht alles auf eine Karte setzen?* Ich hatte nicht gedacht, dass dieses Gespräch so bald stattfinden würde. Manchmal musste man eine Tür aufstoßen und hindurchrennen, ehe sie einem vor der Nase zugeschlagen wurde.

»Gehst du mit mir zum Abendessen? Oder Mittagessen? Frühstücken? Ich nehme alles, wozu du bereit bist.«

»Ich weiß nicht, Gray.« Sie schwieg erneut. »Ich muss Schluss machen. Schick mir Ettas Nummer, dann rufe ich sie morgen früh an.«

»Gute Nacht, Schönheit.«

Ich wartete, bis sie aufgelegt hatte, dann nahm ich das Telefon vom Ohr. »Sie hat nicht Nein gesagt«, murmelte ich vor mich hin. *Das ist ein Fortschritt.*

»Hallo?«

Das Handy ans Ohr gedrückt drehte ich mich auf den Rücken. Durch einen Spalt in den Jalousien, wo eine Latte fehlte, fiel morgendliches Licht herein. Das erinnerte mich daran, dass ich auch die Jalousien entsorgen musste. Die fehlende Latte war in der Nacht herausgefallen, als meine frischgebackene Braut und ich aus der Dominikanischen Republik zurückgekehrt waren, betrunken herumknutschten und ich sie rücklings gegen das Fenster gestoßen hatte.

»Sag nicht, du liegst noch im Bett, Junge. Du hast gerade drei Jahre deines Lebens verschwendet. Du solltest beim ersten Morgengrauen aus den Federn sein und es kaum erwarten können, etwas zu unternehmen.«

Etta.

Mit der freien Hand rieb ich mir den Schlaf aus den Augen. »Wie spät ist es?«

»Nach sieben Uhr morgens.«

»Vier Uhr nachmittags ist auch nach sieben Uhr morgens, Etta. Ginge es etwas genauer?«

Sie ignorierte meinen Einwurf. »Hast du nachher Zeit?«

»Wenn nachher heißt, *Stunden* nach sieben Uhr morgens, dann ja.«

»Mein Türschloss ist kaputt.«

Ich setzte mich im Bett auf. »Okay. Gib mir ein paar Minuten, ich komme vorbei.«

»Nein. Nein. Ich habe die Kette vorgelegt, und mein Viertel ist sicher. Die Mädchen kommen heute vorbei, um Mah-Jongg zu spielen. Warum kommst du nicht gegen vier? Ich koche dein Lieblingsessen.«

Mir lief das Wasser im Mund zusammen. »Gumbo?«

»Und Pfirsichauflauf, wenn du am Supermarkt vorbeifährst und etwas für mich besorgst.«

»Für Gumbo und Pfirsichauflauf würde ich einen Laden ausrauben, Etta.«

»Na, na … Ich glaube, darüber solltest du keine Witze machen, nachdem du gerade erst aus dem Knast raus bist. Heutzutage weiß man ja nie, wer am Telefon mithört.«

Ich lachte. »Was soll ich besorgen?«

»Wein. Rotwein.«

»Du hasst Wein.«

»Nun ja, ich habe Lust auf einen, und ich kenne mich in der Weinabteilung nicht aus.«

»Kein Problem. Ich besorge unterwegs einen.«

»Bis heute Nachmittag.«

Da ich schon einmal wach war, dachte ich, dass Etta vermutlich recht hatte. Es gab Dinge, die ich in den letzten drei Jahren nur zu gern getan hätte. Doch jetzt, nachdem ich es konnte, hatte ich die Möglichkeit noch gar nicht ausgenutzt. Also schob ich meinen faulen Hintern aus dem bequemen Bett und begann meinen Tag mit einem langen Lauf durch den Central Park. Dann ging ich ins Tierheim. Als Max eingezogen war, hatte ich meinen Hund abgeben müssen, weil sie allergisch gegen Hundehaare war.

Ich hatte immer noch ein schlechtes Gewissen deshalb,

auch wenn ich das Paar, das ihn zu sich genommen hatte, auf Herz und Nieren geprüft hatte. Rückblickend betrachtet hätte ich mich von Max trennen und den Hund behalten sollen.

»Ja, mein Freund. Ich weiß, wie du dich fühlst.« Ich schob die Finger durch die Gitterstäbe, um eine eigenwillige Mischung aus Basset und … *irgendwas* zu streicheln.

»Bitte nicht die Hände durch die Stäbe stecken. Manche Hunde werden aggressiv, wenn sie eingesperrt sind. Wenn Sie einen von unseren Schützlingen kennenlernen wollen, sagen Sie einfach einem der Ehrenamtlichen in den blauen Hemden Bescheid.«

»Okay. Tut mir leid.«

Ich zog die Finger aus dem Käfig zurück. *Aggressiv, wenn sie eingesperrt sind? Das kenne ich. Sieht aus, als hättet ihr hier keinen Fitnessraum, um euch abzureagieren. Und auch keinen Bouleplatz.*

Ich ging weiter. Es gab unendlich viele Käfige, und an jedem hing eine Karte mit Informationen.

Polly. Alter: Zwei. Rasse: Terrier-Mischling. Sie drückte sich hinten an den Rand des Käfigs. Ich sagte Hallo und ging weiter.

Buster. Alter: Zwölf. Mops-Pekinesen-Mischling.

»Hallo, Kumpel«, sagte ich. Meine Begrüßung schien ihn nicht zu beeindrucken.

Snowy. Alter: Acht Wochen. Staffordshire-Mischling.

»Du bist absolut bezaubernd. Irgendein kleines Mädchen wird ihren Vater in den nächsten Tagen bequatschen, dich mit nach Hause zu nehmen. Du brauchst mich nicht.«

Snowy hob die Schnauze in die Luft, als würde sie mich kennen.

Ich lief zwei weitere Reihen Käfige ab und suchte nach meinem Hund. Keiner sprang auf, als er mich sah, bis ich den letzten Käfig am Ende der letzten Reihe erreichte. Anders als an allen anderen hing kein Schild mit Informationen am Käfig. Als ich in die Hocke ging, um hineinzusehen, sah mir ein total schmuddeliges Gesicht entgegen. Er lag auf einem Schuh und hob die Schnauze, als wollte er sagen: *Was geht?*

Ich erwiderte: »Was ist denn mit dir passiert, mein Freund?« Unter dem ganzen getrockneten Dreck könnte sich ein Springer-Spaniel verbergen.

Ich sprach eine Ehrenamtliche an, die gerade vorbeikam. »Was ist mit dem kleinen Kerl hier passiert?«

»Er ist erst heute reingekommen. So sieht er *nach* dem Baden aus. Traurige Geschichte. Er lebte bei einem älteren alleinstehenden Herrn. Der Mann ist gestorben, als er ein paar Büsche umpflanzen wollte, und dieser kleine Kerl hat tagelang gebellt, ohne dass ihn jemand gehört hat. Er hatte nichts zu fressen, darum hat er eine Flasche Klebstoff aufgekaut und sich irgendwie damit eingesaut, dann hat er sich offenbar in Blumenerde gewälzt und alles hat sich mit seinem Fell zu einer Dreckkruste verbunden. Wir wollten ihn heute nicht zu sehr bedrängen, nachdem er erst gerade hergebracht worden ist. Morgen werden wir ihn scheren und versuchen, das Zeug abzubekommen.«

»Können Sie ihn für mich aus dem Käfig holen?«

Die Frau zog die Augenbrauen zusammen. »Sie wollen, dass ich diesen schmutzigen Kerl in einen Besucherraum bringe?«

Ich lächelte. »Warum nicht? Ich komme gerade vom Laufen. Womöglich schreckt es ihn auch ab, wie ich aussehe und rieche.«

Dreckgesicht und ich gingen in einen der kleinen Räume, in denen Leute, die ein Tier adoptieren wollten, mit den Hunden spielen und sie kennenlernen konnten. Die Ehrenamtliche brachte den Schuh mit und stellte ihn neben den Hund auf den Boden.

»Was hat es mit dem alten Schuh auf sich?«

»Der gehörte seinem Besitzer. Er knurrt, wenn jemand versucht, ihn ihm wegzunehmen. Aber abgesehen davon ist er reizend. Wir glauben, dass er nur so an ihm hängt, weil er sein Herrchen vermisst.«

Ich ging in die Hocke und streckte die Hand aus, damit er daran schnüffeln konnte. Dreckgesicht machte einen Schritt nach vorn und beugte sich vor, um an mir zu riechen. Ich wollte ihn nicht erschrecken und dachte, ich lasse ihm Zeit. Doch Dreckgesicht hatte anderes im Sinn. Nachdem er ungefähr zwanzig Sekunden geschnüffelt hatte, zog er den Kopf zurück, legte ihn schief und musterte mich. Dann stürzte er sich plötzlich auf mich, warf mich um und leckte mir das Gesicht ab.

Ich lachte. »Herrgott, Junge! Du bist nicht nur total eingesaut, du hast auch noch Mundgeruch.« Er stand weiterhin auf den Hinterbeinen, eine Vorderpfote jeweils auf meinen Schultern und schleckte mich ab.

»Nein.« Die Ehrenamtliche hatte danebengesessen und auf ihrem Smartphone gespielt. Jetzt stand sie auf, kam zu uns und zog den Hund am Halsband. »Nein, Sommersprosse.«

Ich sah zu ihr hoch. »Was haben Sie gerade gesagt?«

»Ich wollte Sie von ihm befreien.«

»Aber was haben Sie gesagt?«

»Ich sagte: ›Nein, Sommersprosse.‹«

»Sommersprosse?«

»So heißt er. Wenn man genau hinsieht, erkennt man, dass er unter dem ganzen Matsch und dem Kleber auf der weißen Schnauze einen Haufen brauner Punkte hat.« Sie zuckte mit den Schultern. »Sie sehen aus wie Sommersprossen. Wahrscheinlich hat der Besitzer ihn deshalb so genannt.«

Ich sah den Hund genauer an. Tatsächlich. Unter dem ganzen Dreck hatte er Punkte. »Sommersprosse also?«

Er reagierte, indem er mich wieder ableckte.

Ich nickte. »Okay, Kumpel. Wenn das kein Zeichen ist, weiß ich es auch nicht.« Ich sah zu der Ehrenamtlichen hoch. »Ich möchte Sommersprosse adoptieren.«

Als ich bei Etta klingelte, hörte ich auf zu pfeifen. Es war ein wunderschöner Frühlingstag. Morgen würde ich meinen neuen kleinen Begleiter aus dem Tierheim abholen, Etta kochte mir Gumbo und Pfirsichauflauf, und Layla hatte nicht gesagt, dass sie nicht mit mir zum Mittag- oder Abendessen gehen würde. Was konnte ich mehr wollen?

Die Tür ging auf, und schon hatte ich eine Antwort auf meine Frage. Bislang war es ein verdammt guter Tag gewesen, doch jetzt schien es, als könnte es ein exorbitant guter Tag werden.

Denn es war Layla, die mir Ettas Tür öffnete.

13. Kapitel

Layla

»Was machst du denn hier?« Mein Ton klang mehr als ein bisschen vorwurfsvoll.

»Etta hat mich gebeten, vorbeizukommen und ihr Türschloss zu reparieren«, erwiderte Gray.

»Sie wollte wegen ihrer Strafzettel mit mir reden. Sie sagte, es sei schwer für sie, ohne Führerschein zurechtzukommen. Darum fragte sie, ob ich heute Nachmittag vorbeikommen könne.« Ich kniff die Augen zusammen. »Du hast Etta doch nicht etwa dazu angestiftet?«

Er hob die rechte Hand, als würde er schwören. »Ich hatte keine Ahnung, dass du hier bist. Ich schwöre.« Er sah aus, als würde ihm gerade etwas klar werden. Daraufhin stellte er eine Tüte ab, die er in der einen, und einen kleinen Werkzeugkasten, den er in der anderen Hand trug. »Zeig mir das Schloss.«

Gray ging auf die Knie und rüttelte ein paarmal an dem Türgriff. Der Riegel bewegte sich vor und zurück. Es schien einwandfrei zu funktionieren. Dann schob er einen Schraubendreher in das Schließblech auf der anderen Seite des Türpfostens, und etwas sprang heraus.

»Was ist das?«, fragte ich.

Er hob es vom Boden auf und faltete es auseinander. »Sieht aus, als hätte ein leeres, zusammengefaltetes Streichholzheft verhindert, dass sie richtig schließt.«

»Ein leeres Streichholzheft?«

»Ja. Ich glaube, man hat uns beide reingelegt.« Gray schloss den Werkzeugkasten, stand auf und nahm die Tüte, die er mitgebracht hatte. »Sie hat mich auch gebeten, Rotwein mitzubringen, obwohl sie noch nie Wein mochte. Sagte, sie hätte *Lust* darauf.«

»Sie hat mich gestern am Telefon gefragt, welchen Wein ich gern trinke. Ich sagte: irgendeinen Rotwein.«

»Wer ist da an der Tür, Layla?«, rief Etta von oben.

Wenn ich noch irgendeinen Zweifel gehegt hatte, dass Gray die Wahrheit sagte, bestätigte Ettas Ton, dass sie diesen Abend tatsächlich initiiert hatte. Ihre Stimme war einige Oktaven höher als sonst und klang wie ein Singsang. Mir war klar, dass sie mit einem breiten Grinsen oben an der Treppe stand.

Gray schüttelte den Kopf und verdrehte die Augen. »Ich bin's, Etta. Ich sehe nach deiner Tür.« Er senkte die Stimme und sagte leise zu mir: »Es tut mir leid. Sie meint es nur gut.«

Die undurchdringliche Mauer, die ich um mein Herz errichtet hatte, erhielt einen Haarriss, als er sich an ihrer Stelle entschuldigte und sie verteidigte, anstatt Etta wegen ihrer Schwindelei zur Rede zu stellen. Er wollte sie nicht in Verlegenheit bringen. Das war süß. *Verdammt.*

»Ach, das ist ja schön«, rief Etta wieder. »Ich habe gerade Gumbo gemacht. Layla hat sich bereit erklärt, zum Abendessen zu bleiben. Du solltest auch bleiben.«

Grays Blick wurde ernst, und er sprach weiter leise zu mir: »Ist das okay für dich?«

Meine Gefühle führten einen kleinen Tanz auf, auch wenn mein Gehirn noch nicht ganz so begeistert war. »Ja, schon okay.«

Er hob den Werkzeugkasten hoch und deutete auf die Treppe. »Nach dir.«

Ettas Miene hellte sich auf, als Gray in die Küche kam. »Klemmi. Danke, dass du gekommen bist, um mich zu retten.«

Gray lächelte und holte das zusammengefaltete Streichholzheft aus der Hosentasche, das sie in die Tür geschoben hatte. Er hielt es ihr auf der ausgestreckten Hand hin und sagte: »Das Schloss ist repariert.« Er zwinkerte mir zu. »Der Wind muss irgendwelchen Abfall hereingeweht haben, und das hatte sich dort festgeklemmt.«

Etta wandte ihre Aufmerksamkeit dem Ofen zu. »Wunderbar. Toll. Jetzt können wir uns setzen und essen. Wusstest du, dass Gumbo auch eins von Laylas Lieblingsgerichten ist?«

Gray fing meinen Blick auf. »Ja. Sie mag auch Schnecken. Da bin ich allerdings anderer Ansicht.«

Allmählich glaubte ich, dass er nicht übertrieb, wenn er sagte, dass er sich an alles aus unserer gemeinsamen Zeit erinnerte.

»Wenn ich mich recht entsinne«, sagte ich, »gehören zu Grays Lieblingsgerichten SpaghettiOs mit kleinen Würstchen. Darum glaube ich, wir müssen uns darauf einigen, dass wir uns bei den Lieblingsgerichten nicht einig sind.«

Etta stellte den Pfirsichauflauf auf den Herd und streifte die Topflappen ab. »Am liebsten mag er es, wenn man das Würstchen brät, es in hauchdünne Scheiben schneidet und in die Dose zu den normalen SpaghettiOs tut. Hat er Ihnen erzählt, wie er sie einmal für seinen Freund Percy gemacht hat, als ich gerade im Supermarkt war?«

Gray ging zu einer Schublade und holte einen Korkenzieher heraus. Er nahm die Weinflasche, die er gekauft hatte, aus der braunen Papiertüte. »Wenn hier Geschichten aus meiner Kindheit erzählt werden, werde ich den hier brauchen.«

Etta fasste mich am Arm. »Kommen Sie, Schätzchen. Setzen wir uns ins Wohnzimmer und lassen uns von Gray mit Wein versorgen. Übrigens, ehe wir zu der Würstchen-Geschichte kommen und ich es vergesse, erzähle ich Ihnen, wie Gray seinen besten Freund Percy aufgrund eines kleinen Sprachfehlers jahrelang genannt hat.«

Gray stöhnte, knallte die Weinflasche auf den Tisch und murmelte »*Fuck*«.

»Der arme Junge konnte lange kein richtiges ›*R*‹ sprechen, sodass alles eher wie *uhh* klang. Es war süß, nur dass der Name Percy wie ein Wort klang, das Damen normalerweise nicht verwenden – Sie wissen schon, ein kleines Kätzchen.« Sie kicherte. »Das Lustige ist, dass sich später herausstellte, dass er damit ganz richtiglag. Als Percy größer wurde, war er wirklich eine ziemliche Pussy.«

Etta und ich setzten uns zusammen ins Wohnzimmer, und schließlich kam Gray mit zwei Gläsern Wein und einem Drink für Etta zurück, ohne dass er sie erst hatte fragen müssen, was sie wollte. Sie erzählte mir lauter Geschichten über den jungen Grayson, eine peinlicher als die andere, bis mir Tränen übers Gesicht liefen.

»Oh, mein Gott!« Ich lachte. »Hören Sie auf. Ich kann meinen Wein gar nicht trinken, weil ich Angst habe, dass ich lachen muss und Ihr Sofa vollspritze.«

Gray schüttelte den Kopf, doch er war nicht sauer. Ich hatte das Gefühl, dass Etta nichts sagen oder tun konnte, womit sie ihn wirklich wütend machte.

»Ich glaube, wir sollten Etta den Mund jetzt mit etwas Gumbo stopfen, damit sie eine Weile ruhig ist.«

»Ach, Klemmi. Das ist alles nicht böse gemeint. Ich mache dich doch nicht verlegen, oder?«

Als sie ihn mit seinem Spitznamen ansprach, fiel mir auf, dass ich immer noch nicht wusste, woher er stammte. Ich trank einen Schluck Wein, es war bereits das zweite Glas, und das war auch schon fast wieder leer, dann fragte ich: »Woher stammt Grays Spitzname, Etta? Warum nennen Sie ihn Klemmi?«

Gray sackte in sich zusammen und ließ den Kopf hängen. »*Mist*«, murmelte er.

Er schien es aufgegeben zu haben, Etta zum Schweigen zu bringen, indem er warnend ihren Namen aussprach und ihr subtile Blicke zuwarf. Stattdessen machte er sich auf das gefasst, was kam.

Ettas Augen funkelten vor Vergnügen. »Es war in dem Sommer zwischen Kindergarten und erstem Schuljahr. Ein sehr heißer Sommer, aber Gray wollte nicht drinnen bleiben und im von der Klimaanlage gekühlten Haus spielen, auch wenn es draußen fünfunddreißig Grad waren. So bekam er Hitzepickel.« Sie beugte sich vor und senkte die Stimme. »Auf den Hoden.«

Ich schlug mir die Hand vor den Mund und versuchte, nicht zu lachen. »Oh, mein Gott!«

»So wurde jener Sommer als Drunter-ohne-*Sommer* bekannt. Gray sagte, es wäre kühler ohne Unterwäsche, und Gott weiß, es juckte ihn dort unten, also zwang ich ihn nicht.

Es war alles gut und schön, bis zu dem *Reißverschluss-Unfall.*«

Das Schnauben, das ich zu unterdrücken versucht hatte, brach aus mir heraus, und Etta konnte ebenfalls nicht mehr an sich halten. Den Rest der Geschichte erzählte sie von Lachanfällen unterbrochen.

»Er zog eine Jeans an und klemmte sich ein winziges Stück Haut von seinem guten Stück ein.« Etta schüttelte den Kopf und kicherte. »Ich klebte ein Pflaster darauf. Es blutete nicht stark. Zum Glück fließt das Blut in dem Alter nicht immer nach unten. Ich glaube, das war das Ende des Sommers im Adamskostüm.«

Gray war kein Spielverderber. Er sah uns beide auf seine Kosten lachen und beugte sich vor, um mein Weinglas aufzufüllen.

»Trink nur. Vielleicht erinnerst du dich morgen dann an nichts mehr.«

Ich wischte mir die Tränen aus den Augen. »Keine Chance, Klemmi.«

Er stand auf, nahm die mittlerweile leere Weinflasche und sah mich durchdringend an, während er zu Etta sagte: »Ich habe mich wahrlich nicht darum gerissen, mit anzuhören, wie du diese Geschichte noch einmal erzählst, Etta. Ich habe sie allerdings schon vorher von dir gehört, und du hast einen Teil vergessen, der meiner Meinung nach wichtig ist, um nach der letzten halben Stunde meine Männlichkeit zu rehabilitieren.«

Etta zog die Brauen zusammen, dann grinste sie. Sie beugte sich vor und flüsterte: »Er hat wahrscheinlich eine kleine Narbe, aber der Junge hatte wahrlich ein ganz schönes Geschütz für sein Alter.«

Ich sah zu Gray hoch, der ein schiefes Grinsen im Gesicht hatte. Ich spürte, wie ich rot wurde, und senkte den Blick, doch vor mir stand Gray, und so landete er unweigerlich genau auf dem Gegenstand unserer Unterhaltung. Er trug eine Jeans mit Reißverschluss, doch es war die Erhebung darunter, die meine Aufmerksamkeit auf sich zog.

Unvermittelt stand ich auf und nahm ihm die leere Weinflasche aus der Hand. »Ich bring die weg.«

Ich brauchte einen Moment für mich, stand an Ettas Spülbecken und sah aus dem Küchenfenster darüber. Ich war so in Gedanken, dass ich nicht hörte, wie jemand in die Küche kam. Doch ich spürte sehr wohl den Körper, der dicht hinter mir stand.

Als Gray zu reden begann, drehte ich mich nicht um. Seine Stimme war leise. »In Otisville wurde mir vorgeschrieben, wann ich zu essen und wann ich zu duschen habe. Drei Jahre lang durfte ich das alte graue Gebäude nicht verlassen. Doch was mir mehr als alles andere das Gefühl gegeben hat, im Gefängnis zu sitzen, war, dass ich dich nicht berühren konnte, wie ich wollte, wenn du in meiner Nähe warst. Und damit meine ich noch nicht einmal etwas Sexuelles. Ich wollte einfach nur meine Hand auf deine legen, wenn du jede Woche unruhig wurdest, wenn der Wachmann zum Aufbruch mahnte. Ich wollte mit dem Daumen über deinen Arm streichen, damit du mich ansiehst, wenn ich etwas gesagt hatte, womit ich ins Schwarze getroffen hatte. Ich wollte dir das Haar aus dem Gesicht streichen, wenn du gelacht hast und eine Strähne sich in deinen langen Wimpern verfing.« Er hielt inne. »Jetzt bin ich frei, aber irgendwie fühle ich mich zum Großteil immer noch, als wäre ich im Gefängnis.«

Ich schloss die Augen. Ich erinnerte mich, dass ich mir in jenen Monaten, in denen ich nur für die Samstage gelebt hatte, nichts sehnlicher gewünscht hatte, als dass er mich berührte. Die Wahrheit war, dass ich mir in diesem Moment nichts sehnlicher wünschte, als von ihm berührt zu werden. Ich konnte nicht leugnen, dass die Anziehungskraft noch immer da war. Der Anstieg meiner Körpertemperatur, als er hinter mir stand, war mehr als nur abstrahlende Körperwärme.

Schließlich drehte ich mich um. Gray machte keine Anstalten zurückzuweichen, er blieb einfach dicht vor mir stehen und sah mich durchdringend an. Als ich es wagte, zu ihm hochzusehen, trafen sich unsere Blicke, und ich verlor mich eine Zeit in dem Moment. Aus dem Nichts hörte ich mich etwas fragen, das mich beschäftigt hatte, seit er wieder in meinem Leben aufgetaucht war.

»An dem letzten Tag, an dem ich dich besucht habe, habe ich auf deinem Besucherzettel unterschrieben und eine Unterschrift über meiner entdeckt. Die Handschrift konnte ich nicht entziffern, aber in der Spalte, in der stand, in welchem Verhältnis die Person zum Inhaftierten steht, war deutlich *Ehefrau* zu lesen. So habe ich es herausgefunden. Inzwischen war ich mit den Aufsehern vertraut, und als ich fragte, ob es sich um einen Fehler handelte, verneinten sie und sagten, sie sei schon länger nicht mehr zu Besuch gekommen.«

Ich zögerte und dachte daran, dass ich mich gefühlt hatte, als hätte ich einen Tritt in den Magen erhalten. »Warum hat Max dich besucht, wenn ihr schon geschieden wart … oder die Ehe annulliert war?«

Gray sah mir in die Augen. »Mein Vater war in seinem Büro ohnmächtig geworden. Am nächsten Tag wurde ein inoperables Gehirnaneurysma diagnostiziert. Einer seiner

Freunde hatte Max angerufen, weil er annahm, mir auf diese Weise eine Nachricht zukommen lassen zu können. Er hatte keine Ahnung, was zwischen uns vorgefallen war. Sie tauchte auf. Es war das erste Mal, dass ich sie sah, seit ich ihr erklärt hatte, ich wüsste, was sie getan habe, und würde unsere Scheinehe annullieren lassen. Ich war neugierig zu erfahren, warum zum Teufel sie sich zeigte. Sie kam in den Besucherraum. Ich erklärte ihr, sie bräuchte sich gar nicht erst zu setzen, sie sollte sagen, warum sie gekommen sei. Sie lächelte mich an und sagte: »Dein Arschloch von einem Vater hat ein Gehirnaneurysma. Er wird sterben, bevor du rauskommst.« Dann drehte sie sich um und marschierte aus der Tür, durch die sie gekommen war. Seither habe ich sie nicht mehr gesehen.«

Ich betrachtete meine Füße. »Dann ist die Frau, die dir drei Jahre deines Lebens gestohlen hat, also aufgetaucht und hat dir mitgeteilt, dass dein Vater sterben würde. Und einen Tag später habe ich dir gesagt, du könntest mich mal, und habe dich sitzen lassen.«

Als ich aufblickte, fiel mir eine Haarsträhne ins Gesicht. Gray streckte die Hand aus, um sie zurückzustreichen, hielt dann jedoch inne und überlegte es sich anders. »Es ist nicht deine Schuld. Ich hätte dir von Beginn an die Wahrheit über Max erzählen sollen. Dann hättest du mir die Chance gegeben, dir zu erklären, warum sie an jenem Tag zu Besuch gekommen ist.«

Ich nickte, doch auch wenn er mich von der Verantwortung freisprach, tat mir unsagbar leid, was er durchgemacht haben musste. »Es tut mir leid, Gray.«

Etta kam in die Küche. Fast hatte ich vergessen, dass sie da war. Gray wich einen Schritt zurück.

»Es tut mir leid, euch zu stören, aber wenn ich die Temperatur unter dem Gumbo nicht herunterschalte, müssen wir essen gehen.« Sie ging zum Herd und nahm den großen Bratentopf von der Platte.

»Wie kann ich Ihnen helfen, Etta?«

»Sie sind der Gast. Sie dürfen sich setzen. Gray deckt den Tisch.«

Das musste man ihm nicht zweimal sagen. Er holte Teller und Besteck heraus. Ganz offensichtlich kannte er sich in dieser Küche aus, und mir wurde warm ums Herz. Ein erwachsener Mann, der immer noch auf seine Kinderfrau hörte und sie augenscheinlich liebte, war ehrlich. Und das bedeutete mir mehr als all die Energie, die zwischen uns Funken schlug.

Ich konnte mich nicht erinnern, wann ich das letzte Mal so gut gegessen hatte. Ja, das Essen war phänomenal, aber die Gesellschaft war noch besser. Während des Essens gab Etta weiter peinliche Anekdoten aus Grays Kindheit zum Besten, und Gray wirkte entspannter, als ich ihn jemals erlebt hatte. Er strahlte über das ganze Gesicht, zeigte seine Grübchen und lachte aus tiefstem Herzen – ein Lachen, das wahren Glücksmomenten vorbehalten war. Unsere Blicke begegneten sich ein paarmal, und ich sah nicht weg. Stattdessen ließ ich es einfach geschehen und amüsierte mich besser, als ich zugeben mochte.

Als Etta allmählich in ihrem Sessel eindöste, während Gray und ich aufräumten, merkte ich, wie lange ich schon hier war. »Ich sollte aufbrechen, ich bin seit acht Stunden hier, und Etta ist müde.«

Gray sah mich enttäuscht an. »Ich begleite dich nach draußen.«

Als ich meine Tasche holte, öffnete Etta blinzelnd die Augen. Ich beugte mich hinunter und küsste sie auf die Wange. »Danke für das köstliche Essen und den schönen Abend, Etta. Ich spreche mit meinem Freund am Verkehrsgericht, ob wir das mit dem Strafzettel regeln können, ohne dass Sie persönlich erscheinen müssen.«

»Danke, Liebes. Ich hoffe, Sie besuchen mich bald wieder.«

»Sehr gern.«

Auf der Veranda hielt Gray mich auf. »Danke, dass du so lieb zu Etta bist.«

»Es ist mir ein Vergnügen. Sie ist wirklich toll.«

»Das ist sie. Das Beste, was ich in meiner Jugend hatte. Sie war wohl auch die Einzige, die nie geglaubt hat, dass ich den Mist getan habe, für den ich angeklagt war. Ich bin mir ziemlich sicher, dass mein Vater dachte, ich hätte es getan. Dass ich das Gefühl hatte, Etta zu enttäuschen, als ich mich auf den Deal einließ, war mit das Schlimmste.«

Ich schüttelte den Kopf. »Diese Frau könntest du niemals enttäuschen.«

Gray nickte, aber ich spürte, dass er mir nicht glaubte.

Wir gingen zur Straße, wo mein Wagen parkte. Ich schloss die Tür auf, und Gray hielt sie mir auf, doch ich zögerte einzusteigen. Wie sollte ich mich verabschieden? Mit einer Umarmung? Einem Kuss auf die Wange? Ein Handschlag käme mir merkwürdig förmlich vor.

»Layla …« Ehe ich zu einem Schluss gekommen war, blieb er vor mir stehen.

»Ja?«

»Gehst du mit mir mittagessen?«

»Du meinst, wie ein Date?«

»Oder auch kein Date. Nenn es, wie du willst. Verbring einfach etwas Zeit mit mir.«

Ich senkte den Blick.

Ich sollte nicht mit ihm essen gehen. Aber das hieß nicht, dass ich es nicht wollte.

Scheiß drauf.

Nein. Sei doch vernünftig, Layla!

Aber es ist doch nur ein Mittagessen.

Bei diesem Mann war nichts einfach *nur.*

Doch.

Nein.

Doch. Warum nicht? Er verdient eine zweite Chance.

Nein. Am Ende wirst du nur verletzt.

Was ist mit Oliver?

Gray legte eine Hand an mein Kinn und unterbrach das Streitgespräch in meinem Kopf. Ich war es nicht gewöhnt, von ihm berührt zu werden, und schon gar nicht, wie mein Körper auf seine so schlichte Geste reagierte. Mein Atem beschleunigte sich, und ich merkte, wie schnell mein Herz schlug. Sanft hob er mein Kinn an und zwang mich, ihm in die Augen zu sehen.

»Du möchtest, dass vorbei ist, was zwischen uns war. Das ist okay. Aber gib mir eine Chance. Lass uns noch einmal von vorn beginnen.«

Das wollte … wollte ich *unbedingt.*

»Nur mittagessen …?«

»Wenn es das ist, was du willst, nur mittagessen.«

Ich wusste ohne jeden Zweifel, dass Ja zu sagen das Dümmste war, was ich tun konnte. Was mich natürlich nicht davon abhielt, es zu tun. »Gut. Nur mittagessen.«

Er strahlte wie ein Kind am Weihnachtsmorgen. »Ich hole dich morgen um elf ab.«

»Ich komme direkt dorthin.«

Er grinste. »Du weißt doch gar nicht, wo wir hingehen.«

»Schick mir die Adresse.« Ich wollte einsteigen, doch Gray hielt mich am Handgelenk zurück.

Er sah mir in die Augen. »Ich verspreche dir, du wirst es nicht bereuen.«

Da war ich mir nicht so sicher, aber ich nickte trotzdem.

Ich setzte mich hinters Lenkrad und schaffte es irgendwie, den Block hinunterzukommen, ohne irgendetwas zu rammen. Doch sobald ich Gray Westbrooks Sichtfeld entkommen war, hielt ich an und rang nach Luft. Ich schaltete den Wagen auf Parken und stützte den Kopf aufs Lenkrad. Vor dreißig Sekunden hatte ich Ja gesagt, und schon wusste ich nicht mehr, was mich dazu getrieben hatte. Wo war mein Verstand geblieben? Ach, Moment, jetzt fiel es mir wieder ein. Er war von meinem blinden Verlangen nach diesem Mann zum Schweigen gebracht worden, genau wie vor mehr als einem Jahr. Damals hatte er mich dazu getrieben, unter den wachsamen Augen der Kameras Dummheiten zu begehen.

Nur dass Gray diesmal … ein freier Mann war, und es gab keine Kameras … und nichts hielt uns davon ab, all die Dinge zu tun, die wir damals so gern miteinander angestellt hätten.

14. Kapitel

Gray

Ich hatte vor einem Richter gestanden und mich darauf eingelassen, Jahre in einem Bundesgefängnis einzusitzen, doch damals war ich nicht so aufgeregt gewesen wie jetzt, als ich die Straße hinunterlief, um Layla zu treffen. Vielleicht weil ich damals wusste, dass ich anschließend ein freier Mann sein würde und nach einem klaren Schnitt noch einmal von vorn beginnen konnte.

Bei Layla hingegen war ich mir nicht so sicher. Wenn ich es diesmal vergeigte, gab es keine weitere Chance. Und ich war mir nicht sicher, ob ich mich jemals von ihr befreien konnte, auch wenn sie mit mir fertig war.

Ich war eine Viertelstunde zu früh in dem Starbucks und besorgte uns einen Kaffee. Das Café lag um die Ecke von dem Ort, den ich mit ihr besuchen wollte. Das war auch so etwas, das wir nie zusammen getan hatten. Wir hatten nie einen ganz einfachen, blöden Kaffee zusammen getrunken, obwohl ich genau wusste, wie sie ihn trank, weil sie es mir in einem ihrer Briefe beschrieben hatte.

Layla war pünktlich, und ich stand neben dem Sofa, das ich für uns gesichert hatte, weil es klein war und bedeutete, dass wir dicht nebeneinandersitzen mussten.

»Hallo.«

Sie sah so nervös aus, wie ich mich fühlte. Ich beugte mich hinunter und küsste sie auf die Wange. Der Duft ihrer Haut hatte eine größere Wirkung auf mich, als wenn ich als aufgedrehter Teenager ein Mädchen befummelt hatte.

Ich hatte Layla gesagt, sie sollte sich lässig kleiden. Als ich sie jetzt in Jeans und einem engen hellblauen T-Shirt sah, an den Füßen Sandaletten, die an den Fesseln von Bändern gehalten wurden, fühlte ich mich darin bestätigt, dass mein Plan für heute Nachmittag aus mehr als einem Grund gut war. Ihr dunkles gewelltes Haar umrahmte ihr schönes Gesicht, und anstatt des üblichen roten Lippenstifts sahen ihre Lippen natürlich aus, sie glänzten nur ein bisschen. Doch all das trat in den Hintergrund, als ich ihre Nase sah.

Ich musste schlucken und den Blick abwenden, damit ich nicht wie irgendein Weichei feuchte Augen bekam.

»Deine Sommersprossen sind wieder da.«

Sie schien verlegen, weil ich es bemerkt hatte, und sah zur Seite. »Am Wochenende gönne ich meiner Haut gern eine Auszeit. Ich hole mir einen Kaffee. Willst du auch was?«

Ich nahm die zwei großen Becher vom Tisch und reichte ihr einen. »Heller Vanille-Latte mit extra Vanille-Sirup.«

»*Oh*. Danke.«

Mein Termin war erst in einer halben Stunde, also bedeutete ich ihr, sich zu setzen. »Wir haben noch etwas Zeit, bevor wir gehen.«

»Gehen? Ich dachte, wir wären schon da. Du hast gesagt, wir treffen uns bei Starbucks.«

»Das stimmt. *Treffen* bei Starbucks. Von hier aus müssen wir noch weiter.«

»Wohin?«

Ich grinste. »Das ist ein Geheimnis.«

Sie biss sich auf die Lippe, ein seltenes Zeichen von Nervosität, und nippte an ihrem Kaffee. Ich starrte sie unwillkürlich an.

»Du musst damit aufhören«, sagte sie.

»Womit?«

»Mich anzustarren. Das macht mich nervös.«

»In Ordnung.« Ich setzte mich und wandte den Kopf von ihr ab. »Erzähl mir, wie es dir letztes Jahr ergangen ist.«

Sie stieß mich scherzhaft mit dem Ellbogen in die Rippen. »Du weißt, was ich meine.«

Ich drehte mich wieder zu ihr um. »Ja. Ich soll so tun, als könnte ich an nichts anderes als an dich denken. Und als erforderte es nicht meine ganze Willenskraft, nicht in dein Haar zu fassen und dich daran zu erinnern, wie sich unsere Lippen angefühlt haben, als wir uns geküsst haben.«

Layla atmete hörbar ein, es war nicht ganz ein Keuchen, aber mehr als ein normales Einatmen. Sie wollte überspielen, welche Wirkung ich auf sie hatte. Sie richtete den Blick zur Seite, um den Moment zu unterbrechen, dann sah sie mich wieder an und schüttelte den Kopf.

»Ich habe eine Liste gemacht.«

Ich trank von meinem Kaffee und wusste genau, was sie meinte. Alles musste sorgfältig analysiert werden. »Wie sah sie aus?«

»Pro«, fing sie an und grinste. »Lass mich nachdenken. Die Seite war deutlich kürzer.«

»Moment. Ich bin mir sicher, du hast einfach ein paar Dinge vergessen. Das ist noch ein Grund, warum wir heute Zeit zusammen verbringen müssen. So kann ich dir helfen, die Sache auszutarieren.«

»Vielleicht gehe ich nachher mit einem Haufen neuer Contras, an die ich noch gar nicht gedacht hatte.«

»Nein, bestimmt nicht.«

Sie verdrehte die Augen, lächelte jedoch. »Mann, hast du eine große Klappe.«

Ich zuckte zusammen. »Apropos, groß. Da fällt mir ein, mein Schwanz gehört auf jeden Fall zu den Vorteilen.«

»Das erinnert mich daran, dass ich *pervers* zu den Nachteilen setzen muss.«

Ich beugte mich näher zu ihr. »Gib mir eine Chance, die schmutzigen Sachen wahr zu machen, die ich sage. Dann wirst du es auf die Pro-Seite schreiben. Versprochen.«

»Werden wir uns jemals wieder normal unterhalten können?«

Ich grinste. »Wieder? Haben wir uns jemals normal unterhalten?«

Sie seufzte. »Da hast du recht.«

»Ich mache nur Spaß. Wir *hatten* gute Gespräche, Layla. Du bist wunderschön, aber ich bin nicht nach drei Jahren noch Junggeselle, weil ich keine Frau kennenlernen könnte. Wir haben eine andere Art von Verbindung. Ich will, dass du dem noch eine Chance gibst.«

Sie nickte, doch ihr Ja klang nicht wirklich überzeugt.

»Würdest du dich besser fühlen, wenn ich dir sage, dass du mir auch eine Heidenangst machst?«

Sie öffnete die Lippen und überspielte die Situation diesmal, indem sie einen Schluck Kaffee trank.

Ich bemerkte eine Frau, die auf ihre Bestellung wartete und mit großen Augen zu uns herübersah. Mit dem Kinn in ihre Richtung deutend fragte ich: »Eine Freundin von dir?«

Als Layla sich umdrehte, veränderten sich ihre Miene und

ihre Haltung. Sie sah aus, als hätte sie sich am liebsten unter ihrem Platz versteckt. Die Frau winkte, und Layla winkte zögernd zurück. »Mist.«

»Jemand, den du nicht treffen willst?«

»Das ist meine Halbschwester.«

»Von der anderen …«

»Familie meines Vaters. Ja.«

»Sie lebt in New York?«

»Sie ist vor ein paar Monaten hergezogen. Und meint, wir sollten beste Freundinnen sein.«

Ich sah zu der Frau hinüber, die jetzt mit ihrem Kaffee auf uns zukam. »Also, sieh jetzt nicht hin, aber deine beste Freundin ist auf dem Weg hierher.«

Die Frau hatte eine irritierend hohe Stimme. »Layla! Ich kann nicht fassen, dass ich dich endlich treffe. Ich habe dir ein paar Nachrichten hinterlassen. Ich dachte schon, du gehst mir aus dem Weg.«

»Nein. Ich hab nur viel zu tun.« Sie zeigte auf mich. »Ich arbeite sogar am Wochenende. Ich bin in einer Art Mandantengespräch.«

»Oh!« Sie sah mich an, und ihr Interesse stieg. »Du Glückspilz.«

»Aber es hat mich riesig gefreut, dich zu sehen.« Layla trug dick auf.

»Mich auch. Ich treffe mich nächste Woche zum Abendessen mit Dad. Du solltest auch kommen. Er würde sich freuen, dich zu sehen.«

Layla setzte eine enttäuschte Miene auf, es war sehr überzeugend. »Oh. Das tut mir leid. Ich bin nicht in der Stadt.«

Die Frau schob die Unterlippe vor. »Okay. Nun ja, dann lasse ich euch mal wieder arbeiten.« Sie beugte sich vor, um

Layla etwas ungeschickt zu umarmen und ihr einen Luftkuss zu geben. »Ich ruf dich an!«

»Mach das«, sagte Layla. »Pass auf dich auf.«

Als sie sich wieder umdrehte, sackten ihre Schultern nach unten. »Ich hoffe, dort, wo wir hingehen, gibt es Alkohol.«

Ich sah auf meine Armbanduhr. »Etwas Besseres. Es wird dir gefallen. Es wird ein Lächeln auf dein Gesicht zaubern und dich deine ganze verrückte Familie vergessen lassen. Und du wirst morgen keinen Kater haben.«

»Ich bin mir nicht sicher, ob ich dir vertrauen kann, so wie sich das anhört …«

Ich zwinkerte ihr zu. »Mir gefällt, was du denkst. Aber du kannst mir vertrauen.« Ich stand auf und hielt ihr die Hand hin, um ihr aufzuhelfen. »Kann es losgehen?«

Einen Moment musterte sie zögernd meine Hand, dann legte sie ihre kleine Hand in meine. Obwohl sie sie wieder losließ, nachdem sie stand – ich hätte sie gern noch länger gehalten –, fühlte es sich wie ein Fortschritt an, dass sie sie überhaupt ergriffen hatte.

Kleine Schritte.

Fortschritt.

Schweigend traten wir aus dem Café auf die Straße. Gerade wollte ich sie aufmuntern, indem ich ihr verriet, wohin wir gingen, als sie von sich aus überraschend offen zu reden begann.

»Sie ist wirklich nett. Ich habe ein schlechtes Gewissen, weil ich nichts mit ihr zu tun haben will. Aber ich kann mich einfach nicht überwinden, mich mit ihr zu treffen.«

»Das ist verständlich«, sagte ich. »Sie erinnert dich ständig an etwas, das schmerzhaft für dich ist.«

»Aber warum stört es *sie* nicht? Müsste es ihr umgekehrt

nicht genauso gehen? Dass sie sich mit mir anfreunden will, gibt mir das Gefühl, dass mit mir etwas nicht stimmt, weil ich nicht auf die gleiche Weise empfinde.«

»Jeder geht mit schmerzhaften Erfahrungen anders um.« Ich zögerte und überlegte, ob ich ihr von dem Beispiel erzählen sollte, das mir sofort in den Sinn kam. Vielleicht half es in diesem Fall auch mir weiter. »Nimm zum Beispiel meinen Umgang mit Max. Es hätte ganz leicht sein können, dir zu erzählen, dass ich einmal verheiratet war und die Ehe annulliert habe. Aber ich wollte es selbst nicht wahrhaben. Ich habe mich geschämt, dabei hatte ich nichts falsch gemacht. Vielleicht geht es dir ähnlich mit dem, was dein Dad getan hat.«

Sie nickte. »Ja. All die Jahre, und nur Quinn kennt die Wahrheit über die merkwürdige Beziehung meiner Eltern. Und wenn ich ehrlich bin, hatte ich nie vor, es ihr zu erzählen. An meinem sechzehnten Geburtstag wurde der Rückflug meines Vaters gestrichen, und ich war wütend, dass er an meinem großen Tag bei seiner anderen Familie war. Quinn und ich betranken uns, und am Ende erzählte ich ihr alles. Damals wusste ich schon seit Jahren Bescheid, aber ich hatte nie ein Wort gesagt.«

Ich schaute zu ihr hinüber und nickte. »Vergiss die Fehler, die andere machen, und lern einfach aus ihnen. Das war eins von Ettas Mantras, als ich klein war. Es ist unheimlich, wie sehr dieses Motto jetzt auf mein Leben passt.«

Wir erreichten das Gebäude, in dem sich das Tierheim befand, und ich blieb stehen. »Wir sind da.«

»Wo?« Sie sah sich um, und ihre Augen hellten sich auf, als sie das Schild an dem hohen Backsteinbau entdeckte: *New York City Animal Care*. »Wir besuchen *Hunde*?«

»Wir können sie alle besuchen. Aber ich bin wegen eines speziellen hier. Ich habe einen Hund adoptiert und darf ihn heute abholen.«

»Oh, mein Gott!« Layla landete auf dem Hintern und schüttete sich aus vor Lachen. Wie beim ersten Mal, als ich Sommersprosse begegnet war, hatte er erst schüchtern und zurückhaltend an ihr gerochen, bis er befand, dass sie okay war. Dann hatte er einen Satz gemacht, sie umgeworfen und ihr Gesicht abgeleckt. Diesmal packte ich ihn am Halsband, so wie die Ehrenamtliche es bei mir getan hatte.

»Ruhig, Junge. Langsam. Ich weiß, sie riecht gut, aber du blamierst uns ja beide. Außerdem bin ich vielleicht ein bisschen eifersüchtig.«

Layla strahlte über das ganze Gesicht, rollte mit den Augen und ließ sich von mir aufhelfen. Sie blieb aber in der Hocke neben mir, als Sommersprosse seine Aufmerksamkeit endlich mir zuwandte.

»Na, geht doch. Wird auch Zeit, dass du bemerkst, dass ich auch noch da bin.«

Sie beobachtete, wie ich ihn hinter den Ohren kraulte und ihn mit beiden Händen streichelte.

»Eigentlich dachte ich, du wärst eifersüchtig, weil ich nur Augen für den Hund hatte«, neckte Layla. »Jetzt bin ich mir nicht mehr so sicher. Ich glaube, du bist eifersüchtig, weil der Hund nur Augen für mich hatte.«

»Wenn ich dein Gesicht ablecken darf, werde ich mich nicht mehr daran erinnern, überhaupt einen Hund zu besitzen.«

Sie lachte.

Die Ehrenamtliche hatte gesagt, das WLAN des Heims sei

am Morgen zusammengebrochen, sodass sie mit den Papieren für die Adoption etwas hinterherhinkten. Sie hatte vorgeschlagen, eine Weile in ein Spielzimmer zu gehen, solange sie alles zusammenstellte.

Ich würde den ganzen Tag in diesem muffig stinkenden Raum bleiben, nur um Layla weiter lächeln zu sehen. Sie wirkte so herrlich sorglos.

Sommersprosse rannte weg und holte seinen Schuh. Wenn er ihn immer noch nicht aufgegeben hatte, würden wir das Ding wohl mit nach Hause nehmen. Layla nahm den Schuh und zog an dem einen Ende, während der Hund fröhlich am anderen zog.

»Geben sie denen hier jetzt so etwas zum Spielen? Egal wie hoch die Gebühr für die Adoption ist, du solltest deine Spende verdoppeln.«

Gott, dieses Lächeln.

»Der hat dem Vorbesitzer gehört. Traurige Geschichte. Er ist gestorben …« Ich kraulte dem Hund den Rücken, während die zwei mit dem Schuh weiter Tauziehen spielten. »Dieser kleine Kerl war einige Tage allein mit seinem toten Herrchen, ehe man ihn gefunden hat. Darum ist er auch geschoren. Als ich ihn gestern gesehen habe, war er noch voller Klebstoff und Matsch. Der Schuh hat seinem Herrchen gehört, deshalb scheint er so an ihm zu hängen.«

»Ach herrje. Armer Kleiner.« Layla ließ den Schuh los, nahm Sommersprosse in die Arme und drückte ihn an ihre Brust.

Ich könnte schwören, dass der Hund sich zu mir umdrehte und mich angrinste. Vielleicht bildete ich es mir auch nur ein.

»Als Kind hatte ich auch einen Hund.«

»Ich weiß. Das war der Anfang deiner Auf-jeden-Fall-Listen. Du bekamst eine Promenadenmischung, die du Muffin nanntest.«

Sie sah mich befremdet an und zog die Nase kraus. »Du erinnerst dich an den Namen von meinem Hund?«

»Gruselig?«

Ihre Lippe zuckte. »Vielleicht ein bisschen.«

Zehn Minuten später erschien Carol, die Ehrenamtliche, die sich bei unserer Ankunft um uns gekümmert hatte. »Sieht aus, als würde er Ihre Frau mögen.«

Ich sah aus dem Augenwinkel, dass Layla sie gerade korrigieren wollte, und kam ihr zuvor. »Kann man es ihm verübeln? Der Hund hat einen guten Geschmack.«

Ich zwinkerte meiner angeblichen Frau zu, die mir daraufhin einen bösen Blick zuwarf.

»Die Papiere sind jetzt fertig. Tut mir leid, dass Sie warten mussten. Wir müssen nur noch ein paar Formulare unterzeichnen, dann können Sie ihn mitnehmen.«

Ich nahm den Hund aus Laylas Armen und bot ihr eine Hand an, um ihr aufzuhelfen.

»Ich bin gleich nebenan, wenn Sie so weit sind«, sagte Carol. Sie wandte sich zum Gehen, drehte sich dann aber noch einmal um und zeigte auf den zerkauten Slipper. »Vergessen Sie nicht, Sommersprosses Schuh mitzunehmen.«

Layla hatte sich die Hundehaare von der Hose gewischt. Jetzt schnellte ihr Kopf nach oben. »Was hat sie gerade gesagt?«

»Sie sagte, sie ist nebenan, wenn wir so weit sind.«

Layla kniff die Augen zusammen. »Danach.«

»Sie meinte, wir sollten den Schuh nicht vergessen.«

»Ja, und wie hat sie den Hund genannt?«

»Bei seinem Namen natürlich.«

Sie schlug mir scherzhaft auf den Arm. »Wie heißt der Hund, Westbrook?«

Ich grinste. »Sommersprosse.«

»Hieß er schon so, oder hast du ihn so genannt?«

»Damit hatte ich nichts zu tun.« Ich zeigte auf seine Nase. Die Sommersprossen des kleinen Kerls waren auf seinem frisch geschorenen Kopf deutlich zu erkennen. »Aber jetzt weiß ich, warum wir uns gleich so gut verstanden haben. Sommersprosse und ich. Wir sind füreinander bestimmt.«

Sie schüttelte den Kopf, doch das Lächeln auf ihrem Gesicht blieb. Ich streckte den Arm aus und ließ ihr den Vortritt, hielt sie an der Tür jedoch kurz auf, um ihr zuzuflüstern: »Ich meinte *beide* Sommersprossen, falls du dich das gefragt hast.«

15. Kapitel

Gray

Von mir aus hätte der Tag noch ewig weitergehen können.

Doch nach einem Abstecher in ein Tierbedarfsgeschäft, um Futter zu kaufen, zeigte Sommersprosse mir, dass er gern nach Hause wollte. Er legte sich doch tatsächlich einfach hin, während ich in der Kassenschlange wartete.

Layla stellte die Futternäpfe aufs Band, ich packte einen Zwanzig-Pfund-Sack mit Futter, Leckerlis, einige Kauknochen und einen Plastikschuh hinzu, der mich vermutlich irre machen würde, weil er quietschte.

Layla musterte Sommersprosse, der gähnte und es sich bequem machte. »Ich glaube, du hast einen faulen Hund.«

»Hack nicht auf deinem Namensvetter rum.«

Ich zahlte die Rechnung und schnappte mir das Hundefutter sowie eine der Tüten. Layla nahm die anderen zwei, und zusammen traten wir zurück auf die Straße.

»Mein kleiner Freund ist total erledigt, und ich könnte etwas Hilfe gebrauchen, um diesen ganzen Kram in meine Wohnung zu bringen.«

Layla sah mich mit einer Miene an, die sagte: *So ein Unsinn.* »Ich könnte die Tüten an deinen Gürtelschlaufen befestigen und dich wie einen Packesel nach Hause schicken,

Dann könnte ich für ein paar Stunden in die Kanzlei fahren, was ich heute eigentlich hätte tun sollen.«

Ich grinste. »Oder … du könntest mit zu mir kommen und dich von dem Ausblick aus meinem Wohnzimmer beeindrucken lassen.«

»Wenn ich dir helfe, versprichst du mir dann, dich anständig zu benehmen?«

»Versprochen.« Ich blickte auf meinen neuen Hund hinunter. »Aber für Sommersprosse hier kann ich nicht garantieren. Ich bin nicht der Einzige, der dich lecken will.«

»Welche Richtung? Ehe ich es mir noch anders überlege.«

Mit schwitzenden Händen öffnete ich die Tür zu meiner Wohnung. Ich hatte keine Ahnung, warum. Ich wohnte in einem großartigen Gebäude, der Ausblick war spektakulär, und vor meiner katastrophalen Beziehung mit Max war ich ein unterhaltsamer Typ gewesen. Aber bei Layla fühlte sich irgendwie alles so … bedeutend an.

Ich hätte ihr keinen besseren Empfang bieten können, wenn ich den Sonnenuntergang persönlich bestellt hätte. Der Himmel vor den deckenhohen Wohnzimmerfenstern zeigte verwaschene Streifen in Orange, Gelb und Violett. Es war noch nicht ganz dunkel, aber dämmerig genug, dass die Lichter von Manhattan die gesamte Stadt erstrahlen ließen.

»Du meine Güte.« Layla ging geradewegs auf die Glaswand zu. »Ich dachte, du hättest nur etwas von einer tollen Aussicht erzählt, um mich in deine Wohnung zu locken.«

Ich trat dicht hinter sie. Gott, was hätte ich dafür gegeben, ihr Haar zur Seite zu streichen und ihren wundervollen Nacken zu küssen. Zusammen sahen wir in wohligem Schweigen hinaus, bis sie sagte: »Das muss dir gefehlt haben.«

Ich musterte sie aus der Nähe und konnte mich kaum noch beherrschen. »Du kannst dir nicht vorstellen, wie sehr.«

Wenn ich nicht etwas Abstand zwischen uns brachte, würde ich noch alles verderben. Ich räusperte mich. »Ich muss Sommersprosse etwas Wasser hinstellen. Willst du ein Glas Wein?«

»Sehr gern.«

Layla blieb am Fenster, während ich Sommersprosses neuen Napf füllte und eine Flasche Wein öffnete. Es wurde schnell dunkel, und als ich wieder zu ihr trat, war kaum noch Tageslicht da.

»Wenn man mich als Kind nach meiner Lieblingsfarbe fragte, sagte ich immer Regenbogen. Ich fand es wunderschön, wie alle Farben zusammen aussahen, und konnte mich nicht für eine entscheiden«, sagte sie. »Ich glaube, das hat sich verändert.«

»Ach ja?« Ich reichte ihr ein Glas Wein. »Was ist deine neue Lieblingsfarbe?«

Sie lächelte. »Sonnenuntergang.«

»Komm. Ich zeige dir den Ausblick aus meinem Schlafzimmer, ehe es ganz dunkel ist. Der ist anders, aber genauso gut.«

»Es ist mir egal, ob das nur ein Vorwand ist. Ich möchte ihn sehen.«

»Im Ernst?«, fragte sie, als sie das Zimmer betrat. Die zwei Fenster in meinem Schlafzimmer waren kleiner als die Panoramascheibe im Wohnzimmer, aber sie zeigten den Hudson River, in dem sich gerade die letzten Farben des Sonnenuntergangs und das Licht des aufkommenden Abends spiegelten. »Das sind die besten Ausblicke, die ich je in einer Wohnung gesehen habe. Ich glaube, wenn ich hier wohnen würde, würde ich gar nicht mehr rausgehen.«

»Ich bin mir sicher, das ließe sich machen.«

Genau wie im Wohnzimmer standen wir nun vor den Schlafzimmerfenstern und schauten eine Weile schweigend nach draußen. Ich weiß nicht, wie lange wir dort standen, aber als Layla sich umdrehte, war es vollkommen dunkel.

Ihre großen meergrünen Augen sahen zu mir hoch. »Was hat dir am meisten gefehlt?«

Ehe ich antworten konnte, hielt sie einen Finger hoch und fügte hinzu: »Und sag jetzt nicht, ich.«

Ich dachte einen Moment nach. »Das Gefühl zu wollen, dass die Zeit langsam vergeht.«

»Wie meinst du das?«

»Ich wollte, dass jeder Tag schnell verging. Im Grunde wünschte ich mir, dass mein Leben schnell verging. Ich habe die Momente im Leben vermisst, in denen man sich wünscht, dass die Zeit stillsteht.«

»Ich bin mir nicht sicher, ob ich das verstehe.«

»Was hast du eben empfunden, als du den Sonnenuntergang im Wohnzimmer betrachtet hast? Hast du den Moment genossen und vielleicht gedacht, es wäre schön, ihn noch einige Minuten auszudehnen … wenn die Zeit langsamer verginge?«

»Ja, genau.«

»*Dieses* Gefühl hat mir gefehlt. Mir haben Dinge gefehlt, die mir so wichtig waren, die ich so genossen habe, dass ich wollte, dass sie noch etwas länger andauern.«

Sie sah mir in die Augen. »Das ist eine ziemlich gute Antwort. Das kann ganz unterschiedliche Dinge umfassen – einen Sonnenuntergang, einen besonderen Moment mit jemandem, einen alten Song zu hören, einen Regenbogen.«

Ich hätte ihr gern gesagt, dass *dies* einer jener Momente

war. Aber ich verkniff es mir aus Angst, sie zu verschrecken. Stattdessen nippten wir beide an unserem Wein. In mir bildete sich eine Spannung. Sie musste es ebenfalls spüren. Wir standen in meinem Schlafzimmer, in der Dunkelheit, und schwiegen. Ich blickte zum Bett, das nur drei Schritte entfernt war, und stellte mir unwillkürlich vor, wie es wäre, in ihr zu sein. Ich wollte sie in der ganzen Wohnung vögeln – eine Art Taufe. Am Wohnzimmerfenster, während sie den Sonnenuntergang betrachtete, im Schlafzimmer auf allen vieren, während sie den Sonnenaufgang verfolgte. Auf dem Küchentresen, in der Dusche, auf dem Boden vor dem Kamin im Esszimmer, auf meinem Schreibtisch im Gästezimmer, das ich als Arbeitszimmer nutzte.

Laylas Stimme riss mich aus meiner orgiastischen Fantasie.

»Woran denkst du gerade? Du wirkst, als wärst du ganz auf etwas konzentriert.«

Ich trank von meinem Wein. »Ich glaube nicht, dass ich das sagen sollte.«

Sie legte den Kopf schief. Obwohl es jetzt dunkel war, funkelte das Grün in ihren Augen. »Warum nicht?«

»Weil ich mir vorgenommen habe, dich nie wieder anzulügen.«

»Warum solltest du mich anlügen müssen?«

Ich deutete mit dem Blick aufs Bett, dann sah ich wieder zu ihr.

»*Oh*«, sagte sie.

Die Spannung, die zwischen uns bislang nur unterschwellig vorhanden war, verstärkte sich schlagartig. Die Luft wurde stickig, die Sekunden verstrichen, und keiner von uns machte Anstalten, das dunkle Schlafzimmer zu verlassen.

Ich hörte, dass sie schwerer atmete, während sie auf den Boden sah und meinen Blick mied. Als sie unter ihren dichten Wimpern zu mir hochsah und sich unsere Blicke trafen, dachte ich, ich könnte mich nicht mehr beherrschen.

So wunderschön.

So sexy.

In meinem Schlafzimmer …

Aber ich durfte nicht den ersten Schritt tun, auch wenn ich alles dafür gegeben hätte, diesen Mund zu küssen, diesen Hals und dabei ihr Stöhnen zu hören. Diesen Laut hatte ich nicht vergessen.

Ihre Stimme war so leise, dass ich zunächst dachte, ich hätte sie mir nur eingebildet.

»Erzähl mir, was du gedacht hast.«

»Du wirst es mir nicht übel nehmen?«

Sie schluckte und schüttelte den Kopf.

»Ich habe mir vorgestellt, dass ich bei Sonnenaufgang mit dir in meinem Bett aufwache. Dass die Sonne über dem Fluss aufsteigt und alles in wundervolle Farben taucht.« Meine Stimme wurde heiser, und ich wartete, dass sie mich unterbrach. Doch das tat sie nicht. »Du wärst auf allen vieren in der Mitte meines Bettes, während ich dich von hinten nehme, ganz langsam, und du dem Sonnenaufgang zusiehst.«

Sie öffnete die Lippen, unterbrach mich jedoch nicht, was ich als Zeichen verstand fortzufahren.

»Ich will dich an der Scheibe im Wohnzimmer vögeln, damit die ganze Stadt weiß, dass du mir gehörst.«

Ihr Atmen klang angestrengt.

»Ich möchte dich auf den Küchentresen heben, deine Beine weit spreizen und dich zum Frühstück verspeisen.«

»*Herrgott*, Gray!«

Von der Tür her erklang ein klingelndes Geräusch, und wir drehten uns gerade um, als mein neuer Hund ins Schlafzimmer stürmte. Der große Schuh, den er im Maul trug, schlug gegen den Türrahmen. Ich hatte ihn ehrlich gesagt ganz vergessen. Sommersprosse nahm Anlauf und sprang aufs Bett. Er drehte sich ein paarmal um die eigene Achse, dann ließ er sich in die Mitte plumpsen.

Es zerstörte den Moment nachhaltig. *Vielleicht war es doch nicht so eine gute Idee, sich einen Hund anzuschaffen.*

Layla blinzelte ein paarmal. Ich hatte das Gefühl, dass sie über die Unterbrechung erleichtert war. Sie setzte sich aufs Bett. »Hallo, Kleiner. Wie gefällt dir dein neues Zuhause?«

Ich blieb am Fenster stehen und beobachtete sie.

Sommersprosse stand auf und ging zu ihr an den Rand des Bettes. Layla streckte die Hand aus, damit er daran riechen konnte, was er ausgiebig tat, dann leckte er sie, und schließlich sprang er erneut unvermittelt auf sie. Nur dass er sie diesmal nicht auf den Boden warf, sondern dass sie lachend auf dem Bett landete, während er auf allen vieren über ihr stand und ihr das Gesicht abschleckte.

Anstatt gleich einzuschreiten, genoss ich den Moment. Laylas dunkles Haar breitete sich auf meiner Tagesdecke aus, und sie lachte und wirkte wieder so sorglos. Schließlich hatte ich ein schlechtes Gewissen, dass ich den Hund nicht zurückrief, ging zum Bett und zog ihn am Halsband.

»Schon gut, Kumpel. Immer mit der Ruhe«, witzelte ich. »Heb dir etwas davon für mich auf.«

Layla setzte sich auf, sie lächelte aufrichtig und wischte sich über ihr feuchtes Gesicht.

Ich konnte nicht den Blick von ihr lösen.

»Was ist?« Sie strich ihr Haar glatt und richtete ihr T-Shirt, das ihr von einer Schulter gerutscht war. »Ist meine Schminke überall verschmiert oder so?«

Ich schüttelte den Kopf. »Weißt du noch, was du mich vorhin gefragt hast? Was ich am meisten vermisst habe?«

»Ja.«

Ich sah zwischen ihren Augen hin und her. »Das war einer dieser Momente. Einfach zuzusehen, wie du dich mit dem Hund amüsierst.«

Ein warmer Ausdruck trat in ihre Augen. »Es ist ein süßer Hund.«

»Und sein Herrchen?«

Sie grinste schief. »Er hat seine Momente.« Sie sah sich um, und offenbar wurde ihr bewusst, dass es dunkel geworden war. »Wir sollten zurück ins Wohnzimmer gehen. Aber danke, dass du mir die Aussicht gezeigt hast.«

»Meine Aussicht ist deine Aussicht. Komm zum Sonnenuntergang und bleib bis zum Sonnenaufgang.«

Sie lachte, und ich folgte ihr in die Küche und genoss meine ganz persönliche spektakuläre Aussicht auf ihren Hintern. Als sie sich vor dem Bad im Flur umdrehte, erwischte sie mich, stellte mich jedoch nicht zur Rede.

»Kann ich das Bad benutzen?«

»Natürlich. Es gibt auch noch eins neben dem Schlafzimmer, wenn du willst.«

»Danke. Das ist okay.«

Sommersprosse ging zur Haustür und kratzte daran. »Musst du mal raus?«

Er reagierte, indem er seinen Schwanz im Kreis jagte. »Ich nehme das als ein Ja.«

Layla kam in die Küche, als ich gerade versuchte, die Leine

an seinem Halsband zu befestigen. »Ich glaube, er muss mal raus.«

»Wow. Wie toll, dass er Bescheid sagt. Bei unserem Hund hat das damals Monate gedauert. Allerdings war er noch ein Welpe, und Sommersprosses Besitzer hat es ihm vermutlich schon beigebracht. Aber trotzdem. Gut, dass du da nicht mehr durchmusst.«

»Warum entspannst du dich nicht? Bleib hier. Trink noch ein Glas Wein, und ich gehe eben mit ihm raus.«

Sie ging zu ihrer Tasche. »Ich glaube, ich sollte sowieso jetzt gehen.«

Wir hatten den ganzen Tag zusammen verbracht, trotzdem wollte ich noch nicht, dass er zu Ende war. »Bist du sicher? Den Block hoch gibt es einen tollen kleinen Italiener. Ich wollte dich ja eigentlich heute zum Mittagessen einladen, was wir gar nicht gemacht haben. Wir können uns was bestellen. Oder wir gehen einen Happen essen, wenn du willst.«

»Danke. Aber ich glaube, es ist das Beste so. Außerdem habe ich noch haufenweise Arbeit zu erledigen.«

Im Aufzug nach unten sagte keiner von uns ein Wort. Sobald wir auf der Straße waren, zog Sommersprosse mich zu einem Baum, um sich zu erleichtern.

»Kluger Hund«, sagte Layla.

»Ja. Ich glaube, ich habe Glück.«

Ihr Blick senkte sich. »Danke, dass du mich heute mitgenommen hast, um ihn zu holen. Es hat Spaß gemacht.«

Ich konnte sie nicht einfach so gehen lassen. Ich legte zwei Finger unter ihr Kinn und hob es an, damit sie mir in die Augen sah. »Bitte lass mich dich zum Abendessen ausführen. Zu einem echten Date.«

Ich beobachtete, wie die Rädchen in ihrem Kopf arbeiteten. Sie biss sich auf die Lippe und sah zur Seite, dann suchte sie wieder meinen Blick. »Lassen wir es langsam angehen.«

»Langsam kann ich«, antwortete ich viel zu schnell. Sie hätte auch sagen können: »*Okay, aber du musst erst einen Sack Abfall fressen*«, und ich hätte ebenfalls zugestimmt.

Sie schüttelte den Kopf. »Ich hoffe, ich werde es nicht bereuen.«

Auf meinem Gesicht erschien ein peinliches, mächtig übertriebenes, überaus dümmliches Grinsen. »Ist das ein Ja?«

»Gut. Ja.« Sie hob warnend den Finger. »Aber es ist ein Abendessen. *Langsam*, Gray.«

Ich legte den Arm um ihre Taille und zog sie an mich. »Ich kann langsam.«

Sie kniff die Augen zusammen. »Ich dachte, du wolltest nicht mehr lügen.«

»Das stimmt. Das heißt nicht, dass ich langsam machen *will*. Aber ich *kann* es, und ich *werde* es tun, wenn das nötig ist.«

Sie legte eine Hand auf meine Brust und hielt mich etwas auf Abstand. »Ich habe einiges zu erledigen. Rufst du mich nächste Woche an?«

»Geht es dir zu schnell, wenn ich jetzt die Arme um dich lege und dich wie verrückt drücke?«

Sie kicherte. »Eine Umarmung ist okay.«

Ich nahm Layla fest in die Arme und vergrub mein Gesicht in ihrem Haar. Sie roch so verdammt gut. »Du hast keine Ahnung, wie glücklich du mich gerade machst.«

»Alsoooo … Wenn das Ding, das da gegen meine Hüfte drückt, irgendein Hinweis ist, glaube ich doch.«

Wir lachten, und obwohl ich sie nur äußerst ungern gehen

ließ, war ich brav. Ich versuchte nicht, an ihren Lippen zu saugen, obwohl das nur ein kleines Teil von allem war, an dem ich gern gesaugt hätte. Dennoch musste sie ihre Hand aus meiner ziehen, als es Zeit zum Aufbruch war. Ich konnte mich nicht überwinden, sie freiwillig loszulassen.

16. Kapitel

Layla

»Halten wir uns tatsächlich mal am selben Tag im Haus auf?« Am Mittwochmorgen kam Oliver wie gewohnt mit einem fröhlichen Lächeln in mein Büro.

Am Montag war er den ganzen Tag im Gericht gewesen, und am Dienstag hatte ich bis abends bei einem Mandanten in New Jersey zu tun gehabt. Wir hatten nur ein paar Textnachrichten gewechselt, und ich hatte ihm gesagt, dass ich am Mittwochabend nicht mit ihm abendessen konnte, und stattdessen ein Mittagessen vorgeschlagen. Es war leichter, bei einem schnellen Mittagessen Schluss zu machen als bei einem ausgiebigen Abendessen, und ich wollte mich erst wieder mit Gray treffen, wenn ich mit Oliver alles geklärt hatte. Auch wenn Oliver und ich nie darüber gesprochen hatten, dass wir uns nicht noch mit anderen trafen, kam es mir einfach nicht richtig vor. Das Handy auf meinem Schreibtisch vibrierte, und ich war froh, dass es mit dem Display nach unten lag. Gray hatte mir heute Morgen geschrieben, und ich wollte mich Oliver gegenüber nicht respektlos verhalten. Er war ein netter Kerl – ein Teil von mir wünschte, ich würde mit ihm anstatt mit Gray zusammen sein wollen –, aber das Herz weiß eher Bescheid als der Verstand.

»Ich bin überrascht, dass ich es heute überhaupt zur Arbeit geschafft habe.« Ich schloss den Aktenschrank, in dem ich gerade etwas gesucht hatte. »Mr. Kwan hat mich bis gestern Abend mit Beschlag belegt.«

Oliver und ich hatten einige gemeinsame Mandanten, und Kwan Enterprises beschäftigte fast alle Abteilungen unserer Kanzlei.

»Hat er Jin Me oder Song mitgebracht?«, fragte Oliver.

»Jin Me. Wer ist Song?«

Er grinste. »Seine Frau.«

»Oh, mein Gott! Er ist verheiratet? Das wusste ich gar nicht. Ich dachte zuerst, Jin Me wäre seine Tochter. Sie ist um die dreißig und er wahrscheinlich Ende sechzig. Darum habe ich mich ziemlich erschrocken, als sie ihm eine Hand auf den Oberschenkel gelegt hat.«

»Ja. Der Typ ist ein Hengst. Er ist schon fast so lange mein Mandant, wie ich praktiziere. Es gab ein Dutzend Jin Mes.«

»Gott, aus irgendeinem Grund hätte ich ihn nie für einen Ehebrecher gehalten.«

»Es sind immer die, von denen man es am wenigsten erwartet.« Ich wusste, dass Oliver nicht mich meinte, dennoch hatte ich ein schlechtes Gewissen, weil ich Zeit mit Gray verbracht hatte.

»Alsoo … gut. Ich muss einen Anruf erledigen. Mittagessen um eins?«

»Griechisch?«

»Gern.« Ich zwang mich zu lächeln. »Klingt super.«

Nachdem Oliver verschwunden war, setzte ich mich an den Schreibtisch und starrte eine Weile aus dem Fenster. Ich wusste, dass es richtig war, mich von Oliver zu trennen, egal ob es mit Gray funktionierte oder nicht. Denn würde mein

Herz für Oliver schlagen, hätte es sich nicht so leicht ablenken lassen. Doch es war nicht leicht, mit einem derart netten Mann Schluss zu machen.

Wieder vibrierte das Telefon auf meinem Schreibtisch und lenkte mich von dem bevorstehenden Mittagessen ab. Natürlich war es Gray. Ebenso wie die vorherige Nachricht, die ich noch nicht angesehen hatte, weil Oliver hereingekommen war.

Gray: *Ich fliege heute Abend nach Chicago, weil ich dort morgen früh ein Treffen wegen eines möglichen Investments habe.*

Gray: *Wie wäre es heute mit einem Mittagessen?*

Layla: *Sorry. Heute kann ich nicht. Ich habe schon ein Date zum Mittagessen.*

Nachdem ich die Nachricht geschrieben hatte, überdachte ich meine Worte noch mal und änderte sie, ehe ich sie abschickte.

Layla: *Sorry. Heute kann ich nicht. Ich habe heute Mittag schon etwas vor.*

Gray: *Kannst du das nicht umlegen? Ich sorge dafür, dass es sich lohnt. Ein Freund von mir eröffnet Uptown ein französisches Restaurant und macht ein Essen für Kritiker – jede Vorspeise in Miniaturgröße –, eine Auswahl der gesamten Speisekarte.*

Ich rang einige Minuten mit mir, was ich ihm sagen sollte, und entschied mich dann für die Wahrheit.

Layla: *Ich esse heute mit Oliver zu Mittag.*

In dem Moment kam Archibald Pittman in mein Büro und hinderte mich daran, den Rest zu schreiben, den ich noch hinterherschicken wollte. Seine Besuche machten mich stets nervös.

»Miss Hutton. Ich habe gerade die berechenbaren Stunden durchgesehen. Gute Arbeit, dass Sie den neuen Mandanten in die Kanzlei geholt haben und ihm auch noch unsere anderen Abteilungen empfohlen haben.«

Ich hatte keine Ahnung, wovon zum Teufel er sprach. »Äh. Danke.«

»Weiter so.« Er verschwand.

Noch immer unsicher, wovon er gesprochen hatte, schrieb ich Gray.

Layla: *Hast du die Kanzlei zufällig noch mit anderen Aufgaben betraut, außerhalb meiner Abteilung?*

Gray: *Ich teile nicht, Layla.*

Hmmm. Merkwürdige Antwort.

Layla: *Ich glaube, ich verstehe dich nicht.*

Ich wartete auf seine Antwort, doch stattdessen klingelte das Handy in meiner Hand.

»Ich weiß, du hast gesagt, wir sollten es langsam angehen lassen, aber ich kann dich nicht teilen, Sommersprosse. Verdammt.«

»Wovon redest du?«

»Deine Verabredung zum Mittagessen.«

»*Ach!*« Ich lachte. »Sorry, ich wurde unterbrochen. Ich habe dir von dem Mittagessen mit Oliver geschrieben, dann kam Pittman. Er hat irgendetwas von einem Mandanten erzählt, der die Kanzlei mit weiteren Aufträgen versorgt hat. Ich dachte, das wärst vielleicht du. Es muss wohl ein anderer Mandant von mir sein.«

»Nein, ich habe der Kanzlei weitere Aufträge verschafft. Sie kümmern sich um das Testament meines Vaters und um ein Immobiliengeschäft. Ich habe Pittman angerufen und ihm gesagt, du hättest mich überzeugt, diese Arbeit deiner Kanzlei zu übertragen.«

»Oh. Wow. Das wäre nicht nötig gewesen. Aber danke.«

»Gern geschehen. Kannst du mir dafür einen Gefallen tun?«

»Klar. Was?«

»Geh nicht mit dem Würstchen mittagessen. Ich kann elf Monate darauf warten, dich zu sehen. Ich kann mich beherrschen, über dich herzufallen, wenn du in meiner Wohnung bist. Ich kann es so langsam angehen lassen, wie du willst. Aber ich kann nicht den unsäglichen Gedanken ertragen, dass du mit einem anderen Mann zusammen bist.«

So ungern ich es zugab, seine Besitzgier und seine Eifersucht schienen mir in dieser Situation reizvoll – doch ich konnte nicht anders, ich musste ihn ein bisschen aufziehen.

»Aber ich habe doch schon mit Jared Schluss gemacht.«

»*Mit wem?*«

Ich hielt mir den Mund zu, um nicht zu kichern. »Jared. Und von Trent wollte ich mich auch trennen. Obwohl ich dachte, vielleicht schlafe ich wenigstens noch ein Mal mit ihm, bevor ich ihn abschieße.«

»Du machst dich über mich lustig? Bitte sag, dass du dich über mich lustig machst.«

Jetzt unterdrückte ich mein Lachen nicht länger. »Ich treffe mich mit Oliver zum Mittagessen, um mit ihm Schluss zu machen. Ich wollte es dir schreiben, aber dann hat Pittman mich gestört, und ich habe vergessen, diesen Teil noch zu ergänzen.«

Gray stieß hörbar die Luft aus. »Du hältst dich wohl für sehr witzig, was?«

»Ja. Ehrlich gesagt amüsiere ich mich gerade prächtig.« Ich lehnte mich auf meinem Stuhl zurück.

»Schön, dass du Spaß hast. Aber dafür hast du eine Tracht

Prügel verdient. Ich werde die Strafe genießen, wenn ich dich das nächste Mal sehe.«

»Womöglich genieße ich es auch.«

Gray stöhnte. »Herrgott!« Dann hörte ich, wie er den Hörer zuhielt. »Könnten Sie bitte noch ein oder zwei Runden um den Block fahren?«

Gedämpft hörte ich jemanden, vermutlich einen Fahrer, sagen: *»Natürlich, Sir«*, ehe Gray wieder am Apparat war.

»Deinetwegen komme ich zu spät zu meinem Banktermin.«

»Meinetwegen? Was habe ich getan?«

»Du hast mir gerade erzählt, dass es dir vielleicht gefallen könnte, wenn ich dich versohle. Und jetzt kann ich an nichts anderes mehr denken als daran, wie dein Hintern mit dem Abdruck meiner Hand aussieht. Ich kann doch nicht mit einem Ständer da reingehen.«

Ich veränderte meine Haltung. »Oh.«

»Triffst du dich zu einem frühen Abendessen mit mir? Ich kann es nicht erwarten, dich zu sehen, nachdem du offiziell mir gehörst.«

»Immer langsam. Ich habe gesagt, ich mache mit Oliver Schluss. Ich habe nicht gesagt, dass ich offiziell einem anderen gehöre.«

Er ging nicht darauf ein. »Fünf Uhr zum Abendessen. Ich verschiebe meinen Sieben-Uhr-Flug auf neun.«

»Ich kann nicht. Ich habe um vier Uhr einen Mandantentermin, und ich muss mich auf einen Fall für morgen vorbereiten. Wann kommst du von deiner Reise zurück?«

»Morgen Abend spät. Dann am Freitag?«

»Am Freitag muss ich zu einem Kindergeburtstag. Samstag?«

»Bin ich auf einer Feier bei dem alten Partner meines Vaters. Sonntagabend?«

»Montag habe ich eine frühe Anhörung, auf die ich mich vorbereiten muss.«

»Oh, Mann. Und ich fliege am Montagmorgen an die Westküste. Ich kann nicht zwei Wochen warten, bis ich dich küssen kann.«

Ich lächelte. »Du könntest mich zum Kindergeburtstag begleiten. Es handelt sich um meine Patentochter.«

»Gibt es dort eine ruhige Ecke oder einen Kleiderschrank, in den ich dich ein paar Minuten entführen und über dich herfallen kann?«

Ich lachte. »Das kann ich dir nicht versprechen. Aber vielleicht.«

»Gut. Wann soll ich dich abholen?«

»Du begleitest mich tatsächlich zu einem Kindergeburtstag?«

»Nimmst du mich mit?«

»Klar, wenn du willst. Ich bin mir sicher, Quinn würde dich gern kennenlernen. Das Geburtstagskind ist die Tochter meiner besten Freundin.« Ich zögerte. »Aber ehrlich gesagt ist sie nicht dein größter Fan. Wir erzählen uns alles, und sie wird dir wahrscheinlich böse Blicke zuwerfen und dir gründlich auf den Zahn fühlen.«

»Das ist es mir wert, wenn ich dafür die Chance bekomme, dich ein paar Minuten allein zu erwischen. Außerdem werde ich deine Freundin früher oder später sowieso von mir überzeugen.«

Es gefiel mir, dass er bereit war, sich mit allem zu arrangieren, was ich ihm anbot. »Weißt du, was? Wir machen es spannend. Wenn du es schaffst, dass mein Patenkind dich zum Abschied umarmt und seine Mutter den Daumen hebt, was dich angeht, darfst du mich auf dem Heimweg im Auto befummeln.«

Natürlich hatte er keine Ahnung, dass meine Patentochter so ziemlich alle Männer hasste und Quinn überlegt hatte, ihn im Gefängnis zu besuchen, um ihm die Eier abzuschneiden. Aber wo wäre der Witz, wenn ich ihm das alles vorab erzählte?

»Süße, du hast ja keine Ahnung, was ich alles auf mich nehmen würde, um diese Wette zu gewinnen.«

»Um sechs am Freitag.«

»Ich kann es kaum erwarten.«

Als meine Klingel ging, fuhr ich vor Schreck zusammen. Ich konnte mich nicht erinnern, dass ich jemals vor einem Date so nervös gewesen war – wenn man es überhaupt als solches bezeichnen konnte, dass ich am Freitagabend um sechs mit Gray auf einen Kindergeburtstag ging. Ich drückte die Gegensprechanlage.

»Du bist eine halbe Stunde zu früh. Warum denke ich, dass du das mit Absicht machst, weil ich jetzt noch nicht fertig bin und dir sagen muss, dass du noch mal hochkommen sollst?«

»Weil du schlau bist.« Seine schroffe Stimme und seine Ehrlichkeit brachten mich zum Lachen.

»Komm hoch.«

Ich wartete an der Tür auf den Fahrstuhl. Ich war etwas früher nach Hause gekommen, um zu duschen und mich fertig zu machen, aber ich brauchte noch ungefähr eine Viertelstunde, bis ich ganz fertig war. Gray trat aus dem Aufzug und schritt auf mich zu. Sein Gang drückte Selbstvertrauen und Entschlossenheit aus – darauf stand ich. Der Gang und die Haltung eines Mannes hatten bei mir schon immer eine wichtige Rolle gespielt. Es konnte die Art sein, wie ein Mann stand, die Beine etwas weiter als schulterbreit auseinander. Oder wie er den Kopf hob und geradeaus sah.

Gray kam mit langen gleichmäßigen Schritten auf mich zu. Es sah nicht so aus, als würde er stehen bleiben, was mich etwas beunruhigte, dennoch wich ich nicht zurück.

Er trat dicht vor mich und legte eine Hand um meine Taille. »Ich habe auf dem Weg hierher die Definition von ›langsam‹ nachgesehen.«

Ich zog eine Augenbraue hoch. »Ach ja? Und was hast du gelernt?«

»Sich mit weniger Geschwindigkeit als üblich bewegen oder voranschreiten.«

»Sehr gut. Du hast gelernt, was *langsam* bedeutet. Wie wäre es mit *wohlgestalt*? Das habe ich vor Jahren für den SAT-Zulassungstest fürs College gelernt.«

Gray nutzte die Hand, die um meine Taille lag, um unsere Körper dichter aneinanderzudrängen. »*Schlaumeier.* Ich meinte … *langsam* heißt nicht anhalten. Es bedeutet, weiter voranschreiten, nur in langsamerem Tempo.«

»Ja, das stimmt.«

In seinen Augen erschien ein Funkeln, und auf seinem Gesicht breitete sich ein laszives Grinsen aus. »Schön, dass wir uns einig sind. Jetzt gib mir diesen Mund, damit wir weiter voranschreiten können.«

Ich öffnete den Mund, um etwas zu erwidern, doch ehe ich etwas sagen konnte, drückte er seine Lippen auf meine. Ich hatte vergessen, wie weich sich seine anfühlten und wie sehr sie im Widerspruch zu der heftigen Begierde standen, mit der er mich küsste. Gray verlor keine Zeit, er öffnete meine Lippen, um mit der Zunge von mir zu kosten. Ich stöhnte in unsere miteinander verbundenen Münder, und er reagierte mit einem Knurren, dessen Vibrato bis an äußerst interessante Stellen meines Körpers vordrang.

Gray lehnte sich rücklings an die Wohnungstür, und plötzlich waren meine Beine um seine Taille geschlungen. Ich war mir nicht sicher, ob er mich hochgehoben und mich geführt hatte oder ob ich es von allein getan hatte. Mein Herz schlug wie verrückt und machte alles noch viel hitziger. Ich strich mit den Fingern durch sein Haar und zog ihn näher. Gray drängte die Hüften gegen meine, und ich verdrehte vor Lust die Augen. Er war so hart, und da meine Beine um ihn gelegt waren, war ich seiner heftigen Reibung ganz und gar ausgeliefert.

Erneut entfuhr mir ein Stöhnen, und Gray stieß noch fester zu. Er packte meinen Hintern und drückte ihn so fest, dass es wehtat. Doch das bisschen Schmerz erregte mich nur noch mehr. Wenn es darum ging, es langsam angehen zu lassen, versagte ich bei diesem Mann vollkommen. Denn hätte er in diesem Moment den Reißverschluss seiner Hose geöffnet und meinen Slip zur Seite geschoben, ich hätte mich von ihm direkt an der Wohnungstür vögeln lassen, vor den Augen aller Nachbarn.

Zum Glück konnte er nicht meine Gedanken lesen, auch wenn er mich ziemlich gut durchschaute. So rang ich zwar keuchend um Atem, als er den Kuss schließlich löste, aber zumindest war ich noch angezogen.

Ich hielt die Augen geschlossen und versuchte, mich zu zügeln, kämpfte mit meinen aufgepeitschten Hormonen und bemühte mich, so zu wirken, als hätte ich mich einigermaßen im Griff. Darum traf es mich völlig unvorbereitet, als Grays Hand mit einem lauten Klatschen auf meinem Hintern landete. Ich riss die Augen auf.

»Was zum Teufel?«

»Das war für das Telefonat – als du dich wegen des Essens mit Oliver über mich lustig gemacht und so getan hast, als würdest du noch andere Männer treffen.« Gray strich über die brennende Stelle auf meiner Pobacke.

Auf gar keinen Fall würde ich ihm erzählen, dass mein Slip gerade ein ganz kleines bisschen feucht geworden war. Stattdessen nutzte ich den Moment, um mich von ihm zu lösen, denn ich hegte Befürchtungen, dass ich selbst meinen Wunsch, es langsam angehen zu lassen, torpedierte.

Ich schluckte und kletterte von Gray herunter. »Danach sollte ich dich draußen im Flur warten lassen, solange ich mich fertig mache.«

»Wenn das nötig ist, damit du die Kontrolle behältst – von mir aus.« Er umfasste meinen Nacken und strich mit den Lippen über meine. »Aber vergiss nicht, deinen feuchten Slip zu wechseln.«

Ich schüttelte den Kopf und schlug ihm *nicht* die Tür vor der Nase zu, als ich hineinging. »Eingebildeter Schnösel.«

Ich hörte ihn leise lachen, als ich ihn in der Küche zurückließ, um mich fertig zu machen.

In den zwanzig Minuten, die ich brauchte, um mich zu schminken und umzuziehen, versuchte Gray nicht, mir ins Schlafzimmer zu folgen, was mich etwas überraschte. Doch auch wenn ihm das *langsame Angehen* widerstrebte, wusste er offenbar, dass es Grenzen gab, die er nicht überschreiten durfte, wenn er nicht alles gefährden wollte.

Als ich fertig war, fand ich ihn im Wohnzimmer, wo er

sich die gerahmten Fotos auf meinem Bücherregal ansah und eins in die Hand genommen hatte. Ich trat zu ihm und betrachtete ein altes Familienfoto, das mich mit meinen Eltern zeigte.

»Ich weiß gar nicht, warum ich das aufgestellt habe. Vielleicht bin ich es einfach gewöhnt, die Fassade der normalen Familie aufrechtzuerhalten.«

»Du kannst beide lieben, auch wenn du ihre Art zu leben nicht gutheißt.«

Ich nahm ihm den Rahmen aus der Hand und stellte ihn zurück ins Regal. Um das Thema zu wechseln, holte ich eins von Quinn und mir auf der Junior Highschool hervor. Auf dem Bild waren wir identisch gekleidet.

»Das ist Quinn. Ich habe keine Ahnung, warum, aber wir haben jeden Sonntagabend am Telefon besprochen, was wir montags anziehen, damit wir das Gleiche anhaben.«

Gray lächelte. »Du warst schon damals ganz schön scharf.«

»Du warst sicher auch nicht schlecht.«

Die restlichen Fotos im Regal zeigten meine Patentochter Harper. Gray deutete auf eins. »Ich nehme an, das ist der Ehrengast des heutigen Abends.«

»Wie hast du das nur erraten?«, fragte ich grinsend.

Auf dem Foto lag Harper in einem langen Karton und sah fern. Seit sie laufen konnte, war sie besessen von Kartons, und ihre Eltern hatten ihr verschiedene Möbelstücke daraus gebaut – einschließlich des Bettes auf dem Foto. Das schäbige alte Pappbett stand direkt neben einem wunderschönen Himmelbett, das ihre Eltern ihr gekauft hatten.

Ich sah auf meine Armbanduhr und stellte fest, dass wir uns auf den Weg machen mussten. »Ich muss nur noch mein Telefon holen, dann können wir gehen.«

»Machst du erst noch eine Führung?«

»Durch die Wohnung? Da gibt es nicht viel zu sehen. Anders als du habe ich keinen Ausblick auf die Stadt zu bieten. Aber wenn du gegen zwei Uhr morgens aus meinem Schlafzimmerfenster siehst, macht der Typ im Haus gegenüber manchmal nackt Yogaübungen.«

»Toll«, murmelte Gray. Er legte eine Hand auf meinen unteren Rücken und lenkte mich Richtung Schlafzimmer. »Ich möchte das Zimmer sehen, von dem aus man nackte Männer beim Yoga beobachten kann.«

Ich zögerte kurz, ihm das Schlafzimmer zu zeigen, vor allem weil es fast nur aus Matratze bestand. Das große Doppelbett, das ich hineingestellt hatte, war eigentlich viel zu groß für das kleine Zimmer. Aber ich schlief sehr unruhig und rollte mich häufig von einer Seite auf die andere. Ich zeigte auf Bett und Kommode und sagte: »Das ist es. Es ist zwar klein, aber es hat einen begehbaren Kleiderschrank.«

Gray drehte sich um und versperrte den Durchgang. »Wie ist die Trennung von Oliver gelaufen?«

Ich legte den Kopf schief. »Ich zeige dir mein Schlafzimmer, und du denkst an Oliver?«

Gray strich mit dem Daumen über meine Lippen. »Ich denke, dass ich es kaum erwarten kann, dich in diesem Riesenbett zu vögeln, und ich will sicher sein, dass mir nichts mehr im Weg steht.«

Gott, es gefiel mir, wenn er sagte, dass er mich *vögeln* wollte. Ich war mir ganz und gar sicher, dass unser erstes Mal genau das sein würde: *Vögeln*. Nicht Liebe machen oder miteinander schlafen. Wenn wir endlich zusammenkämen, hätten wir unverfälschten, ursprünglichen Sex.

Ich räusperte mich. »Gut. Wir sollten jetzt gehen.«

Unten stellte ich überrascht fest, dass Grays Limousine auf uns wartete. Ich hatte angenommen, dass er uns selbst zum Kindergeburtstag fahren würde und nicht sein Chauffeur.

»Ein Fahrer zu einem Kindergeburtstag?«

Er bedeutete seinem Fahrer, sitzen zu bleiben, als dieser uns kommen sah und Anstalten machte auszusteigen. Gray öffnete mir die Tür zum Fond. »Ich habe daran gedacht. Aber ich brauche beide Hände, um dich auf dem Heimweg zu befummeln … nachdem ich die Wette gewonnen habe.«

17. Kapitel

Layla

»Du willst mir wirklich nicht verraten, was dieses Riesending ist?«

»Ich werde dir ein Riesending zeigen …«

Ich rollte mit den Augen. »Nachdem du so damit angegeben hast, sollte das Ding in deiner Hose besser wirklich bemerkenswert sein, *wenn* ich es irgendwann zu sehen bekomme. Jetzt sag mir, was in diesem großen Karton ist.«

»Ich sage es dir, wenn du mich küsst.«

»Ich habe dich schon geküsst.«

»Gibt es ein tägliches Limit?« Gray zog mich auf der Rückbank des Wagens auf seinen Schoß.

Ich kicherte und dachte: *Hör auf zu kichern.*

»Ich habe dich vermisst, Sommersprosse. Dieses Gefühl … als würdest du mir gehören.« Er strich mein Haar zur Seite und verteilte Küsse auf meinem Hals. Seufzend schloss ich die Augen. Ich hatte es auch vermisst. Obwohl ich anders als Gray kleine Schritte machte und mich nicht in diese Beziehung stürzen wollte. Darum behielt ich den Gedanken für mich.

»Darf ich dich etwas fragen?«, fragte ich.

»Alles.« Er atmete tief ein und vergrub den Kopf an meinem Hals. »Gott, du riechst so verdammt gut.«

»Glaubst du, dass man mehr als einen Menschen gleichzeitig lieben kann?«

Ich spürte, wie er erstarrte. »Willst du mir etwas sagen?«

Ich lachte. »Nein. Ich habe nicht von mir gesprochen. Aber als ich gesehen habe, wie du das Bild von meinen Eltern betrachtet hast, habe ich darüber nachgedacht, wie besitzergreifend du wirkst. Hättest du es akzeptiert, wenn ich mich mit dir und Oliver gleichzeitig getroffen hätte?«

Er löste den Kopf von meinem Hals und sah mir in die Augen. »Die Frage ist rein hypothetisch, oder? Du hast doch neulich Mittag mit dem Würstchen Schluss gemacht?«

»Ja, du Verrückter. Hier geht es nicht um uns. Versprochen. Ich habe nur mein ganzes Leben lang nicht verstanden, wie meine Mutter sich damit abfinden konnte, dass mein Vater eine weitere Frau hatte – eine weitere Familie. Und wie mein Vater sagen konnte, dass er beide Familien gleich lieb hätte.«

Gray wirkte erleichtert, dass ich nicht in einen anderen Mann verliebt war. Seine Haltung veränderte sich, er schaute aus dem Fenster und dachte über meine Frage nach. Als er sich wieder zu mir drehte, sagte er: »Das ist eine schwierige Frage. Ich will deine Gefühle nicht verletzen, indem ich sage, dass ich nicht glaube, dass man zwei Menschen gleich stark lieben kann.«

Ich seufzte. »Schon okay. Ich glaube es auch nicht. Aber so wenige Menschen wissen über meine Familie Bescheid, dass ich noch nie mit einem Mann darüber gesprochen habe. Ich dachte, dass du das aus irgendeinem Grund vielleicht anders siehst.«

»Ich glaube, man kann Menschen auf unterschiedliche Art lieben. Aber wenn man wirklich jemanden liebt, wie ein

Mann seine Frau lieben sollte, ist in seinem Herzen kein Platz, um einen anderen Menschen genauso zu lieben.«

»Und warum lässt sich jemand dann nicht scheiden?«

Gray schüttelte den Kopf. »Ich habe keine Ahnung. Mein Bauchgefühl sagt mir, weil er Frauen wie seinen Besitz betrachtet.«

»Aber du wirkst selbst ziemlich besitzergreifend.«

»Es gibt einen Unterschied zwischen jemanden besitzen wollen und besitzergreifend sein.«

»Und zwar?«

»Wenn man besitzergreifend ist, hat man Angst, etwas zu verlieren, das man gernhat. Wenn man etwas besitzen will, heißt es, dass man es kontrollieren, ihm die Freiheit nehmen will.«

Ich lächelte. »Du hörst dich so klug an, normalerweise bist du eher ein Klugscheißer.«

Grays Miene wurde ernst. »Keiner von uns ist mit einem idealen Vorbild von einer Beziehung aufgewachsen. Ich sehe es gern so, dass ich zumindest gelernt habe, wie man es *nicht* machen sollte. Mein Vater war seiner Arbeit treu, nicht seinen Ehefrauen. Das ist bei mir anders. Künftig jedenfalls. Ich glaube, wenn dein Leben zwangsläufig eine ganze Weile stillsteht, hast du die Chance, in Ruhe zurückzublicken. So sieht man die Dinge klarer, als wenn man voraneilt und nur kurz einen Blick über die Schulter wirft.«

Zum ersten Mal suchte ich die körperliche Nähe zu ihm. Ich beugte mich vor und strich mit den Lippen über Grays. Als ich von ihm abrückte, sahen wir uns lange in die Augen.

»Danke«, flüsterte Gray.

»Für den Kuss?«

»Nein. Für die zweite Chance.«

Als wir hereinkamen, raste Harper auf mich zu. Sie schlang ihre kleinen Arme um meine Beine, hüpfte auf und ab und zeigte auf den Riesenkarton in Grays Händen. Ich wusste immer noch nicht, was sich darin befand. »Ist das für mich? Ist das für mich?«

Gray ging auf ein Knie, sodass er auf einer Höhe mit ihr war. »Heißt du Harper?«, fragte er.

Sie nickte eifrig mit dem Kopf.

»Ist heute dein sechster Geburtstag?«

Wieder nickte sie.

Gray sah auf den Karton und zuckte mit den Schultern. »Also, ich glaube, dann ist das für dich.«

»Darf ich es auspacken?«

Er sah fragend zu mir hoch.

»Oh, nein«, sagte ich. »Du hast dieses Riesending hergebracht. Du wirst nicht von mir hören, dass sie es nicht auspacken darf.«

Zum Glück kam Quinn zu uns. Sie küsste mich auf die Wange und fragte Gray ohne Umschweife mit ausdrucksloser Miene: »Du versuchst wohl, mein Kind zu kaufen. Ich hoffe, du hast was Gutes mitgebracht. Mich zu kaufen, ist teuer.«

Gray beugte sich hinunter und küsste Quinn auf die Wange. Mit tiefer, erotischer Stimme sagte er: »Ich habe dir das Beste überhaupt mitgebracht: Layla. Freut mich, dich kennenzulernen, Quinn.«

Sie sah ihn finster an. »Ich würde ja gern sagen, mich auch, doch da ist sich die Jury noch nicht so sicher.«

Gray schien ihre Antwort zu gefallen. »Du hast jedes Recht, skeptisch zu sein. Ich bin froh, dass Layla Freunde hat, die auf sie aufpassen.«

Quinn hakte sich bei mir ein. »Nimm doch Tante Laylas

Freund mit ins Wohnzimmer, dann kannst du da mit Daddy dein Geschenk auspacken, Harper.« Sie wandte sich an Gray: »Ich gehe mit Layla in die Küche, um einen Wein aufzumachen und über dich zu reden. Was möchtest du trinken?«

Er schenkte ihr ein umwerfendes Lächeln. »Ein Bier wäre prima.«

Die Tür zur Küche war noch nicht ganz zu, da sagte Quinn: »Meine Güte! Du hast gesagt, er würde gut aussehen. Aber doch nicht *so*. Der ist ja so heiß wie Brad Pitt *vor* Angelina Jolie.«

Ich holte zwei Weingläser aus dem Schrank. »Ich könnte mich tatsächlich in ihn verlieben, Q. Es ist irgendwie erschreckend.«

Quinn holte eine Flasche Wein aus dem Regal auf dem Tresen und den Korkenzieher aus der Schublade in der Kücheninsel. »Vertraust du ihm immer noch nicht?«

»Es ist nicht so, dass ich ihm nicht vertraue. Aber es macht mir Angst. Ehrlich gesagt, klingt die Erklärung, warum er gelogen hat, ziemlich überzeugend. Und theoretisch hat er noch nicht einmal gelogen – seine Ehe wurde annulliert. Er war in einer schwierigen Situation, und wir sind uns sehr schnell nähergekommen. Ein Teil von mir versteht, warum er mich nicht mit seiner verrückten Geschichte abschrecken wollte. Und ich glaube, dass seine Entschuldigung ehrlich gemeint ist und dass ich ihm etwas bedeute.«

Mit einem lauten Plopp öffnete Quinn die Flasche. »Und warum zögerst du dann?«

»Er könnte mich vernichten.«

Quinn hielt den Wein hoch. »Er könnte auch seine Eier verlieren, wenn ihn jemand mit einer abgebrochenen Flasche angreift.«

»Oh, mein Gott!« Ich reichte Gray sein Bier und stand neben ihm, während sich die Gäste um Harper scharten, die sich durch ihr Geschenk arbeitete. »Sag nicht, dieses Riesending ist ein Karton im Karton.«

Mein Patenkind hatte gerade den knapp ein Meter mal ein Meter großen Karton geöffnet, den Gray mitgebracht hatte, nur um darin einen weiteren, etwas kleineren verpackten Karton vorzufinden.

Gray grinste und trank von seinem Bier. »Du hast gesagt, sie wäre besessen von Kartons.«

Das *hatte* ich ihm erzählt, aber vor *eineinhalb Jahren.* »Wie zum Teufel hast du dir das gemerkt?«

»Ich hab dir doch gesagt, ich erinnere mich an jede Minute unserer Gespräche.«

Gott, aber wirklich. Und dass er sich an diese Nebensächlichkeit erinnerte, die ich ihm vor so langer Zeit von meiner Patentochter erzählt hatte, weckte in mir den Wunsch, den leeren Kleiderschrank zu suchen, von dem Gray gesprochen hatte.

»Wie lieb von dir. Ich habe ihr nur einen Herzanhänger mitgebracht. Danach wird sie enttäuscht sein. Wie traurig.«

Er lächelte stolz. »*Und* in dem letzten Karton ist ein richtiges Geschenk. Eine geschnitzte Holzkiste, die ziemlich schwer zu öffnen ist.«

Ich sah ihn finster an. »Das grenzt an Bestechung und könnte als Betrug gelten, was unsere Wette angeht.«

»Mein ganzes Geschenk hat nicht mehr als zwanzig Dollar gekostet. Wie viel hast du ausgegeben?«

Ich trank einen Schluck Wein. »Leck mich.«

Mit einem anzüglichen Grinsen sah er sich im Zimmer um. »Liebend gern. Gibt es hier einen Schrank?«

Ich schüttelte den Kopf. »Komm, du Betrüger, ich stelle dich allen vor.«

Es waren nicht viele Gäste – hauptsächlich Familie von Quinn und ihrem Mann Brian sowie einige Angestellte aus dem Pub. Brian, der als Polizist der Stadt New York von Natur aus misstrauisch war, schüttelte Gray mit abweisender Miene die Hand. Als Quinn ihm erzählt hatte, dass ich im *Gefängnis* einen Mann kennengelernt hätte, hatte er lautstark verkündet, ich hätte den Verstand verloren. Als er herausfand, wie die Sache zu Ende gegangen war, musste er nicht erst sagen: *Ich habe es ja gleich gesagt.*

Während sie sich die Hand schüttelten, sah Brian Gray fest in die Augen. »Layla ist wie eine kleine Schwester für mich, und ich trage eine Waffe.«

»Brian!«, rief ich entsetzt.

Gray hob die Hand und bedeutete mir, die Sache ihm zu überlassen. Er schluckte und nickte Brian zu. »Verstanden.«

Es war komisch, seit ich beschlossen hatte, Gray zu vergeben und nach vorn zu schauen, tat es mir leid, was er durchgemacht hatte, und ich wollte, dass alle anderen es auch so sahen. Für die Leute war er immer noch ein ehemaliger Häftling und deshalb verdächtig, auch wenn sie die wahre Geschichte kannten. So wollte ich Gray verteidigen, auch wenn ich Brians Misstrauen zum Teil verstand.

»Weißt du, was, Brian …«

Gray legte die Hand um meine Taille und drückte sie unauffällig. Mein Blick sprang zu ihm, und ich wusste, dass ich es gut sein lassen sollte. Was ich tat … fürs Erste.

Ich hob drohend den Finger und sagte zu Brian: »Wir sprechen uns noch.«

Wir gingen in den Garten, und ich stellte Gray den restlichen Gästen vor. Wenigstens waren alle anderen freundlich. Nachdem ich fertig war, setzten wir uns draußen zusammen in einen Clubsessel. Es war ein wunderschöner später Frühlingstag. Ich lehnte meinen Kopf an seine Schulter.

»Tut mir leid wegen Brian und Quinn.«

»Das muss es nicht. Wenn sie nicht auf dich aufpassen würden, wären sie keine guten Freunde. Ich bin froh, dass du sie hast.«

»Ja. Aber ich will, dass sie dich mögen.«

»Ich habe nicht vor wegzugehen, Sommersprosse. Lass sie in ihrem Tempo Vertrauen fassen, dann ist es ehrlich. Du kannst niemanden zwingen, sein Misstrauen aufzugeben.« Er küsste mich auf den Scheitel. »Ich muss mir ihr Vertrauen genauso verdienen, wie ich mir immer noch deins verdienen muss.«

Einige Stunden später, als die Party allmählich zu Ende ging, beobachtete ich aus der Ferne, wie sich Gray mit Brian unterhielt. Die Männer spielten unter den Lampen Hufeisenwerfen, und Gray hatte sich zu ihnen gesellt. Vermutlich ging es ihm eher um den Kontakt zu Brian als um das Spiel.

Quinn kam zu mir und setzte sich in den Adirondack Chair neben mich. »Gehe ich recht in der Annahme, dass du mit Mr. Twist Schluss gemacht hast?«

Ich brauchte einen Moment, um zu begreifen, dass sie Oliver meinte. »Ja. Er ist ein netter Kerl, aber seit Gray wieder in mein Leben getreten ist, habe ich gemerkt, dass es Oliver nicht ist. Auch für den Fall, dass es mit Gray nichts wird … was ich empfinde, hat mich daran erinnert, wie es sein sollte.«

Ein lautes Kreischen lenkte meine Aufmerksamkeit wieder auf das Spiel der Männer. Es musste etwas Gutes passiert sein, denn Brian stieß eine Faust in die Luft, und dann sah ich, wie er und Gray sich abklatschten.

»Meinen Mann kann man gewinnen, indem man gut in den albernen Spielen ist, die er mag.«

Ich drehte mich zu ihr. »Und was muss Gray tun, um seine Frau zu überzeugen?«

»Ganz einfach. Meine Freundin glücklich machen, nicht traurig.«

Harper kam mit ihrer Cousine nach draußen gerannt und sprang auf meinen Schoß. »Tante Layla, spielst du mit mir mit den Kartons?«

»Klar, du Zwerg.«

Ich wusste zwar nicht, wie man mit Kartons spielte, aber ich ließ mich von der kleinen Tyrannin auf die hintere Terrasse führen, bis das Spiel zu Ende war und die Männer zurückkamen. Brian hob Harper von dem Karton herunter, auf dem sie saß, und warf sie in die Luft. Sie kreischte, wie ein kleines Mädchen kreischen sollte, wenn ihr Vater mit ihm spielt.

»Es ist spät«, sagte Brian. »Was hältst du davon, wenn ich dich und deine Cousine jetzt ins Bett bringe, aber das Licht anlasse und euch ein paar von diesen Kartons mitbringe?«

»Jaaa!«

Er setzte Harper ab, und sie gähnte sofort.

»Sag Gute Nacht und bedanke dich bei allen, dass sie da waren.«

Harper machte die Runde, umarmte alle Frauen, hielt sich jedoch wie üblich von den meisten Männern fern. Ich wurde mit einer liebevollen Umarmung belohnt, dann blieb sie stehen und sah zu Gray hoch, der neben mir stand.

Er ging in die Hocke. »Es war schön, dich kennenzulernen, Harper.«

»Danke für die Kartons«, sagte sie.

Sie zögerte und überraschte uns dann alle, indem sie sich für eine Umarmung in Grays Arme fallen ließ.

Quinn und ich schüttelten noch die Köpfe, als Brian sie aus dem Zimmer trug.

Gray flüsterte mir ins Ohr, und eine Gänsehaut überlief meine Arme. »Eine Hürde ist genommen, jetzt nur noch eine.«

Er wich zurück und rollte die Ärmel seines Hemdes herunter, die er offenbar beim Spielen hochgekrempelt hatte. Quinn stieß mich fest in die Rippen.

»Au.« Ich drehte mich zu ihr, und sie deutete mit großen Augen auf Grays Arme – auf seine eindrucksvollen, kräftigen Unterarme.

Gott, hoffentlich stimmt ihre Analogie.

Nachdem die Mädchen im Bett waren, setzten Brian, Quinn und ich uns mit Gray in den Garten und erzählten ihm Geschichten aus unserer Jugend. Wir lachten und tranken ein paar Gläser. Ich dachte, es würde eine Weile dauern, bis beide mit meinem neuen … *Was ist Gray eigentlich?* Mein *Freund?* warm wurden. Aber das waren sie offenbar schon. Es war fast Mitternacht, als wir aufbrachen.

An der Tür umarmte ich meine beste Freundin zum Abschied und versprach, unter der Woche im Pub zum Abendessen vorbeizukommen. Brian und Gray schüttelten sich die Hände, diesmal ohne eisigen Blick. Als Gray Quinn umarmte, zwinkerte sie mir über seine Schulter hinweg zu, dann machte sie ein Daumen-hoch-Zeichen.

Daumen hoch.

Natürlich musste Gray genau in dem Moment den Kopf umdrehen, aber ich war mir nicht sicher, ob er es gesehen hatte – bis er sich zu mir wandte. Das Leuchten in seinen Augen bestätigte, dass es ihm nicht entgangen war.

Der Mann hatte in sechs Stunden das Unmögliche möglich gemacht – er hatte eine Umarmung vom Geburtstagskind erhalten und den Segen meiner besten Freundin.

Und ich …

… ich würde auf dem Heimweg im Wagen befummelt werden.

18. Kapitel

Gray

Am Straßenrand wartete eine Limousine.

»Eine Stretchlimousine? Wo ist dein Wagen?«, fragte Layla.

Ich winkte dem Fahrer und hielt ihr stumm die Tür auf. Sie sah mich an und wartete noch immer auf eine Erklärung, während ich mich neben sie auf die Rückbank setzte und die Tür zuschlug. Ich nannte dem Fahrer Laylas Adresse und fügte hinzu: »Nehmen Sie den langen Weg. Ich werde Sie entsprechend bezahlen.«

Ich drückte eine Taste auf dem Bedienfeld über meinem Kopf, und die Trennscheibe fuhr hoch. Kaum war sie ganz oben, zog ich Layla auf meinen Schoß.

»Ich glaube, ich habe eine Wette gewonnen, und ich möchte mir meinen Preis abholen.«

Der Duft ihres Parfüms, vielleicht war es auch ihr Shampoo, machte mich verrückt. Ich kam mir vor wie ein Teenager, der zum ersten Mal mit dem scharfen Mädchen knutscht, das er schon seit über einem Jahr umschwärmt. Nur dass ich ein einunddreißigjähriger Mann war, der sich blamieren würde, wenn er in seiner Hose kam.

Als ich nach dem Saum ihrer Bluse griff, bekam sie große

Augen, und es erregte mich unglaublich zu sehen, wie sich ihre Brust zunehmend heftiger hob und senkte. So lange hatte ich darauf gewartet, ihre schönen Brüste zu sehen. Nachdem es jetzt endlich so weit war, wollte ich mir jede Veränderung in ihrer Atmung merken, jeden Laut, den sie von sich gab, damit ich wusste, was ihr gefiel.

Ich schob den Stoff bis zu ihrem Nabel nach oben und neigte den Kopf nach unten, um mit der Zunge um ihren Bauchnabel zu streichen, dann küsste ich mich auf der einen Seite zu ihrer Taille vor und schließlich zur anderen.

Ich sah auf, um ihr Gesicht zu betrachten, und stellte fest, dass ihre grünblauen Augen ein tiefes Ozeanblau angenommen hatten. Sie wurden dunkel, wenn sie wütend oder erregt war, und ich war verdammt froh, diese Farbe endlich wieder aus dem richtigen Grund zu sehen. Ich schob ihre Bluse noch ein Stück weiter nach oben, bis knapp unter ihr Brustbein.

Ich gab ihr einen zärtlichen Kuss und sagte: »Ich habe auch die Definition von *fummeln* nachgesehen.«

In ihrer Stimme lag eine Mischung aus Belustigung und Sarkasmus sowie ein Hauch heiserer Erregung: »Mir war gar nicht klar, dass *fummeln* im Wörterbuch steht.«

»In einem für Umgangssprache.«

»Ach echt? Und was stand dort?«

Ich strich mit der Zunge am unteren Rand ihres BHs entlang und folgte der Form ihrer Brust. Erst auf der einen, dann auf der anderen Seite.

Meine Lippen vibrierten auf ihrer Haut, als ich sagte: »Dort stand, *fummeln* bedeutet, an intimen Stellen berühren.«

Ich lehnte mich zurück, um ihr wieder in die Augen zu sehen, dabei schob ich ganz langsam ihre Bluse weiter hoch und entblößte ihren BH. Es war fast unmöglich, aber ich senkte nicht den Blick, um ihre Brüste zu begutachten, während ich sprach. »Da nicht klar ist, mit *was* man die intimen Stellen berühren sollte, wähle ich die Zunge.«

»Und ich dachte, *fummeln* heißt, der Junge schiebt die Hand unter den Pullover des Mädchens …« Als ich die Lippen auf ihr wunderschönes Dekolleté legte und mit der Zunge eine Linie von ihren Brüsten zu ihrem Hals beschrieb, verstummte sie.

Ich hatte Layla quer auf meinen Schoß gezogen, jetzt veränderte sie ihre Position und setzte sich rittlings auf mich. Der Rock, den sie trug, teilte sich, und ich spürte ihre Hitze durch den Stoff meiner Hose und ihres Slips. Ich stöhnte und streifte mit den Daumen die Körbchen ihres BHs nach unten, dann neigte ich den Kopf, um einen ihrer festen Nippel in den Mund zu nehmen. Sie wehrte sich nicht, als ich an ihr knabberte und die kecke Knospe mit den Zähnen festhielt, ehe ich sie losließ und mich der anderen Seite widmete. Sie legte ihre Hände auf meine Wangen, während ich an ihr saugte, und strich mit den Nägeln über mein Kinn. Ich schob die Hüften vor, um mich gegen sie zu drängen und ihr zu zeigen, wie sehr sie mich erregte.

Als sie meinen Namen stöhnte, verlor ich beinahe den Verstand. Wie lange hatte ich mir nichts sehnlicher gewünscht, als diesen Laut zu hören. Dass sie stöhnte. *Meinen Namen* stöhnte. Schwer atmend rieb sie sich an mir. Ich hatte nicht mehr geplant, als ein bisschen mit ihr herumzuknutschen und an ihren himmlischen Brüsten zu saugen, doch als sie sich ein zweites Mal an meinem steinharten Schwanz rieb, merkte ich, dass sie nach Erlösung strebte.

Doch ich hatte Angst, sie zu bedrängen, zu schnell zu sein.

Darum sondierte ich zunächst das Terrain, indem ich mit dem Daumen von außen sanft über ihren Slip strich.

Meine Güte.

Sie war nass.

Die Situation drohte mich zu überrollen und außer Kontrolle zu geraten. Ich griff in ihr Haar und zog ihren Mund zu meinem herunter. Anders als beim letzten Mal musste ich sie nicht erst ermuntern, die Lippen für mich zu öffnen. Laylas Zunge glitt so fordernd in meinen Mund, dass mir ein weiteres Stöhnen entfuhr. Ihre Bluse war noch nach oben geschoben, ihre Brüste so fest an meinen Körper gepresst, dass ich – selbst durch mein Hemd hindurch – ihre festen Nippel auf meiner Haut spürte – wie Feuersteine, die über Stahl rieben. Funken flogen.

Doch das war noch nicht genug. Ich musste sie in Flammen setzen.

Ich hob sie ganz vorsichtig hoch und legte meine Hand um ihre Muschi. Obwohl sie sofort aufstöhnte, wollte ich es von ihr hören.

»Sag mir, dass du kommen willst.«

Sie wollte antworten, doch ihre Worte gingen in einem Keuchen unter, als ich den Daumen durch den feuchten Stoff ihres Slips auf ihre geschwollene Klitoris presste. »Ja. Ja.«

»Ja, was?«

»Ich will kommen«, keuchte sie. *»Bitte.«*

Ich griff mit der linken Hand ihre Hüfte, hob sie einen Hauch an und riss ihr mit der rechten den verdammten Slip vom Leib. Als sie meine Verzweiflung hörte, stöhnte sie erneut.

Womöglich komme ich noch vor ihr, ohne dass sie überhaupt meinen Schwanz berührt hat.

Als ich zwei Finger in sie schob, bog sie den Rücken durch. Mit der anderen Hand griff ich erneut ihr Haar, zog ihren Kopf nach hinten und entblößte ihren Hals. Ich saugte fest an ihrer zarten Haut, ich wollte ein Zeichen hinterlassen, das sie daran erinnerte, wie es sich anfühlte, wenn ich sie mit den Fingern befriedigte.

Sie war so eng. Ich zog die Finger aus ihr heraus und drang gleich erneut in sie ein, fester, als sie erwartet hatte. Sie rang um Atem, und ich senkte den Kopf, um wieder die Lippen um ihren Nippel zu schließen.

»Du bist so nass für mich. So wundervoll eng. Wie wundervoll, dass ich seit so langer Zeit der Erste für dich bin. Und du für mich.« Ich steigerte die Geschwindigkeit meiner zustoßenden Finger. Sie glitten jetzt glatt in sie hinein und wieder heraus, ihr Körper entspannte sich etwas und gab sich der Lust hin. Ihre Hüften begannen, sich zu bewegen.

»Nimmst du noch die Pille, Layla?«

»Ja«, stöhnte sie.

»Gut. Ich war letzte Woche zum Check-up beim Arzt. Ich bin sauber. Ich zeig dir die Papiere, wenn du willst.« Genau in dem Moment, in dem ich noch einmal fest an ihren Haaren zog, nahm ich einen dritten Finger hinzu, und ihr Stöhnen klang wie ein Singen.

»Jahrelang standen Grenzen zwischen uns. Ich will, dass nichts mehr zwischen uns ist, wenn du bereit bist. Ich will dich pur, damit ich dich mit meinem Saft füllen kann.«

Ich streckte den Daumen, um ihn noch einmal auf ihren Kitzler zu pressen, den ich absichtlich ignoriert hatte, und als sie *Ja, Ja, Ja* zu singen begann, war ich mir nicht sicher, ob ihr gefiel, was ich tat, oder ob sie es auch nicht erwarten konnte, mich in sich zu haben. Mir gefiel beides.

Ich spürte, wie sie sich um meine Finger zusammenzog, und legte den Kopf zurück, um den magischen Moment zu beobachten, wenn sie kam. Der Anblick war faszinierender als alles, was ich jemals gesehen hatte. Ihre Muskeln pochten, als sie meinen Namen schrie, und ihre Gesichtszüge wirkten angestrengt, um sich gleich darauf ganz und gar zu entspannen. Ihre Augen waren geschlossen, und sie ritt auf einer Welle der Euphorie.

Wunderschön.

Einfach nur wunderschön.

Schließlich löste ich den festen Griff um ihr Haar, und sie ließ sich an mich sinken. Das Gesicht an meine Schulter gepresst, dauerte es eine Weile, bis sich ihr Atem beruhigte. Schließlich drehte sie mir ihr Gesicht zu, und ich sah das schönste zufriedene Lächeln überhaupt auf ihren Lippen.

Ich strahlte von einem Ohr zum anderen. Sie war diejenige, die zum Orgasmus gekommen war, aber dieses glückliche Gesicht war das beste Geschenk, das sie mir hätte machen können. Ich legte die Arme um sie und küsste sie aufs Haar. *Dies* … dies war wieder einer dieser Momente, in denen ich mir wünschte, die Zeit möge stillstehen.

»Gott, ich glaube, das habe ich gebraucht.« Laylas Stimme klang erschöpft.

»Das glaube ich auch.«

»Verdammt. Die Jungs auf der Highschool hatten wirklich keine Ahnung, was sie taten, wenn sie mit mir gefummelt haben.«

Ich lachte. »Ist es verrückt, dass ich den Impuls verspüre, einem Haufen gesichtsloser Highschool-Sportler eins aufs Maul zu hauen, weil sie deine Titten vor mir angefasst haben?«

Sie lachte. »Verrückt? Ja. Aber auch sehr süß.«

Ich merkte, dass der Fahrer die Geschwindigkeit drosselte, und sah aus dem Fenster. Wir hatten schon den Tunnel passiert und waren zurück in Manhattan. Bei dieser Frau verlor ich jegliches Zeitgefühl. Von unserer ersten Begegnung an war es mir vorgekommen, als würden die Stunden verfliegen.

»Wir sind fast bei dir«, flüsterte ich und küsste sie auf die Stirn.

Sie richtete sich auf und sah nach draußen. »Wow. Das ging aber schnell.«

Ich sah auf meine Uhr. »Wir sind vor fast einer Stunde bei Quinn losgefahren.«

Sie strich sich das Haar glatt und grinste. »Verdammt. Ich glaube, wenn man sich amüsiert, rast die Zeit.«

Einige Minuten später, als wir uns gerade wieder halbwegs sortiert hatten, hielten wir vor ihrer Wohnung. Meine Erektion würde nicht von allein weggehen, aber zumindest hatte sie sich so weit beruhigt, dass ich aufstehen konnte.

»Ich bringe dich nach oben.«

Layla biss sich auf die Lippe, ihr Blick glitt über meinen Mund, während sie über etwas nachdachte. »Ich habe mich gar nicht um dich gekümmert. Willst du noch ein bisschen mit hochkommen?«

Für diese Worte hätte ich vor einigen Wochen meinen linken Arm gegeben. Doch als ich in ihren Augen ein Zögern sah, wusste ich, dass sie noch nicht so weit war.

»So gern ich Ja sagen würde …« Ich schob zwei Finger unter ihr Kinn und zwang sie, mir in die Augen zu sehen. »So gern ich auch Ja sagen würde, ich sollte besser gehen.«

Sie wirkte erleichtert und enttäuscht zugleich, nickte jedoch.

Ich beschloss, dass es sicherer war, mich an der Tür zu verabschieden. Nachdem sie ihre Wohnungstür aufgeschlossen hatte, hielt ich mich mit beiden Händen am Türrahmen fest. »Komm morgen Abend mit zu der Party. Der Partner meines Vaters feiert seinen sechzigsten Geburtstag. Es ist sicher nicht so lustig wie ein sechster Geburtstag, aber ich würde dich zu gern mitnehmen und mit dir angeben. Grant ist auch mein Patenonkel.«

Laylas Gesichtszüge wurden weich. »Sehr gern.«

»Wirst du das immer noch sagen, wenn ich dir verrate, dass Abendgarderobe angesagt ist?«

Sie lächelte. »Ich kann sicher etwas Schickes aus meinem üppigen Kleiderschrank zaubern.«

Ich nickte. »Um sieben.«

»Okay.«

Ich beugte mich nach unten und strich mit meinen Lippen über ihre, auch wenn ich diesen Mund nur zu gern noch einmal verschlungen hätte. »Danke für den Abend, Sommersprosse.«

Sie wurde rot. »Nach dieser Rückfahrt bin ich wohl diejenige, die sich bedanken muss.«

»Es war mir ein Vergnügen. Ich kann es nicht erwarten, es sehr bald zu wiederholen … aber das nächste Mal … mit der Zunge.«

19. Kapitel

Layla

Er ist groß.

Und hart.

Es ist wirklich sehr, sehr lange her.

Ich kaute auf der Kappe von meinem Kugelschreiber und starrte auf mein Notizbuch.

Wirklich sehr hart, fügte ich hinzu. So hart, dass er anscheinend zwei Zeilen in der *Pro*-Spalte verdiente. Und ich unterstrich das *wirklich sehr.*

Ich war früh fertig und musste nur noch in mein Kleid schlüpfen. Da Gray erst in einer halben Stunde kommen würde, analysierte ich, was dafür und was dagegen sprach, mit ihm zu schlafen. Nach zwanzig Minuten war meine Pro-Liste ziemlich lang, doch auf der Contra-Seite stand nur ein einziger Punkt. Wenn ich meine Sammlung von Pros und das eine Contra allerdings auf eine Waage legen würde, war ich mir ziemlich sicher, dass dieser eine negative Punkt so gewichtig war, dass sie sich in seine Richtung neigen würde.

Er könnte mir erneut das Herz brechen.

Das war tatsächlich mein letzter Vorbehalt. Ich hatte ihm vergeben. Ich hatte alles akzeptiert, was er mir als Wahrheit erzählt hatte. Ich hatte mir sogar eingestanden, dass es zwischen uns noch nicht vorbei war und ich nicht offen für einen neuen Mann war, egal wie sehr ich mich bemühte.

Doch ich hatte immer noch Angst. Tief im Inneren sorgte ich mich, dass ich nicht anders war als meine Mutter – dass ich nicht in der Lage war, eine Situation realistisch zu sehen, und mich mit einem Mann arrangierte, der anders war, als ich es mir eigentlich wünschte.

Ich dachte an den Tag zurück, an dem mir klar geworden war, dass meine Mutter der Wahrheit nicht ins Auge sehen wollte. Ich war fünfzehn, und mein Vater war am Vortag wie üblich für vier Tage an die Westküste gefahren – zu seiner *echten* Familie. Meine Mutter saß mit einer Tasse Tee am Küchentisch und blätterte durch Reisekataloge von Hawaii. Ich hatte mich gefreut und gefragt, ob wir in Urlaub fahren würden.

Sie hatte gelächelt und Ja gesagt. »Dein Vater wollte uns überraschen, aber ich habe die in seinem Koffer gefunden, als ich ihn nach seiner Geschäftsreise ausgepackt habe.«

Geschäftsreise. So nannte sie immer die Zeit, die er mit seiner Frau und der anderen Tochter verbrachte.

Mein Lächeln erstarb. *Klar.* Er wollte uns mit einer Reise überraschen. Die Kataloge hatte ihm nicht seine Ehefrau eingepackt, damit er einen schönen Ort suchte, an dem er mit seiner *echten Familie* Urlaub machen konnte. Ich hatte den Kopf geschüttelt und gesagt: »Mom … es gibt keine Reise.«

»Doch, natürlich«, sagte sie.

Ich betrachtete ihr Gesicht und dachte, dass sie das unmöglich glauben konnte. Doch das tat sie wirklich.

Es machte mich traurig.

Wir fuhren in jenem Sommer nicht nach Hawaii. Aber

zufällig musste mein Vater zwei Wochen verreisen, und als er uns anrief, lautete die Vorwahl des Ortes von seiner *Geschäftsreise* 808. *Maui.*

Wie konnte sie das nicht sehen? Ich war nur ein Kind, aber selbst für mich war es glasklar. Die einzig logische Erklärung war, dass sie alles in ihrem Kopf rechtfertigte, weil sie mit ihm zusammen sein wollte. Und hätte sie sich eingestanden, dass der Mann, den sie liebte, ein Lügner war, hätte sie nicht mit ihm zusammen sein dürfen. Liebe macht blind, aber sie darf einen nicht auch noch taub, stumm und dumm machen.

Ich legte mein Notizheft weg und beschloss, mich anzuziehen. Wenn ich dieser Beziehung tatsächlich eine Chance geben wollte, durfte ich nicht vor meinem Date über das traurige Beziehungsvorbild meiner Eltern und meine Vertrauensprobleme nachdenken.

Ich hatte mich für ein Abendkleid und gegen ein Cocktailkleid entschieden. Abendgarderobe ließ beides zu, und ich hatte Lust, mich schick zu machen. Ich hatte einen Haufen Geld für das Ding ausgegeben und es bislang nur einmal getragen – bei einer Wohltätigkeitsveranstaltung, zu der ich eines Mandanten wegen mit einigen Kollegen gegangen war. Es war ein schlichtes, schmal geschnittenes Kleid in einem traumhaften tiefen Mitternachtsblau mit einem gewagten Ausschnitt, der dennoch alles bedeckte und elegant wirkte. Zarte Perlen waren wie ein Gürtel um die Taille gestickt und ließen meine Kurven noch etwas üppiger erscheinen. Als ich es zu jener Veranstaltung getragen hatte, war ich mit Komplimenten überhäuft worden – von Männern wie von Frauen.

Pünktlich klingelte es an der Tür, und ich sagte Gray, er solle hochkommen, während ich mir die Lippen in einem besonders leuchtenden Rotton schminkte. Er trat aus dem Fahrstuhl, als ich gerade die Wohnungstür öffnete, und ich stieß einen leisen Seufzer aus. Gott, er sah umwerfend aus.

Sein sonst wirres Haar war glatt zurückgekämmt und gescheitelt, der Smoking saß perfekt. Er sah aus wie der Star aus einem alten Film, ein Gentleman. Wobei sein Kuss, als er zur Tür schlich und den Arm um meine Taille legte, alles andere als gentlemanlike war.

»Du siehst zum Fressen aus.«

Ich legte die Hände auf seine Brust und scherzte: »Vielleicht muss ich heute auf der Party eine weitere Wette verlieren.«

Gray knurrte und küsste mich auf den Mund. Es gefiel mir, dass er beim Küssen immer die Hände auf meine Wangen legte und meinen Kopf zur Seite neigte, während er meine Zunge liebkoste. Ich stellte mir vor, wie es sich wohl anfühlte, wenn sein Kopf zwischen meinen Beinen wäre und er sich mir dort mit derselben Intensität widmete. Ehe er den Kuss löste, zog er die Zunge zurück und ließ sie dann noch einmal um meine gleiten.

Oh, mein Gott.

Ich hatte mir nicht vorgestellt, wie sich seine Zunge auf mir anfühlen würde; *er zeigte es mir.*

»Du musst keine Wette gewinnen oder verlieren, Süße. Du musst einfach nur einen Ton sagen. Ich fiebere der Chance entgegen, meine Zunge in deine enge kleine Muschi zu tauchen.«

Ich erschauerte. Gott, ich liebte sein schmutziges Gerede. »Ich glaube, du bleibst besser draußen, während ich meine Tasche hole.«

Als ich mich umdrehte, um hineinzugehen, blieb Gray im Türrahmen stehen und rührte sich nicht vom Fleck.

»Das war nur ein Scherz. Komm rein.«

Er schüttelte langsam den Kopf und musterte mich von oben bis unten. »Vertrau mir. Ich muss hier draußen bleiben.«

»Ich hätte Visitenkarten mitnehmen und sie in mein Kleid stecken sollen.«

Wir hatten gerade mit dem dritten Paar gesprochen, dem Gray ziemlich direkt geraten hatte, ihre Rechtssachen meiner Kanzlei anzuvertrauen. Mir war nicht im Entferntesten klar gewesen, dass die Mehrheit der Leute, die ich heute Abend kennenlernte, potenzielle Mandanten für die Finanzrechtsabteilung waren. Dabei war das nur logisch, denn Grays Vater hatte in dieser Branche gearbeitet, und wir befanden uns auf einer Feier seines Geschäftspartners.

Gray musterte den Ausschnitt meines Kleides. »Ich bin mir ziemlich sicher, dass du da drunter rein gar nichts verstecken könntest.«

Gray leitete uns auf die Tanzfläche und zog mich in seine Arme. Es überraschte mich nicht, dass er genauso offensiv tanzte, wie er küsste – er zog mich fest an sich. Er hatte ein gutes Körper- und Rhythmusgefühl und führte mich mit fester Hand.

»Wo hast du tanzen gelernt?«, fragte ich.

»Nicht in der Tanzstunde, in der mich eine meiner Stiefmütter mit elf Jahren angemeldet hat.«

Ich runzelte die Stirn. »Du bist nicht hingegangen und hast trotzdem tanzen gelernt?«

»Etta hat es mir beigebracht. Wir hatten eine Abmachung. Ich wollte Karateunterricht nehmen, nicht Tanzunterricht. Meine Stiefmutter bestand darauf, dass ein Mann, der als Erwachsener gesellschaftliche Verpflichtungen erfüllen würde, tanzen können müsse. Etta bezahlte von dem Geld für die Tanzstunden den Karateunterricht, den ich heimlich nahm, dafür musste ich mir von ihr das Tanzen beibringen lassen.«

Die hinreißende Vorstellung des elfjährigen Gray, der mit Etta tanzte, brachte mich zum Schmunzeln. »Wie süß. Und sie hat einen guten Job gemacht. Außerdem macht dich dein starkes Selbstbewusstsein ganz automatisch zu einem guten Partner.«

Gray schob die Nase in mein Haar und nutzte die Hand auf meinem Rücken, um mich dichter an sich zu ziehen. »Ich kann es kaum erwarten, mit dir in der Horizontalen zu tanzen.«

Er roch so gut, tanzte wunderbar, küsste mich, als wäre es das letzte Mal, und seit ich gestern Abend in der Limousine rittlings auf seinem Schoß gesessen hatte, wusste ich umso sicherer, dass er auch noch gut bestückt war. Es war schwer zu sagen, wer von uns es ungeduldiger erwartete.

Nachdem das Stück zu Ende war, setzten wir uns an den uns zugewiesenen Tisch. Man hatte uns mit Grants Kindern zusammengesetzt, zwei Frauen in meinem Alter oder vielleicht ein bisschen älter. Sie waren beide sehr freundlich gewesen, als Gray uns vorhin vorgestellt hatte.

»Was machen Sie beruflich, Layla?«, fragte mich Chelsea, die eine von ihnen.

»Ich bin Anwältin bei Latham & Pittman.«

»Was ist Ihr Fachgebiet?«

»Ich kümmere mich hauptsächlich um Aktienhandel und Finanzrecht.«

»Ach. Dann sind Sie ja mit dem Fachchinesisch der Leute hier vertraut?«

»Ich fürchte, ja.« Ich lächelte.

»Ich bin Kunstgutachterin.« Sie schenkte sich aus einer der Flaschen, die auf dem Tisch standen, Wein nach. »Was heißt, dass ich bei den meisten Unterhaltungen hier nur Bahnhof verstehe.«

Ich lachte. »Die Leute aus der Branche benutzen gern Abkürzungen und führen Fachgespräche.«

»Wie haben Sie und Gray sich kennengelernt?«

»Ähhh …«

Diese Frage traf mich vollkommen unvorbereitet, und ich hatte keine Ahnung, wie ich *Wir haben uns im Gefängnis kennengelernt* so sagen konnte, dass es nicht ein bisschen verrückt klang.

Vielleicht weil es ein bisschen verrückt *war.*

Gray musste zugehört und mein Gesicht gesehen haben, als ich nach einer passenden Antwort suchte.

»Sie hat einen Kurs geleitet, an dem ich teilgenommen habe«, sagte er augenzwinkernd. »Ich war scharf auf die Lehrerin.«

Wir unterhielten uns noch eine Weile. Hin und wieder sprach Gray mit jemandem und ich mit jemand anderem, doch seine Hand lag immer auf meiner Stuhllehne oder sein Schenkel berührte meinen. Es gefiel mir, dass er anscheinend immer die Verbindung zu mir suchte, denn mir ging es genauso.

Schließlich kam ein Herr zu uns und fragte, ob er Gray einige Minuten für ein Geschäftsgespräch entführen dürfe. Solange er weg war, nutzte ich die Gelegenheit, die Toilette aufzusuchen und mich frisch zu machen. Ich richtete meine Haare, zog den Lippenstift nach und entschied dann, noch auf die Toilette zu gehen, ehe ich wieder auf die Party zurückkehrte.

Ich schloss mich in die Kabine ein und raffte den Stoff meines Kleides auf einer Seite zusammen, dann hockte ich mich auf den hohen Schuhen über die Toilette. Ich hatte Absätze über die Fliesen klackern und Stimmen gehört, achtete jedoch nicht weiter auf sie, während ich mein Kleid wieder glatt strich und zurechtrückte. Als ich gerade die Tür entriegeln wollte, hörte ich, wie Grays Name fiel. Ich verhielt mich still und lauschte.

»Und die Frau, die er mitgebracht hat? Sie ist Anwältin für Finanzrecht. Wie praktisch. Vermutlich hofft er, das nächste Mal die Anwaltskosten zu sparen, wenn er wieder festgenommen wird, weil er einen Kunden geprellt hat.« Ich erkannte Chelseas Stimme – Grants Tochter und dieselbe Frau, die so nett zu ihm gewesen war.

Die andere kicherte. »Ich wünschte, ich wäre Anwältin. Er mag ja ein Betrüger sein, aber er ist trotzdem irre attraktiv. Für eine kostenlose Rechtsberatung würde ich mich gern von ihm vögeln lassen.«

»Mein Vater hält ihn für unschuldig. Glaubst du das? Andererseits war er auch der Partner von Grays Vater. Vielleicht steht er einfach auf Arschlöcher.«

Die zwei lästerten noch einen Moment über andere Leute und gingen dann zurück auf die Feier. Ich stand wie erstarrt in der Kabine. Diese Frau hatte gelächelt und uns beiden gegenüber freundlich getan. Ich war so mit meinen Gedanken an Gray beschäftigt gewesen, dass ich keinen Moment darüber nachgedacht hatte, dass er mehr als nur drei Jahre seines Lebens verloren hatte.

Die Zeit im Gefängnis würde ihn für immer verfolgen. Die Leute würden so tun, als gehörte die Sache der Vergangenheit an, doch es blieb immer ein Hauch Misstrauen zurück. Ich hatte das bei Mandanten erlebt – bei einem unschuldigen Mann, der fälschlicherweise wegen Vergewaltigung angeklagt worden war. Auch nachdem man ihn freigesprochen hatte, sahen die Leute ihn noch komisch an. Es blieb immer ein Körnchen Zweifel. Vielleicht, nur vielleicht hatte er es getan und war davongekommen. Nur dass Gray es nicht nur nicht getan hatte, sondern auch nicht davongekommen war, sondern drei Jahre seiner Freiheit geopfert hatte.

Ich war mir nicht ganz sicher, wie ich mit dem Gehörten umgehen sollte. Sollte ich es Gray erzählen? Wusste er es womöglich schon? Mein Instinkt sagte mir, dass er keine Ahnung hatte, wie falsch diese Leute waren und dass sie hinter seinem Rücken über ihn sprachen. Ich blieb noch ein paar Minuten im Waschraum, um mich zu sammeln, dann ging ich zurück.

Gray kam den Flur hinunter auf die Toilette zu, als ich gerade herauskam.

»Da bist du ja. Ich wollte schon einen Suchtrupp nach dir schicken.«

Ich zwang mich zu lächeln. »Sorry. Frauen brauchen ewig auf der Toilette.«

Er musterte mein Gesicht. »Ist alles okay?«

»Ja, klar«, log ich.

»Tanz noch mal mit mir.« Er legte den Arm um meine Taille und führte mich zurück. »Das ist die einzige Möglichkeit, wie ich dich in der Öffentlichkeit anfassen kann, ohne Aufsehen zu erregen.«

Kaum auf der Tanzfläche lenkte ich das Gespräch auf Grants Töchter, um herauszufinden, ob Gray klar war, was für falsche Schlangen sie waren. »Grants Familie scheint nett zu sein.«

»Ja. Grant war einer der wenigen, die immer an meine Unschuld geglaubt hat. Und seine Töchter sind auch toll.«

Mir schnürte sich die Brust zusammen. Wie schrecklich, dass er etwas Wunderbares getan hatte, um eine Frau zu retten, die ihm einmal etwas bedeutet hatte, und dass die Leute für immer an ihm zweifelten. Offenbar konnte ich meine Gedanken nicht gut verbergen.

»Bist du sicher, dass alles okay ist?«

»Ja, klar.«

Es hatte keinen Sinn, ihm in diesem Moment zu erzählen, was ich belauscht hatte. Es würde ihn nur verletzen. Doch die Einsicht, dass die Leute ihm gegenüber noch lange skeptisch sein würden, brachte mich zu der Überzeugung, dass ich mit meinem eigenen Zweifeln aufhören musste. Entweder war ich dabei oder nicht. Es war ihm gegenüber nicht fair, mich wie diese Frauen zu verhalten.

In diesem Moment beschloss ich, etwas zu wagen – wirklich zu wagen. Mich mit Haut und Haaren hineinzustürzen.

»Wie lange müssen wir noch bleiben?«, fragte ich, während wir über die Tanzfläche schwangen.

Gray sah enttäuscht aus. »Musst du früh nach Hause?«

»Ja.«

»Musst du Sonntag arbeiten?«

»Nun ja, vielleicht, aber nein.«

»Gefällt dir die Party nicht?«

»Ich bin nicht mehr so richtig in Partylaune.«

Er lehnte den Kopf zurück. »Willst du woanders hingehen?«

Ich fing Grays Blick auf und sah ihm tief in die Augen, dann strich ich zärtlich mit den Lippen über seine. »Zu dir.«

Gray erstarrte. Es schien, als hätte er Angst zu glauben, was ich sagte.

»Zu mir?«

Ich beugte mich vor und flüsterte: »Was hast du noch gesagt, was du mit mir machen willst, wenn die Sonne aufgeht?«

Gerade standen wir noch auf der Tanzfläche, in der nächsten Minute waren wir schon auf dem Weg zur Tür. Lachend versuchte ich, auf meinen hohen Absätzen Schritt zu halten. Gray rannte praktisch zum Ausgang.

Draußen stürzte er an den Straßenrand, hob die Hand und stieß einen ohrenbetäubenden Pfiff aus, winkte ein vorbeifahrendes Taxi heran und hielt mir die Tür auf.

Ich konnte nicht aufhören zu lachen. »Aber wir sind doch mit deiner Limousine hergekommen.«

»Ich habe keine Zeit, auf den Fahrer zu warten. Steig ein.«

20. Kapitel

Gray

Ich wollte sie auf keinen Fall enttäuschen.

Auf halbem Weg zu meiner Wohnung wurde mir klar, dass ich zu Hause kurz duschen musste und ein paar Minuten für mich brauchte. Allein neben ihr auf der Rückbank des Taxis zu sitzen und ihre Hand zu halten, bewirkte schon, dass mein Schwanz sich nach Erlösung sehnte. So konnte ich sie auf keinen Fall befriedigen. Meine Leistung könnte mit der eines Teenagers beim ersten Mal konkurrieren. Ich konnte mich glücklich schätzen, wenn ich nicht schon beim Ausziehen in meiner Hand kam.

Ich blieb auf Abstand, um zu verhindern, dass die Situation zu heiß wurde, nur damit ich mich anschließend zurückziehen und abkühlen musste. Im Aufzug steckte ich die Hände in die Hosentaschen, um sie nicht zu berühren. Sie stand nah bei mir, sie roch himmlisch, und der Gedanke, sie in der kleinen Kabine gegen den Spiegel zu pressen, war unerträglich. Ich wollte, dass sie im Spiegel zusah, wie ich sie von hinten nahm. Doch sobald wir in der Wohnung waren, wurde es zur Herausforderung, ihr aus dem Weg zu gehen. Sommersprosse empfing uns an der Tür und ignorierte mich, um stattdessen Layla abzuschlecken. *Kluger Hund.*

Ich dachte, die Ablenkung wäre die perfekte Ausrede, um einige Minuten zu entwischen. »Ich dusche nur schnell.«

Layla stand auf und hielt mich am Revers meines Jacketts zurück. »Willst du Gesellschaft?«

Mist.

Wenn mein Schwanz dick eingeseift war, würde sie vielleicht nicht merken, dass ich mein Pulver verschossen hatte, ehe sie mich überhaupt berührt hatte.

Ich strich mir durchs Haar. »Ach, wenn ich es mir so überlege, wie wäre es mit einem Glas Wein?«

»Also … ja. Wein klingt gut.« Layla trat im Wohnzimmer ans Fenster, um die Aussicht zu genießen. Es war eine klare Nacht, und die Stadt leuchtete in der Dunkelheit.

Ich ließ mir Zeit, eine Flasche von ihrem Lieblingswein zu öffnen, und schenkte zwei Gläser ein. Als ich zu ihr ans Fenster trat und ihr einen Wein reichte, kam mir noch eine hervorragende Idee. Wenn ich ein paar Gläser trank, würde das meine Libido etwas dämpfen.

Ich kippte ein halbes Glas hinunter, öffnete meine Fliege und ließ sie lose um den Hals hängen. Ich versuchte, die hinreißende Frau nicht anzusehen, die neben mir stand, doch es gelang mir nicht.

Gott, warum muss ihr Schlüsselbein so aussehen? Dieser Hals … Ich wollte auf die schlimmste, heftigste Art hineinbeißen.

Ohne es zu merken, leerte ich die andere Hälfte des Glases. Doch Layla bemerkte es. Sie blickte auf das leere Glas in meiner Hand, während sie von ihrem noch gar nicht getrunken hatte.

»Stimmt etwas nicht, Gray?«

Sie drehte sich zu mir um, und der Mond schien auf ihr

Gesicht. Sie sah wie ein Engel aus – einer, mit dem ich böse Dinge anstellen wollte. Wieder schob ich die Hände in die Hosentaschen, um auf Nummer sicher zu gehen, und vergaß fast, dass sie mir eine Frage gestellt hatte.

»Nein. Alles in Ordnung.«

Sie zwinkerte mir zu.

Gottverdammt. »Gut.« Ich schüttelte den Kopf und stieß lautstark die Luft aus. »Ich bin sehr lange nicht mit einer Frau zusammen gewesen.«

Sie grinste. »Machst du dir Sorgen, dass du vergessen hast, wie es geht?«

»Klugscheißer.«

»Das ist wie Rad fahren oder reiten. Das verlernt man nicht.«

Reiten. Musste sie das sagen? Ich konnte es nicht erwarten, bis sie mich ritt. Spontan schenkte ich mir noch ein Glas Wein ein. Als ich mich wieder zum Fenster wandte, drehte Layla mir den Rücken zu. Sie strich ihr Haar zur Seite. »Könntest du mir mit dem Reißverschluss helfen? Ich will aus diesem Kleid heraus.«

Ich sah auf und betete stumm zu Gott. *Habe ich mich nicht schon genug geschämt? Bitte lass mir nur das. Ganze zehn Minuten, ohne mich zu blamieren. Ist das zu viel verlangt? Ich habe gerade drei verfluchte Jahre geopfert.*

Im Zimmer war es so still, dass jedes Zähnchen des Reißverschlusses zu hören war. Gänsehaut überlief Laylas Nacken, und ich hörte, wie sie einatmete, als meine Hand am Ende des Reißverschlusses ihr äußerst schönes Hinterteil erreichte.

Sie drehte sich um, sah mir fest in die Augen und ließ das Kleid langsam von ihrem Körper gleiten. Es sammelte sich wie ein blauer See um ihre Füße. Ich schloss die Augen und zählte bis zehn, ehe ich aufsah. Doch als ich sie anschaute, hätte mich nichts mehr aufhalten können. *Meine Güte, sie war umwerfend.* Layla trug nichts als ein schwarzes Spitzenhöschen, einen BH, aus dem ihre vollen Brüste hervorquollen, und sexy Stilettos. Ihre Taille war so schmal, dass ich sie mit beiden Händen umfassen konnte. Und *ihre Beine* – unendlich lang, seidig und glatt. Meine Zunge konnte es kaum erwarten, sie von den Zehen bis zum Oberschenkel zu lecken.

»*Gott.*« Ich schüttelte den Kopf und trat einen Schritt zurück, ich konnte nicht meinen Blick von ihr losreißen. »Layla … du musst mir versprechen, dass du mir noch einige Chancen gibst, die jämmerliche Vorstellung wiedergutzumachen, die ich dir bieten werde, wenn ich das erste Mal in dir bin. Ich komme in ungefähr dreißig Sekunden, und dabei haben wir noch nicht einmal angefangen. Du bist wunderschön.«

»Ich glaube, da kann ich dir helfen.« Plötzlich ließ sie sich auf die Knie sinken.

Und wenn ich vorher gedacht hatte, sie wäre wunderschön – war das nichts verglichen mit *diesem* Anblick. *So. Unglaublich. Schön.* Ich würde mich auf jeden Fall blamieren, aber zumindest hatte ich eine kleine Chance, wenn ich schon einmal gekommen war.

Layla griff nach meinem Gürtel, und zum Glück funktionierten ihre Finger noch, denn ich war völlig unfähig, auch nur das Geringste zu tun, außer auf sie hinunterzustarren. Anders als bei ihrem Kleid hörte ich nur das Blut in meinen Ohren rauschen, als sie den Reißverschluss meiner Hose öffnete. Mein Herzschlag war völlig außer Kontrolle.

»Meine Güte«, flüsterte sie, als mein Schwanz heraussprang. »Jetzt bin wohl ich diejenige, die etwas aufgeregt ist.«

Layla leckte sich die rot geschminkten Lippen und sah unter ihren dichten Wimpern zu mir hoch. »Hör nicht auf. Ich schlucke es für dich.«

Herrgott.

Fuck.

Jesus.

Sie beugte sich vor, leckte den glänzenden Tropfen von meiner Spitze und schenkte mir ein verschlagenes Lächeln, ehe sie den Mund weit öffnete und mich in sich aufnahm. Ich spürte, wie mir augenblicklich jegliche Selbstkontrolle entglitt.

Ich schob die Finger in ihr dickes Haar und drehte fast durch, als ich spürte, wie sich ihr Kopf auf- und abbewegte. Ich stöhnte, verstärkte den Griff um ihr Haar und zog leicht daran. Sie ließ mich mit meinen Händen den Rhythmus bestimmen, und irgendwie schaffte ich es wie durch ein Wunder, mich von dem besten Gefühl, das ich jemals gehabt hatte, nicht überwältigen zu lassen.

Wie sich ihr Kopf immer schneller auf- und abbewegte und mich jedes Mal ein Stück tiefer in sich aufnahm, war das Schärfste, was ich je gesehen hatte. Als ich spürte, wie sie meine Hoden massierte, wurde mir klar, dass es sich absolut gelohnt hatte, drei Jahre auf diesen Augenblick zu warten. Teufel, ich hätte noch einmal drei Jahre geopfert, wenn mich das hinterher erwartete.

Ich komme gleich.

Gleich.

Vergiss die Scham. Vergiss die Würde.

Ich stöhnte, und Layla reagierte mit einem Laut, der wie

ein Summen klang, dann schluckte sie plötzlich, und ich spürte ihren Hals.

»*Fuck.*«

»*Ja.*«

»Fuck. Nimm ihn ganz …«

Innerhalb von Sekunden spürte ich, dass ich kommen würde. Obwohl sie mir gesagt hatte, dass ich nicht aufhören sollte, fühlte ich mich dennoch bemüßigt, sie zu warnen. Vielleicht wollte ich sie auf jede erdenkliche Weise nehmen, die sie zuließ, aber ich war schließlich kein Tier.

»Baby …«, stieß ich stöhnend hervor. »Ich komme …«

Sie reagierte, indem sie die Nägel in meinen Hintern grub, und schon war ich verloren. Mein Saft floss aus mir heraus, während mein ganzer Körper erschüttert wurde. Ich wusste nicht, wie ich es bei diesem heftigen Orgasmus überhaupt schaffte, stehen zu bleiben.

Nachdem ich wieder etwas Kraft geschöpft hatte, zog ich Layla hoch und schloss sie in die Arme. Sie kuschelte sich an meine Brust, die noch immer im Smokinghemd steckte.

»Meine Güte, das war …« Mir fehlten tatsächlich die Worte. »Das war …«

Layla legte die Hände um meinen Hals. »… erst der Anfang.«

21. Kapitel

Layla

Im Schlafzimmer war es stockdunkel.

Seit wir es betreten hatten, hatte Gray mich nicht berührt, doch ich spürte ihn hinter mir. Sein heißer Atem kitzelte meinen Nacken, als er sprach.

»Ich will dein Gesicht sehen, wenn ich in dir bin, aber wenn du nichts siehst, nehmen deine anderen Sinne alles intensiver wahr. Darum werde ich wohl warten müssen.« Er strich über meinen Arm, und jedes Härchen an meinem Körper richtete sich auf. Gott, er hatte recht – meine Wahrnehmung verstärkte sich.

Die unverfälschte, sexuelle Energie, die seit unserer ersten Begegnung zwischen uns Funken geschlagen hatte, wuchs sich zu einem Großfeuer aus. Mein Körper war so erregt, dass ich zusammenzuckte, als Gray meine Hüfte packte. Seine andere Hand strich mein Haar zu Seite, dann saugte er neben meinem Puls an meinem Hals.

»Heb die Hände. Verschränk sie in meinem Nacken.«

Ich hob die Arme und folgte seiner Anweisung. Grays Hände strichen an meinem Körper hinauf. Als er meine Brüste erreichte, drückte er fest zu, und mir entfuhr ein leises Stöhnen.

»Davon habe ich seit Jahren geträumt«, flüsterte er. »So viele Fantasien. Ich kann es nicht erwarten, sie alle mit dir auszuleben.« Er schob die Körbchen von meinem BH nach unten und kniff in beide Nippel.

»Erzähl mir von ihnen.« Meine Stimme klang sinnlich. Gar nicht mehr wie ich. Andererseits war ich noch nie in meinem Leben derart erregt gewesen.

Grays Mund verharrte neben meinem Ohr, während er mit den Händen meine Nippel massierte, die er gerade erst geweckt hatte. »Ich will, dass du dich vor einen Spiegel stellst und mit deinen Titten spielst, während ich an deinem Nacken sauge, meine Finger in dir sind und ich dich von hinten nehme.«

Ich keuchte. »Was noch?«

Seine Hände strichen quälend langsam an meinem Körper nach unten und glitten in meinen Slip. »Ich will, dass du auf meinem Gesicht sitzt und mich reitest. Ich will meine Nase in deiner Muschi vergraben, während ich an dir sauge.«

Er ließ einen Finger in mich gleiten, dann noch einen.

»Oh, Gott.«

»Du bist so nass für mich.«

Ich ließ den Kopf nach hinten an seine Brust sinken.

»Wenn ich dich in deinem Büro hinter dem großen Schreibtisch sehe, wirkst du so mächtig und überlegen. Genau dann will ich, dass du auf die Knie gehst und meinen Schwanz in den Mund nimmst.«

Ich stieß ein nervöses Lachen aus. Aber er machte keine Witze.

Gray zog mich mit einer Hand an sich, während er die Finger der anderen in mich hinein- und herausgleiten ließ. Er war wieder hart und drückte seine Erektion gegen meinen unteren Rücken. Ich konnte die samtige, heiße Haut auf meiner spüren.

»Ich will jeden Teil deines Körpers ausfüllen.« Er ließ noch einen weiteren Finger in mich gleiten. »Mit der Zunge, mit den Fingern, mit meinem Schwanz … Ich will deine Möse besitzen, deinen Hintern, deine Titten, deinen Mund.«

»*Gott, Gray.*«

Er zog die Finger heraus und drehte mich um. Mir war schwindelig, und ich hatte weiche Knie. Er streifte den Slip nach unten und zog mir den BH aus, dann führte er uns einige Schritte nach vorn. Meine Augen hatten sich noch immer nicht an die Dunkelheit gewöhnt.

»Das Bett ist vor dir. Beug dich vor und leg den Kopf darauf. Spreiz weit die Beine für mich.«

Gray ging auf die Knie, dann spürte ich seinen Mund zwischen meinen gespreizten Beinen. Er ließ sich keine Zeit. Er vergrub das Gesicht in meiner Nässe und leckte, als könnte er nicht genug bekommen, dann saugte er fest an meinem Kitzler. Ich spürte, wie sich der Höhepunkt in mir aufbaute, und hatte Sorge, ich könnte auf ihn fallen.

»So süß …«

Er stieß erneut einen Finger in mich.

»So eng …«

Er stöhnte und schlug die Zunge gegen meinen Kitzler.

»So verdammt nass für mich …«

Die Welle, die sich in der Ferne aufgebaut hatte, schlug ohne Warnung über mir zusammen. Ich stöhnte, als mein Körper von allein pulsierte.

Als der Höhepunkt langsam abebbte, hob Gray mich hoch und legte mich aufs Bett. Ich spürte seinen Körper auf mir, dann seine Lippen. Er eroberte meinen Mund, leidenschaftlicher, als ich es je erlebt hatte. Seine Berührung war fest und entschieden, sehr kontrolliert, fast energisch. Gelassen, aber dennoch begierig trafen sich unsere Lippen, unsere Zungen, wanden sich unsere Körper umeinander. Wir trennten uns nur kurz, damit Gray das Hemd ausziehen konnte, das er noch immer trug.

Er stützte sich leicht ab und positionierte seinen Schwanz vor meiner Öffnung. Doch dann zögerte er.

»Darf ich dich ungeschützt nehmen?«

Darüber hatten wir bereits gesprochen, aber es gefiel mir sehr, dass er dennoch erneut fragte.

Ich schlang die Beine um seine Taille und ermutigte ihn. »Ja, bitte.«

Aus dieser Nähe konnte ich das strahlende Weiß in seinen Augen sehen und beobachtete, wie er sie kurz schloss, als er in mich eindrang.

Bei seiner Größe wusste er, dass er langsam vorgehen musste. Ohne den Blick von meinem zu lösen, ließ er sich Zeit, glitt in mich hinein, zog sich wieder zurück, dann drang er mit jedem Stoß ein Stück weiter vor. Sobald er ganz in mir war, hielt er inne und murmelte an meinen Lippen: »Du fühlst dich so verdammt gut an.«

Als mein Körper entspannt und weich war, eroberte Gray erneut meinen Mund und bewegte sich energischer. Schneller. Er machte kreisförmige Bewegungen und sank mit jedem Mal tiefer in mich, bis der Ansatz von seinem Schwanz über meine Klitoris rieb. Noch nie hatte sich etwas so gut angefühlt – ganz sicher nicht beim ersten Mal. Und das hier war erst der Anfang.

Wieder strebte ich einem Orgasmus entgegen, meine Muskeln pulsierten um ihn. »Gray …«

Er beschleunigte das Tempo. »Fuuuuuck. Ich bin da, Süße.«

Das Geräusch unserer nassen Körper, die aneinanderschlugen, hallte durchs Zimmer. Der Geruch von Sex erfüllte die Luft, und mein Körper vibrierte von seinen Berührungen. Ich fühlte mich vollkommen von diesem Mann erfüllt, und dieses Gefühl trieb mich zum Höhepunkt. Gray bewegte sich in einem perfekten Rhythmus, während ich auf einer langen, himmlischen Welle segelte. Er flüsterte mir ins Ohr, während ich stöhnte, und sagte, wie gut es sich in mir anfühlte, dass mein Körper ihm gehöre, und wie heftig er kommen werde. Nachdem die Erschütterungen schließlich nachließen, beschleunigte Gray den Rhythmus noch einmal, ehe er tief in mich sank und mich mit seinem Saft erfüllte.

Anschließend küsste er mich lange. Sinnliche, schöne, romantische Küsse, von denen ein junges Mädchen träumte. Küsse, die das Herz berührten.

Wenn ich nicht so hingerissen von dem Moment gewesen wäre, hätte ich mir vielleicht Sorgen gemacht, dass mein Herz von viel mehr als nur von einem Kuss berührt worden war.

Am nächsten Nachmittag gesellte sich Gray unter der Dusche zu mir. Nackt, mit einer, wie ich mittlerweile glaubte, nie endenden Erektion und einer Miene, die mir sagte, dass er sie gut zu nutzen gedachte.

Seine Haare, die er für die Party glatt zurückgekämmt hatte, waren jetzt auf eine sexy Weise zerzaust, so wie es nach einer Marathonnacht *und einem Vormittag* voller Sex nur einem Mann möglich war. Er fragte nicht, ob er zu mir unter die Dusche kommen durfte, und seltsamerweise machte mich das enorm an.

Ich stand mit dem Gesicht zum Wasserstrahl und rührte mich nicht, als er die Glastür öffnete und eintrat. Gray legte die Arme um mich, massierte mit der einen Hand meine Brust und legte die andere auf meinen Bauch, während er seinen Schwanz gegen meinen Po drückte. »Morgen«, knurrte er. Er neigte den Kopf, um an meiner Schulter zu knabbern.

»Es ist wohl eher Nachmittag.«

»Wie dem auch sei, wenn ich aufwache und du schon ausgezogen und nass bist, ist es ein guter Tag.«

Ich lachte. »Du sagst das, als wäre ich auf andere Weise nass als von der Dusche.«

Er ließ die Hand zwischen meine Beine gleiten und schob zwei Finger in mich. »Nicht?«

Ich musste mich mit beiden Händen an den Kacheln abstützen. »Ich glaube, du bist sexsüchtig.«

»Ich glaube, ich bin süchtig nach *dir*.« Er bewegte den Mund zu meinem Ohr, und seine Stimme wurde heiser. »Bist du wund?«

Ich war etwas wund. Aber seine Finger glitten in mich hinein und wieder heraus, und es tat nicht sehr weh. »Vielleicht ein bisschen.«

Gray hielt inne und zog die Finger zurück. »Tut mir leid.«

»Schon okay.« Ich drehte mich um und legte die Arme um seinen Hals. »Das war es absolut wert.«

Er lächelte und lehnte die Stirn gegen meine. »Ach ja?«

Ich nickte. »Es ist eine gute Art von Wundsein. Die Art, bei der ich lächeln muss – weil ich mich daran erinnere, wie sich alles letzte Nacht angefühlt hat.«

»Danke. Das freut mich wirklich zu hören, Sommersprosse.« Er küsste mich zärtlich auf die Lippen. »Dreh dich wieder um. Ich möchte dich waschen.«

Ich seufzte zufrieden und reichte ihm die Seife, dann wendete ich mich wieder dem warmen Wasserstrahl zu.

Er seifte mich ein und begann, mir den Rücken zu waschen. Ziemlich schnell konzentrierten sich seine Hände allerdings auf meine untere Hälfte, und er strich mit den Fingern zwischen meinen Pobacken hindurch.

»Weißt du, wenn du wund bist …« Seine Stimme klang sinnlich – nach purem Sex –, und er strich mit den Fingern weiter nach unten, hielt an meiner Rosette an, umkreiste sie und übte leichten Druck auf sie aus. »… gibt es andere Wege, dir Lust zu bereiten.«

»*Sexsüchtiger.* Ich glaube, heute wäschst du mir einfach nur den Rücken. Ich muss nach Hause und arbeiten. Du hast mich das ganze Wochenende abgelenkt. Es war eine *schöne* Ablenkung, aber ich muss mich noch etwas vorbereiten, ehe ich morgen ins Büro gehe.«

Grays seifige Hände strichen zu meinen Schultern hinauf, und er massierte sie. »Können wir das nicht zusammen machen?«

»Was? Arbeiten?«

»Ich muss morgen Nachmittag an die Westküste, und ich will mich jetzt noch nicht von dir trennen.«

»Klar. Aber vielleicht hast du genug von mir. Schließlich waren wir das ganze Wochenende zusammen.«

»Süße, ich will mit dir unendlich viel länger zusammen sein als nur ein Wochenende lang.«

22. Kapitel

Layla

Gray: *Ich glaube, du machst mich weich.*

Ich warf meine Brille auf den Schreibtisch und lehnte mich mit mädchenhaftem Lächeln auf meinem Stuhl zurück. Nach dem Montag, den ich hinter mir hatte, war diese Nachricht eine willkommene Pause. Ich hatte den ganzen Vormittag in einer schwierigen Anhörung verbracht und den frühen Nachmittag im Büro einen langweiligen Fall gelesen. Was mich eine halbe Stunde hätte kosten dürfen, hatte mich jetzt schon fast zwei gekostet. Ich musste wirklich fertig werden, denn bald würde eine neue Mandantin kommen.

Layla: *Hoffentlich nicht an einer Stelle, die mir besser hart gefällt …*

Gray: *Mist. Sag nicht hart. Ich bin gerade in L.A. gelandet und sitze in einem Taxi auf dem Weg zu einem potenziellen Geschäftspartner. Jetzt muss ich erst im Hotel anhalten.*

Layla: *LOL. Welchen Teil von dir mache ich weich, Sexsüchtiger?*

Gray: *Den inneren. Kann es sein, dass ich deiner Pussy vollkommen verfallen bin, nachdem ich nur zwei Tage in ihr war? Ich habe gerade einen verdammten Taylor-Swift-Song gehört, während ich durch LAX gelaufen bin, und habe an dich gedacht.*

Ich seufzte.

Layla: *Welcher Song war es?*

Gray: *Als ob ich das wüsste. Ich habe gesagt, ich bin deiner Pussy verfallen, nicht dass ich eine bin.*

Layla: *Ich glaube, du brauchst einen Therapeuten. Wann sind deine Meetings heute und morgen?*

Gray: *Das eine um fünf, das andere um acht Uhr L.A.-Zeit. Nach meinem Abendtermin wird es bei dir schon ziemlich spät sein. Darum rufe ich dich morgen an. Ich habe das Nachmittagstreffen morgen auf den Vormittag verschoben, damit ich einen früheren Rückflug nehmen kann. Ich will rechtzeitig zurück sein, um morgen Abend mit dir essen zu gehen.*

Layla: *Okay. Gibt es einen besonderen Anlass?*

Er schrieb zurück.

Gray: *Ja. Ich vermisse dich.*

Bei diesem Mann konnte ich wirklich schwach werden. Als ich gerade antworten wollte, meldete sich meine Sekretärin über die Gegensprechanlage. »Ihr Drei-Uhr-Termin ist da.«

Ich drückte den Knopf auf dem Telefon und sagte: »Okay. Danke. Geben Sie ihr die Standardvereinbarung über einen Vorschuss zum Lesen, solange sie wartet. Ich brauche noch zehn Minuten, um meinen Schreibtisch aufzuräumen und auf die Toilette zu gehen.«

»Alles klar.«

Ich ließ mir noch eine Minute Zeit, um den Nachrichtenaustausch mit Gray noch einmal durchzugehen und nutzte ihn, um Energie für diesen anstrengenden Tag zu sammeln. Nachdem ich noch vor gar nicht langer Zeit Angst vor einer Beziehung mit ihm gehabt hatte, sah es nun so aus, als hätte ich diese überwunden. Wir waren Freitag- und Samstagabend auf zwei Partys zusammen gewesen, dann hatten wir von Samstagnacht bis Sonntagnachmittag so oft wie menschenmöglich Sex gehabt. Sonntagabend hatten wir beide gearbeitet. Dabei hatten wir uns im Wohnzimmer gegenübergesessen, uns gegenseitig die Imbissschachteln zugeschoben und uns stumm zugelächelt, bis wir um elf Uhr Schluss gemacht hatten und schlafen gegangen waren. Es fühlte sich an wie das Beste aus beiden Welten – das Aufregende von etwas Neuem und das Angenehme von etwas Vertrautem. Ich hatte sogar seinen Hund genommen, als er heute Morgen verreist war, anstatt den süßen kleinen Kerl in eine Hundepension zu geben.

Ich musste unbedingt meinen Hintern in Bewegung setzen und durfte meinen Termin nicht zu lange warten lassen. Meine Finger schwebten über den Tasten, während ich einen Moment über eine Antwort auf seine letzte Nachricht nachdachte. *Scheiß drauf. Wer A sagt, muss auch B sagen.*

Layla: *Ich vermisse dich auch.*

Mackenzie Cartwright, mein Nachmittagstermin, betrat mein Büro mit einem dieser schicken Sportkinderwagen und einem schlafenden kleinen Mädchen. Das hatte ich bislang noch nicht erlebt. Abgesehen von der Tatsache, dass achtzig Prozent meiner Mandanten Männer waren, trennten die Frauen, die ich gelegentlich beriet, Berufs- und Privatleben strikt voneinander. Ich hatte keine Ahnung, ob die meisten von ihnen überhaupt Familie hatten.

Ich streckte ihr die Hand hin. »Layla Hutton. Freut mich, Sie kennenzulernen, Miss Cartwright.«

Sie korrigierte mich. »Misses.«

»Oh. Ja. Natürlich.« Ich deutete auf die drei Besucherstühle auf der anderen Seite meines Schreibtisches. Bitte, nehmen Sie Platz. Möchten Sie etwas trinken?«

»Nein, danke. Aber wenn wir bitte leise sprechen könnten, damit meine Tochter nicht aufwacht, das wäre toll.«

»Klar«, sagte ich und merkte, dass ich überhaupt nicht leiser gesprochen hatte. »Tut mir leid«, flüsterte ich. »Natürlich.«

Ich ging um den Schreibtisch herum und wartete, dass Mrs. Cartwright sich setzte. Sie trug ein leichtes Jackett – obwohl es draußen heute wahrscheinlich vierundzwanzig Grad waren – und eine dunkle Sonnenbrille. Aber sie setzte sich, ohne eins von beiden abzulegen.

Okay. Von mir aus.

»Also ... die Assistentin, die das Erstgespräch mit Ihnen geführt und den Termin vereinbart hat, sagte, Sie hätten einen Partnerschaftsstreit, in dem Sie beraten werden möchten?«

Sie schien mich anzustarren. Ich wartete, ihr Schweigen beunruhigte mich. Schließlich sagte sie: »Das ist richtig.«

»Erzählen Sie mir doch einfach alles von Anfang an, ja?« Ich schaute auf das Mandantenformular, das die Assistenten beim ersten Telefonat ausfüllten, ehe wir einen neuen Mandanten trafen. »Hier steht, dass Sie Ihren Partner verdächtigen, Mittel zu veruntreuen?«

Sie sah mich noch etwas durchdringender an. Das war das merkwürdigste erste Mandantengespräch, das ich je geführt hatte. Wieder wartete ich lange in peinlichem Schweigen auf ihre Antwort.

Das gab mir Gelegenheit, sie gründlicher zu betrachten. Sie war attraktiv, aber etwas zu dünn. Ihre hohen Wangenknochen hätten modelmäßig aussehen können, wenn sie fünf oder zehn Kilo mehr gewogen hätte, stattdessen standen sie aus ihrem blassen gräulichen Gesicht hervor. Bei genauerer Betrachtung schien mir ihr dickes dunkles Haar, das sie über dem schmalen Gesicht zu einem schweren Pony frisiert hatte, eine Perücke zu sein. Ich versuchte, ihre Augen zu sehen, aber sie waren hinter den dunklen Gläsern ihrer Riesenbrille versteckt.

Irgendwann wurde das Warten und sich gegenseitige Mustern seltsam, und ich hatte das Bedürfnis, sie noch einmal zu einer Antwort zu drängen. »Haben Sie darüber schon mit Ihrem Partner gesprochen?«

»Ja.«

Okey-dokey. Anscheinend bekam ich nur Ein-Wort-Antworten. Normalerweise erhielt ich derart knappe Antworten, wenn ich Mandanten der Gegenseite befragte, nicht meine eigenen. Mandanten, die Hilfe suchten, konnten es normalerweise kaum erwarten, mir ihre Geschichten zu erzählen.

»Und wie ist Ihre Haltung dazu? Gibt sie zu, Gelder veruntreut zu haben?«

»Er.«

»Oh. Okay. Gibt *er* zu, Gelder veruntreut zu haben?«

»Nein.«

»Hat er noch Zugang zu den Geschäftskonten?«

»Ja.«

»Okay. Nun, als Erstes können wir bei Gericht eine einstweilige Verfügung beantragen, die ihn daran hindert, Geld abzuheben oder Schecks einzureichen, die Sie nicht *beide* unterzeichnet haben. Auf diese Weise können Sie die Mittel des Unternehmens für rechtmäßige Zwecke, über die Sie sich einig sind, weiterhin nutzen, aber keiner von ihnen kann ohne den anderen etwas für den persönlichen Gebrauch abheben.«

»Gut.«

»Haben Sie eine Übersicht der Gelder, von denen Sie glauben, dass sie veruntreut wurden?«

»Nein.«

»Eine grobe Vorstellung?«

Sie sah mich weiterhin durchdringend an.

Verzweifelt machte ich eine Geste, um sie zum Sprechen zu animieren. »Sind es … eintausend, zehntausend oder hunderttausend? Es muss nicht genau sein. Sagen wir, schätzungsweise beläuft sich die Summe auf …«

»Sechs Millionen.«

Ich zog die Augenbrauen hoch. »Sechs Millionen?«

»Ja.«

Ich fühlte mich irgendwie verschaukelt. Sie kam in eine Anwaltskanzlei, weil ihr Partner Geschäftsgelder veruntreute, rückte keinerlei Informationen raus, und wenn man ihr den geschätzten Verlust aus der Nase zog … waren es *sechs Millionen Dollar*?

Ich legte den Stift ab und hörte auf, mir Notizen zu machen. Etwas war hier seltsam. »Und diese Gelder … wurden aus den Geschäftsgewinnen entnommen?«

Sie schüttelte den Kopf. »Es waren Gelder, die wir beide mit einem früheren Projekt erwirtschaftet haben. Überträge aus unserem alten Unternehmen.«

»Gründungskapital?«

»Ja.«

»Haben Sie bei Geschäftsgründung beide den gleichen Betrag eingezahlt?«

»Das weiß ich nicht genau.«

Ich blinzelte. »Okay. Wenn wir tatsächlich so etwas wie einen Prozess in dieser Angelegenheit anstreben, werden wir beweisen müssen, wer was eingezahlt hat und woher das Geld kam. Wäre das ein Problem?«

Eine süße kleine Stimme zog unsere Aufmerksamkeit auf sich. »Mama.«

Dornröschen im Kinderwagen erwachte zum Leben und reckte und streckte sich. Das kleine Mädchen war bezaubernd. Ein großer Kopf voller dunkler Locken, eine kecke kleine Nase und hellgrüne Augen. Ich lächelte ihr zu, und sie schenkte mir ein breites Grinsen, ehe sie das Gesicht hinter der Decke versteckte und schüchtern tat.

Offenbar bezog sich die merkwürdige kurz angebundene Art der Mutter nur auf mich. Mit einem strahlenden Lächeln beugte sich die Frau zu ihrer Tochter hinüber und zog die Decke ein winziges Stück nach unten, um die Augen des Mädchens zum Vorschein zu bringen.

»Ich sehe dich«, sagte sie mit Singsangstimme.

Das kleine Mädchen schob kreischend die Decke nach unten und zeigte dasselbe strahlende Lächeln wie ihre Mutter. Ich beobachtete die zwei und war fasziniert von der plötzlichen Veränderung, die mit der Frau vor sich ging. Ihre Kälte war verschwunden, als wäre ihre Tochter die Sonne, die sie wärmte. Sie spielten einen Moment, dann löste die Frau den Sicherheitsgurt des Kinderwagens und hob das kleine Mädchen auf ihren Schoß.

Ihre schönen hellen Augen waren von dichten dunklen Wimpern umrahmt. »Ihre Tochter hat beeindruckende Augen«, sagte ich.

»Die hat sie von ihrem Vater.«

Ich konnte nicht aufhören, das kleine Mädchen anzusehen. Mit den hellen Augen, die aussahen wie Grays, und den dunklen Haaren, die wie meine waren, sah sie wie ein Kind aus, das wir zwei eines Tages zusammen haben könnten.

Bei dem Gedanken schüttelte ich den Kopf. Die Tatsache, dass ich überhaupt so etwas dachte, beunruhigte mich.

»Sag Hallo, Ella.« Meine merkwürdige Mandantin war eine andere Person geworden. Es war, als hätte sie vergessen, wie man freundlich war, bis sie das Lächeln ihrer Tochter daran erinnert hatte.

»Hallo!« Sie winkte.

»Hallo, Ella«, sagte ich. »Wie hast du geschlafen?«

Das kleine Mädchen lächelte und hob die Hand ans Kinn, fast als wollte sie mir einen Kuss zuwerfen.

Ihre Mutter steckte ihr eine der widerspenstigen Locken hinters Ohr, und ich bemerkte, dass sie ein Hörgerät trug. *Ah.* Gebärdensprache. Sie hatte mir gar keinen Kuss zugeworfen.

»Nun, ich sollte wahrscheinlich gehen«, sagte die Frau. »Was brauchen Sie, um anzufangen?«

»Die Namen und Adressen der Parteien sowie den Namen der Bank und die Nummer des Kontos, von dem das Geld entwendet wurde. Das sollte genügen, um zumindest eine einstweilige Verfügung bei der Bank zu erwirken.«

Sie ratterte derart schnell zwei Kontonummern herunter, dass ich kaum mit dem Schreiben mitkam. Die Ein-Wort-Frau donnerte die Informationen jetzt heraus wie ein Maschinengewehr.

»Wunderbar. Und Name und Adresse Ihres Partners?«, fragte ich.

Sie stand abrupt auf und schnallte das kleine Mädchen

wieder im Kinderwagen fest. Sobald sie fertig war, richtete sie die Sonnenbrille auf ihrer Nase und sah mich an. »Aiden Warren.«

Aiden Warren … Warum kam mir der Name bekannt vor?

Ich legte den Kopf schief. »Den Namen kenne ich. Wissen Sie zufällig, ob er hier einmal Mandant war? Ich werde das wegen eines möglichen Interessenkonfliktes überprüfen müssen.«

»Ich glaube nicht. Aber möglicherweise haben wir einen gemeinsamen Geschäftspartner.«

Plötzlich tauchte eine Erinnerung in meinem Kopf auf. Ein Gespräch, das ich mit Gray geführt hatte.

»Wann hast du gemerkt, dass Max dich hintergangen hat?«, hatte ich gefragt.

»Ungefähr einen Monat nachdem ich meine Strafe angetreten hatte, kam mich ein Freund besuchen. Er hatte Max zufällig in der U-Bahn gesehen, sie ihn aber nicht. Sie war zu beschäftigt, mit Aiden Warren herumzuknutschen.«

»Dann wurdest du misstrauisch, weil sie dich betrogen hat?«

»Aiden Warren war der Typ, von dem wir dachten, er hätte uns reingelegt.«

Ich blinzelte ein paarmal. »Sie sind …«

Ihr Gesicht blieb ausdruckslos. »Mackenzie Cartwright *Westbrook*. Meine Freunde nennen mich Max. Und ja, sie *ist* seine Tochter.«

23. Kapitel

Gray

Wo zum Teufel bist du?

Kaum dass wir gelandet waren, hatte ich mein Telefon eingeschaltet, aber noch keine Nachricht von Layla erhalten. Nachdem mein Flug verspätet war, war es hier an der Ostküste jetzt schon fast acht Uhr. Als sie vorhin nicht geantwortet hatte, war ich davon ausgegangen, dass sie beschäftigt war. Doch meine Nachrichten waren als gelesen markiert, und sie musste doch *zwei Minuten* Zeit haben, um mir eine schnelle Antwort zu schicken.

Als ich mit meinem Handgepäck aus dem Flugzeug stieg und auf dem Weg zum Ausgang war, beschlich mich ein ungutes Gefühl. Ich wählte Laylas Nummer. Es klingelte ein einziges Mal, dann sprang sofort die Mailbox an – was hieß, dass sie den Anruf weggedrückt hatte.

Ich hoffte noch auf ein Glück im Unglück – ich hatte sie irgendwie verärgert, und das zeigte sie mir. Doch der Beschützer in mir machte sich Sorgen. Vielleicht hatte irgendein Idiot auf seinem Handy herumgetippt, war bei Rot über die Ampel gefahren und hatte sie auf dem Weg zum Mittagessen erwischt, als sie gerade die Straße überquerte? Oder sie war mitten am Tag krank geworden und saß irgendwo in der Notaufnahme. Ich trat aus dem Flughafen. Al holte mich ab. Er stand mit laufendem Motor irgendwo in der Nähe, weil er nicht direkt vorm Flughafen JFK warten durfte, darum schickte ich ihm eine Nachricht, dass er zum Ankunftsterminal kommen sollte.

»Zu Laylas Wohnung«, sagte ich, ehe ich überhaupt die Tür geschlossen hatte.

»Alles klar, Chef.«

Al sah in den Rückspiegel, ehe er losfuhr, und warf einen prüfenden Blick auf mich. »Hatten Sie eine gute Reise?«

Ich lehnte mich auf der Bank zurück. »Ja. Es war nur ein langer Tag.«

Es herrschte kein dichter Verkehr, sodass wir gegen neun Uhr bei Layla eintrafen.

»Ich sage Ihnen in zehn Minuten Bescheid, was ich mache.«

»In Ordnung«, sagte Al.

Als ich aus dem Wagen stieg, sah ich zu Laylas Fenster hoch. Es war dunkel, nichts wies darauf hin, dass jemand zu Hause war.

Die Tür des Gebäudes war verschlossen. Einer der Mieter musste die Türanlage betätigen, um mich hereinzulassen. Ich drückte die Klingel und wartete, dass Laylas Stimme über die Gegensprechanlage ertönte.

Doch nichts. Nach dreimaligem Klingeln versuchte ich ein allerletztes Mal vergeblich, sie ans Telefon zu bekommen. Ich raufte mir die Haare, und der Knoten in meinem Bauch verstärkte sich.

»1275 Broadway, Al.« Ich schlug die Autotür zu. »Zu Laylas Büro.«

Al blickte erneut in den Rückspiegel. »Ist alles in Ordnung?«

»Das hoffe ich.«

Als wir am Straßenrand hielten, kam Archibald Pittman gerade mit einem anderen Mann aus dem Gebäude. Es wäre klug gewesen zu warten, bis er weg war, doch auf der Fahrt von Laylas Wohnung hatte meine Angst ein neues Niveau erreicht. Ich würde auf keinen Fall dreißig Sekunden verlieren, nur um ihrem Chef aus dem Weg zu gehen.

Den Blick auf mein Smartphone gerichtet, um Augenkontakt zu vermeiden, schritt ich auf die Tür zu. Pittman bemerkte mich trotzdem.

»Grayson?« Er unterbrach sein Gespräch und rief nach mir, als ich gerade versuchte, unbemerkt an ihm vorbeizukommen.

Ich sah auf. »Archie. Schön, Sie zu sehen.«

»Wollen Sie so spät noch nach oben?«

Ich suchte schnell nach einer Ausrede. »Ein Vertrag, der unbedingt heute Abend noch an die Westküste geschickt werden muss.«

»Schön, dass sich meine Angestellten um Sie kümmern.«

»Ja.« Ich nickte knapp und hatte Angst, das Gebäude zu betreten. »Nun ja … manchmal drängt die Zeit. Ich wünsche Ihnen einen schönen Abend.«

Als er meinen Abschiedsgruß erwiderte, war ich schon vier Schritte weiter.

Der Aufzug öffnete sich auf Laylas Etage, und ich stellte erleichtert fest, dass die gläserne Doppeltür noch offen war. Natürlich war der Empfangstresen um zehn Uhr abends nicht mehr besetzt, darum bahnte ich mir einen Weg zu den Büros. Die Gänge waren erleuchtet, doch die meisten Bürotüren verschlossen. Ich bog noch einmal um eine Ecke nach links und sah, dass die vierte Tür – zu Laylas Büro – noch offen stand, obwohl kein Licht brannte.

Ich erwartete nicht, jemanden zu sehen, und da es dunkel war, übersah ich sie fast, als ich in das Büro trat. Doch plötzlich ging flackernd das Licht an. Es musste einen Bewegungsmelder geben, den ich beim Hereintreten aktiviert hatte. Layla saß an ihrem Schreibtisch und sah mich an.

Ich zog die Brauen zusammen. »Hast du geschlafen?«

»Nein.«

»Was ist los?« Überall auf ihrem Schreibtisch, der normalerweise ordentlich und aufgeräumt wirkte, waren Papiere verstreut. Einige lagen sogar auf dem Boden.

Ich trat ein paar Schritte näher und konnte besser ihr Gesicht erkennen. Die Haut um ihre Augen war gerötet und geschwollen. Sie hatte geweint.

»Layla, sag was. Hat dir jemand wehgetan?« Bei der Vorstellung, was passiert sein könnte, geriet mein Blut in Wallung. Mir gingen die schlimmsten Gedanken durch den Kopf. Sie war nachts allein im Büro, saß in der Dunkelheit … auf ihrem Schreibtisch herrschte Chaos … sie hatte geweint … Hatte sie jemand überfallen?

Sie starrte vor sich hin und sagte nichts. Ich trat hinter den Schreibtisch, drehte ihren Stuhl zu mir herum und ging vor ihr in die Hocke. Ich bemühte mich, ruhig zu bleiben und mit fester Stimme zu sprechen. »Layla. Sprich mit mir. Was ist passiert, Süße?«

Mein Blick fiel auf eine Seite am Rand ihres Schreibtisches, ich drehte den Kopf und war mir sicher, dass ich mir etwas einbildete. Doch das war nicht der Fall.

Ich nahm das Blatt in die Hand. Das Bild war ein paar Jahre alt, aber es handelte sich zweifellos um Max. Ich erinnerte mich gut an den Artikel. Das Finanzmagazin Kiplinger's hatte eine Geschichte über den Aufstieg von

Frauen an der Börse gebracht, und Max war zusammen mit einigen anderen Senkrechtstartern der Branche porträtiert worden. Der Artikel war einige Monate vor der Gründung unserer Firma erschienen.

Mein Blick glitt über die anderen Papiere auf ihrem Schreibtisch.

Was zum Teufel?

Ich nahm einen anderen Artikel in die Hand, der von unserer Partnerschaft handelte.

Daneben lag der Handelsregisterauszug unserer Partnerschaft.

Bei anderen Papieren handelte es sich um Dokumente über meine Verurteilung.

Der ganze Schreibtisch war mit Papieren über Max, mich und unsere inzwischen stillgelegte Firma bedeckt.

Als ich mich wieder zu ihr umwandte, sah Layla mich an.

»Was ist los? Warum stellst du Recherchen über Max an?«

Sie wandte den Blick ab und starrte aus dem Bürofenster in die Dunkelheit, dann sah sie wieder zu mir. »Ich habe sie heute kennengelernt.«

Ich suchte ihren Blick und versuchte, sie nicht mit einer Million Fragen zu bombardieren, denn ich sah, dass sie noch mehr sagen wollte.

Sie schloss einen Moment die Augen und holte tief Luft, dann öffnete sie sie wieder und sah mich an. »Sie ist in mein Büro gekommen … *mit deiner Tochter.*«

Ich bat sie noch dreimal, ihre Worte zu wiederholen, dann erklärte ich ihr, dass ich keine Ahnung hatte, dass Max ein Kind hatte, geschweige denn von mir. Anschließend musste ich mich setzen und sagte: »Erzähl von vorn, Layla.«

»In meinem Kalender stand ein Termin mit einer neuen Mandantin namens Mackenzie. Ich hatte keine Ahnung, dass Max die Abkürzung von Mackenzie war, darum habe ich mir nichts dabei gedacht.« Laylas Stimme klang beunruhigend ruhig. »Die Frau tauchte auf und verhielt sich äußerst merkwürdig. Sie hatte ein kleines Mädchen dabei, das im Kinderwagen schlief. Sie sagte, ihr Partner habe ihr sechs Millionen Dollar gestohlen. Dann wachte ihre Tochter auf und – sie war wunderschön … Sie hatte genau deine grünen Augen. Nur dass mir zunächst nicht klar war, dass es deine sind. Als ich bemerkte, wie hübsch die Augen seien, sagte die Frau, das kleine Mädchen habe die Augen ihres Vaters geerbt.«

»Und sie sagte, es wäre mein Kind?«

»Du hattest wirklich keine Ahnung?« Sie sah zwischen meinen Augen hin und her.

»Natürlich nicht!« Ich stand auf und lief aufgebracht auf und ab. »Das ist doch total verrückt. Ich kann kein Kind mit ihr haben.«

»Warum nicht?«

»Warum hätte sie es mir vorenthalten sollen?«

»Warum sollte sie dich bestehlen und dich betrügen, wenn ihr beide so schon mehr Geld hattet, als ihr ausgeben konntet?«

Ich setzte mich wieder. Die Ellbogen auf die Knie gestützt, legte ich den Kopf in die Hände und rieb mir die Schläfen. »Das kann ich nicht beantworten. Denn das habe ich noch nie verstanden.«

Layla schwieg einen Moment. Als sie schließlich sprach, klang ihre Stimme verletzlich und ängstlich. »Du wusstest es wirklich nicht?«

Diese Frage stellte sie mir mindestens zum dritten Mal. *Herrgott.* Ich war so damit beschäftigt, den Schock zu verarbeiten, ich hatte noch gar nicht darüber nachgedacht, was diese Nachricht für uns zwei bedeutete, wenn sie denn stimmte. Ich sah auf und las tiefen Schmerz in ihren Augen. Plötzlich schien mir alles, auf das ich über zwei Jahre lang gewartet hatte, aus den Fingern zu gleiten.

Ich stand auf und lief um den Schreibtisch herum zurück zu ihr. Wieder ging ich vor ihr in die Hocke und nahm ihr Gesicht in meine Hände. »Ich habe Max seit über einem Jahr nicht gesehen. Das Letzte, was ich hörte, war, dass sie nach Florida gezogen ist. Ich wusste noch nicht einmal, dass sie in New York ist, und ganz sicher nicht, dass sie zu dir kommen und irgendein krankes Spiel spielen würde. Ich hatte keine Ahnung, dass sie ein Kind hat, und ich würde ihr durchaus zutrauen, dass sie sich die ganze Sache nur ausgedacht hat, Layla. Du musst mir glauben.« Ich näherte mich ihr, sodass wir uns in die Augen sehen mussten. »Ich hatte keinen blassen Schimmer. Absolut nicht.«

Sie nickte.

Ich stieß einen erleichterten Seufzer aus, auch wenn ich wusste, dass es nur vorübergehend war.

Als ich Schlüsselrasseln hörte, richtete ich den Blick von Layla zum Flur, wo ein uniformierter Wachmann in den Türrahmen trat. »Das Gebäude schließt in einer Viertelstunde, Layla.«

Sie nickte. »Okay, Frank. Danke.«

Der Wachmann betrachtete ihr Gesicht, dann mich in der Hocke neben ihr. »Ist alles in Ordnung?«

»Ja. Alles gut. Wir sind in ein paar Minuten weg.«

Er nickte. »Gute Nacht.«

Als er ging, strich ich ihr eine Haarsträhne aus dem Gesicht. »Du siehst müde aus. Komm mit zu mir.«

Sie schüttelte den Kopf und schob die auf dem Schreibtisch verstreuten Papiere mit den Händen zu einem Stapel zusammen. »Sommersprosse ist bei mir, schon vergessen? Außerdem bin ich fertig. Ich möchte heute wirklich in meinem eigenen Bett schlafen.«

Im Geiste entglitt sie mir schon. Ich durfte nicht zulassen, dass sie auch noch körperlichen Abstand zwischen uns brachte. »Darf ich dann mit zu dir kommen?«

Ich sah, dass sie zögerte.

»Ich schlafe auch auf dem Sofa, wenn du Abstand brauchst. Aber, bitte, schließ mich nicht aus, Layla. Bitte.«

Widerwillig nickte sie.

In jener Nacht ließ sie mich in ihrem Bett schlafen. Ich schlang die Arme um sie und zog sie fest an mich. Denn ich wusste. *Ich wusste,* morgen würde die Hölle losbrechen.

24. Kapitel

Layla

Am nächsten Morgen war das Bett neben mir leer. Und kalt.

Durch die Jalousien drang noch kein Tageslicht herein, und ich wusste nicht, ob es noch mitten in der Nacht oder schon früh am Morgen war. Als ich nach meinem Telefon griff, um nach der Uhrzeit zu sehen, bemerkte ich unter der geschlossenen Schlafzimmertür Licht.

Fünf Uhr morgens. Ich war keine Spätaufsteherin, aber ich hatte lange keinen Schlaf finden können, auch nachdem ich mich umgedreht und so getan hatte, als wäre ich eingeschlafen. Darum fühlte ich mich heute Morgen etwas schlapp. Ich hätte mich zwar gern umgedreht und alles vergessen, aber ich wusste, dass ich nicht wieder einschlafen konnte. Ich musste aufstehen und duschen und mit klarem Kopf über alles nachdenken, was passiert war. Und ich musste wissen, ob Gray noch da war. Ich spürte es, darum stieg ich aus dem Bett und tappte aus dem Schlafzimmer.

Ich fand ihn mit einem Kaffeebecher in der Hand im Wohnzimmer, wo er auf den Bildschirm seines Laptops starrte. Das Deckenlicht war ausgeschaltet, aber der Schein des Bildschirms schien auf sein Gesicht. Gray sah immer gut aus. Egal, wie er sich gerade fühlte. Seine markanten

Gesichtszüge ließen seine Attraktivität nicht wie bei anderen Männern, je nach Laune, verschwinden. Heute Morgen sah er allerdings müde aus. Unter seinen grünen Augen lagen dunkle Schatten, und ihm war der Schlafmangel anzusehen.

»Wie lange bist du schon auf?« Ich ging in die Küche und holte einen Kaffeebecher aus dem Schrank.

Gray setzte den Laptop auf dem Couchtisch ab und drehte sich zur Küche um. »Ein oder zwei Stunden?«

Ich lehnte mich mit einem Becher Kaffee gegen die Arbeitsplatte. »Hast du überhaupt geschlafen?«

»Ich glaube, es war mehr ein kurzes Nicken. Und du?«

»Ein bisschen mehr als das.« Ich musterte seinen Laptop. »Woran arbeitest du? Du schienst nicht begeistert von dem zu sein, was du gelesen hast.«

»An ein paar Korrekturen des Angebots, das wir dem Unternehmen, für das du den Vertrag durchgesehen hast, machen wollen. Meine Partner wollen es heute abschicken. Sie glauben, dass noch eine andere Venture-Capital-Firma interessiert ist, und wenn wir ein Angebot machen, das nur für kurze Zeit gilt, bleibt denen keine Zeit für eine sorgfältige Prüfung oder ein Konkurrenzangebot.«

Ich nickte. »Sag Bescheid, wenn ich etwas tun soll.«

Anschließend schwiegen wir eine Weile, was sich bedrückend anfühlte. Mir war unwohl, wenn etwas unausgesprochen zwischen uns stand, ich wollte lieber offen mit den Dingen umgehen.

»Wirst du sie heute anrufen?«

Er klopfte auf das Sofa neben sich. »Setz dich zu mir.«

Das würde ein Ziehen und Zerren geben. Das spürte ich. Ich würde versuchen, etwas Abstand zwischen uns zu bringen – körperlich und gedanklich –, und Gray würde sich dagegen wehren.

»Ich stehe lieber, solange ich Kaffee trinke.«

Er machte eine skeptische Miene, dann stand er auf und stellte sich mir gegenüber in die Küche. Meine u-förmige Küche war klein, der Abstand zwischen uns gering.

Ziehen.

Zerren.

Er sah auf seine Füße hinunter. »Ich habe heute Morgen im Internet nach ihren Kontaktdaten gesucht und eine E-Mail-Adresse und eine Büronummer gefunden, die aktuell zu sein schienen. Ich habe noch nicht einmal eine Telefonnummer von ihr.«

»Wie meinst du das? Wie kann das sein?«

»Ich habe einmal versucht, sie anzurufen, nachdem ich herausgefunden habe, was sie getan hat. Aber sie hat ihre Handynummer geändert, und meine E-Mail kam als unzustellbar zurück.«

»Oh.« Ich zögerte einen Moment. »Ich habe sie. Ich meine, sie hat ihre Kontaktdaten genannt, als meine Assistentin den Termin vereinbart hat. Wenn du sie brauchst …«

Grays Blick fand meinen. »Sie hat dich schon genug in ihr Spiel hineingezogen, was auch immer sie vorhat. Aber danke.«

»Was willst du sagen, wenn du mit ihr sprichst?«

Gray schüttelte den Kopf. »Ich habe keine verdammte Ahnung. Aber vielleicht sollte ich mit der Frage ›*Habe ich eine Tochter?*‹ anfangen.«

Um zwei Uhr nachmittags hatte ich den unproduktivsten Tag meiner ganzen beruflichen Laufbahn hinter mir. Ich las viermal denselben Vertrag, und in einer Mitarbeiterbesprechung musste mich der Anwalt neben mir buchstäblich unter dem Tisch treten, weil ich nicht mitbekommen hatte, dass mir jemand eine Frage gestellt hatte. Mittags wollte ich mit meiner Assistentin etwas zu essen bestellen, konnte mich aber nicht entscheiden, was ich haben wollte. Schließlich log ich und sagte, mir wäre gerade eingefallen, dass ich mir ein paar Reste eingepackt hätte.

Ich starrte ewig aus dem Fenster, bis mich ein Klopfen unterbrach.

Oliver blieb lächelnd in der Tür stehen. »Hey. Wie geht's?«

Obwohl wir für dieselbe Kanzlei arbeiteten, in einem Gebäude, hatte ich ihn nicht mehr gesehen, seit wir zusammen mittagessen gewesen waren und ich Schluss gemacht hatte.

»Gut. Viel zu tun.«

Er nickte. »Ich weiß nicht, ob du es schon gehört hast, aber Elizabeth Waring verlässt uns.«

»Ach? Nein. Das wusste ich noch nicht. Hat sie etwas Gutes gefunden?« Elizabeth war eine gute Freundin von Oliver, eine Anwältin aus der Urheberrechtsabteilung, mit der er oft zusammenarbeitete. Wir hatten ein paarmal zu dritt zu Mittag gegessen.

»Sie geht in Rente.«

»In Rente? Sie ist doch erst … wie alt? Fünfunddreißig?«

Er lächelte. »Das sagen wir über Leute, die aus der Privatwirtschaft in den Regierungsdienst wechseln. Sie hat eine Stelle in der US-Behörde für Urheberrecht angenommen.«

»Wie schön für sie. Sie will Kinder haben. Das wird ihr das Leben leichter machen. Geregelte Arbeitszeiten, und sie muss sich keine Gedanken um abrechenbare Stunden mehr machen.«

»Ja. Sie ist froh. Das würde sie hier nie haben. Kennst du den Unterschied zwischen Pittman und einem Blutsauger?«

»Nein. Welcher ist das?«

»Ein Blutsauger hört auf, dich auszusaugen, wenn du tot bist.«

Ich lachte. »Das ist allerdings wahr.«

»Also. Ich wollte nur kurz vorbeikommen und dir sagen, dass wir an ihrem letzten Tag mit ihr ausgehen. Vielleicht hast du Lust mitzukommen. Nächsten Freitagabend in der Rodeo-Bar um die Ecke.«

Ich zog die Augenbrauen hoch. »Der Laden mit dem mechanischen Bullen?«

»Genau der.«

»Und ich dachte, die Wilden arbeiten in der Abteilung für Familienrecht.«

Er lächelte. »Du solltest kommen. Das wird lustig.«

»Danke für die Einladung. Ich versuche es.«

Nachdem Oliver gegangen war, lehnte ich mich auf meinem Stuhl zurück – ich hatte mich heute schließlich noch nicht genug hängen lassen. *So ein netter Kerl.* Und ich wette, er hatte keine geheimen Kinder, von denen er nichts wusste. Und da das Gericht ihn zugelassen hatte, war ich mir ziemlich sicher, dass er auch kein verurteilter Krimineller war. Aber natürlich konnte ich mich nicht in ihn verlieben. Das wäre zu einfach gewesen. Anscheinend stand ich mehr auf kompliziert.

Mein Smartphone vibrierte auf dem Schreibtisch. *Wenn man vom Teufel spricht.*

Gray: *Wollen wir heute zusammen abendessen?*

Allein seinen Namen auf dem Telefon aufleuchten zu sehen, versetzte mich in Aufruhr. Natürlich wollte ich Gray sehen. Das war Teil des Problems. Ich wusste nicht, wann es Zeit war, sich von dem Mann zu verabschieden. Oder vielmehr wusste ich, dass ich das nicht einfach so konnte, wenn ich in seiner Nähe war. Ich überlegte, ob sich meine Mutter so gefühlt hatte. Wenn es um meinen Vater und seine geheime Familie ging, hatte sie ihr Herz über ihren Verstand siegen lassen. Ich musste stärker sein als sie, darum beschloss ich zu schwindeln.

Layla: *Sorry. Hab schon was vor.*

Ziehen.

Zerren.

Ich stellte mir vor, wie Gray an seinem Schreibtisch saß und sich seine Kiefermuskeln anspannten, als er meine Absage las. Ich wusste, dass die nächste Nachricht kein einfaches Okay sein würde. Ich brauchte etwas Abstand, während er uns am liebsten zusammen in einen kleinen Raum sperren wollte.

Gray: *Arbeit?*

Wenn ich einfach *Nein* schrieb, wäre das verdächtig. Aber ich mochte nicht lügen. Also machte ich aus meiner Lüge eine Wahrheit. Anstatt Gray direkt zu antworten, schickte ich eine Nachricht an Quinn.

Layla: *Mein Tag verlangt nach selbst gebranntem Schnaps. Kannst du mir da weiterhelfen?*

Sie schrieb zurück.

Quinn: *Du hast Glück. Ich habe gerade eine neue Ladung gemacht. Diesmal habe ich etwas Acetylsalicylsäure beigemischt.*

Ich lachte.

Layla: *Ist das nicht Aspirin?*

Quinn: *Ganz genau. Zwei Fliegen mit einer Klappe. Wann kommst du?*

Layla: *Bald.*

Quinn: *Bald? Die Uhr hinter der Bar sagt, es ist noch nicht einmal drei. Muss ich die Batterien wechseln? Oder müssen wir etwas wirklich Ernstes besprechen, dass du das Büro vor sieben verlässt?*

Sie kannte mich gut.

Layla: *Spar dir die Batterien. Vielleicht brauche ich die bald für meinen Vibrator. XO*

Jetzt würde ich also nicht lügen.

Ich wechselte den Chat und öffnete den mit Gray.

Layla: *Nein. Bin mit Quinn verabredet.*

Gray: *Okay. Pass auf dich auf.*

Ich wollte es dabei belassen, doch ich war neugierig, ob er Max erreicht hatte und darüber beim Abendessen mit mir sprechen wollte. Es würde zu Gray passen, dass er solche Nachrichten lieber persönlich überbrachte.

Layla: *Hast du Max erreicht?*

Gray: *Noch nicht. Hab zwei Nachrichten hinterlassen. Am Empfang hieß es, sie wäre heute nicht in der Stadt.*

Ich atmete tief ein und aus und warf das Telefon auf den Schreibtisch. *Scheiß drauf.* Worauf wartete ich? Dass um fünf das Signal ertönte?

Ich öffnete die Schreibtischschublade und holte meine Tasche heraus. Ich packte noch nicht einmal die Akte weg, an der ich gearbeitet hatte, und machte Feierabend.

Irgendwo auf der Welt ist es fünf Uhr.

Quinn fiel die Kinnlade herunter. Und das sollte etwas heißen. Meine beste Freundin hatte einen irischen Vater und besaß eine Bar. Sie konnte nichts so leicht umhauen.

»Sie hat also sein Baby zur Welt gebracht, als er ihretwegen im Gefängnis saß, und sobald er sein Leben wieder halbwegs in Ordnung gebracht hat, taucht sie auf und lässt die Bombe platzen?«

»Sieht so aus.« Ich kippte ein drittes Glas mit selbst gemachtem Whisky herunter und verzog das Gesicht, als die Flüssigkeit brennend meine Kehle hinunterrann.

Ein älterer Herr, der ein Stammgast sein musste – er kam selbst mir bekannt vor –, hielt am anderen Ende des Tresens sein leeres Bierglas hoch. »Hey, Q. Wie wäre es, wenn du mir irgendwann heute noch eins machst?«

Quinn winkte ab und antwortete, ohne den Kopf in seine Richtung zu drehen: »Geh rum und zapf dir selbst noch eins, Frank. Geht auf mich, heute Nachmittag ist Selbstbedienung.«

Der alte Kerl sprang regelrecht von seinem Stuhl, um sich zu bedienen.

Quinn stützte die Ellbogen auf dem Tresen ab und legte den Kopf auf die Hände. »Also, spulen wir mal vor und spinnen das weiter. Aus irgendeinem Grund hat sie ihm nicht erzählt, dass er ein Kind hat. Aber es stellt sich heraus, dass es wirklich von ihm ist. Was heißt das für dich und Gray?«

»Ich habe keine Ahnung.«

Quinn legte den Kopf schief. »Ein Kind zu haben ist nicht das Ende der Welt. Es bedeutet natürlich das Ende für dein Sexleben, dein Geld, deine gute Figur und jugendliche Haut, aber es ist nicht das Ende der Welt.«

Ich lachte. Und bekam einen Schluckauf. Eine Mischung aus Lachen und Schluckauf, über den sich Quinn vor Lachen ausschüttete. Es war gar nicht so lustig, aber ich glaube, das Lachen tat uns beiden einfach gut.

Quinn wischte sich die Tränen aus den Augen. »Weißt du, was, wenn ich es mir so überlege, ist eine Beziehung mit einem Typen, der ein Kind hat, gar nicht so schlecht. Im Allgemeinen haben sie die Monster nur jedes zweite Wochenende und kommen als Elternteil ziemlich gut weg. Sie müssen die Kinder nicht für die Schule wecken oder sie abends am Nacken zum Zähneputzen schleifen. Es ist das Beste aus beiden Welten. Du hast Kinder, aber ohne die ganze Verantwortung.«

»Du musst sie abends am Nacken zum Zähneputzen schleifen?«

»Na ja, manchmal.«

Einige richtige Gäste kamen in die Bar, denen Quinn keine Selbstbedienung zumuten konnte. Darum grübelte ich und ertränkte meine Sorgen eine Weile allein in Alkohol. Und wie ich grübelte!

Was würde ich tun, wenn das kleine Mädchen Grays Tochter war?

Ich hatte mich ein paarmal mit einem Typen getroffen, der geschieden war und ein vierjähriges Kind hatte. Ich hatte mich trotz Kind auf ihn eingelassen, warum sollte das bei Gray irgendwie anders sein?

Weil der Typ eben nur das war – irgendein Typ, mit dem ich mich ein paarmal getroffen hatte.

Nicht der Mann, in den ich verliebt bin.

Der Mann,

in den

ich

verliebt

bin.

Das ging mir immer wieder durch den Kopf.

Langsam.

Ich glaube, es überraschte mich nicht wirklich. Ich hatte

mich bereits vor zweieinhalb Jahren in Gray verliebt. Es war nur das erste Mal, dass ich es mir eingestand. Was bedeutete … dass ich den Rest des Drinks in mich hineinkippte.

Nachdem ich fünf Stunden in der Bar gesessen und in Selbstmitleid gebadet hatte, ging ich schließlich nach Hause. Quinn setzte mich sicher auf die Rückbank eines Taxis, notierte sich die ID-Nummer des Fahrers – und informierte ihn, dass sie sich diese notiert hatte –, um sicherzugehen, dass er mich direkt nach Hause brachte.

Zu Hause ging ich geradewegs ins Schlafzimmer und ließ mich, ohne mir auch nur die Schuhe auszuziehen, bäuchlings aufs Bett fallen. Ich war gerade dabei einzudösen, als mein Telefon den Eingang einer neuen Nachricht meldete.

Ohne den Kopf zu heben, tastete ich nach dem Nachttisch und musste blinzeln, um die Worte zu entziffern. Es war eine Nachricht von Gray.

Gray: *Ich bin vor einer Weile bei dir vorbeigefahren, habe es aber geschafft, nicht zu klingeln. Ich weiß noch nicht einmal, ob du zu Hause warst, aber es fühlte sich gut an, am selben Ort zu sein, an dem du vielleicht bist. Ich lasse dir den Abstand, den du brauchst, aber das heißt nicht, dass ich nicht bei dir sein will. Das musst du wissen, Sommersprosse.*

Nachdem ich das gelesen hatte, liebte ich ihn sogar noch mehr. Doch ich durfte mich nicht von ihm unter Druck setzen lassen. Wir hatten gerade erst alles zwischen uns geklärt, und ich glaubte nicht, dass unsere Beziehung schon reif für ein Kind war. Ohne auf seine Worte einzugehen, schrieb ich zurück.

Layla: *Hast du mit Max gesprochen?*

Gray: *Ihr Büro hat mich zurückgerufen und gesagt, ich soll sie morgen früh um neun dort treffen.*

Die Eifersucht traf mich wie ein Pfeil ins Herz, als ich mir die beiden zusammen in einem Raum vorstellte. Es war lächerlich. Das wusste ich. Der Mann hasste sie. Aber ich fühlte, was ich fühlte. Liebe war besitzergreifend. Es spielte keine Rolle, wer der Eindringling war. Es war allerdings von großer Wichtigkeit, dass jemand das umkreiste, was ich als meins betrachtete.

Ich schluckte den Kloß in meinem Hals hinunter und antwortete, so positiv ich konnte.

Layla: *Viel Glück morgen.*

25. Kapitel

Gray

Ich trommelte mit den Fingern auf die Stuhllehne und wurde von Minute zu Minute ungeduldiger.

Max' Sekretärin hatte mich in den Konferenzraum geführt – in dem ein langer Tisch und mehr als ein Dutzend Stühle standen. Doch was noch wichtiger war, die Wände waren aus Glas, sodass jeder, der den Flur hinunterging, hineinsehen konnte. Zuerst dachte ich, dass sie das vielleicht immer so machten – die Sekretärin wusste nicht, wer ich war, und hatte keinen Grund anzunehmen, dass meine Besprechung mit Max eine vertrauliche Atmosphäre benötigte. Doch während die Minuten verstrichen, wurde mir klar, dass Max rein gar nichts dem Zufall überließ. Sie hatte ihr Personal angewiesen, mich genau dorthin zu bringen. Es war mit Sicherheit kein Zufall, dass ich in diesem Aquarium saß.

Max machte sich Sorgen, wie ich reagieren würde. Da ich mich wie eine tickende Zeitbombe fühlte, war ihre Sorge wahrscheinlich berechtigt. Ich hatte das Gefühl, jeden Moment zu explodieren. Und wer auch immer mir in den Weg kam? Gott stehe uns beiden bei.

Um zehn nach neun ging die Tür zum Konferenzraum

auf, und Max trat ein. Falls sie nervös war, sah man es ihr nicht gleich an. Sie marschierte auf die andere Seite des Tisches, legte eine dicke, von einem Gummiband zusammengehaltene Akte und ihr Telefon ab und nahm mir gegenüber Platz. Sie faltete die Hände auf der Akte und sah mich schweigend an.

Es war über ein Jahr her, dass ich sie gesehen hatte, und es war kein erfreuliches Treffen gewesen. Max war immer groß und sehr schlank gewesen. Morgens machte sie lange Läufe, wenn sie unter Stress stand – manchmal lief sie Distanzen wie ein Marathonläufer in Vorbereitung auf einen Wettkampf. Während man gegen uns ermittelte, hatte sie stark abgenommen und war zwei bis drei Stunden am Tag gelaufen, doch sie hatte trotzdem noch gesund ausgesehen, auch wenn sie dünn war.

Die Frau, die mir gegenübersaß, sah aus, als hätte sie eine ganze Menge Stress gehabt. Ihre Wangen waren eingefallen, ihre Schultern schienen nur noch halb so breit zu sein wie früher, und der V-Ausschnitt ihres Shirts zeigte ihre hervorstehenden Schlüsselbeine, was eher nach Skelett als sexy aussah. Wenn ich nicht so scheißwütend gewesen wäre, hätte mich ihr Aussehen beunruhigt.

»Schön, dich zu sehen, Gray. Du siehst gut aus«, sagte sie schließlich.

Ich schlug mit der Hand auf den Tisch, woraufhin alles, was darauf lag, in die Höhe katapultiert wurde und Max zusammenzuckte.

»Was für ein krankes Spiel spielst du hier?« Meine Stimme troff regelrecht vor Feindseligkeit.

Sie fasste sich rasch und richtete sich gerade auf. »Ich weiß, dass du ein guter Mensch bist, aber ich musste sehen, mit wem unsere Tochter zusammentreffen würde, ehe ich entscheide, ob ich es dir sage.«

»*Unsere* Tochter? Wenn sie meine Tochter ist, warum zum *Teufel* wartest du dann über drei Jahre, bis du es mir sagst?«

Ein Mann öffnete die Tür zum Konferenzraum und sah zu Max. »Ist hier drin alles in Ordnung?«

Max tastete nach ihrem Ohr. Sie hatte schon immer mit ihrem Ohrring gespielt, wenn sie nervös war. *Gut. Du solltest scheißnervös sein.*

»Alles in Ordnung, Jack. Danke, dass du fragst.«

Der Mann musterte mich und bemerkte wahrscheinlich meinen stechenden Blick, denn er zögerte und sah noch einmal zu Max.

Sie musste ihn beruhigen. »Wirklich. Alles okay. Gray und ich kennen uns schon lange. Wir hatten nur eine hitzige Diskussion darüber, wie sich der Markt künftig entwickelt.«

Der Typ nickte, auch wenn er nicht so wirkte, als würde er ihr auch nur ein Wort glauben, und schloss langsam die Tür.

Max räusperte sich. »Wenn ich dir vor drei Jahren gesagt hätte, dass ich schwanger war, hättest du womöglich härter um deine Freiheit gekämpft, und dann hätte ich meine Immunität nicht bekommen.«

Ich starrte sie an. Im Grunde hatte sie gerade zugegeben, dass alles, was ich herausgefunden hatte, stimmte. Nicht, dass ich je Zweifel daran gehabt hatte, aber ich hatte nicht erwartet, dass sie es einfach zugeben würde.

»Warum erzählst du mir das plötzlich alles? Ich bin seit fast zwei Monaten draußen, und du marschierst unter dem Vorwand, eine Mandantin zu sein, in die Kanzlei meiner Freundin, damit du sie einem Kind vorstellen kannst, von dem du behauptest, es wäre meins?«

Max schob die Akte vor sich über den Tisch zu mir. Ich machte keine Anstalten, sie zu öffnen.

»Ich hatte nicht vor, es dir jemals zu erzählen. Ich habe bekommen, was ich wollte, und bin nach Key West gezogen, um ein neues Leben zu beginnen.«

»Und was hat sich geändert?«

Sie deutete mit dem Blick auf die Akte. »Es steht alles da drin.«

Meine Stimme klang geradezu unheimlich ruhig. »Keine Spiele mehr. Was steht in der Akte, Max?«

Sie schob ihren Stuhl vom Tisch zurück und trat ans Fenster. In den langen Minuten, die sie hinausstarrte, wurde meine Geduld zwar arg strapaziert, aber ich schaffte es irgendwie zu warten, bis sie sprach.

Als sie zu reden begann, sah sie weiterhin aus dem Fenster. »Ich habe metastasierenden Brustkrebs im vierten Stadium. Er hat in die Lunge, die Leber, die Knochen und auch das Gehirn gestreut. Meine Kernspin- und CT-Aufnahmen sowie die Arztberichte sind alle in der Akte – zusammen mit einem DNA-Test, der beweist, dass Aiden nicht der Vater ist, und einem, dass du es bist. Ich habe deine Zahnbürste und einen Rasierer eingereicht, damit man eine Probe nehmen konnte.«

Sie kam zurück an den Tisch, stützte sich auf die Lehne des Stuhls, auf dem sie gesessen hatte, und sah mir in die Augen. »In der Akte liegt auch ein Brief, den ich dir geschrieben habe.«

Ich hatte mir alles Mögliche vorgestellt, was sie heute sagen könnte, aber das nicht. Ich starrte sie an. Diese Frau hatte mich jahrelang belogen, und ich war auf alles hereingefallen. Weil sie so gut lügen konnte, hatte ich drei Jahre meines Lebens verloren … Und dennoch … ich könnte schwören, dass sie hier und jetzt die Wahrheit sagte.

Ich zog die dicke Akte zu mir und entfernte das Gummiband. Ich holte tief Luft, öffnete sie und sah den Papierstapel durch. Das meiste war medizinisches Fachchinesisch, das ich nicht verstand. Vereinzelt sprangen mir Worte ins Auge, als wären sie unterstrichen, obwohl sie es nicht waren.

Palliative Behandlung.

Histopathologie.

Neutropenie.

Ein Abschnitt unter einem CT vom Memorial-Sloan-Kettering-Krebszentrum schien in einfacheren Worten formuliert zu sein als die anderen. Er bestätigte alles, was sie gesagt hatte, und führte große Tumore in ihrem Kopf, der Lunge und der Leber an – *sogar nach einer beidseitigen Brustamputation.*

Ich musterte sie. Plötzlich ergab ihr Gewichtsverlust einen Sinn. Kein Gramm Fett, schmales Gesicht … Mir fielen Sachen auf, die ich vorher nicht bemerkt hatte. Ihre Haut hatte einen blassen gräulichgelben Ton, ihr schmales Gesicht war um zwanzig Jahre gealtert, und ihr Haar hatte eine andere Farbe und war deutlich dicker als früher – sie trug eine Perücke. Die einst sinnliche, kurvenreiche Frau, auch wenn sie durchs Laufen zu schlank geworden war, hatte jetzt keine Brüste mehr.

Ich schloss einen Moment die Augen und schluckte. Es half nicht, meine wirren Gedanken zu ordnen. Ich öffnete die Augen wieder und sah zu der Frau hoch, die mir Jahre meines Lebens sowie meinen Ruf und meine Würde geraubt hatte. Ich wollte sie nicht als Mensch sehen. Ich wollte ein Monster in ihr sehen, für das ich drei Jahre lang meinen

Hass gezüchtet hatte, doch das konnte ich nicht. Alles, was ich sah, war eine zerbrechliche Person. Eine Frau. Eine Mutter. Das Kind von jemandem, das mit dreißig Jahren starb.

Meine Brust fühlte sich leer an. Meine Stimme wurde sanfter. »Wie lange hast du noch?«

»Ein halbes Jahr … vielleicht.«

Ich stützte den Kopf in die Hände. Es fühlte sich an, als würde sich der Raum um mich drehen. »Es tut mir leid.«

Sie setzte sich wieder auf den Stuhl mir gegenüber. »Mir auch, Gray. Mir auch. Ich weiß, dass das nicht genügt. Und ich erwarte nicht, dass du mir vergibst. Manchmal muss man erst dem Tod ins Gesicht sehen, um auf sein Leben zurückzublicken und festzustellen, dass man nicht gerade stolz auf sich sein kann. Ich bin auf kaum etwas stolz, was ich getan habe. Ich habe für Geld und Macht gelebt und jeden ignoriert, der mir im Weg stand. Aber ich bin stolz auf Ella. Sie ist unschuldig und reizend und voller Liebe und Leben.« Sie zögerte. »Ich glaube, ich habe Glück, dass sie nach ihrem Vater kommt und nicht nach mir.«

Ich sah zu ihr hoch. »Bist du sicher, dass sie meine Tochter ist? Woher weiß ich, dass diese Tests nicht gefälscht sind?«

Max lächelte traurig und griff in die Tasche ihres Blazers. Sie schob ein Foto über den Tisch.

Als ich es in die Hand nahm, stockte mir der Atem. Das kleine Mädchen sah genauso aus wie ich. Große grüne Augen, dunkle Wimpern, tiefe Grübchen unterstrichen ihr schiefes Grinsen. Ein schlimmer Gedanke schoss mir durch den Kopf. *Sie sieht genau aus wie mein Vater.*

Ich schluckte und schmeckte Salz in meinem Hals. »Ich brauche etwas Zeit, um das alles zu verdauen.«

»Natürlich.«

Ich starrte auf das Foto des wunderhübschen, kleinen Mädchens. »Kann ich das behalten?«

»Na klar.«

Ich stand auf und fühlte mich wie benommen. Ich nahm die Akte und nickte Max zu, dann wandte ich mich zum Gehen. Eine Hand an der Glastür fragte ich: »Willst du mir noch irgendetwas gestehen, ehe ich gehe?« Es war ein müder Witz.

Doch Max senkte tatsächlich den Blick.

Ich schüttelte den Kopf. »Scheiße – was noch?«

»Aiden hat mir das ganze Geld gestohlen, das wir dir gestohlen haben. Ich möchte tatsächlich, dass deine Freundin versucht, es zurückzubekommen. Es ist Ellas Erbe.«

Unfassbar. Ich öffnete die Tür und sagte, ohne mich umzudrehen: »Du bist echt ein harter Knochen.«

26. Kapitel

Gray

Ich ließ die Eiswürfel in meinem leeren Glas klirren und starrte auf die Scherben meines Lebens, die auf dem Sofa und dem Wohnzimmerboden verstreut lagen. Die Akte, die mir Max gegeben hatte, enthielt alles – ihre Arztberichte, ihr Testament, das mich als Ellas alleinigen Sorgeberechtigten bestimmte, einen siebenseitigen Brief, der das Warum, Wie und Wann ihrer Krankheit und Schwangerschaft erklärte, sowie die Geburtsurkunde und die medizinischen Unterlagen meiner Tochter. Sie hatte sogar schriftlich im Detail dargelegt, wie sie mich hintergangen hatte. Es waren ein Haufen Informationen. Aber es war das Foto meiner Tochter oben auf den Papieren, das immer wieder meinen Blick auf sich zog.

Meine Tochter.

Ich war mir nicht sicher, ob ich mich jemals an diesen Gedanken gewöhnen, geschweige denn ihn laut aussprechen würde. Ella Kent Cartwright war am Valentinstag vor fast drei Jahren zur Welt gekommen. Max hatte den Vater auf der Geburtsurkunde als unbekannt eintragen lassen, hatte Ella jedoch mit zweitem Vornamen nach meiner Mutter benannt – *Kent.*

Ich nahm Ellas Bild in die Hand, um es mir zum tausendsten Mal anzusehen. Ich hatte keine Ahnung, wie man sich um ein Kind kümmerte – um eine Tochter. Aber mein Herz schwoll jedes Mal an, wenn ich ihr hinreißendes kleines Gesicht sah. Wieder einmal hatte ich das Gefühl, mein Leben wäre von einem Tornado aufgesogen worden, und es war vollkommen ungewiss, wo er mich wieder ausspucken würde. Doch eines wusste ich ganz sicher: Ich musste Ella so schnell wie möglich kennenlernen.

Ich stolperte in die Küche, schenkte mir die letzten Tropfen ein und verfluchte die leere Flasche.

Ich musste mit Layla reden. Sie hatte mir vor einer Stunde eine Nachricht geschickt, und ich konnte mich immer noch nicht überwinden, ihr zu antworten. Was zum Teufel sollte ich zurückschreiben?

Ja, ich habe eine Tochter.

Und ... ziemlich bald werde ich der alleinerziehende Vater einer fast Dreijährigen sein, die ich noch nie getroffen habe.

Am liebsten hätte ich gelogen – ihr erzählt, dass Max zu unserem Treffen nicht erschienen sei, und es einfach eine weitere Nacht geleugnet. Aber ... *keine Lügen mehr.* So hatte ich sie überhaupt erst verloren.

Dieses Gespräch sollten wir allerdings besser persönlich führen. Es war fast acht, darum nahm ich an, dass Layla inzwischen zu Hause war.

Gray: *Ist es okay, wenn ich vorbeikomme, damit wir reden können?*

Ihre Antwort erfolgte schnell.

Layla: *Nein.*

Mein Herz begann zu hämmern, ich nestelte an meinem Telefon herum und wollte zurückschreiben, wobei es auf den

Boden fiel. Während ich es aufhob, hörte ich im Hintergrund ein anderes Telefon klingeln. Ich war gedanklich so damit beschäftigt, warum sie nicht wollte, dass ich vorbeikam, dass ich gar nicht merkte, dass es mein eigenes Festnetztelefon war.

Gray: *Bist du noch bei der Arbeit? Ich kann dich abholen, dann können wir zusammen zu dir fahren.*

Layla: *Ich bin nicht mehr im Büro.*

Mist. Sie wollte einfach nicht, dass ich vorbeikam.

Gray: *Zu müde?*

Wieder klingelte mein Telefon. Diesmal hörte ich es klar und deutlich, entschied mich jedoch, es zu ignorieren. Wer auch immer anrief, war nicht so wichtig wie Layla.

Layla: *Eigentlich nicht.*

Mann.

Ich schrieb zurück, dann überlegte ich es mir anders. Stattdessen drückte ich auf *Anruf.* Sie nahm nach dem ersten Klingeln ab.

»Wir müssen uns unterhalten, Süße«, sagte ich.

»Stimmt. Warum gehst du dann nicht an dein Festnetztelefon?«

Einen Moment war ich ehrlich verwirrt. »Woher weißt du, dass mein …«

»Weil ich unten stehe und darauf warte, dass du deinem netten Pförtner die Genehmigung erteilst, mich hochzulassen.«

Ich ging an mein Festnetztelefon und hielt es ans andere Ohr. »Norman?«

»Ja, Sir. Mr. Westbrook.«

»Würden Sie Miss Hutton bitte heraufschicken?«

»Mach ich.«

»Und für die Zukunft, Miss Hutton ist jederzeit willkommen.«

»Alles klar.«

Ich legte das schnurlose Telefon auf und wandte mich wieder dem Handy zu. »Schaff deinen Hintern hier rauf, du Schlaumeier.«

Ich wartete vor dem Fahrstuhl. Sommersprosse, der mit seinem Schuh neben mir stand, sprang direkt hinein, als sich die Tür öffnete.

Layla beugte sich hinunter, um ihn hochzuheben. »Freust du dich, mich zu sehen, oder versuchst du, mit dem Fahrstuhl abzuhauen?«

Ich wollte, dass das Lächeln auf ihrem Gesicht für immer blieb. Plötzlich kam mir ein ernüchternder Gedanke. Ich hatte ein ernstes Gespräch nicht per Textnachricht führen wollen. Dasselbe galt womöglich für sie. Sie könnte gekommen sein, um mir persönlich den Laufpass zu geben.

Ich versuchte, den Gedanken zu verdrängen und positiv zu bleiben. »Das ist eine schöne Überraschung.«

Sie hörte auf, Sommersprosse zu kraulen, und setzte ihn ab. »Ich dachte, du gehst mir den ganzen Tag aus dem Weg, weil es Neuigkeiten gibt, die du mir nicht erzählen willst, mich aber auch nicht anlügen willst, wenn ich dich danach frage.«

Ich zwang mich zu lächeln. »Du kennst mich gut.«

Innerlich war ich ein Wrack und konnte nicht klar denken, aber das hielt mich nicht davon ab, sie mit meinen Blicken zu verschlingen. Sie trug ein rotes Businesskostüm, darunter ein Seidentop. Als sie Sommersprosse hielt, schmiegte sich der dünne Stoff um ihren BH, und ich konnte ein Spitzenmuster darunter erkennen. Ihre langen, gebräunten Beine waren wohlgeformt und glatt, und sie trug schwarze Pumps, von denen ich mir wünschte, sie würde sie mir in den Rücken bohren. Doch am meisten haute mich ihre Nase um. Sie hatte die Sommersprossen nicht überschminkt. Irgendwie gab mir das Hoffnung.

Während ich sie beäugt hatte, hatte sie anscheinend dasselbe mit mir getan. Nur dass ihr nicht gefiel, was sie sah.

»Du siehst schrecklich aus«, stellte sie fest.

»Dann ist es ja gut, dass du so wunderschön aussiehst und das ausgleichen kannst.«

»Lässt du … mich rein, damit wir reden können? Oder stehen wir einfach vor dem Fahrstuhl und starren uns an?«

»Wie fändest du es, wenn wir hierblieben?«

Sie zwang sich zu lächeln. »Komm schon. Gib mir was zu trinken. So wie du aussiehst, habe ich einiges aufzuholen.«

Nachdem ich ihr ein Glas Wein eingeschenkt und für mich eine Flasche Wasser geholt hatte – ich hatte genug gehabt –, gingen wir ins Wohnzimmer. Das Durcheinander hatte ich ganz vergessen. Ich fegte die Papiere vom Sofa und machte Platz, damit sie sich setzen konnte.

Laylas Blick fiel auf das Foto, von dem ich mich den ganzen Tag nicht hatte losreißen können. Sie nahm es und betrachtete es eine Weile, während sie ihren Wein trank.

»Sie ist wunderschön. Das Foto wird ihr noch nicht einmal gerecht«, sagte sie leise.

»Ich habe nichts anderes getan, als stundenlang dieses Foto anzustarren.«

Ihr Blick sprang zu mir. »Ist sie deine Tochter?«

Ich stieß die Luft aus. »Max hat mir einen DNA-Test vorgelegt, der beweist, dass Aiden nicht der Vater ist, und einen, der aufgrund einer Probe von meiner Zahnbürste und meinem Rasierer bestätigt, dass ich es bin.«

»Glaubst du ihr?«

Ich sah auf das Foto in ihren Händen. »Ich glaube, ich hätte es ihr allein aufgrund dieses Fotos geglaubt.«

Layla lächelte traurig, und wir sahen uns eine ganze Weile schweigend an. Ich wusste nicht, was ich sagen sollte, und dachte, es wäre das Beste, sie die Nachricht in Ruhe verdauen zu lassen.

Schließlich blickte sie zur Seite. »Warum hat sie es dir verheimlicht?«

»Sie hat festgestellt, dass sie schwanger war, kurz bevor ich den Deal angenommen habe. Sie dachte, wenn ich von dem Kind gewusst hätte, hätte ich ihn womöglich nicht angenommen. Ich hätte vielleicht um meine Freiheit gekämpft, und das hätte ihre Immunität gefährdet.«

»Gott«, keuchte Layla. »Wie skrupellos.«

Ich schüttelte den Kopf und blickte auf meine Füße. »Ich dachte, es könnte mich nichts mehr schockieren.«

»Will sie dich zurück? Hat sie es dir deshalb auf diese Weise gesagt – durch mich? Ist sie deshalb in der Kanzlei aufgetaucht?«

»Nein. Sie sagte, sie wollte sehen, mit wem ihre Tochter Zeit verbringen würde.«

»Ganz offensichtlich gibt es normalere Wege, das festzustellen. Zum Beispiel, indem man den Vater informiert, dass er ein Kind hat, ehe man seine Freundin stalkt?«

»Bei Max ist nichts normal. Das habe ich auf die harte Tour lernen müssen.«

Wieder schwiegen wir für einige Minuten. Ich musste ihr den Rest erzählen, aber ich wusste nicht, wie ich ihr erklären sollte, dass das Leben, das ich erst gerade zurückbekommen hatte, wieder auf den Kopf gestellt wurde. Ihre nächste Frage leitete jedoch dazu über.

»Und was passiert jetzt? Lässt sie dich das Kind sehen? Wird sie gegen dein Besuchsrecht und deine anderen Rechte angehen?«

Ich wartete, bis Layla von ihrem Wein getrunken hatte und mich wieder ansah. »Max stirbt. Sie hat Brustkrebs im vierten Stadium. Er hat überall gestreut.«

Ihr blieb der Mund offen stehen, und sie fasste sich an die Brust. »O mein Gott, Gray!«

»Sie hat entschieden, es mir zu sagen, weil ihr die Zeit davonläuft und sie Ella den Übergang erleichtern will.«

»Den Übergang?«

»Dass ich das Sorgerecht bekomme.«

»Wow.« Layla massierte ihre Schläfe. »Ich … ich weiß nicht, was ich sagen soll.«

Ich nahm ihr das Weinglas ab und stellte es auf den Couchtisch, damit ich ihre Hände in meine nehmen konnte.

Ich sah ihr in die Augen und sagte: »Sag, dass du mit einem alleinerziehenden Vater zusammen sein willst, der keine Ahnung hat, was er mit einem Kind anfangen soll. Sag, dass dich das nicht erneut abschreckt.«

Sie senkte den Blick. »Gray … das ist eine Menge.«

»Ich weiß. Und ich erwarte nicht, dass du das alles jetzt verstehst. Verdammt, ich habe es ja selbst noch nicht wirklich verstanden.«

Sie sah zu mir hoch. Ihre Gedanken schienen genauso zu rasen wie meine heute den ganzen Tag – sie setzte die Puzzleteile zusammen. »Darum ist sie so irre dünn. Die Perücke. Die große Sonnenbrille.«

Ich nickte. »Sie sieht nicht gut aus.«

»Hast du Ella heute kennengelernt?«

Ich runzelte die Stirn. »Nein. Ich bin ziemlich aufgelöst aus Max' Büro weggegangen und nach Hause gefahren, um einen sieben Seiten langen Brief zu lesen, den sie mir in einer Akte mit einem Haufen offizieller Dokumente gegeben hat. Auf dem Brief steht ihre Handynummer. Ich soll ihr eine Nachricht schicken, wenn ich bereit bin, Ella zu sehen. Ich habe ihr vorhin geschrieben, aber noch nichts von ihr gehört.«

»Ella trägt ein Hörgerät. Es ist mir aufgefallen, als Max ihr das Haar hinters Ohr gestrichen hat. Ich hatte es ganz vergessen.«

Ich nickte. »In der Akte sind auch medizinische Unterlagen von Ella. Sie hat Connexin 26. Das ist eine genetische Mutation, die das Hören leicht einschränken, aber auch zum völligen Verlust des Gehörs führen kann. Bei ihr ist das Hören nur leicht eingeschränkt, aber es kann mit der Zeit schlimmer werden, darum bringt Max ihr sicherheitshalber die Gebärdensprache bei. Mein Vater hatte das auch. Er hat zwar kein Hörgerät getragen, hätte es aber eigentlich gemusst. Er zwang seine Umgebung einfach, ständig alles zu wiederholen.«

»Meine Güte, Gray. Ich weiß nicht, was ich sagen soll. Du hast fast drei Jahre vom Leben deines Kindes verpasst.«

»Das werde ich irgendwie aufholen müssen.«

Sie sah mich an, und ihre Augen füllten sich mit Tränen. Ich dachte, sie wäre traurig über die Wendung der Ereignisse. Eine einsame Träne lief über ihre Wange, und ich wischte sie mit dem Daumen fort.

»Es tut mir leid, dass ich all diesen Ballast mit mir herumschleppe. Wenn ich ein besserer Mann wäre, würde ich dich verlassen und dir das nicht alles zumuten. Aber wenn es um dich geht, bin ich vollkommen selbstsüchtig. Ich kann nicht anders. Es tut mir leid, dass ich dich aufrege. Aber ich kann dich nicht noch einmal gehen lassen. Das letzte Mal hatte ich keine andere Wahl.«

Weitere Tränen liefen über ihr Gesicht. Ich stieß die Luft aus und wischte sie wieder fort. »Es tut mir leid. Bitte beruhige dich. Ich krieg das hin. Wir kriegen das hin. Es macht mich fertig, dich weinen zu sehen, weil ich dich wieder enttäuscht habe.«

»Ich weine nicht, weil ich von dir enttäuscht bin.« Sie schniefte. »Ich weine, weil du Jahre mit einem Kind verloren hast, das du noch nicht einmal kennengelernt hast.«

Ich zog sie an mich und legte die Arme um sie. Endlich hatte ich das Gefühl, wieder atmen zu können. Ich strich ihr übers Haar.

»Es ist eine Menge, das weiß ich. Und ich erwarte nicht, dass du heute irgendetwas sagst. Du brauchst Zeit. Aber eine Sache muss ich noch loswerden.«

Sie rückte von mir ab und lächelte mich traurig an. »Ich weiß nicht, ob ich noch viel mehr verkrafte.«

Ich nahm ihre Hand in meine und führte sie an meine Lippen, um sie zu küssen. »Das hat nichts mit Max zu tun. Aber es ist wichtig, dass du es weißt.«

»Was?«

»Morgen oder wann immer du über alles nachdenkst – über all die schwierigen Dinge, die ich gerade bei dir abgeladen habe –, musst du noch an etwas anderes denken.« Ich hielt inne und wartete, bis sie mir in die Augen sah, dann fuhr ich fort: »Ich liebe dich, Layla Hutton – ich liebe dich so sehr, dass allein der Gedanke, dich zu verlieren, unerträglich schmerzt.«

Sie lächelte. »Gray …«

Ich presste meine Lippen auf ihre, um sie zu unterbrechen. »Schhh. Für einen Abend haben wir genug ernstes Zeug geredet. Was hältst du davon, wenn ich dir noch einen Wein einschenke und wir zusammen ein heißes Bad nehmen?«

»Ich weiß nicht, Gray. Ich sollte gehen …«

»Wenn du gehst, komme ich mit. So leicht wirst du mich nicht los. Wenn du willst, können wir zu dir fahren, aber ich lasse dich nicht allein … nicht heute Abend, nachdem ich dich mit all diesem Kram belastet habe.«

Sie schien hin- und hergerissen, aber nach ein paar Minuten nickte sie schließlich.

Layla nahm noch einen Wein, lehnte mein Angebot, zusammen zu baden, allerdings ab. Als wir an jenem Abend zusammen ins Bett gingen, hielt ich sie so fest in den Armen, wie ich konnte, ohne ihr wehzutun. Doch trotz meines eisernen Griffs spürte ich, wie sie mir entglitt.

27. Kapitel

Layla

Als ich erwachte, erblickte ich den schlafenden Gray. Er sah so friedlich aus. Es tat mir im Herzen um alles weh, was er verloren hatte: drei Jahre seines Lebens, sein Geschäft, seinen Ruf, die Geburt seiner Tochter – ihre ersten Schritte, ihren ersten Haarschnitt, die ersten Worte, ihr erstes … *alles.*

Ich wollte für ihn da sein, damit er es ertrug. Doch der Gedanke, ein neues Leben zu beginnen, zu dem jetzt ein dreijähriges Mädchen und ihre sterbende Mutter gehörten, machte mir eine Heidenangst.

Der Selbstschutzmechanismus in meinem Herzen wollte mich antreiben, so schnell wie möglich die Flucht zu ergreifen. Doch der Teil in mir, dessen Herz jedes Mal heftig schlug, wenn Gray das Zimmer betrat, veranlasste mich, hierzubleiben und ihm beim Schlafen zuzusehen.

Gestern Abend musste ich ständig an etwas denken, das meine Mutter oft gesagt hatte. Nachdem mir klar geworden war, dass mein Vater noch eine Familie hatte – dass meine Mutter eigentlich *die andere Frau* war und ich ihr Bastard –, hatte ich meine Mutter mehr als einmal gefragt, wie sie das aushalten könne. Ihre Antwort war immer dieselbe: »*Wenn du jemanden liebst, musst du manchmal die Bedürfnisse des anderen über deine stellen.«*

Ich hatte das immer für eine faule Ausrede gehalten. Ich hielt es für Quatsch, dass mein Vater zwei Familien *brauchte* und sie das hinnahm. Doch ich biss mir stets auf die Zunge, weil ich sie nicht verärgern oder schlecht über meinen Vater sprechen wollte, der so gut zu mir war … wenn er denn da war.

Doch innerlich dachte ich jedes Mal, wenn sie sagte, Liebe bedeute, seine Bedürfnisse über ihre eigenen zu stellen: *Ja, und du hast ihm beigebracht, dass deine Bedürfnisse immer an zweiter Stelle kommen.* Als ich älter wurde, schwor ich mir, dass meine Bedürfnisse an erster Stelle stehen würden, sollte ich mich jemals verlieben.

Bei diesem Gedanken öffnete Gray blinzelnd die Augen.

»Hey.« Er streckte die Hand aus und strich mit dem Daumen über meine Wange. »Du bist noch da.«

»Hast du gedacht, ich wäre weg?«

Er schenkte mir ein zärtliches Lächeln. »Ich hatte Angst, dass ich einschlafe und den Griff um dich lockere, weil du mir dann entwischen könntest.«

»Ich muss jetzt allerdings meinen Hintern hochkriegen und zur Arbeit. Ich muss noch nach Hause, um zu duschen und mich umzuziehen. Also mache ich mich jetzt mal besser auf den Weg.«

Er legte den Arm um mich und zog mich fest an sich. »Dusch mit mir.«

»Das ist dem Ziel, pünktlich zur Arbeit zu kommen, nicht gerade zuträglich.«

Gray vergrub das Gesicht in meinem Haar. »Wir können uns beeilen.«

Nachdem sein heißer Atem auf meiner Haut mich sofort erregte, wusste ich, dass das Quatsch war. »Wie wäre es, wenn ich hier dusche und du uns Frühstück machst?«

»Verhandeln wir«, knurrte er an meiner Haut, dann verteilte er eine Spur Küsse auf meinem Hals. »Wir duschen zusammen, und ich vernasche dich zum Frühstück, während du dich wäschst. Multitasking.«

Ich legte den Kopf in den Nacken, bot ihm meinen Hals dar und lächelte. »Netter Versuch. Aber ich habe um zehn Uhr eine Anhörung, die fast den ganzen Tag dauern wird, darum muss ich was in den Bauch kriegen.«

»Ich gebe dir was für deinen Bauch.«

Lachend schob ich ihn zurück, damit ich aufstehen konnte. »Das müssen wir verschieben.«

Nachdem ich schnell geduscht hatte, wickelte ich ein Handtuch um mein Haar und zog das Hemd an, das Gray gestern getragen hatte. Es reichte mir wie ein Kleid fast bis zu den Knien, als ich dem Duft von Speck in die Küche folgte. Gray stand mit nacktem Oberkörper und in schwarzer Jogginghose vor dem Herd. Seine Rückenmuskeln waren definiert, ohne dass er sie überhaupt anspannte, und verjüngten sich zu einer schmalen Taille. Egal, wie verwirrt ich momentan sein mochte, meine Libido wusste genau, was sie wollte.

Ich trat hinter ihn und strich nicht gerade sanft mit den Nägeln über seinen Rücken.

Gray stöhnte. »Du hast keine Ahnung, wie viel Willenskraft es erfordert hat hierzubleiben, während du nackt nebenan bist. Kratz mich noch mal, und ich pfeif auf die Selbstbeherrschung. Dann landest du mit gespreizten Beinen auf dem Küchentresen und kommst zu spät zur Arbeit.«

Er verteilte den Speck auf Tellern, nahm Brot aus dem Toaster und drehte sich zu mir um. Sein Blick glitt zu einer bemerkenswerten Wölbung in seiner Hose.

Ich hielt mir den Mund zu und kicherte. »Ist das gerade passiert?«

»Ich bin im Bett neben dir aufgewacht. Es hat gerade angefangen nachzulassen, dann hast du mir mit den Nägeln über den Rücken gekratzt und ihn dazu gebracht, sich wieder sehnsüchtig aufzurichten.«

Ich nahm ihm den Teller ab und versuchte, meine eigene Sehnsucht zu ignorieren – obwohl ich meine nördlich der Taille spürte. »Speck und Toast?«

»Ich habe keine Eier mehr. Es gibt nur das, Erdnussbutter oder ein Steak.«

»Gute Wahl.«

»Setz dich. Der Kaffee ist gerade durchgelaufen. Ich mache uns zwei Becher fertig.«

Obwohl Gray noch eine zweite Portion Speck aufgetan hatte, ließ er sie auf dem Herd stehen und setzte sich nur mit einem Kaffee mir gegenüber.

»Isst du deine Portion gar nicht?«

»Erst wenn ich vom Laufen zurück bin. Vorher kann ich nichts essen.«

Ich trank von meinem Kaffee. Er hatte mich nicht gefragt, wie ich ihn trank, doch er war perfekt. Mir wurde warm ums Herz. »Was steht heute auf deinem Programm?«

Sein lockeres Lächeln erstarb. »Ich habe auf mein Handy gesehen, während du geduscht hast. Max hat mir gestern Nacht noch spät geantwortet. Ich kann Ella heute Nachmittag kennenlernen. Ich habe den Park auf der anderen Straßenseite als Treffpunkt vorgeschlagen. Da gibt es einen

Spielplatz und eine Hundewiese. Ich lege meine Termine um und arbeite heute von zu Hause aus. Ich habe ihr gesagt, sie soll mir eine Zeit sagen, ich würde es jederzeit einrichten.«

»Wow. Okay. Bist du aufgeregt?«

Er strich sich mit der Hand durchs Haar. »Ich habe schreckliche Angst. Ein Mann sollte keine Angst zeigen, aber ich fürchte, dieses kleine Mädchen wird nur einen Blick auf mich werfen und anfangen zu weinen.«

»Oh, mein Gott!« Seine Verletzlichkeit berührte einen schwachen Punkt in mir. Ich stand auf und kniete mich neben ihn. Ich nahm seine Hand und sagte: »Sie wird dich lieben, Gray. Kinder haben einen sechsten Sinn, sie spüren, wenn sie einem guten Menschen begegnen. Und ich habe dich mit Quinns Tochter beobachtet. Ich habe dir ja erzählt, dass Harper überhaupt nichts von Männern hält, aber dich mochte sie.«

»Ich habe sie mit einem Geschenk bestochen, von dem ich wusste, dass es ihr gefällt.«

»Mag sein. Aber glaub mir, die Umarmung hättest du nicht bekommen, wenn sie nicht das Gefühl gehabt hätte, dass du ein guter Mensch bist. Und ob du es glaubst oder nicht, du bist gut mit ihr umgegangen. Du bist ein Naturtalent. Wenn du mit ihr geredet hast, hast du nicht auf sie hinuntergesehen. Ich habe dich beobachtet. Du hast dich hinuntergebeugt und auf Augenhöhe mit ihr gesprochen. Du hast sie wie eine Person behandelt, nicht wie ein kleines Kind, und du hast ihr wirklich zugehört, wenn sie etwas gesagt hat. Das ist so ziemlich alles, was du für den Anfang brauchst. Der Rest ergibt sich.«

»Ich habe noch nie in meinem Leben eine Windel gewechselt. Ich habe gestern Nacht, nachdem du eingeschlafen bist, YouTube-Videos ohne Ton zu dem Thema gesehen.«

Ich lächelte. »Du kriegst das hin. Das schaffen wir schon. Außerdem sind die allermeisten Kinder mit drei Jahren ohnehin schon trocken. Dann musst du dir darum zumindest keine Sorgen machen.«

Er hatte auf unsere verschränkten Hände hinuntergesehen, doch jetzt sprang sein Blick zu meinen Augen. Er sah mich voller Gefühl an.

»Was ist?«, fragte ich.

»Du hast *wir* gesagt.«

Ich legte die Stirn in Falten.

»Ja. Du hast gesagt: ›*Das schaffen wir schon.*‹«

Es war mir gar nicht aufgefallen, aber er hatte recht. »Kann sein.«

Gray schob den Stuhl zurück und zog mich auf seinen Schoß. Er legte seine großen Hände auf meine Wangen.

»Von allen Dingen, die du sagen könntest, um mir das Gefühl zu geben, ich würde es nicht vermasseln, macht mir das am meisten Hoffnung. Denn wenn du bei mir bist, kann ich alles schaffen.«

»Ich habe Al angerufen.« Gray band sich die Laufschuhe zu und richtete sich auf, als ich gerade angezogen aus dem Bad kam und mir das nasse Haar bürstete. »Er ist in fünf Minuten unten und bringt dich nach Hause, damit du dich umziehen kannst. Dann fährt er dich zur Arbeit.«

»Ach, das wäre doch nicht nötig gewesen. Ich hätte die U-Bahn nehmen können.«

»Das mache ich gern.«

Mein Blick glitt kurz über die Sachen, die Gray zum Laufen angezogen hatte: ein eng anliegendes schwarzes Shirt von Under Armor sowie Laufshorts.

»Dein Outfit gefällt mir.«

»Ach ja?« Er kam zu mir und legte die Hände um meinen Rücken. »Dann trage ich das jetzt jeden Tag.«

»Ich glaube, nach einer Zeit könnte es anfangen zu riechen.«

»Ich kaufe mehrere.«

Eine Hand glitt hinten unter mein Top und streichelte meine Haut. Er stoppte, wo mein BH hätte sitzen müssen, und tastete dann herum, als wollte er seine erste Vermutung überprüfen.

»Du hast keinen BH an.«

»Ich habe ihn in die Tasche gesteckt. Ich habe ihn gestern getragen.«

Seine Hand wanderte von hinten nach vorn und umfasste eine nackte Brust. »Das gefällt mir. Leichter Zugang. Aber der Gedanke, dass du so mit der U-Bahn fährst, gefällt mir nicht.«

»Ich nehme nicht die U-Bahn. Du hast gerade gesagt, Al würde mich abholen.«

»Ja, aber das wusstest du nicht, als du dich angezogen hast.«

»Nun ja, dann hat sich doch alles prima gefügt, oder?«

Gray zwinkerte mir zu und kniff mir in den Nippel. »Schlaumeier.«

Ich stellte mich auf die Zehenspitzen und beugte mich vor, um ihm ins Ohr zu flüstern: »Wenn dir die Vorstellung nicht gefällt, dass ich ohne BH mit der Bahn gefahren wäre, hättest du es wahrscheinlich ganz unmöglich gefunden, dass ich auch keinen Slip trage.«

Gray murmelte etwas von Selbstbeherrschung, dann presste er die Lippen auf meine. Er küsste mich leidenschaftlich, und es war das erste Mal, seit Max in mein Büro marschiert war, dass es sich zwischen uns wieder normal anfühlte. Ich seufzte in seinen Mund, und er zog mich rückwärts in Richtung Bett. Ich merkte kaum, dass mein Rücken die weiche Matratze berührte, doch ich spürte deutlich die Erektion, die sich gegen meine Hüfte drängte. Sosehr es mir auch widerstrebte, ich zwang mich, die Sache rechtzeitig abzubrechen.

Ich legte meine Hände auf seine Brust und versetzte ihm einen leichten Stoß. »Ich muss zur Arbeit.«

»Ich rufe Pittman an und sage ihm, ich hätte heute Morgen einen dringenden Termin, bei dem du dabei sein musst.«

»Dann müsste ich dir die Stunden in Rechnung stellen.«

»Stell mir einen ganzen Monat in Rechnung. Das ist mir total egal, Hauptsache, ich muss dich nicht gehen lassen.«

Ich lachte und schob ihn etwas energischer von mir. »Nein, im Ernst. Ich muss gehen.«

»Gut.« Er schmollte, stand jedoch auf.

Im Fahrstuhl ging das Necken weiter. Mein Slip lugte aus meiner Tasche hervor, und Gray und ich rangen um ihn. Er zog. Ich riss. Am liebsten wäre ich in dieser kleinen Kiste geblieben, in unserer eigenen kleinen Welt, in der wir kurz alles andere vergessen hatten.

Doch viel zu schnell öffneten sich die Türen zur Lobby. Ein älteres Paar wartete davor, und Gray dachte, er könnte das zu seinem Vorteil nutzen. Seine Augen funkelten siegessicher. Er nahm an, ich würde mich schämen, mich mit ihm um einen schwarzen Spitzenslip zu streiten, und loslassen.

Stattdessen räusperte ich mich und trat einen Schritt vor, weigerte mich aber immer noch, den Slip aufzugeben. Ich sah die Frau an. »Tut mir leid. Mein Bruder ist ein Cross-Dresser, und manchmal erwische ich ihn dabei, dass er mir einen Slip klaut.«

Der Frau traten die Augen aus dem Kopf, und Gray ließ den Slip los. Ich stieg aus dem Fahrstuhl und warf ihm über die Schulter ein gemeines Siegerlächeln zu.

»Reizend. Ganz reizend«, rief er mir hinterher, als sich die Türen hinter ihm schlossen. »Das war Misses Elsworth. Sie ist die Vorsitzende der Eigentümergemeinschaft. Ich bin mir sicher, dass mein Cross-Dressing nächsten Monat auf der Tagesordnung des Vorstandstreffens steht.«

Ich lachte den ganzen Weg durch die Halle bis zur Eingangstür, doch als ich auf die Straße hinaustrat, verstummte ich abrupt.

Gray, der hinter mir hergelaufen war, rannte in mich. Er fing uns beide auf und verhinderte, dass ich fast stürzte. Er dachte, ich hätte Spaß gemacht, hob mich hoch und wirbelte mich herum, bis er die zwei Personen entdeckte, die vor seinem Haus standen.

Max und Ella.

28. Kapitel

Layla

Keiner von uns wusste, was er sagen oder tun sollte. Gray umklammerte derart fest meine Schulter, dass ich dort sicher später einen blauen Fleck haben würde.

»Was machst du hier?«, fuhr er Max an, die bei seinem heftigen Ton ihren Rücken straffte.

»Ich habe dir vor zwanzig Minuten geschrieben. Ellas Babysitter ist krank, darum nehme ich sie mit ins Büro. Deine Wohnung liegt auf dem Weg, also dachte ich …« Max sah zwischen uns hin und her. »Wenn es gerade ungünstig ist, können wir ein anderes Mal wiederkommen.«

Gray antwortete nicht. Ich drehte mich um und sah, dass er zu Ella hinunterstarrte. Das hübsche kleine Mädchen sah mit denselben faszinierenden grünen Augen zu ihm hoch. Seine Tochter zum ersten Mal persönlich zu sehen, schien ihn in eine Art Schockzustand versetzt zu haben. Als er sie weiterhin unverwandt ansah und nichts sagte, drückte ich beiläufig seinen Arm, um ihn aus der Starre zu reißen, ehe er Ella unheimlich wurde und sich seine größte Angst bewahrheitete – dass sie zu weinen anfing.

»Gray …«

Er blinzelte ein paarmal und sah zu Max hinüber. Er

wirkte verloren und verängstigt. Er erinnerte mich an einen kleinen Jungen, der aus Angst, unter seinem Bett könnte ein Monster sein, nicht aufstehen will und nicht weiß, wie er aus dem Zimmer kommen soll.

Max ging neben Ella in die Hocke und begann zu sprechen, machte dazu jedoch Zeichen mit den Händen. »Süße, das ist Mommys Freund Gray. Sag Hallo.«

Ella streckte die Finger aus und kreuzte den Daumen in ihrer Handfläche, dann tippte sie sich an die Stirn und sagte: »Hallo.« Die Geste schien zur Gebärdensprache zu gehören und keine richtige Begrüßung zu sein.

Völlig hilflos sah Gray zu mir, er wusste nicht, wie er reagieren sollte. Ich deutete mit dem Kopf auf das kleine Mädchen und richtete den Blick nach unten. Zum Glück folgte er meinen stummen Anweisungen.

Er hockte sich zu ihr, sodass er auf Augenhöhe mit ihr war, und räusperte sich. »Hallo, Ella.«

Sie machte ein Zeichen, ohne diesmal dabei zu sprechen.

Max drängte: »Ella, sprich es aus, Süße.«

Ella wiederholte das Zeichen und sagte dann: »Park.«

Max sah Gray an. »Ich habe ihr erzählt, wir würden meinen Freund treffen und dann zu dritt in den Park gehen.«

Gray nickte. Und dann kehrte die Angespanntheit, die sich gerade etwas gelegt hatte, wieder zurück – zumindest bei mir.

Max wandte sich an mich. Ihr harter Blick sagte mir ohne Worte, dass eine vierte Person bei ihrem Familientreffen nicht willkommen war.

Sie schenkte mir ein Botox-Lächeln. »Du erinnerst dich doch an Miss Hutton, nicht, Ella? Sie ist Mommys Anwältin.« Mehr musste sie nicht sagen.

Zum Glück fuhr in diesem Moment Grays Fahrer vor. Ich konnte es kaum erwarten zu entkommen.

»Da ist mein Wagen. Ich muss zur Arbeit.« Ich lächelte zu dem kleinen Mädchen hinunter. »Wiedersehen, Ella.« Ich drückte Grays Arm und zwang mich zu lächeln. »Wir hören später voneinander.«

Dann eilte ich zum Auto, ehe jemand noch etwas sagen konnte.

Ich schlug die Tür zu, atmete ein paarmal heftig ein und aus und beobachtete die drei draußen auf der Straße. Noch nie zuvor war ich so dankbar für getönte Scheiben gewesen.

Ella streckte die Ärmchen ihrer Mutter entgegen, und Max beugte sich hinunter, um das kleine Mädchen abzuschnallen und ihr aus dem Wagen zu helfen. Auch als Al losfuhr, konnte ich den Blick nicht von den dreien losreißen. Ich verrenkte mir den Hals, um sie durch die Rückscheibe zu beobachten. Wir schafften nur einige Autolängen, dann standen wir im Stau, sodass ich viel Zeit hatte, ihnen weiter mit den Blicken zu folgen.

Max klappte die Kinderkarre zusammen, und Ella nahm ihre Hand. Dann sprach Max mit ihrer Tochter, und sie streckte Gray die andere Hand hin. Mir brach das Herz, als ich sah, wie Gray mit sich rang. Die Hand seiner Tochter zu halten, sollte das Natürlichste der Welt sein, doch er wirkte steif und ängstlich. Nach einem Moment ergriff er die kleine Hand. Gray konnte nicht aufhören, auf seine Tochter zu starren – was ich vollkommen verstand. Nach ein oder zwei Minuten gingen die drei schließlich in Richtung Park.

Mein Wagen bewegte sich im Schneckentempo vorwärts, vor uns befand sich eine lange Schlange Taxis, die alle links abbiegen wollten. Schließlich musste ich mir nicht länger den Hals verdrehen, denn die drei kamen an uns vorbei. Gray schien gar nicht bemerkt zu haben, dass er gerade an seinem eigenen Wagen vorbeigelaufen war.

Ich starrte auf ihre Rücken. Mit der kleinen Ella in der Mitte, die sie an den Händen hielt, sahen sie wie eine ganz normale Familie aus, die durch New York spazierte. Je länger ich sie beobachtete, desto mehr verschwamm das Bild vor meinen Augen.

Gott … eine Familie.

Dazu bin ich noch nicht bereit.

Wir sind noch nicht bereit.

Wir hatten kaum unsere eigenen Probleme überwunden und wollten gerade noch einmal von vorn beginnen. Paare sollten verschiedene Stadien durchlaufen, die sie darauf vorbereiten, eine Familie zu sein. Selbst wenn ich schwanger geworden wäre, hätten wir neun Monate Zeit gehabt, uns mit der Idee anzufreunden.

Mein Blickfeld wurde wieder schärfer, als sie weiter die Straße hochgingen, doch meine Augen spielten mir Streiche. Während Ella und Gray ganz deutlich zu sehen waren, begann Max zu verblassen. Ich beobachtete, wie sich die Frau nach und nach in einen Schatten verwandelte und dann ganz verschwand. Aus dem Bild gelöscht. Sie war weg. Als sie wenige Sekunden später wieder klar zu sehen waren, schluckte ich. Ich konnte Max nicht mehr sehen … sie war durch … mich ersetzt worden. Ich schaute ihnen hinterher, das Bild schien so echt zu sein – Gray und ich liefen Hand in Hand mit Ella zwischen uns.

So würde es sein, oder?

Max würde langsam verschwinden.

Layla langsam auftauchen.

Während der Anhörung schaltete ich das Handy aus. Ich hatte den ganzen Vormittag Schwierigkeiten gehabt, mich zu konzentrieren. Nachdem ich zehn Minuten den Angeklagten befragt hatte, merkte ich, dass ich unablässig auf mein Smartphone starrte und auf eine Nachricht von Gray wartete. Mein Mandant hatte eine bessere Vertretung verdient, und ich *musste* mich in die Arbeit stürzen, um heute nicht den Verstand zu verlieren.

Als ich das Handy wieder einschaltete, war es fast fünf Uhr. Mehrere Nachrichten kamen herein, die meisten von Gray. Sie waren kurz hintereinander abgeschickt worden und gaben seine Gedanken wieder.

Gray: *Sie ist unglaublich. So schlau.*

Gray: *Sie hat nicht geweint.*

Gray: *Ich hätte heulen können, als ich nach Hause kam.*

Ich lächelte traurig auf mein Telefon und las noch eine.

Gray: *Du hattest recht. Sie geht schon aufs Töpfchen. Zum Glück. Es war verdammt seltsam, ein nacktes Kleinkind zu beobachten.*

Gray: *Sie hat mich zum Abschied umarmt.*

Gray: *Ich wollte sie gar nicht mehr loslassen.*

Hier folgte ein längerer Abstand zwischen den Nachrichten, dann …

Gray: *Ich kann es nicht erwarten, dass du sie auch richtig kennenlernst.*

Ich hatte nie viel getrunken, aber in diesem Moment wünschte ich, ich hätte etwas Alkoholisches in meinem Schreibtisch. Ich könnte einen großen Schluck vertragen, um meine Nerven zu beruhigen.

Grays letzte Nachricht war von vor ungefähr einer Stunde.

Gray: *Ich hoffe, du hattest einen guten Tag. Essen heute Abend?*

Ich umging eine Antwort auf diese Frage und sah stattdessen die anderen Nachrichten durch, die ich verpasst hatte. Es gab eine von Quinn, eine von einem Mandanten und eine von Kristen … meiner Halbschwester. Aus irgendeinem merkwürdigen Grund öffnete ich sie, was ich normalerweise mied wie die Pest.

Kristen: *Bin gerade an einem tollen kleinen Koreaner vorbeigekommen. Dads Lieblingsessen. Da sollten wir alle zusammen hingehen. Bis bald!*

Selbst in der geschriebenen Nachricht hörte ich ihren überschwänglichen Ton.

Auf meinem Schreibtisch lag ein Stapel Notizen über verpasste Anrufe, mit denen ich mich eine Zeit lang beschäftigte. Doch um sechs vibrierte mein Telefon erneut, und ich musste nicht erst auf den Namen sehen, um zu wissen, wer es war.

Gray: *Du hast meine Nachrichten vor einer Stunde gelesen. Was geht in deinem Kopf vor, Sommersprosse?*

Ich lächelte.

Layla: *Sorry. Die Anhörung hat den ganzen Tag gedauert, und dann musste ich Geschäftsanrufe beantworten, ehe es zu spät war. Ich bin froh, dass mit Ella alles gut gelaufen ist.*

Ich beobachtete, wie meine Nachricht gesendet und gelesen wurde. Die Punkte hüpften, hörten dann aber wieder auf. Kurz darauf klingelte das Handy in meiner Hand.

Gray reagierte auf mein Hallo mit einer sexy, heiseren Stimme: »Ich musste deine Stimme hören.«

»Du klingst, als wärst du gerade aufgestanden.«

»Nein. Ich komme gerade vom Laufen zurück.«

Ich hatte vergessen, dass er heute Morgen gar nicht dazu gekommen war. »Oh.«

»Und? Warst du wirklich beschäftigt, oder bist du mir aus dem Weg gegangen?«

Reflexartig antwortete ich: »Ich hatte zu tun.«

»Layla …«

Ich verdrehte die Augen. »Gut. Ich bin dir aus dem Weg gegangen. Aber ich *habe auch* viel zu tun.«

Ich hörte das Schmunzeln in seiner Stimme. »Hast du immer noch nicht begriffen, dass du mir nicht entkommen kannst? Wenn du nicht bald reagiert hättest, wäre ich in dein Büro gekommen und hätte nach dir gesehen. Ich gebe uns nicht so leicht auf, Süße. Ich verstehe, dass das alles ziemlich viel auf einmal ist, und ich lasse dir Zeit, es zu verarbeiten, wenn du die brauchst. Aber ich möchte sicher sein, dass du mich nicht wegschickst, sondern nur Zeit brauchst.«

Grays Leben wurde gerade total auf den Kopf gestellt, doch er war der Vernünftige von uns beiden. Es fühlte sich an, als sollte ich für ihn da sein, damit er sich an mich lehnen konnte. Doch ich hatte Angst. Jedes Mal, wenn ich die Entscheidung traf, nach vorn zu sehen – das Risiko einzugehen, mich ganz einzulassen –, stieß mich etwas zurück. Ich konnte wenigstens ehrlich sein.

»Ich habe euch drei heute Morgen zum Park gehen sehen. Da ist mir plötzlich schlagartig klar geworden … du hast jetzt eine Familie.«

»Max ist nicht meine Familie.«

»Ich weiß. Ich meinte nur … ihr drei saht aus wie eine Familie. Und mir ist klar geworden, wenn ich mit dir zusammen bin, heißt das …«

»Ich erwarte nicht, dass du Max in Ellas Leben ersetzt, falls es das ist, was du denkst.«

In gewisser Weise schon. Ich seufzte. »Es ist einfach schwer. Ich … ich habe … Angst, Gray.«

»Ich auch, Süße. Ich auch. Aber ich habe mehr Angst, dich wieder zu verlieren, als vor allem anderen, was auf mich zukommt. Wir schaffen das.«

Gott, er war so reizend. »Okay.«

»Essen wir heute Abend zusammen?«

Mir war einfach nicht danach. Die letzten Tage waren anstrengend gewesen. Im ersten Moment war ich versucht zu lügen und zu sagen, ich hätte etwas vor. Doch dann entschied ich mich, ehrlich zu sein. Das hatte er verdient. »Ich brauche heute einen Abend für mich, Gray.«

Er schwieg einen Moment, dann sagte er: »Verstehe.«

Es war schrecklich, wie verletzt er klang. »Siehst du Ella bald wieder?«

»Übermorgen. Morgen muss ich für einen Tag nach Chicago fliegen, um mich mit meinen Partnern und dem CEO einer Firma zu treffen, an der wir uns beteiligen. Ich werde erst spät zurück sein. Aber Max und ich haben uns vernünftig unterhalten, während Ella im Park gespielt hat. Ich werde so viel Zeit wie möglich mit den beiden verbringen, damit sie mich kennenlernt. Sobald sich Ella wohler fühlt, wird sich Max bei meinen Besuchen zunehmend zurückziehen. Ich will, dass du sie auch kennenlernst, falls du damit umgehen kannst.«

»Ein Schritt nach dem anderen. Konzentrier dich auf dich und Ella. Um mich musst du dir jetzt keine Sorgen machen.«

»Das kann ich besser, wenn du mir sagst, dass du mich nicht sitzen lässt.«

Ich lächelte. »Ich bin noch bei dir.«

»Kann sein, dass du das jeden Tag wiederholen musst, Sommersprosse. Wie ein Mantra.«

29. Kapitel

Gray

Google war mein bester Freund geworden.

Wie fragt man in Gebärdensprache »Wie geht's dir«?

Was essen Dreijährige?

Spielzeug für ein dreijähriges Kind.

Mädchenspielzeug für eine Dreijährige.

Worüber spricht man mit einem dreijährigen Mädchen?

Brustkrebs im vierten Stadium.

Was zum Teufel ist Yo Gabba Gabba*?*

Heute würde ich zu Max nach Hause fahren, um dort Zeit mit ihr und Ella zu verbringen. Als Max vorschlug, ich solle zu ihr kommen, wollte ich automatisch »Auf keinen Fall« sagen. *Auf gar keinen Fall will ich mich mit dir in einer Wohnung aufhalten – selbst wenn sie so groß wie ein Palast ist.* Doch nachdem ich etwas darüber nachgedacht hatte, wurde mir klar, dass ich flexibler sein und tun musste, was das Beste für Ella war. Ich musste tun, was immer ihr half, sich mir zu öffnen, und das passierte wahrscheinlich eher in ihrem Zuhause als in einer fremden Umgebung. Darum wehrte ich mich nicht. Meine Gefühle für Max, meinen Impuls, mich allem zu widersetzen, was sie wollte, musste ich für mein kleines Mädchen unterdrücken.

Mein kleines Mädchen.

Es war wirklich surreal.

Max hatte gesagt, dass Ella am liebsten lange Spaziergänge machte. Sie liebte es, das Treiben in der Stadt von ihrer Kinderkarre aus zu beobachten. Darum wusste ich sofort, was ich ihr kaufen wollte, als ich es entdeckte. Ich hatte in dem Spielzeugladen auf der 82. Straße haltgemacht, an dem ich ständig vorbeikam, den ich aber noch nie betreten hatte.

Den Radio-Flyer 4-in-1-Stroll 'N Trike in Pink – eine Kreuzung aus Sportkarre und Dreirad. Wenn sie Lust hatte, konnte sie lernen, in die Pedale zu treten, aber wenn sie zu müde war, gab es Fußstützen. Ich zog an den Gurten, mit denen man das Kind festschnallte, und stellte einem jugendlichen Verkäufer Sicherheitsfragen, der mich daraufhin ansah, als hätte ich ihn mit einem unangekündigten Physiktest überrascht.

Ich traf bei der Adresse ein, die Max mir genannt hatte, und war überrascht, dass es sich um ein braunes Sandsteinhaus in Brooklyn und nicht um ein elegantes Penthouse an der Upper East Side handelte. Ich persönlich mochte die ruhigen Straßen der Gegend, aber Max hatte immer das Treiben in Manhattan geschätzt.

Ich klingelte, und Max öffnete die Tür. Sie trug ein weißes Tanktop, und es schockierte mich, wie dünn sie geworden war. Neulich hatte sie einen Pullover getragen. Natürlich hatte ich ihr hageres Gesicht gesehen, aber das hier war kein Vergleich. Dieser Anblick war äußerst beunruhigend. Ihre Schlüsselbeine und Schulterblätter standen hervor – sie war nur noch Haut und Knochen, und ihre Haut war bleich.

Sie trat zur Seite, um mich hereinzulassen. Offenbar sah man mir den Schrecken an.

»Das kommt von der Chemotherapie. Darum habe ich damit aufgehört. Ich musste mich ständig übergeben. Das Mittel gegen Übelkeit und Erbrechen hat nicht mehr gewirkt. Ich konnte das nicht länger. Ich wollte die Zeit, dir mir noch mit meiner Tochter bleibt, genießen und nicht mit dem Kopf über der Kloschüssel hängen.«

Ich nickte und trat ein.

In der Halle blickte Max auf ihre Armbanduhr. »Ella macht ein bisschen länger Mittagsschlaf. Für gewöhnlich schläft sie eine Stunde, aber heute braucht sie wohl etwas mehr. Normalerweise wecke ich sie nicht. Ich habe das Gefühl, ihr Körper weiß, wann es Zeit ist aufzustehen. Aber ich kann sie wecken, wenn du willst.«

Ja. Ich halte es hier mit dir allein nicht aus.

»Nein. Schon okay. Lass sie ruhig von allein aufwachen.«

Merke: Die Länge des Schlafs bestimmt das Kind, nicht der Erwachsene. Eine Sache weniger zu googeln. Ich hätte vielleicht Notizheft und Stift mitnehmen sollen.

»Ich wollte gerade einen Tee kochen. Am frühen Nachmittag werde ich immer schlapp. Darum arbeite ich jetzt nur noch vormittags. Das Tein hilft mir, wach zu bleiben, um auf Ella aufzupassen. Was möchtest du?«

»Tee ist gut.«

Ich wollte eigentlich nicht bei Max sein und ganz bestimmt nicht mit ihr plaudern. Aber was zum Teufel sollte ich tun?

Auf dem Weg in die Küche sah ich mich ein bisschen um. Das Haus, das sie bewohnte, war ziemlich hübsch – maßgefertigte Holzarbeiten, hohe Decken, ein Dielenboden aus weißer Eiche, bunte Glasfenster, sehr hell.

»Schön hier«, sagte ich.

Max füllte Wasser in einen gusseisernen Kessel. »Danke. Bald gehört es dir. Das steht so in meinem Testament.«

»Wie bitte?«

Sie stellte den Kessel auf den Herd und schaltete die Flamme an. »Ich habe es von dem Geld gekauft, das ich dir geklaut habe. Es ist das Mindeste, was ich tun kann. Verlange nicht unter zwei Millionen, wenn du es verkaufst. Es ist keine Hypothek drauf.«

Innerhalb von zwei Minuten schockierte sie mich zum zweiten Mal. »Ich weiß nicht, was ich dazu sagen soll. Danke vermutlich?«

Max lehnte sich gegen die Spüle, während ich auf der anderen Seite der großzügigen Kücheninsel stand. Der Abstand war mir sehr recht.

»Ich habe auch noch neunzigtausend an Erspartem und eine Risikolebensversicherung. Die Versicherungssumme hinterlasse ich Ella, aber du bist als Treuhänder eingesetzt. So kannst du alles für sie regeln.«

Es war beschissen, dieses Gespräch zu führen. Aber wann sollte man es führen, wenn man nur noch wenige Monate zu leben hatte? Man wusste nicht, wann es vorbei war. Es hatte keinen Zweck zu warten.

»Okay. Gibt es noch andere juristische Dinge, die ich wissen sollte?«

Sie sah mir in die Augen. Es war das erste Mal, dass ich es zuließ, seit ich herausgefunden hatte, was sie getan hatte. Als sie ins Gefängnis gekommen war, um mir zu sagen, dass mein Vater starb, hatte ich sie nicht angesehen. Im Park konnte ich es auch noch nicht, aber aus irgendeinem Grund ging es heute. Vielleicht löste ihr Dahinsiechen einen Hauch Mitgefühl in mir aus.

»Als ich Layla aufgesucht habe, war ich neugierig auf sie – sogar eifersüchtig. Aber ich habe nicht gelogen. Aiden hat mir all das Geld gestohlen, um das wir dich betrogen haben. Du solltest es zurückbekommen.«

Ich schüttelte den Kopf und lachte sardonisch. »Ihr wart aus einem Holz geschnitzt, stimmt's?«

»Es tut mir leid, was ich dir angetan habe, Gray. Ich weiß, keine Entschuldigung wird den Jahren gerecht, die du verloren hast. Gott weiß, das sehe ich jetzt. Aber es tut mir wirklich leid.«

Ich starrte sie an. Die Frau hatte mich zu einer Ehe verführt, mir Millionen von Dollar gestohlen, mich für ein Verbrechen ins Gefängnis gebracht, das sie begangen hatte, und mir jahrelang meine Tochter vorenthalten. Und dennoch … glaubte ich ihr irgendwie.

Was zum Teufel stimmt nicht mit mir?

»Warum hast du es getan?«, fragte ich.

Darüber hatte ich in den ersten Monaten meiner Haft immer wieder gegrübelt – bis ich entschied, dass es egal war und ich niemals weiterkam, wenn ich mich auf diesen Quatsch konzentrierte, den ich nicht ändern konnte.

Max senkte einige Minuten den Blick. Als sie wieder aufsah, standen ihr Tränen in den Augen. »Du hast mich nicht wirklich geliebt.«

»Wovon zum Teufel redest du?«

»Ich habe dich geliebt.«

»Du hast eine ziemlich merkwürdige Art, das zu zeigen.«

»Ich wollte dich jahrelang, aber du hast mich nicht gesehen. Für dich war ich nur die Geschäftspartnerin, keine Frau, mit der du ausgehst und schläfst.«

»Ich habe dich geheiratet, verdammt!«

»Trotzdem hast du mich nicht so geliebt wie ich dich.«

»Darum hast du mit einem unserer Angestellten gevögelt und mich um Geld betrogen? Wozu? Um mich zu bestrafen?«

»Ich dachte, Aiden würde mich wirklich lieben.«

»Du kannst doch nicht derart versessen darauf sein, von einem Mann geliebt zu werden.«

»Es tut mir leid. Ich weiß, es ergibt keinen Sinn. Aber ich war wütend, dass du mich nach all den Jahren immer noch nicht so geliebt hast, wie du solltest. Nachdem wir verheiratet waren, wollte ich den Plan, den ich mit Aiden geschmiedet hatte, erst aufgeben. Tief im Inneren habe ich dich immer noch geliebt und dachte, vielleicht würdest du mich endlich auch lieben. Aber ich war für dich nicht die Liebe deines Lebens.«

Ich starrte sie fassungslos an – ich war zu wütend, um das Gespräch fortzusetzen. Als ihr Tränen über das Gesicht liefen, verstärkte sich meine Wut auf mich selbst. Ich hätte ihretwegen kein schlechtes Gewissen haben dürfen. Doch das hatte ich.

Was zum Teufel stimmt nicht mit mir?

»Ich muss eine Runde um den Block gehen. Ich bin bald wieder da.«

Ich lief eine gute Stunde an der nahe gelegenen Promenade entlang. Vielmehr fing ich irgendwann an zu traben, dann zu rennen, schließlich sprintete ich, so schnell ich konnte. Erst als ich mich keuchend mit den Händen auf den Knien abstützte, merkte ich, wie schnell ich gerannt war. Ich hatte das Gefühl gebraucht, dass mein Atem mit meinen rasenden Gedanken mithielt. Mir ging so viel Mist durch den Kopf.

Was zum Teufel hatte Max für ein Problem? Ich hatte sie nicht genug geliebt? Wir waren Geschäftspartner gewesen und hatten eine Freundschaft Plus gehabt. Ich hatte keinen blassen Schimmer gehabt, dass sie mehr für mich empfand. Sie hatte es mir nicht etwa gesagt oder irgendeinen Vorstoß in dieser Richtung unternommen. Ich war davon ausgegangen, wir hätten aus einer Feierlaune heraus betrunken und während eines Inselurlaubs geheiratet. Zuerst war es ein Scherz gewesen, bis sie vorgeschlagen hatte, dass wir es tatsächlich miteinander versuchen sollten. Nach einer Weile freundete ich mich mit der Situation an. Sie schien für uns beide praktisch zu sein. Nun, vielleicht hatte ich sie nicht geliebt, wie ein Mann seine Frau lieben sollte, aber war das ein Grund, mein Leben zu zerstören?

Ich hatte immer angenommen, sie wäre einfach nur böse. Ich hatte keine Ahnung, dass sie völlig durchgeknallt *und* böse war. Wir sprechen hier von Glenn Close, *Eine verhängnisvolle Affäre*, durchgeknallt im Sinne von Kaninchenkillen.

Nachdem ich mich beruhigt hatte, merkte ich, dass ich diesen Scheiß zum Wohle meiner Tochter aus dem Kopf bekommen musste. Ella ging jetzt vor. Ich durfte nicht zulassen, dass Max mir noch mehr Zeit stahl. Darum kehrte ich zu ihrem Haus zurück, atmete einmal tief durch und klingelte.

Das kleine Gesicht, das meinen Namen schrie, als sich die Tür öffnete, gab mir die Kraft, erneut hineinzugehen.

»Heute ist Mittwoch«, Ella machte ein Zeichen, während sie sprach. Ich musste unbedingt noch einen Haufen mehr Gebärden lernen. Einige Wörter und Sätze hatte ich mir mit

Hilfe diverser YouTube-Videos beigebracht, aber Ella schien die Sprache vollständig zu beherrschen.

»Ja. Heute ist Mittwoch. Kannst du mir beibringen, wie man das in Gebärdensprache sagt?«

Max hatte uns allein gelassen, nachdem sich Ella mit mir wohlzufühlen schien. Ich war dankbar, mich auf das Kind konzentrieren zu können und nicht noch weitere Familienverhandlungen mit ihrer Mutter führen zu müssen.

Ella nickte und wiederholte die Gebärde.

»So?«

Ich ahmte sie nach, und sie lachte sich kaputt.

»Nein. So, du Dummie.«

Sie wiederholte es, aber ich sah beim besten Willen keinen Unterschied. Dennoch versuchte ich es noch mal.

Wieder lachte sie. Anscheinend machte ich es immer noch falsch. Ella klappte meine Finger um, dann hielt sie inne und zeigte mir dasselbe Zeichen mit ihrer Hand. »M.«

»Ah. Jetzt habe ich es verstanden. Die Finger formen den Buchstaben M wie Mittwoch.«

Ich hatte keine Ahnung, wann Kinder zu buchstabieren begannen, aber sicher nicht, bevor sie drei wurden. Doch meine Tochter wusste, mit welchem Buchstaben der Mittwoch begann. Meine Brust weitete sich ein wenig.

Ella nahm meine Hand und beschrieb mit meinen Fingern eine Geste. »Mittwoch«, sagte sie, während sie sie vollendete.

Ich tippte ihr mit dem Finger auf die Nase. »Wie bist du nur so schlau geworden?«

»Das habe ich von meinem Daddy.«

Ich erstarrte. Was zum … hatte Max es ihr etwa erzählt? Ich dachte, wir wären uns einig, dass Ella mich erst besser kennenlernen sollte, ehe wir ihr sagten, wer ich war. Oder …

vielleicht meinte sie mit Daddy auch Aiden. Bei diesem Gedanken wurde mir übel.

»Von deinem Daddy?«

Sie nickte. »Mommy sagt, ich bin so schlau wie mein Daddy.«

Als sie nichts weiter hinzufügte, hielt ich es für das Beste, das Thema zu wechseln.

»Also … es ist Mittwoch.« Ich machte das Zeichen in der Gebärdensprache, und offenbar waren aller guten Dinge drei, denn diesmal wurde ich mit einem strahlenden Lächeln belohnt. »Machst du mittwochs etwas Besonderes?«

Wieder lachte sie mich an. »Milchweiß. Wir tragen Milchweiß.« Ella wirbelte herum und zeigte mir ihr Outfit. Sie trug ein weißes T-Shirt, auf dem in goldenen funkelnden Buchstaben *Mermaid Life* stand, dazu weiße Shorts. Auch ihre Sandalen waren weiß.

»Oh.« Ich blickte an meinen Sachen hinunter. Ich trug Khakis und ein dunkelblaues Polohemd. »Ich muss die Tage durcheinandergebracht haben.«

Sie zog ihre Stupsnase kraus und zählte an ihren kleinen Fingern die Wochentage ab. Ihr Zeigefinger war der erste. »Montag Magenta.« Mittelfinger. »Dienstag Dunkeltürkis.« Ringfinger. »Mittwoch Milchweiß.«

Ich unterbrach sie, indem ich das Wort Mittwoch in Gebärdensprache sagte und ihr zuzwinkerte. Ihr Lächeln wurde breiter.

Sie machte weiter, hakte die Finger der einen Hand ab und machte dann mit der anderen weiter. »Donnerstag Dunkelgrün. Freitag Fuchsia.« (Was sie hinreißend wie *fuscha* aussprach.) »Samstag Seegrün. Sonntag Saphir!« Als sie fertig war, klatschte sie mit den Händen an ihre Seiten.

»Du ziehst immer die Farbe an, die zum Tag passt?«

Sie nickte.

Ich brauchte unbedingt ein verdammtes Notizbuch.

»Was ist deine Lieblingsfarbe?«

»Saphir! Blau, blau, blau!«

»Meine auch.« Zumindest jetzt, nachdem ich sah, wie glücklich sie das machte. Mir schoss ein Gedanke durch den Kopf. »Erinnerst du dich an Layla?«

Sie nickte.

»Ihre Lieblingsfarbe ist Regenbogen.«

Ella lachte sich wieder kaputt. »Regenbogen ist doch keine Farbe!«

»Vielleicht nicht. Aber wenn du viele Farben magst, warum dann nur eine auswählen? Besondere Mädchen dürfen so viele Lieblingsfarben haben, wie sie wollen.«

Max steckte den Kopf ins Zimmer. »Ist hier alles okay?«

»Mommy, Mommy!« Ella hüpfte auf und ab. »Meine Lieblingsfarbe ist Regenbogen!«

Max warf mir einen Blick zu, dann lächelte sie zu ihrer Tochter hinunter. »Ach ja?«

»Ja, und Laylas! Wir sind besonders, darum dürfen wir ganz viele Lieblingsfarben haben!«

Max' Lächeln verblasste. »Das ist nett, Süße. Willst du jetzt etwas essen?«

»Ja!« Wieder hüpfte sie auf und ab. Sie sprühte vor Energie.

»Ich mache zwei Teller fertig.«

Einige Minuten später kehrte Max mit einem kleinen Teller für jeden von uns zurück. *Mittwoch. Milchweiß. Apfelscheiben und Erdnussbutter.* Vielleicht hätte ich mir das in mein Smartphone schreiben sollen.

Wir saßen zusammen auf dem Boden im Wohnzimmer mit den Tellern auf dem Couchtisch. Während wir unsere Äpfel kauten, bemerkte ich, dass Ella mit der linken Hand aß. »In welcher Hand hältst du einen Stift, Süße?«

Sie hob die linke Hand.

»Ich schreibe auch mit links. Die meisten Menschen schreiben mit der anderen Hand.«

»Mommy schreibt mit der anderen Hand.«

Du kommst eben nach deinem Daddy.

Als wir aufgegessen hatten, fragte Ella, ob wir einen Spaziergang machen könnten. Ich hatte den Dreiradkinderwagen ganz vergessen, den ich am Eingang abgestellt hatte, als ich gekommen war. Ich sammelte unsere Teller ein, dann suchten wir ihre Mutter.

Wir fanden sie in der Küche, wo sie gerade ein Proteinshake trank.

»Ella will einen Spaziergang machen.«

»Ah, okay. Viel Spaß, ihr zwei.«

Ella rannte zu ihrer Mutter und zog an ihrem Shirt. »Komm mit, Mommy.«

Max' Blick zuckte zu mir. *Erst kommt Ella*, ermahnte ich mich und nickte ihr stumm zu.

»Okay. Ich hole mir nur eben einen Pullover.«

Während Max ihren Pullover holte, zeigte ich Ella schon mal das neue Dreirad. Sie kreischte buchstäblich. Dann rannte sie zurück ins Wohnzimmer. Vom Flur aus beobachtete ich, wie sie die Schublade des Beistelltisches aufzog, etwas aus einem Karton holte und es in einen Umschlag steckte. Sie sauste zu mir zurück, als Max gerade mit dem Pullover zurückkam.

Mit dem Umschlag in der Hand sagte Ella: »Danke!«

Neugierig, was zum Teufel sie gemacht hatte, öffnete ich den Umschlag. Darin steckte eine Karte, auf die ein silberfarbenes *Danke* gedruckt war, innen war sie leer.

Max fing an zu lachen. »Ella, Süße, da schreiben wir aber eigentlich was rein, ehe wir sie jemandem geben.«

Ella sah enttäuscht aus.

Max erklärte: »Ich erlaube ihr Spielzeug, das sie geschenkt bekommt, erst zu benutzen, nachdem wir eine Dankeskarte geschrieben haben.«

Das Kind war verdammt schlau. Und ich brauchte nichts Schriftliches. Ich ging neben ihr in die Hocke. »Meine Dankeskarte ist perfekt so, wie sie ist. Gern geschehen, Ella.«

»Darf ich es probieren?«

Ich sah zu Max hinüber, sie nickte.

»Unbedingt. Wie wäre es, wenn ich dich einmal um den Block schiebe, und dann steige ich auf und du schiebst mich?«

Ella lachte aus vollem Hals. Ich konnte mir nicht vorstellen, jemals einen schlechten Tag zu haben, wenn ich mit diesem Laut aufwachte.

»Du bist zu groß!«

Ich klopfte mir auf den Bauch. »Ich habe ein oder zwei Pfund zugenommen.«

Max schloss das Haus ab, und ich schnallte Ella auf ihrem neuen Gefährt fest. Ich stellte ihre Füße auf die Pedale und zeigte ihr, wo sie sie hinstellen musste, wenn sie müde wurde.

Vom ersten Moment an hätte ich den Griff, mit dem man das Ding schob, loslassen können. Ella trat in die Pedale und beförderte sich selbst. Der Dreiradkinderwagen hatte ein Verdeck, das sie vor der Sonne schützte, und Ella radelte in ihrer eigenen kleinen Welt davon. Sie würde uns nicht hören, dennoch sprach ich leise.

»Hat sie irgendwelche Allergien?«

Bei dem Erdnussbutterimbiss hatte ich daran gedacht, wie viele Kinder heutzutage eine Nussallergie hatten.

»Federn. Ich habe sie auf Allergien testen lassen, weil sie von einem Kopfkissen einen Ausschlag bekommen hat. Das Einzige, worauf sie positiv reagiert hat, waren Federn.«

»Irgendwelche Medikamente?«

»Nein. Nur täglich Vitamine für Kinder.«

»Wovor hat sie Angst?«

Max sah mich an und senkte mit einem tiefen Seufzer den Blick. »Dass ich weggehe.«

»Dass du weggehst?«

»Ich habe ein Dutzend Bücher darüber gelesen, wie man ein Kind auf den Tod eines Elternteils vorbereitet. Kinder in ihrem Alter verstehen den Tod eigentlich noch nicht. Für sie ist er etwas Vorübergehendes, das man wieder rückgängig machen kann. Vermutlich ist das logisch, schließlich sehen sie Zeichentrickfilme, in denen die Figuren von einem Wagen plattgewalzt werden und dann gleich wieder zu normaler Größe anschwellen und herumlaufen. Ich habe versucht, ihr den Tod zu erklären, indem ich gesagt habe, dass Mommies und Daddies manchmal weggehen müssen, auch wenn sie es nicht wollen. Ich dachte, das würde sie verstehen. Ein paar Tage später musste ich jedoch nachmittags zu einem Geschäftstermin außerhalb, und als ich ihr sagte, ich müsste wegfahren, begann sie zu schluchzen. An dieser Stelle habe ich wohl versagt.«

Ich lächelte traurig. »Sie hat mir erklärt, ihr Daddy wäre schlau. Vermutlich denkt sie, Aiden wäre ihr Vater, oder?«

»Was?« Max verzog das Gesicht. »Nein. Ich habe ihr Aiden nie als Vater vorgestellt. Wir haben uns getrennt, als sie noch kein Jahr alt war. Ich bezweifle, dass sie sich überhaupt an ihn erinnert.«

»Von wem hat sie dann geredet?«

»Von dir. Ab und an spreche ich mit ihr ganz allgemein über ihren Vater. Sie denkt, ihr Vater wäre auf einer langen Geschäftsreise. Sie hat noch kein Zeitgefühl und es nie angezweifelt.«

Ich raufte mir die Haare. »Herrgott!«

Nachdem wir zwanzig Minuten unterwegs waren, hatte Ella sich müde geradelt. Max sah ebenfalls aus, als hätte sie keinerlei Energie mehr. Ich brachte sie nach Hause, und die beiden verschwanden im Bad. Während ich wartete, holte ich mein Handy heraus und stellte überrascht fest, dass es schon halb sechs war. Es kam mir vor, als wäre ich gerade erst gekommen.

»Willst du zum Abendessen bleiben?«, fragte Max, als sie zurückkam.

Eigentlich wollte ich Ella noch nicht zurücklassen. Es gab so vieles zu lernen, so vieles, was ich aufholen musste. Doch ich wollte auch nicht Ellas Routine stören und sie durcheinanderbringen. Google hatte gesagt, dass die Einführung eines neuen Partners Schritt für Schritt erfolgen sollte – nicht, dass ich ein Partner von Max war. Aber das Konzept war im Grunde dasselbe.

»Ich sollte wohl gehen. Ich will mein Glück nicht strapazieren und länger bleiben, als es Ella lieb ist. Wahrscheinlich ist sie es gewöhnt, Zeit mit dir allein zu haben.«

»Okay.«

»Wann kann ich sie wiedersehen?«

»Freitag ist mein letzter Arbeitstag. Bis dahin arbeite ich halbtags. Darum bin ich ziemlich flexibel.«

»Du nimmst dir Urlaub?«

»Ich höre ganz auf. Ich liebe die Arbeit – das Auf und Ab des Marktes ist ein wichtiger Teil von dem, was ich bin. Aber seit der Diagnose wusste ich, dass ich irgendwann aufhören würde, um den Rest meiner Zeit mit meiner Tochter zu verbringen. Ich spüre, dass die Veränderung jetzt schneller voranschreitet. Meine Kraft lässt nach, und einfache Dinge werden schwieriger.«

Den Rest ihrer Zeit.

Ich spürte eine Last auf meiner Brust. Bald würde meine Tochter keine Mutter mehr haben. Und so furchtbar sie auch zu mir gewesen war, Max war erst einunddreißig Jahre alt.

Ich nickte. »Okay.«

»Wie wäre es übermorgen? Ella muss um eins zu einer Untersuchung, aber wir könnten uns anschließend treffen.«

»Kann ich mit zu der Untersuchung kommen?«

»Also … klar. Natürlich. Ella muss sich ohnehin daran gewöhnen.«

Ella rannte aus dem Bad, und plötzlich stellte ich sie mir älter vor – mit acht oder neun Jahren vielleicht. Dann würde sie keinen Mann bei ihren Untersuchungen dabeihaben wollen.

»Ella, Gray geht jetzt. Aber wir sehen ihn ganz bald wieder.«

»Wann?«

Meine Mundwinkel zuckten. Auch wenn sie nicht meine Tochter wäre, würde ich dieses Kind absolut reizend finden.

Ich ging vor ihr in die Hocke. »Freitag. Darf ich raten, was du tragen wirst?«

Sie grinste. »Fuchsia! Pink!«

Ich legte ihr eine Hand auf die Wange und strich mit dem

Daumen über ihre weiche Haut. Ich hatte es getan, ohne nachzudenken, aber es verschreckte sie nicht. Meiner Tochter schien es nicht unangenehm zu sein, wenn ich sie berührte. Ich fragte mich, ob das womöglich physiologisch bedingt war. Das würde ich auf jeden Fall nachher googeln.

»Bis bald, Süße.«

Ohne Vorwarnung sprang sie in meine Arme und schlang ihre Arme um meinen Hals. Ich war gerührt, dass sie sich von mir fest drücken ließ. Als sie fertig war, hüpfte sie genauso fröhlich davon wie zuvor – nicht ahnend, dass sie soeben meine ganze Welt auf den Kopf gestellt hatte.

Max lächelte. »Ich glaube, das war ein toller Besuch.«

Ich stand auf. »Ich auch. Pass auf dich auf, Max.«

30. Kapitel

Layla

Erst nach dem Mittagessen entdeckte ich den Termin in meinem Kalender.

»Hey, Peggy«, fragte ich über die Gegensprechanlage meine Assistentin. »Hast du den Termin um vier Uhr heute eingetragen?«

»Ja, heute Morgen. Mr. Westbrook hat angerufen und gefragt, ob du ihn als letzten Termin dazwischenschieben könntest. Du hast telefoniert, darum habe ich es nicht mit dir besprochen. Aber es stand nichts in deinem Kalender. Soll ich ihn verlegen?«

»Nein. Schon gut. Ich dachte nur, ich hätte ihn vergessen. Danke.«

Gray und ich hatten uns seit ein paar Tagen nicht gesehen. Er hatte Zeit mit seiner Tochter verbracht, und ich hatte mich mit dem abgelenkt, was ich am besten konnte: fünfzehn Stunden am Tag arbeiten. Ich vermisste ihn, aber ich hatte jetzt nicht nur einen Freund, die Lage war deutlich komplizierter.

Irgendwie hatte ich gedacht, ich könnte einen Schritt in unserer Beziehung zurückgehen, aber je länger wir getrennt waren, desto klarer wurde mir, dass ich es nicht mehr locker und langsam angehen lassen konnte – nicht, dass Gray und ich es jemals wirklich locker angegangen wären. Zwischen uns gab es von der ersten Begegnung an diese ganz besondere Verbindung.

Gestern Abend am Telefon hatte er nicht erwähnt, dass er mit mir über die Arbeit sprechen müsste, darum holte ich mein Handy heraus, um ihm eine Nachricht zu schicken und zu fragen, ob alles in Ordnung war. Doch als ich gerade tippte, klingelte mein Bürotelefon, und ich wurde in eins der Partnerbüros gerufen, um einen neuen Fall zu besprechen. Es war typisch für Anwälte, alles stehen und liegen zu lassen, was immer sie gerade taten, und einige Stunden im Büro eines Partners zu verbringen, wenn dem gerade danach war. Partner hatten kein Interesse, einen Zeitpunkt festzulegen, der für alle passte. Daher war ich mit allen Wachmännern, die das Gebäude abschlossen, per Du. Was immer ein Partner brauchte, hatte klaren Vorrang vor dem, was *ich* erledigen musste.

Erst kurz vor vier kehrte ich an meinen Schreibtisch zurück. Ich hatte vergeblich versucht, während der Besprechung nicht alle paar Minuten auf meinem Handy nach der Uhrzeit zu schielen. Peggy meldete sich schon über die Gegensprechanlage, ehe ich mir die Lippen nachziehen konnte.

»Dein Vier-Uhr-Termin ist da.«

»Du kannst ihn reinschicken.«

Ich stopfte meine Tasche in die Schreibtischschublade, faltete die Hände im Schoß und wartete auf Gray. Mein Herzschlag beschleunigte sich, als ich seine Schritte den Flur herunterkommen hörte. Er hatte eindeutig einen entschiedenen Schritt – und er ging schnell.

Mit einem schiefen, verschlagenen Grinsen trat er durch

die Tür. Er blieb stehen, um mich zu mustern, und sagte kein Wort. Ich schwieg ebenfalls, aber meine Güte, mein Körper sagte dafür umso mehr. Meine Nippel wurden fest, die Härchen auf meinen Armen richteten sich auf, und mein Puls begann zu rasen. Ich veränderte meine Haltung, und das Leuchten in Grays Augen verstärkte sich.

Er zog die Tür hinter sich zu und ließ ganz langsam das Schloss einrasten.

Als er sich wieder umdrehte, zog ich eine Augenbraue hoch. »Sind deine Geschäfte so heikel, dass du meine Tür abschließen musst?«

Gray trug einen dunklen Dreiteiler, der an allen entscheidenden Stellen perfekt saß und seine ohnehin selbstsichere Persönlichkeit noch deutlich unterstrich. Seine Krawatte hatte einen hübschen Blauton, der normalerweise die Farbe seiner Augen hervorgehoben hätte, nur dass sich diese verdunkelt hatten.

»Wenn es nach mir ginge, würde ich die Tür offen lassen, während ich dich zum Höhepunkt bringe. Vielmehr wäre es mir sogar lieber, wenn das ganze Büro es hört. Aber ich dachte, dir wäre etwas Privatsphäre lieber.«

Gott, er war so arrogant. Und das liebte ich. Ich liebte es über alles.

Ich verschränkte die Arme vor der Brust. »Du bist ja ganz schön von dir überzeugt.«

»Davon, dass ich dich zum Höhepunkt bringen kann? Absolut.«

»Das meinte ich nicht. Ich meinte, dass du denkst, ich würde es dich am helllichten Tag in meinem Büro überhaupt versuchen lassen.«

Er grinste. *Dieses Grinsen …*

Als er auf mich zukam, wappnete ich mich. Er packte eine Lehne meines Schreibtischstuhls und schwang mich herum, dann hob er mich überraschend hoch und setzte mich mit Leichtigkeit auf den Schreibtisch. Er hob ein Knie und spreizte damit meine Beine, dann schob er seine Hüften zwischen sie und küsste mich auf die Wange. »Ich habe dich vermisst.«

Ich könnte schon allein von seiner Stimme feucht werden. Womöglich war ich das. »Bist du gekommen, um …« Ich verstummte, als er die Lippen zu meinem Hals bewegte. »Bist du gekommen, um mit mir übers Geschäft zu sprechen?«

Er küsste sich zu meinem Ohr hinauf. »Ich bin gekommen, um dich zu befriedigen.«

Eine seiner Hände glitt zwischen uns und unter meinen Rock – leichter Zugang. Ich spürte, wie mir die Hitze ins Gesicht schoss, als er über meinen Slip rieb. Ich sollte das *nicht* tun. Doch ich unternahm nichts, um ihn aufzuhalten.

»Das sollten wir nicht tun.« Ein schwacher Versuch, wenn überhaupt.

Seine Finger glitten unter die Seide meines Slips. »Bist du sicher?« Er suchte meine Klitoris und begann, sie zu massieren. »Du bist schon nass. Ich kann mich beeilen.«

Ehe ich antworten konnte, schob er einen Finger in mich.

Ich schloss die Augen und schluckte meine Antwort herunter. Ich konnte mich gar nicht mehr erinnern, was ich hatte sagen wollen. Er glitt ein paarmal sanft in mich hinein und wieder heraus, dann zog er sich zurück und schob zwei Finger in mich. Ich stöhnte, und er brachte mich mit einem Kuss zum Schweigen.

»Schhh. Ich wollte dich zuerst lecken, aber ich will nicht,

dass du Schwierigkeiten bekommst. Darum müssen wir es erst so machen, ehe ich dich vernasche, damit du entspannter bist.«

Er krümmte die Finger in mir und rieb genau über den empfindlichen Punkt, unablässig glitt sein Finger in mich hinein und wieder heraus. Der Mann hatte magische Hände. Noch vor drei Minuten war ich felsenfest davon überzeugt, dass wir ein Katz-und-Maus-Spiel trieben und ich niemals am helllichten Tag mit ihm in meinem Büro herummachen würde. Jetzt lag ich auf dem Schreibtisch, dehnte den Stoff meines Rocks in dem Bemühen, die Beine noch weiter zu spreizen, und stöhnte schamlos in seinen Mund.

»Ja. Komm für mich, Baby. Ich kann es nicht erwarten, dich sauber zu lecken.«

In diesem Moment war es mir ehrlich gesagt scheißegal, wie leichtsinnig ich war, ich näherte mich dem Höhepunkt und konnte nicht mehr zurück. Grays Hand – die, die gerade nichts Magisches bewirkte – griff in mein Haar und bog meinen Kopf zurück, sodass sich unsere Nasen berührten. »Ich will sehen, wie du kommst. Zeig es mir, Schönheit. Zeig es mir.«

Er presste fest den Finger auf meine Klitoris, und alles in mir zog sich zusammen. Es fühlte sich an, als würde ich explodieren, wenn ich nicht sofort kam. Gray spürte meine Verzweiflung, stieß fester und schneller zu und trieb mich zum Orgasmus. Ich umklammerte den Schreibtisch und hielt mich fest, während ich auf den pulsierenden Wellen der Lust ritt. Währenddessen sah ich mehr oder weniger scharf, wie Gray mich mit leidenschaftlichen Blicken beobachtete. Unsere Blicke trafen sich, und selbst wenn ich gewollt hätte, hätte ich nicht wegsehen können.

Während ich mich wieder ein wenig beruhigte, zerrte er an meinem Rocksaum, hob meinen Hintern an und schob den Stoff bis zu meiner Taille hinauf. Noch völlig benebelt wusste ich nicht, was er vorhatte – nur dass meine entblößten Pobacken jetzt auf der kühlen Holzplatte meines Schreibtisches saßen. Gray ging auf die Knie und begann, an meiner geschwollenen Knospe zu saugen. Mein Körper erwachte erneut zum Leben. Ich war bereit gewesen, mich einzukuscheln und zu schlafen, aber ein Strich seiner Zunge machte mir klar, dass die Party gerade erst anfing. Ich war bereit.

Ich legte mich auf den Schreibtisch, gab mich vollkommen hin und genoss das Gefühl seiner Zunge, die an mir saugte, mich leckte und in mich eindrang. Als ich erneut kam, war ich mir nicht sicher, ob es das zweite Mal war oder ob das erste nur etwas abgeebbt war, um dann mit neuer Kraft zu einer weiteren großen Welle anzusetzen.

Gray hörte nicht auf, bis ich butterweich war. Erschöpft sah ich zur Decke hinauf und rang um Atem, während er sich aus meinem Slip zurückzog und meinen Rock richtete. Dann nahm er mich in die Arme, setzte sich auf meinen Stuhl und zog mich auf seinen Schoß. Mir schwindelte.

Gray küsste mich auf die Stirn. »Das war ein äußerst produktives Meeting. Du bist sehr effizient. Ich bin froh, dass ich vorbeigekommen bin.«

»Ich würde ja gern etwas Geistreiches sagen, aber ich glaube, mein Gehirn funktioniert noch nicht wieder.«

Er kicherte. »Das ist gut. Denn ich glaube, es ist überarbeitet und brauchte diese kleine Pause.«

Ich lehnte meinen Kopf an seine Brust. »Ich habe viel gearbeitet.«

»Ich meinte, dass dein Gehirn alles durchdenkt, was mit uns zu tun hat.«

»Oh.«

Einige Minuten später sagte Gray: »Ich esse nur äußerst ungern auf die Schnelle, aber ich habe in einer halben Stunde einen Termin mit einem Anwalt auf der anderen Seite der Stadt – dem Anwalt der Firma, an der wir uns beteiligen. Er ist ein alter Freund von meinem Vater.«

»Ich bin froh, dass du *alt* und *er* gesagt hast … wenn ich mir überlege, wie du diese Anwältin hier gerade behandelt hast, als du in ihr Büro getanzt bist.«

Gray hob mich von seinem Schoß und setzte mich zurück in den Stuhl. Er küsste mich auf die Lippen. »Morgen Nachmittag sehe ich Ella wieder. Ich hole sie um zwölf ab und unternehme zum ersten Mal etwas mit ihr allein. Es wäre toll, wenn du mitkommst.«

»Ich weiß nicht, Gray. Vielleicht solltest du allein Zeit mit ihr verbringen, wenn es das erste Mal ist.«

Er suchte meinen Blick. »Ich möchte, dass du sie kennenlernst.«

»Ich … Das werde ich. Ich bin nur … noch nicht.«

Er nickte und zwang sich zu lächeln, aber ich wusste, dass ich ihn verletzt hatte. »Okay. Essen wir dann morgen Abend zusammen?«

»Klingt gut.«

Mein schlechtes Gewissen hielt mich die ganze Nacht wach, ich warf mich von einer Seite auf die andere. Samstagmorgen stand ich extra früh auf, um von zu Hause aus zu arbeiten, aber ich konnte mich nicht konzentrieren. Die Erinnerung an Grays Lächeln, als er mich gebeten hatte, den

Nachmittag mit ihm und seiner Tochter zu verbringen – und wie es erloschen war, als ich ihm gesagt hatte, dass ich noch nicht so weit sei –, verfolgte mich.

Ich warf den Stift auf den Esszimmertisch und lehnte mich auf meinem Stuhl zurück. Es war ein Nachmittag mit einem kleinen Mädchen. Ich war ständig mit Quinns Tochter Harper zusammen. Warum machte ich eine so große Sache daraus?

Weil ich mich nie fragte, ob Quinn für immer zu meinem Leben gehören würde, darum. So, wie ich aufgewachsen war, hatte ich gelernt, dass Kinder Beständigkeit brauchten. Wenn man in ihrem Leben auftauchte und wieder verschwand, sandte man eine Botschaft, die man mit Worten nicht wieder zurücknehmen konnte – *du stehst für mich nicht an erster Stelle.* Darum zögerte ich, diesen Schritt jetzt zu tun.

Aber wie war es, wenn ich das Kind ausblendete? Ich war auf eine Weise verrückt nach Gray, die ich noch nie bei einem Mann erlebt hatte. Etwas in mir wusste einfach, dass wir etwas ganz Besonderes miteinander hatten – und das machte mir eine Heidenangst. Also lag es daran, dass Gray zu schnell vorpreschte? Machte es mir Sorge, Ella kennenzulernen und eine Bindung zu ihr aufzubauen? Oder wollte ich mich einfach nicht richtig einlassen, obwohl ich keine Zweifel an meinen Gefühlen hatte, weil ich fürchtete, wieder verletzt zu werden?

Verdammt.

Ich bin so ein Idiot.

Ich nahm das Telefon, um Gray anzurufen, und stellte fest, dass es schon halb zwölf war.

Während es klingelte, rannte ich ins Bad und warf einen Blick in den Spiegel.

Ziemlich furchterregend.

Er ging dran, als ich das Telefon gerade zwischen Schulter und Ohr geklemmt hatte und mir das Band aus den zersausten Haaren zog. »Hallo?«

»Hallo, Schönheit.« Er schien sich aufrichtig zu freuen, meine Stimme zu hören. Es bestätigte, dass ich schließlich doch noch die richtige Entscheidung getroffen hatte.

»Bist du auf dem Weg zu Ella?«

»Ja.«

»Wenn die Einladung noch steht, würde ich gern mitkommen.«

»Bist du sicher?«

»Ja.«

»Na, das wäre toll. Wir sind gerade über die Brücke nach Brooklyn gefahren, aber ich kann noch umdrehen.«

»Nein, das ist okay.« Auf einem Bein hüpfend zog ich mir die Jogginghose aus. »Ich komme direkt dorthin. Das geht schneller. Ich nehme mir einfach ein Taxi. Ich will nicht, dass du zu spät kommst.«

»Wir können umdrehen und dich abholen. Ich käme nicht viel zu spät.«

»Nein. Ella erwartet dich. Schick mir die Adresse. Ich komm, so schnell ich kann.«

Er lachte. »Okay, du verrücktes Huhn. Wie du willst.«

Um acht Minuten nach zwölf hielt das Taxi vor Max' Haus. Als ich hinaussprang, stieg Gray aus seiner Limousine. Ich musste etwas irre aussehen.

»Tut mir leid, dass ich zu spät bin.«

»Muss es nicht.« Er legte die Hände auf meine Wangen. »Ich bin nur froh, dass du gekommen bist.«

Ich stieß die Luft aus und hielt seine Handgelenke fest. »Ich auch.«

Er beugte sich vor und küsste mich sanft auf die Lippen. »Das bedeutet mir sehr viel.«

Das wusste ich. »Wir sind zu spät.«

»Max hat mich ganze drei Jahre warten lassen. Ich glaube, ein paar Minuten wird sie verkraften.«

Ich lächelte. »Das stimmt.«

Gray hielt mir die Hand hin, und ich nahm sie, dann gingen wir zusammen zur Tür. »Das ist eine schöne Gegend. Ich mag diese alten Sandsteinhäuser.«

»Sie hat es von dem Geld gekauft, um das sie mich betrogen hat.«

»Oh, Mann, das ist schlimm. Tut mir leid.«

Gray klingelte, und eine Minute später öffnete Max die Tür. Sobald sie sah, dass er nicht allein war, erstarb ihr Lächeln. Ich wusste nicht, was sie gegen mich hatte, aber ganz offensichtlich war sie nicht glücklich, dass ich dabei war.

»Mir war nicht klar, dass du noch jemanden mitbringst.«

»Nicht *jemanden*«, antwortete er in strengem Ton. »*Layla*. Du erinnerst dich wohl an sie, du hast sie in ihrem Büro überfallen.«

Max zwang ein Lächeln auf ihr Gesicht und zog ihre Strickjacke enger um ihren Körper. »Kommt rein. Ella wäscht sich gerade.«

Zum Glück mussten wir nicht herumstehen und nett tun. Ella kam mit einem strahlenden Lächeln angesaust. »Gray!«

Sie blieb vor ihm stehen und machte eine Gebärde.

Ihre Aufregung war ansteckend – ich strahlte genauso wie sie, obwohl ich keine Ahnung hatte, was vor sich ging.

Gray überraschte mich, indem er mit einer Gebärde antwortete. Daraufhin klatschte Ella in die Hände und kreischte: »Du weißt es noch.«

Gray wandte sich an mich. »Es ist Samstag.« Er zog an seinem hellgrünen Polo und machte dann eine Geste. »Samstag. Seegrün.«

Mir fiel auf, dass beide denselben Grünton trugen. Ella hatte ebenfalls ein hellgrünes T-Shirt an.

Neugierig zog ich die Brauen zusammen. »Mir war nicht klar, dass die Wochentage eine Farbe haben.«

Ella zupfte an Grays Shirt und bat ihn, ihr zu helfen, das neue Dreirad aus dem Schrank zu holen, woraufhin ich mit Max allein zurückblieb.

Sie versuchte noch nicht einmal zu lächeln. Stattdessen kam sie gleich zur Sache: »Da kommt einiges auf dich zu. Eine tote Frau zu ersetzen, deren Kind am Boden zerstört ist.«

Mir blieb der Mund offen stehen. Ich hatte damit gerechnet, dass sie eine Zicke war, aber *meine Güte …* im Ernst? Was zum Teufel sollte ich dazu sagen? Ich schwieg, allerdings nicht etwa aus Respekt vor ihr, sondern weil sie mich sprachlos gemacht hatte.

Offenbar meinte sie, ich sei ganz Ohr und sie könnte fortfahren. »Sie muss eine Bindung zu ihrem Vater aufbauen. Funk nicht dazwischen, weil du Vater, Mutter, Kind spielen willst. Wenn du ihr keine Mutter sein willst, lass es sein. Jemanden durch eine Trennung zu verlieren, ist für ein Kind genauso schlimm wie durch den Tod. Mit einer Trennung brichst du ihr das Herz.«

Gray und Ella kamen lächelnd zurück. Als Gray mich sah, verblasste sein Lächeln. »Ist alles in Ordnung?«

Max antwortete an meiner Stelle: »Wir haben nur gerade über meine Prognose gesprochen.«

Gray machte ein ernstes Gesicht und nickte, als habe er verstanden. »Oh.« Er strich mir über den Arm. »Können wir gehen, Süße?«

Ich nickte.

Draußen blieb ich zurück und sah zu, wie Gray Ella auf der Rückbank des Wagens in einem Kindersitz anschnallte und das pinke Kinderdreirad in den Kofferraum lud. Als wir drei allein auf der Rückbank saßen, sagte Ella etwas, das ich nicht hören konnte, und Gray warf lachend den Kopf zurück. Die zwei hatten eindeutig schon einen Draht zueinander gefunden. Plötzlich kam ich mir wie das fünfte Rad am Wagen vor und dachte, dass es vielleicht doch keine so gute Idee gewesen war mitzukommen.

Ich hing meinen Gedanken nach und hörte Grays Stimme, ohne zu verstehen, was er sagte.

Er drückte meine Hand. »Alles okay? Du scheinst ganz woanders zu sein.«

Ich sah aus dem Fenster und merkte, dass wir schon über die Brücke zurück nach Manhattan fuhren. Die ersten zehn Minuten der Fahrt waren vorbei. »Ja. Alles okay. Sorry. Wohin fahren wir überhaupt?«

»Ich dachte, wir steigen an der 72. Straße aus und gehen zum Conservatory Water.«

»Da lassen sie doch die Model …«

Gray brachte mich zum Schweigen und zwinkerte mir zu. »Das ist eine Überraschung für sie.«

Ich lächelte. »Ich glaube, ich muss mich daran gewöhnen, Dinge zu buchstabieren.«

Ella hatte die Beine baumeln lassen und aus dem Fenster

gesehen, als wir die Brücke überquerten. Doch sie hörte das Wort *Buchstabieren.*

»Ich kann meinen Namen buchstabieren!« Sie machte zugleich Gebärden, während sie die Buchstaben rief. »E-L-L-A.«

Gray strahlte. »Ich weiß nicht, ob es sich lohnt, Hindu für vertrauliche Dinge zu lernen. Sie würde es schneller beherrschen als wir. Superschlau.«

Ella zeigte auf ihren Kopf. »Das habe ich von Daddy.«

Ich machte große Augen. Gray senkte die Stimme und flüsterte mir zu: »Nicht, was du denkst. Ich erkläre es dir später.«

Es herrschte nicht viel Verkehr, und so erreichten wir zügig den Park. Wieder beobachtete ich Gray und Ella und war fasziniert, wie locker er bereits mit seinem kleinen Mädchen umging. Nachdem er das pinke Kinderwagendreirad ausgeladen und Ella darin angeschnallt hatte, sagte er Al, er würde ihm Bescheid geben, sobald er uns später wieder hier abholen sollte.

Auf dem Weg zum Wasser nahm Ella alles in sich auf, was um uns herum passierte, so hatten Gray und ich Gelegenheit zu reden.

»Sie ist besessen von *Stuart Little.* Sowohl vom Buch als auch vom Film«, sagte er. »Ihre Mutter hat einige ihrer Lieblingssachen in ihrem Brief an mich erwähnt. Ich habe den Film neulich abends gesehen, um mit ihr über etwas reden zu können. Dabei fiel mir auf, dass ein Großteil hier im Park am Conservatory Water spielt – wo alle ihre Modellboote fahren lassen. Max sagte, sie sei noch nie hier gewesen, darum dachte ich, sie erkennt es vielleicht wieder.«

Ich lächelte. »Das ist wirklich süß. Ich wette, es gefällt ihr.«

Kaum hatte ich es ausgesprochen, bestätigte Ella meinen Gedanken. Als wir um die Ecke bogen und der See mit den Booten in Sicht kam, quietschte sie und zeigte darauf.

»Stuart, Stuart!«, rief sie.

Es erinnerte mich an meinen Vater, er hatte ähnliche Dinge mit mir gemacht, als ich noch klein war – an den Tagen, an denen er mein Vater war und nicht der einer anderen.

Die nächste Stunde klebte Ella auf ihrem Dreirad und beobachtete die unzähligen motorisierten Segelboote, die umherfuhren. Obwohl Gray ihr gesagt hatte, dass Stuart Little auf keinem von ihnen war, war ich mir ziemlich sicher, dass sie das selbst überprüfte. Irgendwann kletterte sie auf Grays Schoß und machte es sich bequem. Sein Gesichtsausdruck war unbezahlbar. Er strahlte vor Glück.

Nachdem wir zu Mittag gegessen hatten, schlug Gray vor, noch ein Eis zu kaufen, also gingen wir zu einem Stand und setzten uns anschließend auf eine Parkbank.

Ella schleckte an ihrem Hörnchen und wandte sich an mich. »Weißt du, dass meine Mom Krebs hat?«

Ich verschluckte mich und musste husten.

Gray überzeugte sich, dass es mir gut ging, und übernahm das Gespräch.

»Ja. Das wissen wir.«

Ella leckte an ihrem Eis und dachte eine Weile nach. »Sie stirbt.«

Diesmal verschluckte sich Gray. Ich ging zum Eiswagen und besorgte uns drei Flaschen Wasser. Gray leerte die halbe Flasche, dennoch war seine Stimme heiser, als er sprach. »Das ist manchmal so, wenn Menschen krank sind, Süße. Leider.«

»Stirbst du?«

Gott, das ist das seltsamste Gespräch überhaupt. Und ich war höllisch froh, dass Gray eingesprungen war, um es zu übernehmen.

»Sehr lange Zeit noch nicht, hoffe ich.« Gray zog an ihrem Pferdeschwanz. »Ich habe noch nicht einmal alle Farben für jeden Wochentag zusammen. Darum hoffe ich, dass ich noch viel Zeit habe.«

Sie lachte und widmete sich wieder ihrem Eis. Für Ella hätte sich das Gespräch dem Anschein nach auch ums Wetter drehen können. Doch Gray sah aus, als bräuchte er einen Drink, und ich brauchte mehr als einen.

Als wir in die Nebenstraßen einbogen, die zu Ellas Haus führten, ging bereits die Sonne unter. Sie war im Auto eingeschlafen, und ich hatte den Kopf an Grays Schulter gelehnt und die Augen geschlossen. Der ganze Tag war ziemlich surreal gewesen. Gray mit seiner Tochter zu sehen, Zeit mit ihnen zu verbringen, hatte die Ängste, die ich vor dem Treffen gehabt hatte, gelindert.

Ich konnte mir uns drei zusammen vorstellen. Obwohl mir die Vorstellung immer noch Angst machte, glaubte ich, sie mit der Zeit überwinden zu können. Mehr brauchte ich nicht – um diesen Weg einzuschlagen.

»Du siehst müde aus.« Gray strich mir das Haar aus dem Gesicht, als wir am Straßenrand vor dem Haus von Max und Ella hielten.

»Wie kommst du darauf? Weil meine Arme schlaff herabhängen und ich deine Schulter vollgesabbert habe?«

Gray warf einen Seitenblick auf Ella, die tief und fest schlief. »Bleib doch im Wagen und entspann dich, ich trage sie nur schnell rein.« Er beugte sich vor, sodass sich unsere

Lippen berührten, und ich spürte, wie sie sich bewegten, als er weitersprach. »Du brauchst deine Energie noch für später, wenn ich dich nach Hause bringe.«

31. Kapitel

Gray

Auf dem Weg zur Tür ließ ich mir Zeit.

Ellas Kopf lag auf meiner Schulter, und bei jedem Ausatmen strich ihr süßer Atem über meine Wange. Vor ein paar Wochen hätte ich niemals für möglich gehalten, dass mein Leben so aussehen könnte. Wenn mir jemand gesagt hätte, dass ich es hinauszögern würde, die Klingel zu drücken, wenn ich ein Kind seiner sterbenden Mutter zurückbringe, hätte ich ihn für verrückt erklärt.

Und das Verrückte wäre nicht gewesen, dass ich eine Tochter hätte, sondern dass ich derart starke Gefühle für ein Kind entwickeln könnte, von dessen Existenz ich bis vor Kurzem noch gar nichts gewusst hatte.

Doch Ella war etwas Besonderes. Klug, lustig, voller Lebensfreude, die ich ganz vergessen hatte, ganz zu schweigen von – ich sah auf ihr schlafendes Gesicht – hinreißend, selbst wenn sie auf mein Hemd sabberte. Ich hatte immer noch Angst und überblickte nicht ganz, was in naher Zukunft auf mich zukam, aber ich wollte es. Ich wollte mich um dieses kleine Mädchen kümmern, es vor allem Bösen auf der Welt beschützen und als Vater für es da sein. Es heißt, Kinder würden aus dem Verhalten ihrer Eltern lernen, nicht durch das, was die Eltern sagen. Nun ja, dasselbe gilt für Kinder, die nicht die besten Vorbilder hatten. Ich hatte von meinem Vater gelernt, wie man es *nicht* machen sollte.

Ich bin fest davon überzeugt, dass nichts ohne Grund geschieht. Wenn ich vor drei Jahren erfahren hätte, dass ich Vater werde, als meine Arbeit das Wichtigste in meinem Leben war, wäre ich vielleicht in die Fußstapfen meines guten alten Dads getreten. Ich hätte die Erziehung anderen überlassen und mich aufs Geldverdienen und die Macht konzentriert. Aber die Jahre, in denen ich nichts als nachdenken konnte, hatten mich verändert. Ellas Bedürfnisse standen an erster Stelle … um jeden Preis. Und ebenso Laylas.

Ich klingelte und wartete darauf, meine schlummernde Prinzessin abzugeben. Nach ein paar Minuten klingelte ich ein zweites Mal. Noch immer keine Reaktion, gerade grub ich in meiner Hosentasche nach dem Handy, als schließlich die Tür aufging. Im Vergleich zu heute Morgen sah Max wirklich beschissen aus. Und heute Morgen hatte sie schon schlecht ausgesehen.

»Was ist los? Ist alles okay?«

Sie hatte sich in eine Decke gewickelt. »Ja. Mir ist nur kalt. Ich bin auf dem Sofa eingeschlafen.«

Ich blinzelte. »Draußen sind es über sechsundzwanzig Grad. Hast du die Klimaanlage zu hoch gedreht?«

»Nein. Das ist eine Nebenwirkung der Medikamente. Kälte und Müdigkeit.«

Ich streckte die Hand aus und fühlte ihre Stirn. Sie war nicht heiß.

Max versuchte zu lächeln, aber es sah aus, als fehlte ihr die Energie dazu. Sie trat zur Seite, damit ich eintreten konnte. »Wie lange schläft sie schon?«

»Vielleicht eine halbe Stunde. Sie ist auf dem Rückweg eingenickt.«

»Würde es dir etwas ausmachen, sie in ihr Zimmer zu bringen?«

»Nein, natürlich nicht.«

Ich brachte meine Prinzessin in ihr Zimmer und legte sie aufs Bett. Sie drehte sich auf die Seite, ohne dabei die Augen zu öffnen. Ich deckte sie zu und küsste sie auf die Stirn, dann zog ich mich zurück und versuchte, möglichst keine Geräusche zu machen.

Dass mir Max' Zustand egal war, löste gemischte Gefühle in mir aus. Am liebsten wäre ich einfach am Wohnzimmer vorbeigegangen, in dem sie saß – hätte sie genauso mies behandelt wie sie mich, als ich drei Jahre im Gefängnis vergammelt war. Aber ich war ein Mensch. Und sie kümmerte sich um meine Tochter. Ich musste mich davon überzeugen, dass sie dazu auch in der Lage war.

»Kommst du klar?« Ich stand im Durchgang zwischen Flur und Wohnzimmer.

Ehe sie antworten konnte, pfiff ein Teekessel.

»Ich will nicht, dass Ella aufwacht.« Sie stand auf und ging in die Küche.

Ich folgte ihr. »Hast du Hilfe? Jemanden, der nach dir sieht?«

Sie nahm den Kessel von der Flamme. »Es gibt nicht viele Brücken, die ich nicht abgebrochen habe. Ich habe Paula, die für mich arbeitet. Sie kümmert sich um Ella, wenn ich arbeite.«

Ich wusste, dass Max wie ich Einzelkind war. Sie und ihre Mutter standen sich nicht nah. Soweit ich mich erinnerte, hatte sie eine Tante in Connecticut, mit der sie sich ziemlich gut verstand. Wie hieß sie noch? Betty, Betsy … Ihr Nachname war Potter, und ich erinnerte mich, dass es etwas mit diesen Kinderbüchern mit Kaninchen zu tun hatte. *Beatrix*. Das war es. »Was ist mit Beatrice?«

»Sie ist letztes Jahr gestorben. Schlaganfall.« Max öffnete einen Schrank und holte einen Becher heraus. »Möchtest du einen Tee?«

»Das tut mir leid. Nein, danke, keinen Tee.«

Sie goss heißes Wasser in einen Becher und tauchte einen Teebeutel hinein. Als sie sich umdrehte, sagte sie: »Ich komme klar. Ich kann mich noch um sie kümmern, wenn du dir deshalb Sorgen machst.«

»Ich kann sie über Nacht mitnehmen, wenn es dir zu viel wird.«

»Nein.« Sie schüttelte den Kopf und sah nach unten. »Ich merke, wenn es zu viel ist. Ich werde sie nicht in Gefahr bringen, auch wenn ich so viel Zeit wie möglich mit ihr zusammen sein will.«

Ich nickte.

Max stieß einen tiefen Seufzer aus. »Ich muss dir etwas sagen, was dir womöglich nicht gefallen wird.«

Meinte sie etwa, in den letzten Jahren irgendetwas gesagt zu haben, *das* mir gefallen hatte? Die Lügen, die Manipulation? Ich biss mir auf die Zunge.

»Was ist los, Max?«

»Ich mache mir Sorgen wegen Layla.«

»Was ist mit ihr?«, fragte ich scharf.

»Ella wird ihre Mutter verlieren. Das wird sie schwer treffen. Aber daran kann keiner von uns etwas ändern.«

»Verstanden. Aber was hat das mit Layla zu tun?«

»Ella wird sich an sie gewöhnen. Sie wird sich eine andere

Frau suchen. Das ist natürlich. Sie wird eine Mutterfigur haben wollen.«

Ich biss die Zähne zusammen. »Und?«

»Und wenn Layla geht, wird das für Ella genauso schlimm sein, als wäre sie gestorben – ein weiterer Verlust, wenn sie ohnehin schon angeschlagen ist.«

»Du scheinst dir ja verdammt sicher zu sein, dass sie geht.«

»Es ist schwer, dich zu verlassen, Gray. Aber sie ist noch nicht bereit für eine Familie.«

»Wie lange warst du neulich bei ihr im Büro? Eine halbe Stunde? Hast dich als Mandantin ausgegeben, obwohl du deine verdammte Nase nur in meine Angelegenheiten stecken wolltest. Und dann willst du das alles über sie wissen?«

»Wir haben uns heute einen Moment unterhalten. Ich habe sie mit dir und Ella beobachtet.«

Ich schüttelte den Kopf. »Das ist doch nicht zu fassen.«

»Du siehst in Frauen, was du in ihnen sehen willst, Gray. Das war immer schon so. Ich glaube, das hat was mit deiner liebevollen Mutter zu tun und damit, dass du sie so früh verloren hast.«

»Wer bist du, Sigmund Freud? Du hast keine Ahnung, wovon du da sprichst.«

Und was zum Teufel machte ich eigentlich noch hier? Ich wandte mich zum Gehen und sagte, ohne mich noch einmal umzudrehen: »Ich hole Ella am Sonntag um zwölf Uhr ab.«

Auf der Rückfahrt nach Manhattan war Layla still gewesen. Den Großteil der Zeit war es mir nicht aufgefallen, weil ich immer noch wegen meiner kleinen Unterhaltung mit Max schäumte. Diese Frau hatte tatsächlich die Nerven, sich in mein Liebesleben einmischen zu wollen. Ich hatte beschlossen, ihre Gedanken für mich zu behalten und Layla nicht damit zu belasten. Es hatte keinen Sinn, die Anspannung zwischen ihr und Max noch zu verstärken.

»Du bist still.« Als wir von der Brücke herunterfuhren, verschränkte ich meine Finger mit ihren. »Ist alles okay?«

Sie lächelte, doch es erreichte nicht ihre wunderschönen Augen. »Ja. Nur müde.«

»Hast du Lust, noch was essen zu gehen?«

»Ich würde lieber zu Hause bleiben, wenn du nichts dagegen hast.«

Ich führte ihre Hand an meine Lippen und küsste sie. »Wie du willst. Obwohl ich sehr gern mit dir in einem sexy Kleid angeben würde, habe ich auch nichts dagegen, zu Hause nackt etwas vom Chinesen zu essen.«

Ich war mir nicht sicher, ob sie mich gehört hatte. Layla schien mit ihren Gedanken woanders zu sein. Sie sah aus dem Fenster, dann drehte sie sich zu mir um. »Ella ist wundervoll.«

Ich lächelte breit genug für uns beide. »Bin ich ein arroganter Mistkerl, wenn ich sage, dass ich dir zustimme?«

Diesmal war ihr Lächeln echt. »Kein bisschen.«

Wir hielten vor ihrem Haus, und ich lief auf ihre Wagenseite, um ihr die Tür zu öffnen. Dann sagte ich meinem Fahrer, er sollte sich den Rest des Abends freinehmen.

Als ich Layla aus dem Wagen half, sagte ich: »Ich habe nicht vor, heute Abend wieder zu gehen, es sei denn, du schmeißt mich raus. Und in dem Fall kann ich mir auch ein Taxi nehmen.«

Als wir oben waren, verschwand Layla im Bad, und ich öffnete eine Flasche Wein und schenkte uns zwei Gläser ein. Irgendwie kam mir ihr Verhalten seltsam vor, aber vielleicht überinterpretierte ich jetzt alles, nachdem Max mir diesen Quatsch erzählt hatte. Diese Frau war das pure Unheil.

Als Layla zurück in die Küche kam, reichte ich ihr ein Glas Wein. »Hast du Hunger? Du hast heute Nachmittag bis auf das Eis nichts gegessen. Ich könnte uns was bestellen.«

Sie trank einen Schluck Wein. »Klar. Das hört sich gut an.«

»Worauf hast du Lust?«

»Egal. Das darfst du dir aussuchen.«

Ich nahm ihr das Weinglas aus der Hand und stellte es zusammen mit meinem auf dem Küchentresen ab, dann legte ich die Arme um ihre Taille und zog sie an mich. »Wenn du mich aussuchen lässt, worauf ich Lust habe, wirst du womöglich hungrig bleiben.«

Ich strich ihr das Haar aus dem Gesicht und wartete, bis sich unsere Blicke trafen. »Danke für heute. Es hat mir viel bedeutet, mit meinen beiden Mädchen zusammen zu sein. Aber ich muss zugeben, sosehr ich es genossen habe und auch wenn ich es gegen nichts auf der Welt tauschen möchte, ich bin froh, dass ich dich jetzt für mich allein habe.«

»So wird es nicht mehr sein, wenn … Ich meine, so wird es nicht mehr sein, wenn Ella bei dir lebt.«

»Ich werde das Schlafzimmer schallisolieren müssen.« Als sie nicht lächelte, rückte ich von ihr ab, um ihr Gesicht besser sehen zu können. »Rede mit mir. Was beschäftigt dich?«

»Nichts.« Sie schüttelte den Kopf. »Ich weiß nicht. Ich habe nur meine Periode bekommen, darum bin ich wohl ein bisschen launisch. Außerdem bin ich müde. Wahrscheinlich ist mein Eisenwert etwas niedrig.«

Ich wollte glauben, dass nichts war, darum bedrängte ich sie nicht. Nach unserem Wein ging Layla unter die Dusche und überließ es mir, etwas zu essen zu bestellen. Sie hatte mir die Schreibtischschublade gezeigt, in der sie die verschiedenen Speisekarten aufbewahrte, und gesagt, ich sollte aufpassen, sie wäre manchmal etwas wackelig.

Wackelig war untertrieben. Als ich die Schublade herauszog, rutschte das ganze Ding aus der Schiene. Der Holzboden sprang heraus, und der Inhalt rauschte auf den Boden. Mindestens zwanzig Pfund Papier waren in eine Schublade gequetscht, die nur für ein paar Aktenmappen gemacht war. Ich lachte und ging in die Küche, um Schraubendreher und Zange zu holen.

Die Reparatur war einfach. Zwei Schrauben, die den Boden hielten, hatten sich gelöst, und die Schublade war »wackelig« gewesen, weil eins der Räder, die auf der Schiene gleiten sollten, herausgesprungen war. Ich setzte sie wieder ein und begann, das ganze Zeug, das sie darin aufbewahrte, zurückzupacken. Papiere, Aktenmappen und einen Stapel Notizhefte. Das oberste war heruntergefallen und die letzte Seite aufgeschlagen. Ich dachte mir nichts dabei, als ich es in die Hand nahm, doch einer der Sätze auf der Seite zog meine Aufmerksamkeit auf sich.

Er lügt.

Was zum Teufel war das?

Ich hätte das Heft einfach schließen und meine Nase aus Laylas Angelegenheiten heraushalten sollen. Doch nachdem ich das Wort *Er* gelesen hatte, konnte ich es nicht schließen. Ich war ein Mann … ein besitzergreifender und eifersüchtiger noch dazu. Also verhielt ich mich wie ein Arsch und las weiter.

Man kann sich nicht auf ihn verlassen.

Mir sank der Mut. *Mist.*

Ich war auf eine ihrer Pro- und Contra-Listen gestoßen. Dazu waren offenbar die ganzen Notizhefte da. Dieses lag ganz oben und war die verdammte letzte Seite. Es musste aus der letzten Zeit stammen.

Ich rang mit mir. *Wahrscheinlich geht es um etwas anderes. Ich ziehe voreilige Schlüsse.*

Ich werde für ihn niemals an erster Stelle kommen.

Meine Hoffnung schwand, als ich weiterlas.

Ich werde wieder verletzt.

Fuck.

Jede Hoffnung, dass die Liste nicht von mir handelte, löste sich in nichts auf, als ich die letzten beiden Punkte las.

Wollte nie Kinder haben.

Ich verdiene mehr.

Fuck. Ich starrte auf das Papier und las den letzten Teil noch einmal.

Ich verdiene mehr.

Ja. Layla verdiente mehr als einen Ex-Knacki mit einer Exfrau, die ihm gerade ein Kind aufgedrückt hatte.

Noch einmal sah ich auf die Liste, und da fiel mir auf, dass es die letzte Seite eines Notizheftes war und alles auf der rechten Seite stand. In der Mitte war eine Linie gezogen, doch die ganze linke Spalte war leer.

Keine Pros.

Da ich noch nicht fertig genug war, blätterte ich um und las die Überschriften auf der Rückseite. Pro stand auf der linken, Contra auf der rechten Seite. Nur dass auf dieser Seite die Spalte mit den Contras nicht nur halb voll, sondern bis zur letzten Zeile gefüllt war. Und die Pro-Spalte auch nicht leer war. Dort stand nur ein einziger Eintrag.

Ich liebe ihn, auch wenn ich es nicht will.

»Gray?«, rief Layla aus dem Bad.

Ich hatte gar nicht bemerkt, dass sie das Wasser ausgestellt hatte. Ich beeilte mich, das Heft zu schließen, und schob es zurück in die Schublade.

Ich schloss die Augen. »Ja?«

»Hast du schon bestellt?«

»Nein.«

»Was hältst du von Sushi? Umi liefert ziemlich schnell, und die haben das beste Thunfisch-Sashimi. Ich glaube, von denen habe ich keine Karte, aber die haben den üblichen Kram.«

»Klar. Ist gut.«

Ich erhob mich von dem Platz, auf den ich mich gesetzt hatte, um die Schublade zu reparieren und zu schnüffeln. Ich wollte einen Moment nachdenken, wie ich mit dem umging, was ich gelesen hatte, ehe ich mit Layla darüber sprach. Die Flasche Wein, die ich geöffnet hatte, stand noch auf dem Tresen, doch ich ging an ihr vorbei zu einigen Flaschen mit härterem Zeug, die sie in einem Schrank aufbewahrte. Ich schenkte mir aus einer verstaubten Flasche einen doppelten Jack ein und kippte ihn mit einem Schluck hinunter. Es schmeckte widerlich, aber das Brennen in der Kehle fühlte sich gut an.

Ich trank noch einen und schenkte mir ein Glas Wein ein, ehe Layla aus dem Schlafzimmer kam. Sie machte Licht in der Küche.

»Du stehst hier im Dunkeln?«

Ich hatte nicht bemerkt, dass die Sonne inzwischen ganz untergegangen war. Es war ziemlich dunkel.

»Ich war wohl in Gedanken.«

Layla legte den Kopf schief. »Willst du darüber reden?«

»Nein. Und du?«

Sie sah mich nicht an. »Nein. War wohl nur ein großer Tag für uns beide.«

Ich nickte.

Sie spielte an ihrem Smartphone, dann trat sie neben mich. »Ich habe die Speisekarte im Internet gefunden.«

Ihr Haar war nass und ihr Gesicht ungeschminkt. Ich sah zu ihr hinüber, während sie durch die Karte scrollte und sie vorlas. Die Sommersprossen, die ich so liebte, waren aus dieser Perspektive noch deutlicher zu sehen. Aus irgendeinem Grund wollte ich mir das Muster einprägen.

»Hier.« Sie reichte mir das Smartphone. »Ich nehme den scharf angebratenen Ahi-Thunfisch. Wenn du die Amazing Roll magst, würde ich mir die noch mit dir teilen.«

Ich konnte mich kaum auf die Karte konzentrieren. Ständig wanderte mein Blick zu ihren Sommersprossen. Ich konnte nicht genau sagen, was mich an ihnen so faszinierte, aber als ich sie jetzt betrachtete, dachte ich, dass es vielleicht das Mädchenhafte an ihnen war, das im Gegensatz zu der starken Frau stand. Layla verbarg sie, als wollte sie nicht, dass man etwas anderes als die Starke in ihr sah.

Gott, sie ist so verdammt schön. So real, so intelligent, so … alles.

»Was denkst du?«, fragte sie. »Hast du Lust auf so eine Amazing Roll?«

Ich hatte noch kein Wort auf der Speisekarte gelesen. »Ja. Das klingt gut. Ich nehme einfach, was du nimmst.« Ich drückte auf die Telefonnummer auf dem Display und holte meine Brieftasche aus der Hosentasche.

»Ich würde gern etwas bei Ihnen bestellen.«

Die Frau fragte, was ich wollte. Das hatte ich jedoch schon wieder vergessen.

Ich bedeckte das Mikro. »Was wolltest du noch mal?«

Layla sah mich skeptisch an. »Scharf angebratenen Ahi und die Amazing Roll. Ich dachte, du wolltest dasselbe?«

»Ja. Stimmt.«

Der Rest des Abends verlief ähnlich wie mein Bestellversuch. Ich konnte mich nicht auf unser Gespräch konzentrieren oder auch nur auf meine eigenen Gedanken. Die verdammte Pro- und Contra-Liste verfolgte mich, ebenso wie Max' Worte.

Am liebsten hätte ich mir Layla geschnappt, sie festgehalten und ihr gesagt, dass ihre Liste nicht stimmte. Doch je mehr ich darüber nachdachte, desto mehr wurde mir bewusst, dass sie nicht so verkehrt lag.

Er lügt.

Es war nicht zu leugnen, dass ich es mit ihr vermasselt hatte, weil ich ihr nicht gleich von Max erzählt hatte. Es dauerte lange, Vertrauen aufzubauen, aber nur zwei Sekunden, es zu zerstören. Ich hatte gedacht, wir würden Fortschritte machen, aber …

»Du siehst in Frauen, was du in ihnen sehen willst, Gray.« Das hatte Max gesagt.

Ich werde für ihn nie an erster Stelle kommen.

Obwohl ich mir gern vorstellte, dass sie und Ella für mich an erster Stelle standen, wem wollte ich etwas vormachen? Schon bald würde ich der alleinerziehende Vater eines tieftraurigen kleinen Mädchens sein. Was hatte dann Vorrang – Layla zum Abendessen auszuführen oder mit meiner Tochter zu Hause zu bleiben?

Wollte nie Kinder haben.

Wir hatten überhaupt nicht über Familie gesprochen. Naiv hatte ich angenommen, dass sie Kinder haben wollte.

Aber worauf fußte diese Annahme? Sie hatte keinen Respekt vor ihrer Mutter und ihrem Vater und hatte unter den Umständen gelitten, unter denen sie aufgewachsen war.

Du siehst in Frauen, was du sehen willst, Gray.

Halt die Klappe, Max.

Ich verdiene mehr.

Dem konnte ich nicht widersprechen. Layla verdiente es, dass man ihr die Welt zu Füßen legte.

Seltsamerweise war das, was am meisten wehtat, gar kein Contra. Es war das Einzige, was sie unter Pro aufgeführt hatte.

Ich liebe ihn, auch wenn ich es nicht will.

Als Layla und ich ins Bett gingen, hatte ich zu viel getrunken und wollte einfach nur schlafen und diesen Abend vergessen. Ich schlüpfte hinter sie ins Bett und kuschelte mich an sie. Meine Arme lagen fest um ihre Taille, mein Körper schmiegte sich um sie. Es war vermutlich nicht allzu bequem für sie, aber ich brauchte das.

Ich brauchte das unbedingt.

Ich drückte meine Lippen auf ihre Schulter und wollte ihr sagen, dass alles, worüber sie sich Gedanken machte, gut werden würde. Doch so egoistisch konnte ich nicht sein.

Stattdessen flüsterte ich: »Dass du glücklich bist, ist mir wichtiger als alles andere.«

Sie drehte sich im Bett zu mir. Es war dunkel, dennoch konnte ich ihr Gesicht erkennen.

»Gray … ich …«

Ein Handyklingeln ließ sie verstummen. Ich brauchte einen Moment, um zu begreifen, dass es von dem Nachttisch auf meiner Seite kam. Zunächst wollte ich es ignorieren und den Anruf auf die Mailbox gehen lassen. Doch dann fiel mir wieder ein, dass ich ja jetzt eine Tochter hatte.

Ich griff nach dem Telefon und verspannte mich, als ich Max' Namen auf dem Display sah. Es war elf Uhr abends. Ich setzte mich auf und nahm das Gespräch an.

»Was ist los?«

Ihre Stimme klang zitterig. »Ich habe gerade einen Rettungswagen gerufen. Ich bekomme kaum Luft.«

32. Kapitel

Gray

»Ist schon gut, Süße. Schhh …« Ich strich Ella übers Haar und wiegte sie in meinen Armen, bis ihr Weinen allmählich nachließ. Von den Tränen waren ihre Haare vorn ganz nass. Es machte mich fertig, sie dermaßen aufgelöst zu sehen. Und ich wollte mit ihr nicht in dem Wartezimmer eines Krankenhauses sitzen, in dem überall Keime lauerten, bis die Ärzte Max untersucht hatten. Doch welche Wahl blieb mir um ein Uhr morgens?

Layla war mitgekommen, obwohl ich gesagt hatte, dass das nicht nötig sei. Als ich in ihr Gesicht sah, wünschte ich, ich hätte mich durchgesetzt. Sie sah aufgelöst aus, und ich konnte es ihr nicht verübeln. Ich war es auch.

Als wir in die Notaufnahme gekommen waren, hatte man Max bereits eingeliefert, und eine Frau vom Sozialdienst saß bei Ella. Im Rettungswagen hatte Max zweimal einen Herzstillstand erlitten. Man hatte sie wiederbeleben können, aber ich konnte nicht mehr an der Realität vorbeisehen. *Es geschieht wirklich.* Vielleicht nicht heute, vielleicht nicht morgen. Aber sehr bald. Und ich war noch nicht bereit. Genauso wenig wie das arme kleine Mädchen auf meinem Schoß.

»Mr. Westbrook?«, rief ein Arzt in blauer OP-Kleidung am Eingang des Wartezimmers.

»Das bin ich.« Ich ging zu ihm, und Layla stand auf und trat neben mich.

»Ich bin Dr. Cohen, einer der chirurgischen Onkologen hier. Ihre Frau ist jetzt stabil. Wir haben ihr einen Tubus gelegt, um sie zu beatmen. Einer der Tumore sitzt an der Speiseröhre, was dazu geführt hat, dass sich dort Essen gesammelt hat. Mit der Zeit ist dadurch eine Schwellung entstanden, die ihre Atemwege beeinträchtigt hat.«

»Dann wird sie wieder?«

Der Arzt machte ein skeptisches Gesicht. »Für heute. Wir hoffen, dass die Schwellung zurückgeht, nachdem die Speiseröhre jetzt gesäubert wurde, und dass wir den Tubus in ein oder zwei Tagen entfernen können. Aber ich muss Sie darauf hinweisen, dass es nur eine Übergangslösung ist, Mr. Westbrook.« Sein Blick glitt zu Ella auf meinem Arm.

Ihre Augen waren weit geöffnet, aber sie starrte nur in den Raum, ohne zu blinzeln. Ich war mir nicht sicher, ob sie zuhörte, und noch viel weniger, ob sie verstand, worüber wir sprachen. Offensichtlich wollte der Arzt gern offen sein und war unsicher, ob er das sein konnte.

Mein Blick sprang von dem Arzt zu Ella, dann wieder zu ihm. Ich bedeutete ihm, dass wir möglichst verschlüsselt sprechen müssten. »Kann die Blockade dauerhaft beseitigt werden?«

»Sie hat eine Patientenverfügung. Darum können wir nicht die üblichen Methoden anwenden.«

Übersetzung – Max hatte rechtlich die Reißleine gezogen.

»Okay.«

»Wir haben einigen Erfolg mit PDT gehabt – fotodynamischer Therapie. Es wird ein lichtaktiviertes Medikament injiziert, das mehr Krebszellen anzieht als andere. Dann wird eine spezielle mikroskopische Röhre in die Lunge eingeführt, und ein Laser tötet die versammelten Zellen. Einige Tage später gehen wir noch einmal rein und holen die toten Zellen heraus. Das ist eine Möglichkeit, aber momentan keine, für die wir die Erlaubnis haben. Vielleicht können Sie mit ihr sprechen, wenn sie extubiert ist. Fürs Erste müssen wir jeden Tag nehmen, wie er kommt. Wie gesagt, Ihre Frau ist stabil, Sie sollten nach Hause gehen und sich etwas ausruhen. Sie hat ein paar persönliche Dinge bei sich, die Sie mitnehmen oder im Krankenhaussafe einschließen können, ehe Sie gehen.«

»Max ist meine *Ex*-Frau. Aber danke für alles, Doktor.«

Nachdem er gegangen war, sah Layla zu Ella hinunter. »Sie ist währenddessen eingeschlafen.«

»Ach, gut.«

Layla sah weiterhin kopfschüttelnd auf Ella. »Ich wusste, dass es hart für sie werden würde. Aber nachdem ich sie heute gesehen habe …« Sie zögerte. »Es wird sie umhauen. Du wirst ihre ganze Welt werden, Gray.«

Wieder blitzte der Inhalt von diesem verdammten Notizheft in meinem Kopf auf.

Wollte nie Kinder haben.

Ich werde für ihn nie an erster Stelle kommen.

Ich senkte den Blick. »Ich weiß.«

Ich sah noch einmal nach Max und nahm ihre persönlichen Sachen mit – Hausschlüssel, ein kleines Portemonnaie und eine Halskette, die man ihr abgenommen hatte. Nach den letzten Wochen glaubte ich nicht, dass mich noch etwas schockieren konnte. Doch in der Hand zu halten, was

Max um den Hals getragen hatte, machte mich wieder einmal sprachlos. *Ihren Ehering.* Wir hatten die Ringe von einem Typen gekauft, der uns in der Dominikanischen Republik getraut hatte.

Anschließend hielten Layla und ich ein Taxi an und schafften es einzusteigen, ohne dass Ella aufwachte. Schweigend fuhren wir los. Es lastete zu viel auf mir, um irgendein sinnvolles Gespräch zu führen.

»Ich glaube, ich sollte sie in ihr eigenes Bett bringen. Sie war noch nie bei mir, und vielleicht hilft es ihr, wenn sie in ihrem vertrauten Zimmer aufwacht. Max' Haustürschlüssel waren in dem Umschlag mit ihren Sachen.«

»Oh. Ja. Das ist eine gute Idee.«

Das Letzte, was ich wollte, war, mich von Layla zu trennen. Ich spürte den Abstand zwischen uns schon auf der Rückbank des Taxis, die körperliche Trennung würde ihn nur noch verstärken. Dann konnte sie darüber nachdenken, wie beschissen ihr Leben bald sein würde, wenn sie bei mir blieb. Doch sie zu bitten, in dem Haus meiner Exfrau zu übernachten, war zu viel verlangt.

Darum fragte ich vorsichtig: »Sollen wir dich absetzen?«

»Ja. Danke.«

Das Schweigen setzte sich fort, bis wir bei Layla waren. Wir hatten noch nicht ganz angehalten, da lag ihre Hand schon auf dem Türgriff.

»Ich habe morgen einen Termin in Connecticut. Aber halt mich auf dem Laufenden.«

»Mach ich.«

Sie beugte sich zu mir und küsste mich auf die Wange. Mit einem kleinen Mädchen auf dem Schoß konnte ich mich kaum bewegen. »Gute Nacht.«

Layla war bereits halb aus der Tür, als mich Panik befiel. »Layla, warte …«

Sie drehte sich um und sah mich an. Wenn ich noch irgendeinen Zweifel gehabt hatte, dass ich sie liebte, war ich mir in diesem Moment absolut sicher. Aus irgendeinem Grund hatte ich das Gefühl, ich durfte sie nicht aussteigen lassen.

Erinnere sie daran, dass du sie liebst.

Erinnere sie daran, dass du sie liebst, du Weichei.

»Ich … ich … Danke für heute. Und für heute Nacht. Danke, dass du bei mir im Krankenhaus geblieben bist.«

Sie lächelte traurig. »Klar.«

»Gute Nacht, Sommersprosse. Schalte im Schlafzimmer das Licht an, damit ich weiß, dass du gut angekommen bist.«

Ich ließ den Fahrer warten, bis das Licht anging, dann tat ich etwas, das ich mir niemals hätte träumen lassen.

Ich brachte meine Tochter im Haus meiner Ex-Frau ins Bett, das sie von dem Geld gekauft hatte, um das sie mich betrogen hatte.

»Was kann ich für Sie tun?« Weil ich nicht wollte, dass Ella aufwachte, war ich ohne T-Shirt zur Tür gelaufen, als es klingelte. Ich hatte Angst, dass sie aufwachen könnte. Geradezu panische Angst. Egal. Alles nur Wörter.

»Ich bin Paula.«

»Was kann ich für Sie tun, Paula?«

»Ich kümmere mich um Ella.«

Ich hatte ganz vergessen, dass Max vormittags eine Nanny hatte, wenn sie arbeitete.

»Freut mich, Sie kennenzulernen. Ich bin Gray.«

Paula wirkte besorgt. »*Oh*. Ist mit Max alles okay?«

»Kommen Sie doch rein.«

Ich holte mein T-Shirt aus dem Wohnzimmer und zog es über, dann brachte ich Paula in zehn Minuten auf den aktuellen Stand. Anscheinend hatte Max sie bereits über mich informiert. Sie wusste, dass ich Ellas Vater war und dass Max sie von mir ferngehalten hatte. Ich war mir nicht sicher, wie viel Max ihr noch von unserer Geschichte erzählt hatte.

»Sie passen also morgens auf Ella auf? Auch jetzt, wo Max nicht mehr arbeitet?«

»Ich habe mich von sieben bis zwölf um sie gekümmert, aber letzte Woche hat Max mich gebeten, ab jetzt bis fünf zu bleiben. Die Nachmittage werden allmählich zu anstrengend für sie.«

Ich nickte. »Können Sie das auch für mich machen? Ich glaube, es würde Ella sehr guttun, wenn sich möglichst wenig an ihrem Alltag ändert, solange Max im Krankenhaus ist. Darum habe ich gestern mit ihr hier übernachtet.«

»Natürlich. Max und ich haben bereits darüber gesprochen, dass ich bleibe … nachdem sie …« Sie machte ein trauriges Gesicht, doch dann fiel ihr etwas ein, und sie lächelte. »Ich bin schon seit Ellas Geburt bei Max und Ella. Sie hat gewitzelt, sie würde mich Ihnen in ihrem Testament vermachen.«

Es war eine Riesenerleichterung zu wissen, dass ich Hilfe hatte – zumindest bis ich mich einigermaßen organisiert hatte. Als Ella aufwachte und in Paulas Arme flog, entspannte sich mein Nacken zum ersten Mal seit zwei Tagen.

Ich rieb mit der Hand darüber und beobachtete die zwei. Es dauerte ein oder zwei Minuten, bis Ella überhaupt bemerkte, dass noch jemand im Zimmer war. Sie zog die kleine Nase kraus, lächelte jedoch. »War hier eine Pyjama-Party?«

»Ja, so war's.« Ich tippte ihr auf die Nase. »Aber du bist zu früh eingeschlafen.«

Sie kicherte. »Ist Mommy noch im Krankenhaus?«

»Ja, Süße.«

»Machen sie sie heil?«

Mein Blick zuckte zu Paula. »Ja. Sie machen sie heil.«

»Bleibst du bei mir, bis Mommy wieder nach Hause kommt?«

»Das hatte ich vor. Ich dachte, vielleicht könntest du auch eine Nacht bei mir schlafen.« Ich beugte mich vor und flüsterte ihr ins Ohr: »Ich habe einen Hund.«

Sie machte große Augen. »Können wir jetzt hinfahren? Können wir jetzt gleich hinfahren? Bitte?«

»Ich muss noch ein paar Dinge erledigen. Aber später. Wie hört sich das an?«

Paula nahm Ella mit in die Küche, damit sie ihr half, das Frühstück zuzubereiten, und ich nutzte die Zeit, um einige Termine umzulegen, die heute in meinem Kalender standen. Als ich nach ihnen sah, bot Paula mir einen Kaffee an.

Wir zwei sprachen leise miteinander, während Ella eifrig den Pfannkuchenteig rührte.

»Max war ein paarmal im letzten Jahr über Nacht im Krankenhaus. Normalerweise will sie nicht, dass Ella sie besucht. Sie soll sie nicht mit all den Kanülen und Maschinen sehen. Natürlich schreibe ich Ihnen nicht vor, was Sie tun sollen. Aber ich dachte, Sie möchten vielleicht wissen, was Ella erwartet.«

»Ja. Okay. Das ist toll. Danke. Gestern Nacht im Krankenhaus war sie ziemlich mitgenommen. Ich dachte, ich sollte sie heute mit zu Max nehmen. Aber ich *habe* mir tatsächlich Sorgen gemacht, dass es sie wieder sehr aufwühlen könnte.

Max wird künstlich beatmet.« Ich sah zu Ella und trank von meinem Kaffee. »Heute Morgen scheint es ihr deutlich besser zu gehen, aber wahrscheinlich ist es gut, wenn ich sie dann nicht mitnehme.«

»Ich bin den ganzen Tag hier. Sie können einfach Ihrem Alltag nachgehen, wenn Sie möchten. Wenn Sie Max besuchen, grüßen Sie sie von mir.«

Das Frühstück mit Paula und Ella entspannte mich noch mehr. Sie waren ein gut eingespieltes Team. Ella stand hinterher sogar auf einem Hocker und spülte die Teller. Ich merkte, dass sie sehr an Paula hing. Als mich der Termin, den ich abzusagen versucht hatte, zurückrief, entschied ich, ihn etwas nach hinten zu schieben, ihn aber nicht ganz abzusagen. Ella war versorgt, und ich musste ohnehin lernen, alles unter einen Hut zu bekommen. Außerdem lag das Krankenhaus in der Nähe des Termins, sodass ich vorher nach Max sehen konnte.

An jenem Abend schenkte ich mir ein Glas Scotch ein und lehnte mich auf dem Sofa zurück. Ella war schließlich eingeschlafen, und ich war fertig. Alleinerziehend zu sein war eindeutig kein leichter Job.

Ich hatte heute zwei Termine gehabt, ein paar Stunden im Büro gearbeitet, Max besucht und mit den Ärzten gesprochen, dann war ich zurück nach Brooklyn gefahren, um Ellas Sachen zu packen und sie mit zu mir zu nehmen. Anschließend hatte ich uns etwas zum Abendessen gekocht und mit ihr und Sommersprosse gespielt, bis sie zu gähnen anfing.

Ab diesem Punkt waren mein Hund und sein Schuh mir untreu geworden. Ich konnte ihn nicht dazu bewegen, das

Fußende des Gästebetts zu verlassen, in dem Ella schlief. Was ich ihm nicht übel nahm. In letzter Zeit hatte er mehr Zeit mit dem Kind von unten verbracht, das ich angeheuert hatte, damit es mit ihm spazieren ging, als mit mir. Außerdem machte es Ella deutlich mehr Spaß, mit ihm über den Boden zu tollen und sich das Gesicht abschlecken zu lassen, als mir.

Ich trank ein paar Schlucke aus meinem Glas und nahm das Handy zur Hand. Layla und ich hatten uns heute tagsüber einige Nachrichten geschrieben, aber ich musste ihre Stimme hören.

Sie nahm nach dem dritten Klingeln ab. »Hey. Wartest du eine Sekunde? Ich habe jemanden im Büro.«

Ich sah auf meine Armbanduhr. Neun Uhr. »Du bist noch bei der Arbeit?«

»Ja. Einen Moment. Ich bin sofort bei dir.«

Ich hörte gedämpfte Stimmen durch den Hörer. Kurz bevor sie sich wieder meldete, musste sie die Hand vom Mikro genommen haben, denn ich hörte eine Frau sagen: »Wenn du es dir anders überlegst, weißt du, wo wir sind.«

»Danke, Maryanne.«

Sie meldete sich wieder. »Sorry. Ein paar Kollegen gehen noch etwas trinken, und eine Freundin wollte mich überreden mitzukommen.«

Es erinnerte mich erneut daran, wie anders ihr Leben jetzt mit mir sein würde. Auch wenn mir der Gedanke zutiefst widerstrebte, dass ihr hübscher Hintern ohne mich in einer Bar saß, durfte ich kein Idiot sein.

»Warum gehst du nicht mit? Was du bis jetzt nicht im Büro geschafft hast, kann auch bis morgen warten.«

Sie seufzte. »Wahrscheinlich. Aber ich bin auch zu müde.

Ich habe mich darauf gefreut, nach Hause zu fahren und zu baden. Ich habe nicht so gut geschlafen, als ich gestern nach Hause gekommen bin, darum bin ich schon ganz früh ins Büro gefahren, um einiges aufzuarbeiten.

Auch daran war ich schuld. Ein alleinerziehender Vater hatte im Grunde kein eigenes Leben. Eine Frau, die mit ihm zusammen war, wurde nicht so behandelt, wie sie es verdiente. Und das war noch freundlich ausgedrückt.

»Sorry«, sagte ich. »Wie war dein Tag sonst?«

»Nicht schlecht. Wie läuft es bei euch? Mag Ella Sommersprosse?«

Ich schloss die Augen, lehnte den Kopf ans Sofa und legte die Füße auf den Couchtisch. »Dieser Verräter schläft an ihrem Fußende.«

»Na, ich bin mir sicher, dass er mit ihr mehr Spaß hat als mit dir, alter Mann.«

»Von wegen alter Mann. Ich bin nur ein paar Jahre älter als du.«

»Hast du die Füße auf den Couchtisch gelegt und um neun Uhr an einem Wochentag einen Drink in der Hand?«

Ich lächelte. »Schlaumeier.«

Gegen Ende unseres Gesprächs sagte ich: »Du fehlst mir. Ich bin in einer beschissenen Situation. Es tut mir leid, dass ich dich nach der Arbeit nicht hübsch zum Essen ausführen kann. Oder nach einem langen Tag hinter dir in der Wanne sitzen. Du hast keine Ahnung, was ich dafür geben würde.«

Layla schwieg. »Ich weiß, und ich verstehe das. Du musst tun, was du tun musst, Gray. Du hast jetzt eine kleine Tochter. Wenn man jemanden liebt, stellt man seine Bedürfnisse über die eigenen. So ist das nun mal. Im Nachhinein glaube ich, dass ich meinem Vater darum nie vergeben habe, als ich älter wurde. Er hat nicht das an die erste Stelle gesetzt, was das Beste für uns gewesen wäre, für meine Mutter. Bei ihm kamen seine Bedürfnisse an erster Stelle. Und darüber bin ich nie hinweggekommen. Du wirst ein toller Vater sein. Das weiß ich.«

Nachdem ich aufgelegt hatte, leerte ich mein Glas und starrte lange Zeit an die Decke. Layla hatte recht. Wenn man jemanden liebte, stellte man seine Bedürfnisse über die eigenen. Es war ein blödes Klischee, aber manchmal hieß das, dass man jemanden gehen lassen musste. Ich glaube, ich wusste schon seit einer Weile, was ich zu tun hatte, ich wollte es nur nicht zugeben.

Wenn ich es zugab, musste ich dementsprechend handeln. Und es zu tun, würde mich umbringen. Doch was brauchte ich noch, um zu begreifen, dass ich das Richtige tat?

Die Liste, die ich gefunden hatte …

Wollte nie Kinder haben.

Ich werde für ihn nie an erster Stelle kommen.

Max' Bemerkungen …

»Sie ist noch nicht bereit für eine Familie.«

»Du siehst in Frauen, was du in ihnen sehen willst, Gray.«

Laylas eigene Worte …

»Wenn du jemanden liebst, stellst du seine Bedürfnisse über deine eigenen.«

»Darum habe ich meinem Vater nie vergeben …«

33. Kapitel

Gray

Ich stand vor Laylas Haus und starrte zu ihrem Schlafzimmerfenster hinauf. Das Licht brannte, und vor Kurzem hatte ich ihren Schatten vorbeihuschen sehen, darum wusste ich, dass sie zu Hause war. Mir fehlte nur noch der Mut hineinzugehen.

Layla hatte keine Ahnung, dass ich da war. Ich hatte die letzten achtundvierzig Stunden darüber nachgedacht, was ich ihr sagen wollte. Wenn ich ihr erzählte, dass ich ihre Liste gelesen hatte und ihre Bedürfnisse an die erste Stelle setzen wollte, bekäme sie ein schlechtes Gewissen. Ich kannte sie – sie würde sich schuldig fühlen, weil sie mich nicht unterstützte, wenn ich sie brauchte. So war sie einfach.

Und ich war nicht stark genug, mich dem zu widersetzen, wenn sie sagte, dass sie die ganze Sache mit mir durchstehen wollte. Denn eigentlich hätte ich am liebsten mit allen Mitteln um uns gekämpft.

Darum entschied ich, sie von jeglichen Schuldgefühlen zu entlasten und ihr zu sagen, dass ich es so wollte. Ich würde meinen Schwur brechen, sie nie mehr zu belügen, aber sie hatte schon genug Zeit mit mir verschwendet: erst über ein

Jahr mit den Samstagsbesuchen. Nachdem sie dann nicht mehr gekommen war, hatte sie lange gebraucht, um sich wieder auf jemanden einzulassen, und jetzt noch die letzten Monate. Es wäre nicht fair, sie noch länger festzuhalten. Es musste schnell gehen. *Sie wird vermutlich sauer sein.* Aber es ist leichter loszulassen, wenn man wütend ist, als wenn man ein schlechtes Gewissen hat, weil man etwas anderes will als derjenige, den man liebt.

Ich warf einen letzten Blick hinauf zu ihrem Fenster, dann fasste ich mir ein Herz und ging zur Tür. Ich klingelte, und während ich darauf wartete, dass sie öffnete, begann ich zu schwitzen.

»Hallo?«

»Hey. Ich bin's. Tut mir leid, dass ich nicht vorher angerufen habe.«

»Hallo. Schon okay. Komm hoch.« Die Tür surrte, und der Riegel fuhr zurück.

Auf der kurzen Aufzugfahrt änderte ich zehnmal meine Meinung und zögerte, ehe ich hinaustrat.

Layla wartete an der Wohnungstür. »Das ist ja eine schöne Überraschung«, sagte sie.

Sag das in zehn Minuten noch mal.

Es fiel mir schwer zu sprechen, und ich musste husten, um den Hals freizubekommen. »Ich muss mit dir reden.«

Sie sah besorgt aus. »Ist alles in Ordnung? Ist Max …«

Ich schüttelte den Kopf. »Nein. Nichts dergleichen.«

Sie zögerte, dann öffnete sie die Tür und trat zur Seite. Normalerweise hätte ich sie sofort in die Arme geschlossen und meine Lippen auf ihre gepresst. Sosehr ich mich ein letztes Mal danach sehnte, das würde es nur noch schlimmer machen.

»Geht es Ella gut? Wo ist sie?«

»Ihr geht's gut. Sie schläft. Ich habe Paula gebeten, heute nicht tagsüber, sondern jetzt ein paar Stunden auf sie aufzupassen, damit ich vorbeikommen konnte.«

Layla legte die Arme um meinen Hals. »Dann ist das ein Date für einen Quickie?«

Verdammt. Wie gern hätte ich das getan. Mein verdammter Körper reagierte sofort auf ihre Berührung. Wie zum Teufel sollte ich die Worte herausbringen, wenn ich sie mit jeder Faser wollte? Ich senkte den Blick.

Sei kein Feigling, Gray.

Bring es hinter dich.

Pack deine lüsterne Zunge weg. Zu Hause hast du noch genügend Zeit zu lecken – nämlich deine Wunden.

Ich holte tief Luft, schluckte und sah ihr in die Augen. Gott, sie war hinreißend. So wunderschön und so gut.

Sie presste ihre Brüste an mich. Ich konnte ihre festen Nippel durch den Stoff unserer Shirts spüren. »Hat es dir die Sprache verschlagen?«

Ich mochte sogar ihren verdammten Sarkasmus.

Ich legte die Hände auf ihre Arme und nahm sie fort. Sie sah aus, als hätte ich sie geschlagen, wich vorsichtig einen Schritt zurück und verschränkte die Arme in einer schützenden Geste vor ihrer Brust.

»Was ist los, Gray?«

»Ich habe jetzt ziemlich viel um die Ohren.«

»Das weiß ich.« Ihre Stimme klang leicht gereizt. Sie war ihren Mandanten immer zwei Schritte voraus und wusste besser als jeder andere, den ich kannte, eine Situation einzuschätzen. Der Rest des Gesprächs, das wir führen würden, war nur noch eine Formalität. Sie wusste, was kam.

»Das neue Geschäft, Max, eine Bindung zu Ella aufbauen – das ist einfach zu viel.«

»Nun, es ist ja nicht so, als könntest du an alledem etwas ändern. Damit musst du zurechtkommen. Und das wirst du.«

Ich wandte den Blick ab. »Ja. Das werde ich. Und darum geht es mir. Ich muss mich um so vieles kümmern. Darum werde ich nicht mehr viel Zeit haben. Ich musste meine Termine verschieben und mich mit der Babysitterin arrangieren, nur um heute Abend herzukommen.«

Sie löste die Arme von der Brust und legte die Hände auf die Hüften. Layla war *sauer.* »Spuck's aus, Gray.«

»Ich habe keine Zeit für etwas anderes. Ich muss die Sache zwischen uns beenden.«

»Mein Vater hatte Zeit für Frau und Tochter *und* für eine Affäre und ein uneheliches Kind. Wenn du etwas wirklich willst, findest du auch die Zeit dafür.«

Wie ein Feigling sah ich auf den Boden. »Es tut mir leid.«

So leicht würde sie mich nicht davonkommen lassen. »Sieh mich an.«

Ich hob den Kopf, hielt die Augen jedoch einige Sekunden geschlossen, ehe ich sie öffnete.

»Du willst es noch nicht einmal versuchen? Ich verstehe, dass wir fürs Erste nicht viel Zeit haben werden. Aber irgendwann wird sich alles einspielen.«

Ihre Stimme brach kaum merklich, doch ich bemerkte es. Ohne nachzudenken, streckte ich die Hand aus, um sie zu trösten, doch sie wich zurück.

»Antworte.«

Ich sah ihr in die Augen und brach uns beiden das Herz. »Nein. Ich will es noch nicht einmal versuchen.«

Sie sah zwischen meinen Augen hin und her und suchte nach etwas. Dann ging sie zur Tür und öffnete sie. »Raus.«

Ich ging Richtung Tür und blieb vor ihr stehen. »Layla … ich bin …«

Sie ließ mich nicht ausreden und zeigte auf den Flur. »Verschwinde, verdammt noch mal!«

Die Schritte aus ihrer Wohnung waren die schwersten, die ich je getan hatte. Sie hatte mir eine zweite Chance gegeben, als ich sie nicht verdient hatte. Unter keinen Umständen würde ich jemals eine dritte bekommen. Es war aus.

Bei den letzten Schritten fühlten sich meine Beine wie Blei an. Ich drehte mich um, weil ich sie noch ein letztes Mal ansehen wollte, doch sie schlug mir die Tür vor der Nase zu.

Wenn mich irgendjemand aufheitern konnte, war es mein ehemaliger Zellengenosse Rip. Es war das Einzige, worauf ich mich gefreut hatte, seit ich vor vier Abenden Laylas Wohnung verlassen hatte.

Paula passte auf Ella auf. Max wurde nicht länger beatmet, und ihr Zustand hatte sich so weit gebessert, dass die Ärzte sie in wenigen Tagen entlassen wollten, und Rip kam frei. Was konnte ich mir für heute mehr wünschen?

Layla, ganz klar.

Die Aufseher begrüßten mich wie einen alten Freund anstatt wie einen ehemaligen Häftling.

»Sieh dich nur an, hübscher Junge.« Officer Kirkland stieß einen Pfiff aus. »Was hat der Anzug gekostet? Ich wette, mehr als ich im Monat verdiene.«

»Halt die Luft an, Kirkland.« Ich lächelte. »Du bist doch nur eifersüchtig, weil ich hier raus bin. Wie viel Zeit hast du noch? Zwanzig, fünfundzwanzig Jahre bis zur Rente?«

Er schüttelte den Kopf. »Erinnere mich nicht daran.«

»Wie geht's Rip? Freut er sich?«

»Sieht so aus. Hab gehört, dass er wach geblieben ist, um sich die ganzen Morgennachrichten anzusehen.«

Hinter Kirkland ging eine Tür auf, und O'Halloran, noch ein anständiger Aufseher, begleitete Rip den langen Flur hinunter.

O'Halloran hob das Kinn zum Gruß. »Benimmst du dich auch anständig, Westbrook?«

»Ich habe noch nicht meine Exfrau umgebracht. Wenn ich das schaffe, komme ich nicht mehr hierher zurück.«

Er lächelte. »Pass auf dich auf. Und auf Rip.«

Rip schüttelte beiden Aufsehern die Hand, dann breitete er die Arme aus und strahlte über das ganze Gesicht. Der Moment war emotionaler als irgendeiner, den ich je mit meinem Vater erlebt hatte. Wir umarmten uns und schlugen uns immer wieder auf den Rücken.

»Wie geht's dir, alter Mann?«, fragte ich. »Hast du mich vermisst?«

»Klar. Der Typ, der dein Bett übernommen hat, hat geschnarcht wie eine Todesfee und ist ein verdammter Chaot.«

Mein Lächeln fühlte sich gut an. »Wenn es um Schlafgewohnheiten geht, musst du ganz still sein, Van Winkle.« Ich deutete mit dem Kopf auf die Tür. »Lass uns bloß von hier verschwinden, ehe die sich noch überlegen, doch einen von uns hierzubehalten.«

Auf dem Weg zurück in die Stadt ließ Rip mich innerhalb der ersten Stunde dreimal anhalten. Das erste Mal wollte er bei McDonald's zu Mittag essen, das zweite Mal musste er aufs Klo, und das dritte Mal wollte er in einen Walmart, um ein Handy zu kaufen. Ich fuhr stattdessen mit ihm in einen Verizon-Laden.

Während er die Klapptelefone studierte, schnappte ich mir einen Verkäufer, sagte ihm, er solle mir das neueste iPhone besorgen und es mit auf meine monatliche Rechnung setzen.

»Bitte. Alles Gute für den ersten Tag in Freiheit.« Ich hielt Rip die Tüte hin.

Er musterte mein Angebot. »Was ist das?«

»Ein Handy – ein richtiges.« Ich deutete mit dem Kinn auf die Klapptelefone, die er sich angesehen hatte. »Anders als die Dinger da.«

»Das kann ich mir nicht leisten.«

»Das musst du nicht. Geht auf mich. Ich habe es mit auf meine monatliche Rechnung setzen lassen. Sobald du wieder auf eigenen Füßen stehst, kannst du die Kosten übernehmen.«

»Das kann ich nicht annehmen. Diese Dinger sind teuer. Das muss über hundert Dollar gekostet haben.«

Ich verkniff mir ein Schmunzeln. *Eher einen Riesen.* »Es war im Angebot. Außerdem bin ich dir das schuldig.«

Er nahm die Tüte. »Wieso?«

»Weil du dir drei Jahre lang meinen Mist angehört hast.«

»Dein Mist war interessanter als *meiner.* Vielmehr gibt es bei mir gar keinen Mist.« Er lachte.

»Komm schon. Fahren wir weiter.«

Es herrschte nicht viel Verkehr, wir waren entspannt und quatschten. Es dauerte nicht lange, bis Rip mir erzählt hatte, was es in seinem Leben Neues gab. Er hatte nur noch eine Tochter, die in Seattle wohnte.

»Wie geht's deiner Anwältin?«, fragte er. »Hast du sie dir geschnappt?«

Das letzte Mal geschrieben hatte ich Rip ein paar Tage, bevor mit Ella und Max alles durcheinandergeraten war. Offensichtlich hatte ich ihm ziemlich viel zu erzählen. Ich hatte keine Lust, darüber zu reden, doch mit ihm allein im Auto kam ich nicht darum herum.

»Das ist eine lange Geschichte«, warnte ich.

Er lehnte sich in seinem Sitz zurück. »Ich muss noch ein paar Stunden rumkriegen. Erzähl von Anfang an.«

Und das tat ich. Die nächste Stunde schüttelte der arme Rip unablässig den Kopf. Meist schwieg er, bis auf ein ab und an eingeworfenes »Das kann nicht dein Ernst sein« – bis ich dazu kam, dass ich mit Layla Schluss gemacht hatte.

»Ich habe dir nie erzählt, warum meine Laura nicht mehr mit mir spricht.«

Laura war Rips Tochter. Mein Blick zuckte zu ihm, dann wieder auf die Straße. »Nein, hast du nicht.«

Ich wusste, warum er ins Gefängnis gekommen war – wie er bei den Arztrechnungen seiner Enkeltochter hatte helfen wollen und darum seine alteingesessene Druckerei dazu genutzt hatte, falsche Sozialversicherungskarten zu drucken. Für hundert Dollar das Stück hatte er über tausend Fälschungen rausgehauen und seiner Tochter anonym das Geld geschickt. Seit seine Tochter erfahren hatte, dass er festgenommen worden war, hatte sie nicht mehr mit ihm gesprochen. Er hatte nie erwähnt, warum, und ich hatte ihn nicht bedrängt.

»Die süße Daniella, Gott schütze ihre Seele, war sechzehn, als ihr Herz anfing zu versagen. Mit achtzehn war sie zu schwach, um überhaupt noch aus dem Bett aufzustehen. Seit ihrer Geburt ist sie Dutzende Male operiert worden, aber man konnte den Herzfehler nicht korrigieren. Sie brauchte ein neues Herz. Die meisten Menschen denken, es gebe eine große Warteliste für Organe. Das stimmt und stimmt auch wieder nicht. Man registriert sich bei einem Transplantationszentrum. Aber man kann sich bei mehr als einem Zentrum registrieren lassen, um die Chancen, ein Organ zu erhalten, zu verbessern – das nennt man Multilistung. Doch die Versicherung zahlt nur für einen dafür erforderlichen Test, dann kommen noch Reise- und Hotelkosten hinzu und alles, was mit dem Transport eines kranken Kindes in eine andere Einrichtung zu tun hat. Man braucht Geld.«

»Das wusste ich nicht.«

»Ja. Ich auch nicht. Mir war klar, dass meine Tochter das Geld nicht annehmen würde, wenn sie wüsste, wie ich es beschafft hatte. Darum schickte ich es ihr anonym. Reiche Leute tun so etwas manchmal. Krankenhäuser nennen sie medizinische Engel.«

»Hat sie das Geld benutzt?«

Rip senkte den Blick und schüttelte den Kopf. »In ihrem letzten Lebensjahr war Daniella stark in ihre Kirchengruppe eingebunden. Und im Kinderkrankenhaus hatte sie viele Freunde gefunden, die ebenfalls auf ein Organ warteten. Sie wollte nicht, dass ihre Mutter das Geld annimmt, weil sie fand, dass keiner durch Geld einen Vorteil vor dem anderen haben sollte. Sie hatte Freunde, die auf derselben Liste standen wie sie und sich eine Multilistung nicht leisten konnten. Darum spendete meine Tochter das Geld am Ende dem Krankenhausfonds für nicht versicherte Kinder.«

»Shit.«

»Ja. Laura musste mit dem Verlust von Daniella allein klarkommen, weil ich wegen einer Tat im Gefängnis saß, die ich ganz umsonst begangen hatte. Irgendwann wird sie hoffentlich darüber hinwegkommen. Aber sie ist wütend, dass ich nicht mit ihr gesprochen habe – dass ich sie nie auch nur gefragt habe, wie Daniella dazu steht, auf anderen Listen geführt zu werden. Sie sagt, ich hätte die Entscheidung für sie getroffen, als ob ich wüsste, was sie gewollt hätte.« Er zögerte. »*Kommt dir das bekannt vor?*«

Ich seufzte. »Verstehe. Aber das ist etwas anderes. Ich versuche zu tun, was das Beste für Layla ist.«

»Und ich habe versucht, das Beste für Daniella und Laura zu tun. Aber wir haben nicht zu entscheiden, was das Beste für andere Erwachsene ist, mein Junge. Das entscheiden sie für sich selbst.«

Ich verstand absolut, was er sagte. Aber manchmal tun Menschen, die man liebt, nicht, was das Beste für sie wäre, um einen ihnen nahestehenden Menschen zu schonen.

»Ich will dich etwas fragen. Würdest du es wieder tun?«

»Was? Mich in Schwierigkeiten bringen, um meine Enkeltochter zu retten? Na klar. Ich hätte den Rest meines Lebens in diesem Loch verbracht, aus dem du mich gerade abgeholt hast, wenn sie dafür hätte länger leben können. Aber … diesmal würde ich erst mit ihr sprechen. Vielleicht würde ich ihr nichts von meinem Plan verraten, aber ich würde zumindest herausfinden, was sie will. Hätte ich das getan, hätte ich uns allen viel Leid erspart.«

Danach schwiegen wir eine Weile. Rip sah gedankenverloren aus dem Fenster und genoss zweifellos seine neue Freiheit. Ich tat, was ich schon eine ganze Woche getan hatte – ich grübelte über meine Entscheidung, mich von Layla zu trennen.

Als wir uns der Stadt näherten, sagte Rip: »Ich konnte keinen Platz im YMCA in Queens bekommen. Die waren voll.

Darum habe ich einen im Bronx-Y. Du kannst mich irgendwo auf deinem Weg absetzen. Ich nehme dann den Zug in die Bronx.«

Ich hatte ganz vergessen, Rip von der Lösung zu erzählen, die ich für ihn gefunden hatte. »Ich habe einen Platz für dich, wo du unterkommst.«

»Danke. Aber ich kann nicht bei dir bleiben. Ich muss wieder auf eigenen Füßen stehen. Ich habe genug Geld, um ein oder zwei Monate zurechtzukommen.«

»Ich lade dich doch nicht ein, bei mir zu wohnen«, neckte ich. »Ich habe dir eine eigene Wohnung besorgt. In Queens. Im Erdgeschoss in einem Zweifamilienhaus, in der Nähe von deinem früheren Haus. Der erste Monat ist umsonst. Wenn es dir gefällt, kannst du dich im Haus nützlich machen und dem anderen Mieter im Tausch für die Miete hier und da zur Hand gehen.«

»Das klingt zu schön, um wahr zu sein.«

»Du kennst den anderen Mieter noch nicht …«

34. Kapitel

Layla

»*Law & Order* ist wesentlich interessanter«, sagte Etta. »Nichts für ungut.«

Ich lachte. »Kein Problem. Am Verkehrsgericht passiert nicht viel Aufregendes.«

An der Kasse wurde der Nächste aufgerufen, und Etta und ich gingen zum Schalter, um ihre Strafe zu bezahlen. Der Bezirksstaatsanwalt hatte tatsächlich eingewilligt, auf eine Strafe für Fahren ohne Fahrerlaubnis zu verzichten, wenn Etta sich schuldig bekannte, rücksichtslos eine Tür geöffnet und ein Rücklicht beschädigt zu haben – für beides gab es deftige Strafen, aber es waren keine Verkehrsdelikte im herkömmlichen Sinne.

Etta hatte die Rolle der verwirrten alten Dame derart überzeugend gespielt, dass der Staatsanwalt sich am Ende doch tatsächlich dafür entschuldigte, überhaupt eine Strafe verhängen zu müssen. Der Richter hingegen durchschaute Ettas Auftritt und hielt ihr eine zwanzigminütige Strafpredigt. Ich war mir ziemlich sicher, dass Richter Peterson ein oder zwei Jahre älter als Etta war. Aber zumindest war die Sache erledigt.

Auf dem Weg aus dem Gericht trafen wir Travis Burns,

einen Anwalt, den ich seit ein paar Jahren nicht mehr gesehen hatte. Wir blieben stehen, und ich stellte Etta vor.

»Du siehst toll aus«, sagte er dann zu mir.

»Danke. Du auch. Was machst du am Verkehrsgericht?«

»Der Sohn eines wichtigen Mandanten ist wegen Trunkenheit am Steuer angeklagt. Und du?«

Ich sah zu Etta und lächelte. »Etta ist auch eine wichtige Mandantin.«

Nachdem wir einige Minuten geplaudert hatten, legte Travis den Kopf schief. »Wollen wir uns mal treffen? Bei einem Drink austauschen, was alles so passiert ist?«

»Klar. Gern.«

Kaum hatten wir uns verabschiedet, bemerkte Etta: »Er ist ein echter Hingucker.«

»Travis ist nett. Und er ist ein guter Anwalt.«

»Verdammt. Gray ist ein Idiot.«

Als ich Etta heute Morgen abgeholt hatte, hatte sie mir erzählt, dass Gray neulich bei ihr gewesen war und ihr von uns erzählt hatte. Sie sagte, es ginge sie nichts an, aber sie fände es eine Schande. Ich dachte, ich wäre einem längeren Gespräch über Gray und mich entkommen, doch dieser Gedanke war offenbar voreilig gewesen.

Auch wenn ich den Grund, aus dem er sich getrennt hatte, für vorgeschoben hielt, versuchte ich, so zu tun, als verstünde ich ihn. »Unser Timing war einfach schlecht«, erklärte ich Etta. »Bei ihm ist eine Menge los.«

»Entschuldigen Sie meine Ausdrucksweise, aber das ist Blödsinn. Der Mann hat sie doch nicht alle. Das Leben hat ihm einen Curveball hingeworfen. Das verstehe ich. Aber deshalb hört man doch nicht auf zu schwingen. Man verstärkt den Griff und schleudert das Ding aus dem Spielfeld.«

Wir gingen die Treppe vor dem Gericht hinunter und hinüber zum Parkhaus. Normalerweise fuhr ich mit dem Zug zum Gericht in Queens, aber ich hatte Etta abholen wollen, darum war ich mit dem Wagen gekommen.

»Um jedes Hindernis zu überwinden, muss man jemanden wirklich wollen«, sagte ich. »Das war bei Gray nicht der Fall.«

Etta blieb stehen. »Denken Sie das? Dass er Sie nicht genug geliebt hat?«

»Ich glaube, seine Entscheidung ist eindeutig, Etta.«

Sie schüttelte den Kopf. »Liebes, Sie wissen ja, dass ich den Jungen schon kannte, als er noch in den Windeln lag. Er hat drei Frauen in seinem Leben geliebt – seine Mutter, Gott hab sie selig, mich und *Sie.* Er hat drei Jahre für eine Frau im Gefängnis gesessen, die er mochte, aber nie geliebt und nur aus praktischen Gründen geheiratet hat. Der Mann opfert sich für andere Menschen wie kein anderer. Darum hat er sich von Ihnen getrennt, Liebes. Er hat sich in den Kopf gesetzt, dass es Ihnen gegenüber aus irgendeinem Grund nicht fair wäre, Sie weiter an sich zu binden.«

Wir erreichten das Parkhaus, begaben uns zu meinem Auto und machten uns auf den Rückweg zu Etta. Was sie gesagt hatte, ging mir nicht mehr aus dem Kopf. Ich war so fassungslos und wütend über Grays Aktion gewesen, dass ich gar nicht auf die Idee gekommen war, er hätte es vielleicht getan, um mich freizugeben. Ein selbstloser Akt wie dieser schien eher zu Gray zu passen als ein »Ich lass dich sitzen, weil ich so viel um die Ohren habe«.

Die ganze Rückfahrt zu Etta war ich tief in Gedanken. Sie schien zu wissen, dass ich über ihre Worte nachdenken musste, denn sie ließ mich in Ruhe. Als ich in ihre Einfahrt bog, kam gerade ein Mann aus dem Haus. Er schien in ihrem Alter zu sein und brachte in Hausschuhen den Müll hinaus.

Oh, wow. Etta hat einen Freund.

Ich lächelte. »Sieht aus, als hätten Sie mehr Glück mit Männern als ich.«

Etta zog die Augenbrauen zusammen, dann merkte sie, was ich dachte. »Das ist Rip«, erklärte sie lachend. »Er hat die untere Wohnung gemietet.«

»Rip? Grays alter Zellennachbar?«

»Genau der.«

Rip winkte, kam zur Beifahrerseite des Autos und öffnete Etta die Tür.

Er hielt ihr die Hand hin, um ihr hinauszuhelfen, und ich stieg aus, um mich zu verabschieden.

»Rip, das ist …«, sagte Etta.

Er ging um den Wagen herum und umarmte mich stürmisch. »Ich weiß, wer Sie sind. Musste mir lange genug jeden Tag alles über Sie anhören.«

Ich lächelte. Gray hatte mir Rips Geschichte erzählt. Die zwei Männer hatten eine Menge gemeinsam – beide saßen für Dinge ein, die sie für andere Menschen getan hatten. »Ich habe auch schon viel von Ihnen gehört. Gray sagte, Sie würden bald entlassen. Mir war nicht klar, dass es schon so weit ist.«

»Ja. Der hübsche Junge hat mich vor ein paar Tagen abgeholt. Hat mir auch noch eine nette Wohnung besorgt.«

»Wow. Na dann, willkommen zu Hause.«

Rip erklärte Etta, er würde in ihrem Garten Unkraut jäten, und umarmte mich noch einmal. »Es war schön, Sie endlich kennenzulernen, Layla. Wir sehen uns bestimmt bald wieder.«

Ich nickte, ich wollte ihm nicht erklären, dass das wahrscheinlich nicht der Fall sein würde. Nachdem er außer Hörweite war, sagte ich zu Etta: »Ich glaube, er weiß es noch nicht.«

Sie lächelte. »O doch. Wir haben neulich Abend mit Gray zusammen zu Abend gegessen.«

Irritiert schüttelte ich den Kopf.

Etta nahm meine Hand. »Ich will Ihnen eine kleine Geschichte erzählen. Ich glaube, ich habe Ihnen schon erzählt, wie mein Mann und ich uns kennengelernt haben – dass wir in der Lobby vom Plaza Hotel zusammengestoßen sind – und wie ich ihn verlassen habe, weil ich ihn bei einer Lüge erwischt habe. Nun, er ist ein Mann, darum war es natürlich nicht das einzige Mal, dass er Mist gebaut hat. 1967 wurde Henry zum Vietnamkrieg eingezogen. Einige Wochen bevor er abreisen sollte, trennte er sich von mir – er sagte, er hätte sich in eine andere Frau verliebt und liebte mich nicht mehr. Ich war am Boden zerstört. Es dauerte ungefähr ein Jahr, ehe ich darüber hinweg war. Damals waren Frauen alte Jungfern, wenn sie mit fünfundzwanzig noch nicht verheiratet waren. Meine Mutter übte allmählich Druck auf mich aus, mich wieder mit Männern zu treffen. Schließlich lernte ich Fred kennen.« Etta sah nach unten und lächelte, als würde sie sich voller Liebe an ihn erinnern.

»Fred war ein wunderbarer Mann. Er behandelte mich wie eine Königin und brachte mich gegen meinen Willen zum Lachen. Ich himmelte ihn an. Doch … ich habe ihn nie geliebt, wie ich Henry geliebt hatte.«

»Sie haben doch aber Henry geheiratet und nicht Fred, stimmt's?«

Etta nickte. »Zwei Jahre nachdem ich angefangen hatte,

mit Fred auszugehen, lud er mich an meinem Geburtstag in ein schickes Restaurant zum Abendessen ein. Ich hatte das Gefühl, er würde mir vielleicht einen Antrag machen. Ich mochte ihn wirklich sehr. Ich wusste, er würde ein wunderbarer Ehemann sein. Doch es fühlte sich nicht richtig an, weil ich Fred nicht liebte, wie ich Henry geliebt hatte.«

»Hat Fred um Ihre Hand angehalten?«

»Er bekam nicht die Chance dazu. Am Abend vor meinem Geburtstag ging ich ins Plaza Hotel, wo ich Henry zum ersten Mal begegnet war. Sein Vater war dort Portier, und ich war zum Mittagessen dort gewesen, als meine Großmutter in der Stadt war. Ich hatte den Ort immer für magisch gehalten. Wenn ich nur in der Lobby stand, bekam ich schon eine Gänsehaut. Sie war so wunderschön. Ich zog mich also hübsch an wie zu einem Rendezvous, setzte mich einige Stunden in die Lobby und dachte nach, was ich tun sollte, falls Fred am nächsten Abend tatsächlich um meine Hand anhielte. In jener Lobby beschloss ich, dass ich ihn nicht heiraten konnte und wenn er auch ein noch so guter Fang war. Ich hätte mich nicht für Fred entschieden, und das hatte keiner von uns verdient. Nach einigen Stunden beschloss ich, nach Hause zu gehen. Doch wissen Sie, was passierte?«

»Was?«

»Ich trat im selben Moment aus der Tür, als ein Mann in Uniform hereintrat.«

Ich machte große Augen. »Henry kam herein, als Sie gerade gingen?«

»Ganz genau. Er war entlassen worden und an dem Tag nach Hause zurückgekehrt. Sein Vater arbeitete nicht mehr als Portier. Er hatte Knieprobleme. Es stellte sich heraus, dass er jetzt den Fahrstuhl bediente. Er verbrachte seine Abende auf einem Stuhl, sodass ich ihn nicht gesehen hatte, aber Henry kam, um seinen Vater zu besuchen.«

»Wow. Das ist ja verrückt.«

»Ja, nicht wahr? Acht Millionen Menschen leben in dieser Stadt, und wir waren beide in diesem Moment am selben Ort. Henry fragte, was ich dort täte. Und ich erklärte ihm, ich wäre gekommen, um in Ruhe über einen Mann nachzudenken, mit dem ich mich seit einiger Zeit träfe. Ich lasse den Teil aus, in dem ich ihn zu Kreuze kriechen ließ, und erzähle Ihnen einfach, dass Henry sich von mir getrennt hatte, weil er in den Krieg zog und nicht wollte, dass ich Jahre auf ihn warten musste. Er wusste nicht, ob er überhaupt zurückkehren würde und wenn, was er mir dann bieten könnte. Damals kehrten die Männer erst nach einer ganzen Weile zurück – oder schlimmer, sie kamen gar nicht wieder.«

»Und so haben Sie Henry geheiratet.«

»Schließlich ja. Ich vergab ihm, weil er das Beste für mich gewollt hatte – auch wenn es idiotisch von ihm gewesen war, diese Entscheidung für uns beide zu treffen. Im nächsten Jahr wären wir fünfundvierzig Jahre verheiratet gewesen. Wir konnten es uns natürlich nicht leisten, im Plaza zu heiraten. Doch wir gingen jedes Jahr an unserem Hochzeitstag hin.«

Ich lächelte. »Danke, dass Sie mir das erzählt haben, Etta. Aber die Situation mit Gray ist nicht ganz die gleiche, auch wenn ich verstehe, worauf Sie hinauswollen.«

»Ich hoffe sehr, dass ihr zwei einen Weg findet, denn wenn man einmal die wahre Liebe gefunden hat, fühlt sich alles andere wie ein Kompromiss an. Und in der Liebe sollte man keine Kompromisse eingehen.« Sie drückte meine Hand. »Danke für heute, Liebes.«

»Passen Sie auf sich auf, Etta. Und wenn Sie etwas brauchen, Sie haben ja meine Nummer.«

35. Kapitel

Gray

Allmählich geriet alles in ruhigeres Fahrwasser, doch die Ruhe verstärkte mein Unglück nur. Max wurde heute aus dem Krankenhaus entlassen, Ella und ich gewöhnten uns aneinander, und die beiden ersten Investitionen meiner Firma liefen sehr gut.

Natürlich war es nur ein vorübergehender Aufenthalt in seichterem Wasser, denn wenn Max nicht mehr da war, würde die heftige Brandung zurückkehren. Ich hatte einen Probelauf als Vater gehabt, allerdings ohne dass der einzige Elternteil, den meine Tochter je gekannt hatte, gestorben war. Irgendwann würde ich ihr die Mutter rund um die Uhr ersetzen müssen, komme, was da wolle.

Doch fürs Erste bot mir das Segeln bei lauem Wind Gelegenheit, noch einmal darüber nachzudenken, was ich mit Layla gemacht hatte. Oder noch neunhundertsiebenundneunzig Mal darüber nachzugrübeln wäre wohl treffender ausgedrückt. Ich hatte in Ella eine Belastung für Layla gesehen – doch je besser ich meine Tochter kennenlernte und je besser ich mit ihr umgehen konnte, desto mehr fragte ich mich, ob Layla Ella mit der Zeit vielleicht auch nicht als Belastung sehen würde.

Ella war ein Segen. Klar, es lagen schwere Zeiten vor uns. Aber gestern hatten wir den ganzen Tag zusammen verbracht, und irgendwie hatte mein kleiner Engel mein Unglück gelindert. Heute war ich allein, und am liebsten hätte ich jemanden umgebracht. Ich hatte nicht daran gedacht, dass sie mein Leben besser machen könnte – meins *und* Laylas.

Mir war heute Abend nicht nach Gesellschaft, aber Etta hatte mich in der letzten Woche schon dreimal mit Rip bei sich zum Abendessen eingeladen. Ich wollte die beiden nicht verletzen.

Ich schloss die Tür auf, blieb auf der Treppe stehen und hörte die beiden reden.

»Sie ist eine Augenweide«, sagte Rip. »Wahrscheinlich stehen die Männer Schlange, um mit ihr auszugehen, nachdem sie jetzt wieder zu haben ist.«

»Und klug ist sie auch. Ich habe noch keine Frau im Gericht gesehen, die aussieht wie sie. Der Mann war sehr attraktiv. Hatte gute Manieren. Es geht nichts über einen Mann mit gutem Benehmen.«

Ich nahm zwei Stufen auf einmal. »Ich bin mir ziemlich sicher zu wissen, von wem ihr zwei redet – *klug, eine Augenweide* und *Gericht*, aber ich würde gern wissen, wer der *Arsch* mit dem guten Benehmen ist.«

Etta und Rip wechselten einen Blick, als hätte ich sie bei einem Überfall erwischt. Mit großen Augen versuchte Etta, über das hinwegzugehen, was ich gehört hatte.

»Klemmi.« Sie kam zu mir und küsste mich auf die Wange, während ich steif dastand und auf eine Antwort wartete. »Wie schön, dass wir drei es endlich noch mal schaffen, zu dritt zu essen.«

Ich schüttelte Rip die Hand und sah ihm in die Augen. »Was ist hier los, Rip?«

Er sah zu Etta und zuckte entschuldigend mit den Schultern, dann wandte er sich wieder zu mir. »Etta war letzte Woche mit deinem Mädchen bei Gericht. Irgendein Anzugträger wollte sich auf dem Gang des Gerichts mit ihr verabreden. Hat sie wohl gefragt, ob sie was trinken gehen.«

Ich biss derart fest die Zähne zusammen, dass ich schlagartig Kopfschmerzen bekam. »Wer?«

Etta schüttelte den Kopf. »Ich kann mich nicht an seinen Namen erinnern. Aber er sah gut aus. Klang, als wären sie befreundet. Er ist Anwalt.«

»Und sie hat sich mit ihm verabredet?«

»Im Gericht hat sie es noch im Vagen gelassen.«

Die Muskeln in meinen Schultern lösten sich kaum merklich. Doch dann tauschten Etta und Rip stumm irgendwelche Blicke.

»Was ist?«, fragte ich.

»Nichts.« Etta deutete auf die Küche. »Ich glaube, das Brot brennt an.«

Nachdem sie in die Küche geeilt war, sah ich wieder zu Rip. »Was verschweigt ihr zwei mir noch?«

Er stieß die Luft aus. »Etta hatte gestern eine Abrechnung von der Kanzlei deines Mädchens in der Post. Sie haben nichts berechnet. Layla hat sie kostenlos vertreten. Etta hat das Büro angerufen, um eine richtige Rechnung zu bekommen. Weil Layla ihr keine schicken wollte, hat Etta gesagt, dann wollte sie sich wenigstens mit einem guten Essen bei ihr bedanken.«

»Okay. Und?«

Rip zog die Brauen zusammen. »Layla war wohl schon … mit dem Typen aus dem Gericht verabredet. Scheint auch noch ziemlich großzügig zu sein. Lädt sie morgen Abend ins Plaza ein.«

Das elende Gefühl, das ich den ganzen Tag schon mit mir herumgeschleppt hatte, breitete sich plötzlich in meinem gesamten Körper aus. Mein Kopf pochte, mein Magen verkrampfte sich, und es fühlte sich an, als würde ein Elefant auf meiner Brust sitzen und mir das Atmen unmöglich machen. Ich ging in die Küche, um mir etwas Alkoholisches zu besorgen, egal was, und schenkte mir ein halbes Glas ein. Ich konnte mich kaum beherrschen und hielt es so fest umklammert, dass es in meiner Hand zu zersplittern drohte.

Rip setzte sich ins Wohnzimmer. »Tut mir leid, Gray. Ich hätte dir lieber etwas anderes erzählt.«

Ich kippte die Hälfte der beißenden Flüssigkeit mit einem Schluck hinunter, in der Hoffnung, dass ich mich ruhiger fühlte oder sie mich etwas betäubte.

»Ich weiß, sie verdient ein gutes Leben. Es macht mich nur fertig, dass ich nicht derjenige bin, der es ihr geben kann. Bei der Vorstellung, dass sie mit einem anderen zusammen ist, möchte ich jeden Scheißanwalt mit dem Kopf gegen die Wand donnern.«

Rip lachte. »Nun ja, das wäre nicht unbedingt etwas Schlechtes.« Er schüttelte den Kopf. »*Scheißanwälte.* Deine Dame meine ich natürlich nicht.«

»Wie kommst du damit zurecht?« Rips Frau war vor vier oder fünf Jahren gestorben. »Wird es mit der Zeit leichter?«

»Gab es im Knast einen einzigen Tag, an dem ich nicht Eileens Namen erwähnt habe?«

Ich dachte darüber nach. Ich war mir ziemlich sicher, dass ich mehr über Eileen wusste als über Rip. Ich ließ den Kopf in die Hände sinken. »Fuck.«

Rip beugte sich vor, nahm mir das halb leere Glas aus der Hand und kippte den Rest herunter. »Du sagst es.«

Ich war ein schlechter Gesellschafter beim Abendessen und auch danach. Ich würde Etta einen Blumenstrauß schicken müssen, um es wiedergutzumachen. Zumindest schienen Etta und Rip sich gut zu verstehen. Die zwei amüsierten sich offenbar gut. Bei meiner Laune und nachdem ich noch ein paar Drinks gekippt hatte, fühlte ich mich reif fürs Bett.

Auf der Rückfahrt nach Hause lehnte ich den Kopf gegen die Lehne und schloss die Augen. Ich hatte nicht erwartet, dass Layla allein blieb. Doch wie lange war das jetzt her? Zwei Wochen, und sie ging schon mit einem anderen aus? Ins Plaza? Dieser Idiot hatte wahrscheinlich gleich ein Zimmer gebucht. Die Masche kannte ich. Ein nettes Abendessen, ein paar Drinks – *du siehst umwerfend aus heute Abend … und hey, ich habe hier übrigens ein Zimmer.*

Fuck.

Der Wagen hatte gehalten, und ich öffnete die Augen, um zu sehen, wo wir waren. Ich musste ein paarmal blinzeln, um mich davon zu überzeugen, dass ich nicht halluzinierte. Wir standen im Stau direkt vor dem Plaza. An demselben verdammten Ort, an dem die Frau, die ich liebte, morgen Abend ein verdammtes Date hatte.

Am nächsten Morgen wachte ich mit zusammengebissenen Zähnen, brüllenden Kopfschmerzen und schweißnassen Händen auf. Das Gefühl eines drohenden Untergangs erinnerte mich an das Gefühl einen Tag, bevor ich meine verdammte Gefängnisstrafe angetreten hatte. Doch der Gedanke, dass Layla sich mit einem anderen einließ, hatte in meiner Vorstellung deutlich langwierigere Auswirkungen.

Dieser Verlust würde nicht in einigen Jahren vorbei sein – denn wenn man die Liebe seines Lebens gefunden und wieder verloren hatte, was blieb einem dann noch? Nur ein Leben ohne die Liebe. Bevor ich Layla begegnet war, war mir gar nicht klar gewesen, dass mir etwas fehlte. Doch jetzt fühlte ich mich ohne sie einfach nicht vollständig.

Nicht, dass ich noch nie eifersüchtig gewesen wäre – ein grünäugiges Monster hatte seinen hässlichen Kopf hervorgestreckt und eine archaische Form von Besitzanspruch auf eine Frau erhoben, genährt von irgendeinem männlichen Hormonschub. Ein Zeichen von Unreife. Doch was ich heute empfand, war etwas ganz anderes. Klar, ich wollte diesen Typen, der heute Abend mit Layla verabredet war, windelweich schlagen. Aber ich hatte auch andere Gefühle, die neu für mich waren – *Angst, Trauer, Verlust*. So verrückt es schien, es war wahrscheinlich nicht viel anders, als wenn ein geliebter Mensch gestorben war.

Zum Glück hatte ich einen Grund, meinen Hintern heute aus dem Bett zu hieven. Andernfalls wäre ich den ganzen Tag liegen geblieben und hätte mich in meinem eigenen Elend gesuhlt – zu feige, um etwas dagegen zu unternehmen. Doch ich hatte Pflichten, die Vorrang vor meinem Selbstmitleid hatten. Meine Tochter erwartete mich.

Ich traf etwas zu früh bei Max und Ella ein. Paula war schon da und half Ella beim Anziehen – *fuchsia*farbene Sachen, weil Freitag war.

»Wie geht's dir?«

Ich hatte mich irgendwie mit Max arrangiert und einen freundlichen Umgangston mit ihr gefunden. Auch wenn ich nie verstehen würde, was sie mir angetan hatte, oder ihr jemals vergeben konnte, hatte ich während ihres Krankenhausaufenthalts gesehen, dass sie sonst niemanden hatte. Es wäre mir schlicht unmenschlich erschienen, wenn ich sie in der wenigen Zeit, die ihr noch blieb, schlecht behandelt hätte.

»Gut. Schwach, aber ich bin froh, zu Hause zu sein.«

Ich schob die Hände in die Hosentaschen und nickte.

»Wie läuft es mit dir und Ella?«, erkundigte sich Max. »Seit ich wieder zu Hause bin, hat sie nicht aufgehört, von dir zu reden.«

»Sie ist ein tolles Kind.« Ich hielt inne und erwog, nicht zu sagen, was mir auf der Zunge lag. Doch dann dachte ich, dass es Max vielleicht Frieden schenken würde. »Du hast sie toll erzogen. Sie ist schlau, glücklich, höflich und sehr ausgeglichen für ein kleines Mädchen, deren Mom gerade im Krankenhaus war.«

Max lächelte. »Danke. Ich bedaure vieles in meinem Leben. Aber was ich am meisten bedaure, ist, dass du meinetwegen Jahre mit ihr verloren hast. Sie verdient dich. Und du verdienst sie. Zeit ist ein Geschenk, und ich hoffe, du hast viele Jahre mit ihr, Gray. Das meine ich ganz ehrlich.«

»Danke.«

Max holte tief Luft. »Ich glaube, wir sollten es ihr sagen.«

Mein Blick sprang zu ihr.

»Mir bleibt nicht mehr viel Zeit, und vielleicht macht es ihr den Übergang leichter, wenn sie weiß, dass sie noch ein Elternteil hat. Dass sie nicht allein auf der Welt ist.«

Plötzlich wurde ich nervös. »Meinst du, sie ist schon so weit?«

»Ja.«

Ich nickte. »Okay, dann. Wann immer du willst.«

Max lächelte traurig. »Ich kann es mir nicht leisten, Zeit

zu verschwenden. ›Was du heute kannst besorgen, das verschiebe nicht auf morgen‹ ist jetzt mein Motto.«

Ella flog ins Zimmer, und ich ging schnell in die Hocke, um sie aufzufangen. *Gott, wie ich diese Umarmung brauche, meine Kleine.* Ich drückte sie so fest wie sie mich. Ihre kleinen Arme passten nicht ganz um mich herum, und ich hoffte, dass sie mich auch noch umarmen würde, wenn sie eines Tages lang genug wären.

»Können wir heute wieder nach Stuart suchen?«

Max zog verwirrt die Augenbrauen zusammen, darum erklärte ich es ihr. »Im Central Park. Ich war mit ihr am See, wo man *Stuart Little* gefilmt hat.« Dann sah ich Ella an. »Klar. Warum holen wir unterwegs nicht Sommersprosse ab? Ich bin mir sicher, er würde gern mit in den Park kommen.«

Sie hüpfte auf und ab. »Ja! Ja! Ja!«

Max beugte sich herunter. »Süße, bevor ihr geht, möchten Gray und ich gern etwas mit dir besprechen.«

Ella sah ihre Mutter an und machte einen Haufen Gebärden, die ich nicht verstand.

Max lachte. »Ja. Du musst deine Hörgeräte einschalten.«

Paula schien zu spüren, dass wir etwas Zeit allein brauchten. »Ich habe deiner Mom gesagt, dass ich heute Abend zum Essen und zum Baden wiederkomme«, erklärte sie Ella. »Wir sehen uns später, meine Kleine. Ich kann es nicht erwarten, vom Park zu hören.« Sie küsste Ella auf den Scheitel und verabschiedete sich von Max und mir.

»Gehen wir doch ins Wohnzimmer.« Max deutete mit dem Kopf in die Richtung.

Mein Herz begann zu rasen. Was, wenn Ella enttäuscht war, wenn sie es erfuhr? Was, wenn sie dachte, ich hätte die ganze Zeit gewusst, dass sie meine Tochter war, und hätte sie absichtlich gemieden? Wie zum Teufel brachte man einem kleinen Mädchen bei, dass ein Mann, den sie gerade erst kennengelernt hatte, ihr Vater war? Ich hoffte inständig, dass Max einen Plan hatte, denn ich hatte eindeutig keinen.

Max und Ella setzten sich zusammen aufs Sofa, ich mich in den Sessel schräg gegenüber. Max sah zu mir herüber, ihr Blick suchte meine Zustimmung, dass sie anfangen durfte. Doch anstatt ihr meine Zustimmung zu signalisieren, sah ich offenbar aus wie ein verschrecktes Reh.

»Alles wird gut«, flüsterte Max mir zu, dann drehte sie sich zu ihrer Tochter.

»Ella, weißt du noch, als ich dir erzählt habe, dass du so schlau bist wie dein Daddy?«

Ella nickte. »Ich hab den Kopf von meinem Daddy.«

Max lächelte. »Genau. Nun, ich habe Neuigkeiten für dich.«

Ich hielt den Atem an.

Ella machte eine Gebärde, über die Max lachen musste. Ich musste diese Sprache unbedingt schnell lernen.

»Ich glaube nicht, dass Gray das verstanden hat, Ella. Sag es ihm mit Worten *und* mit den Händen.«

Ella machte langsam und zeigte mir jedes Wort mit ihren Händen. »Gray.« Sie beschrieb mit den Händen einen Kreis. »Schlau.« Sie tippte sich mit einem Finger an die Stirn und hielt dann die Hand hoch, mit der Handfläche in meine Richtung.

Ich sah überrascht zu Max. *Fragt sie, ob ich kapiert habe, was sie fragt?*

Als Max mein Gesicht sah, lachte sie. »Ella, sagst du, dass Gray so schlau wie dein Daddy ist, weil du willst, dass *er* dein Daddy ist?«

Ella lächelte und schlug verschämt die Hände vors Gesicht. Sie spreizte zwei Finger, um aus einem Auge zu mir hochzusehen, und nickte.

Ich schluckte ein paarmal, um einen Anflug unerwarteter Tränen zurückzudrängen. »Komm her, du.« Ich stand auf, legte einen Arm um ihre kleine Taille und hob Ella auf meinen Schoß. Ich nahm ihr die Hände vom Gesicht und lächelte.

»Das freut mich, Ella. Denn ich *bin* dein Daddy. Es tut mir leid, dass ich nicht da sein konnte, als du ein Baby warst, aber ich verspreche dir, dass ich von jetzt an immer da sein werde.«

Ella starrte mich an, dann sah sie auf der Suche nach Bestätigung zu ihrer Mutter. Max nickte.

»Darf ich dich …«

Sie hob die Hand, streckte alle Finger aus und tippte sich mit dem Daumen zweimal an die Stirn. Es erinnerte mich an einen Truthahn. Meine Kenntnisse in Gebärdensprache waren bescheiden, aber bei meinem ersten Online-Lernversuch war ich über das Wort für *Daddy* gestolpert. Das hatte ich mir gemerkt.

»Ich würde mich freuen, wenn du mich Daddy nennst.« Ich imitierte das Zeichen und sprach das Wort mit brüchiger Stimme aus.

Ihr Lächeln schnürte mir die Kehle zu. Doch dann legte sie den Zeigefinger an die Lippe und schien über etwas nachzudenken. Ich sah zu Max hoch, die mit den Schultern zuckte, und wir warteten.

»Heißt das, ich wohne bei dir und nicht bei Mommy?«

Ich schüttelte den Kopf, doch dann wurde mir bewusst, dass das tatsächlich schon bald der Fall sein würde, und meine erste Aktion als ihr offizieller Vater sollte nicht sein, dass ich sie anlog. Ich sah zu Max und fragte sie stumm: *Wie soll ich darauf antworten?*

Max nahm Ellas Hand. »Du bekommst zwei Zuhause – eins bei Mommy und eins bei Daddy. Und das ist ziemlich cool, denn wenn einer von uns irgendwann mal … wegmuss … hast du immer noch ein Zuhause.«

Ella wandte sich an mich. »Gehst du wieder weg?«

»Um nichts in der Welt werde ich dich je wieder verlassen, jetzt, wo ich richtig dein Daddy bin.«

Ella lächelte. »Okay.«

»Und weißt du, was noch?«, fragte ich.

»Was?«

»Du kennst doch das Zimmer, in dem du bei mir geschlafen hast?«

Sie nickte.

»Das wird ab jetzt dein Zimmer. Dann hast du bei mir ein Zuhause, wenn wir zusammen sind. Und weißt du, was? Du darfst dir selbst die Farbe aussuchen, und wir können ein paar Sachen kaufen, damit es sich wie dein Zimmer anfühlt.«

Ella bekam große Augen. »Darf ich es in meiner Lieblingsfarbe anmalen?«

»Wir können es anmalen, wie du willst.«

Sie lächelte. »Meine Lieblingsfarbe ist Regenbogen, genau wie Laylas.«

36. Kapitel

Gray

Anschließend verlief der Tag wie jeder andere Tag mit Ella. Wir fuhren bei mir vorbei und holten Sommersprosse, der seinen alten Schuh den ganzen Weg bis zum Central Park mitschleppte, dann sahen wir den Nachmittag über zu dritt den Modellbooten zu. Während Ella nach Stuart Little suchte, war ich insgeheim mit Laylas Verabredung am heutigen Abend beschäftigt und dachte an den schönen Nachmittag, den wir das letzte Mal alle zusammen hier verbracht hatten.

Ella und ich kauften uns sogar bei demselben Wagen ein Eis und setzten uns auf dieselbe Bank, auf der wir zu dritt das letzte Mal Eis gegessen hatten. Auch Ella dachte dabei offenbar an Layla.

Sie schleckte auf der einen Seite des Hörnchens an ihrem Schokoladeneis, während es ihr auf der anderen Seite über die Finger lief. »Kann Layla das nächste Mal mit uns in den Park kommen?«

Ich sollte ihr nicht sagen, dass wir uns getrennt hatten. Sie hatte heute schon genug neue Informationen zu verdauen. »Ich weiß noch nicht, Süße.«

Sie leckte weiter. »Seid du und Mommy verheiratet?«

Ich hustete und verschluckte mich fast an meinem Eis. »Nein, Mommy und ich sind nicht mehr verheiratet.«

»Kannst du dann Layla heiraten?«

Ich wünschte es. »Das heißt, ich könnte wieder heiraten. Und deine Mom theoretisch auch.«

»Was heißt *theotisch*?«

»Es heißt, das könnte passieren, muss es aber nicht.«

Sie drehte ihre Hand, untersuchte ihre eisverschmierten Finger und leckte sie ab.

»Wie, dass wir Stuart Little hier draußen finden.«

Ich lachte. »So ungefähr, ja.«

»Warum heiraten Menschen?«

Gute Frage. Ich versuche jetzt schon seit Jahren zu verstehen, warum ich deine Mutter geheiratet habe.

»Sie heiraten, weil sie sich lieben.«

»Liebst du Layla?«

Mist.

Zumindest hatte ich auf diese Frage eine klare Antwort. »Ja, Süße, ich liebe Layla.«

Daraufhin schwieg Ella eine ganze Weile. Ich schaute ein paarmal zu ihr hinüber, während sie schweigend an ihrem Eis leckte, und konnte sehen, dass die Rädchen in ihrem kleinen Kopf arbeiteten.

»Wie fühlt sich Liebe an?«

Herrgott, das waren vielleicht schwierige Fragen. »Sie fühlt sich an, als wolltest du alles auf der Welt tun, damit dieser Mensch glücklich ist. Es macht dich glücklich, und dir wird ganz warm im Bauch.«

Sie kicherte. »Mein Eis macht mir ein kaltes Gefühl im Bauch. Aber ich *liebe* Eis.«

Ella aß ihr Hörnchen auf, und ich kaufte eine Flasche

Wasser, um eine Serviette nass zu machen und ihr die Finger abzuwischen, obwohl Sommersprosse das liebend gern übernommen hätte. Ich hatte angenommen, unser kleines intimes Gespräch wäre vorüber.

»Hast du bei mir ein warmes Gefühl im Bauch?«, fragte sie.

Mir lief das Herz über. »Ja. Und ich würde alles auf der Welt tun, um dich glücklich zu machen.«

Sie zeigte ihr breites Grinsen. »Das heißt, du liebst mich.«

Ich rieb meine Nase an ihrer. »Ganz bestimmt. Ich liebe dich sehr, Süße.«

Ihr Gesicht wurde ernst. »Bleibst du hier?«

»Ich bleibe für immer, Ella.«

Noch Stunden nachdem ich sie abgesetzt hatte, dachte ich über das Gespräch mit Ella nach. Ich hatte jedes Wort gemeint, das ich zu ihr gesagt hatte. Ich liebte sie und würde alles auf der Welt tun, um sie glücklich zu machen. Hätte mich vor einem Monat jemand gefragt, ob ich Kinder wollte, hätte ich wahrscheinlich Nein gesagt. Meine eigenen Erfahrungen hatten mir keine Lust auf ein Familienleben gemacht. Ich hatte gedacht, ich würde den Weg kennen, den ich gehen wollte. Doch heute hatte ich nicht nur akzeptiert, dass das mein Schicksal war – ich *wollte* Ella in meinem Leben. Manchmal lenkt etwas Unvorhergesehenes unseren Weg, und wir merken erst dann, dass wir vorher auf dem falschen Weg waren.

Was mich auf den Gedanken brachte … wenn ich vor gar nicht langer Zeit keine Familie gewollt hatte und mir jetzt ein Leben ohne Ella nicht mehr vorstellen konnte, konnte Layla dann genauso empfinden? Die Liebe ändert alles.

Wenn Ella mich als ihren Vater nicht gewollt hätte, hätte

ich dann nicht um ihre Liebe gekämpft? Hatte ich ihr das nicht im Grunde heute erklärt?

Wie fühlt sich Liebe an?

Sie fühlt sich an, als wolltest du alles auf der Welt tun, damit dieser Mensch glücklich ist.

Wie konnte ich entscheiden, was Layla glücklich machen könnte, wenn ich vor einem Monat noch nicht einmal gewusst hatte, was *mich selbst* glücklich machte?

Verdammt.

Ich hatte es versaut. Wieder einmal.

Womöglich wollte Layla nicht mit mir zusammen sein, aber Rip, Etta … *alle* hatten recht – das hatte ich nicht zu entscheiden. Es war ihre Entscheidung.

Ich nahm mein Handy und sah auf die Uhrzeit. Viertel nach sieben. Mit zitternden Händen scrollte ich durch die Nummern, bis ich die richtige fand, schnappte mir Portemonnaie und Schlüssel und ging auf *Anruf*.

»Etta, wann ist Laylas Verabredung?«

37. Kapitel

Gray

Stau. Zwei Blocks vom Plaza Hotel entfernt sprang ich aus dem Taxi und warf dem Fahrer eine Fünfzigdollarnote hin. *Zu Fuß bin ich schneller.* Also ging ich, dann lief ich, und aus dem Lauf wurde ein Sprint.

Der Portier war sich nicht ganz sicher, ob er mich aufhalten oder mir die Tür aufhalten sollte.

»Wo ist das Restaurant?«, fragte ich.

»Welches, Sir?«

Mist. »Alle.«

Ich fing unten an. Der Palmengarten war voll, aber Layla war nicht unter den Gästen. Als Nächstes ging ich in die Champagner-Bar, doch auch dort nichts. Ich wartete auf den Aufzug zum Rose Club, wurde jedoch ungeduldig und begab mich auf die Suche nach der Treppe. Zwei Stufen auf einmal nehmend sprang ich nach oben und drängte mich an dem Oberkellner vorbei, der mir zu helfen versuchte.

An der Bar kein Zeichen von ihr.

Ich ging zu einer Innentreppe, die in einen überdimensionierten wohnzimmerähnlichen Raum führte. Nachdem ich den Saal mit den Blicken abgesucht hatte, wollte ich mich gerade auf den Weg zur nächsten Station machen, als ich in einer abgeschiedenen Ecke einen Frauenkopf über einen hohen roten Stuhl lugen sah. Sie war allein.

Mein Herz raste. Das musste sie sein. Als ich näher kam, wurde mir klar, dass ich keine Ahnung hatte, was zum Teufel ich sagen wollte. Ich wand mich zwischen den Tischen durch und entdeckte ein Paar Beine. Umwerfende, spektakuläre, sexy Beine, die ich überall wiedererkennen würde.

Ich blieb hinter ihrem Stuhl stehen und atmete ein paarmal tief ein und aus, ehe ich mich vorwagte.

Layla hielt den Kopf gesenkt und tippte eine Nachricht auf ihrem Smartphone. Es dauerte einen Moment, bis sie merkte, dass jemand vor ihr stand. Als sie aufsah, blinzelte sie ein paarmal.

»Gray!? Was machst du hier?«

»Ich muss mit dir reden.«

Die Überraschung auf ihrem Gesicht wich einer wütenden Miene. »Hier? Jetzt? Als ich mit dir sprechen wollte, schienst du nicht allzu interessiert zu sein.« Sie stand auf und verschränkte die Arme vor der Brust. »Ruf Montag meine Sekretärin an und mach einen Termin, wenn du was brauchst.«

»Nein.«

Ihre Brauen schossen nach oben. »Nein?«

»Ich kann nicht warten.«

Sie schüttelte den Kopf und trat näher. Das Feuer in ihren Augen hätte mich abschrecken müssen, doch stattdessen machte es mich an. Es erinnerte mich an das erste Mal, als wir uns begegnet waren. Ihre unverblümte Art hatte mich angezogen, noch bevor ich bemerkt hatte, wie vollkommen ihre Lippen waren. Das war unser Ding – direkt, ehrlich.

Sie stemmte die Hände in die Hüften. »Du hast vielleicht

Nerven, weißt du das? Du lässt mich sitzen, tust, als hätte ich nie existiert, dann tauchst du auf, wenn ich zum Abendessen verabredet bin, und erwartest, dass ich auf der Stelle alles stehen und liegen lasse und mit dir rede?«

»Nicht reden. Hör einfach zu.«

Das Feuer in ihren Augen flackerte auf. Sie öffnete den Mund, um etwas zu sagen, dann schloss sie ihn und hob den Arm, um auf ihre Uhr zu sehen. »Du hast eine Minute.«

Ich konnte dem Impuls, sie zu berühren, nicht länger widerstehen und legte die Hände auf ihre Wangen. Sie schlug sie nicht weg, was ich für ein gutes Zeichen hielt.

»Ich habe Mist gebaut. Ich weiß. Ich habe Schluss gemacht, weil ich dachte, es wäre das Beste für dich. Heute ist mir klar geworden, dass ich noch nicht einmal weiß, was das Beste für mich selbst ist. Warum zum Teufel sollte ich also wissen, was das Beste für dich ist?«

Ihre Gesichtszüge wurden weicher.

»Ich weiß, dass du keine Kinder willst. Vor einem Monat hätte ich dasselbe gesagt. Wir kommen beide aus schwierigen Familien. Aber manchmal passiert etwas Unvorhergesehenes, das uns klarmacht, dass wir eigentlich gar nicht wirklich wussten, was wir wollten.«

»Du hast mich nie überhaupt gefragt, ob ich Kinder will.«

Ich hatte vergessen, dass sie nicht wusste, dass ich ihre Liste gelesen hatte. Ich betrachtete meine Füße. »Als ich nach den Karten vom Lieferservice gesucht habe und du unter der Dusche warst, habe ich gesehen, was du geschrieben hast.«

Sie zog die Augenbrauen zusammen. »Was ich geschrieben habe? Wovon redest du?«

Ich hatte die verdammten Sätze so oft im Geiste wiederholt. »Ich werde für ihn nie an erster Stelle kommen … Ich werde wieder verletzt … Wollte nie Kinder haben … Ich verdiene etwas Besseres.«

Ich sah sie an und nickte. »Ich weiß, dass du mehr verdienst. Du verdienst genau, was du willst. Aber vielleicht besteht ja die Chance, dass sich ändert, was du willst.«

Laylas Blick wirkte einen Moment abwesend, als ob sie nach etwas suchte. Dann begriff sie.

»Du hast eins meiner Notizhefte gelesen?«

»Nicht mit Absicht. Aber ja.«

»Und darum hast du dich von mir getrennt? Wegen der Liste?«

Ich schüttelte den Kopf. »Ich hätte mit dir darüber reden sollen.«

»Ja. Das hättest du. Und weißt du auch, warum?«

Ich nickte. »Weil ich kein Recht hatte, eine Entscheidung für dich zu treffen.«

»Das stimmt. Aber auch, weil ich dann die Chance gehabt hätte, dir zu sagen, dass die Liste nicht dich betraf.«

»Was?«

»Ja. Ich würde *gern* irgendwann Kinder haben. Wenn du mich *gefragt hättest*, hätte ich dir das sagen können. Was du gelesen hast, war eine Liste, die ich vor ungefähr fünfzehn Jahren erstellt habe – ich habe überlegt, ob ich *meinem Vater vergeben soll*.«

Ich starrte sie ungläubig an.

Sie tickte die Liste mit den Fingern ab. »Ich werde für ihn nie an erster Stelle kommen. Ich werde wieder verletzt. Wollte nie Kinder haben. Ich verdiene mehr. Ich glaube, das habe ich geschrieben, als er nicht zu der Abschlussfeier von der Mittelschule gekommen ist, obwohl er es versprochen hatte. Wenn ich mich richtig erinnere, stand dort auch *Er ist unzuverlässig.* Denn das war er. Immer.«

Ich strich mir durchs Haar. »Herrgott! Im Ernst?«

»Nur deshalb hast du dich von mir getrennt? Ohne zu kämpfen?«

»Max sagte, als ihr euch unterhalten habt …«

Layla hob die Hand. »Sprich es noch nicht einmal aus.«

Shit.

Sie hob ihr Handgelenk und blickte auf ihre Uhr. »Fünf Sekunden. Noch was?«

Shit.

Jetzt oder nie. Ich hatte alles an dieser Frau vermisst. Von ihrem Duft über ihr dynamisches Auftreten mir gegenüber bis hin zu dem warmen Gefühl, das sich in meiner Brust ausbreitete, wenn ich in ihrer Nähe war. Mein Blick fiel auf ihre Nase, und ich merkte, dass sie die Sommersprossen nicht abgedeckt hatte. Das gab mir den nötigen Mut, alles auf den Tisch zu legen.

»Ich liebe dich. Noch nie in meinem Leben war ich mir bei etwas so sicher. Ich liebe dich so sehr, Layla. Wir sind füreinander bestimmt. Das wussten wir beide vom ersten Tag an. Dich zu lieben ist wie atmen. Ich kann nicht anders.«

Sie verzog die geschürzten Lippen zu einem Lächeln, doch dann sanken ihre Mundwinkel wieder nach unten. »Du hast mich verletzt, Gray. *Zweimal.* Ich kann das nicht noch einmal durchstehen.«

»Ich weiß. Und wenn du mir noch eine Chance gibst, verspreche ich dir, dass ich es wiedergutmache. Ich werde nie wieder an uns zweifeln. Ich kann nicht. Denn ich will mit dir alt werden, Sommersprosse. Wir sind beide mit den schwierigen Beziehungen unserer Eltern aufgewachsen und wollten nicht wiederholen, was wir gesehen haben. Ella wird durch uns ein positives Bild von Beziehung bekommen. Wir können den Teufelskreis durchbrechen und es richtig machen.«

Tränen stiegen ihr in die Augen. »Ich habe Angst, Gray.«

»Liebst du mich?«

Sie nickte. »Nachdem wir uns das erste Mal getrennt haben, wusste ich nicht, wie ich loslassen soll. Ich weiß es immer noch nicht.«

»Dann lass es, Süße. Bleib bei mir. Und ich tue dasselbe.« Mein Daumen fing eine Träne auf, die aus ihrem Auge rann.

»Ich vermisse Ella«, sagte sie.

Jetzt war ich gerührt. Das Einzige, das mich noch glücklicher machte, als dass sie *mich* liebte, war zu hören, dass sie auch *meine Tochter* liebte.

»Sie will ihr Zimmer in meiner Wohnung in der Farbe Regenbogen anmalen.«

Layla lächelte. »Das können wir tun. Als ich ein Kind war, wollte ich immer weiße Wände haben und einen großen Regenbogen darauf malen.«

Sie hatte *wir* gesagt. Ich strich mit meinen Lippen über ihre. Als sie mich nicht abhielt, machte ich weiter. Ich leckte ihre Lippen, drängte sie, sich mir zu öffnen, und sie stöhnte in meinen Mund. Der Kuss war leidenschaftlicher als jeder andere, den wir jemals geteilt hatten. Zwischen uns schwangen so viele aufgestaute Gefühle, dass es unmöglich war, das Brennen nicht zu fühlen. Ich legte die Arme um sie und zog sie fest an mich. Der Duft von ihrem Parfüm und der Geschmack ihres süßen Kusses ließen mich alles um mich herum vergessen. Als ich sie hochhob, um ihre Beine um mich zu schlingen und sie gegen die nächstbeste Wand drängen wollte, kam Layla zur Besinnung.

»Gray …«

»Mmmmh?« Ich bog ihren Kopf zurück und begann, mit den Lippen ihren Hals zu erforschen.

»Wir befinden uns an einem öffentlichen Ort.«

Ich knabberte an ihrem Ohr. »Toilette. Wo ist die nächste Toilette?«

Sie kicherte. Das Geräusch klang in meinen Ohren schöner als eine Melodie. »Ich glaube nicht, dass wir auf die Toilette gehen sollten. Aber … wir sind in einem Hotel.«

»Stimmt, ja.« Widerwillig ließ ich von ihr ab, aber nur, um mit ihr an die Rezeption zu stürzen. Sie musste auf ihren hohen Absätzen praktisch rennen, um mit mir Schritt zu halten. Diese Dinger musste sie unbedingt anbehalten.

Gott sei Dank, es gab noch ein freies Zimmer.

Kaum waren wir im Aufzug, drängte ich sie endlich an die Wand. Ich umfasste ihren Hintern und legte ihre Beine um meine Taille. Dass sie ein Kleid trug, war uns beiden egal. Dann saugte ich an ihrem Schlüsselbein und sagte ihr all die Dinge, die ich unbedingt mit ihr anstellen wollte.

»Ich kann es nicht erwarten, in dir zu kommen. Es ist mir ganz egal, dass das chauvinistisch und primitiv ist. Ich will jeden Teil von deinem Körper als meinen markieren. Ich werde Bissspuren auf deinen Schenkeln hinterlassen, ehe ich dich lecke und du in meinem Mund kommst. Ich komme in deiner süßen Muschi und dann in deinem Mund. Wenn ich fertig bin, werfe ich dich aufs Bett und ficke dich mit meinen Fingern, bis du mich anflehst, dich von hinten zu nehmen.«

»*Gott, Gray.*«

Die Türen fuhren auf, und ein überrascht wirkendes Paar zwang uns, eine Pause einzulegen. Zum Glück waren wir auf unserer Etage angelangt.

Wir ließen nur kurz voneinander ab, als wir wie überdrehte Teenager ins Hotelzimmer stolperten. Und das auch nur, weil ich mich nicht entscheiden konnte, wo ich sie zuerst nehmen wollte – an der Tür, auf dem teuren Schreibtisch in der Ecke des Zimmers oder auf dem weichen, großen Bett. Andererseits hatte auch die Sofalehne die perfekte Höhe, um sie darüber zu werfen … *Bett. Zuerst auf dem Bett.*

Irgendwie schaffte ich es, uns beide von unserer Kleidung zu befreien, während wir uns weiterhin küssten. Als sie nackt war, rückte ich von ihr ab, um sie zu betrachten. Ihr pechschwarzes Haar lag ausgebreitet auf dem weißen Bettzeug, und ihr von Natur aus leicht gebräunter Körper war von einer Schweißschicht bedeckt, die ich ihr vom Kopf bis zu den Zehen ablecken wollte. Doch ich war gebannt von ihrer Schönheit und starrte sie nur an.

»Du bist …« Mir fehlten tatsächlich die Worte. »Ich möchte sagen schön, aber das scheint mir nicht zu reichen. Du bist … die Liebe meines Lebens.«

Sie streckte die Hand nach mir aus. Ich küsste ihren Handrücken und den Handteller, dann verschränkte ich meine Finger mit ihren und beugte mich über sie. Ich legte unsere verbundenen Hände über ihren Kopf und positionierte meinen Schwanz vor ihrem feuchten Eingang. Als ich mich an ihr auf- und abrieb, brachte mich allein die Wahrnehmung ihrer nassen Hitze schon fast zum Höhepunkt.

Während ich sie auf die Lippen küsste, drang ich in sie ein. Meine Arme zitterten, als ich mich abstützte. »Ich liebe dich, Layla.«

»Ich dich auch, Gray.« Sie lächelte und schlang die Beine um meine Hüften.

Ich hatte ruhig bleiben und ihr noch mehr sagen wollen,

was ich für sie empfand, doch der Drang, sich zu bewegen, war zu groß. Ich glitt in sie hinein und hinaus und saugte an ihren Brüsten, ihrem Hals, ihren vollen Lippen. Doch als unsere Blicke sich trafen, liebten wir uns. Wir machten echte, wahre, pure, quälend schöne Liebe, wie ich es noch nie erlebt hatte.

Ich wollte es langsam tun, den Moment auskosten, sodass er nie zu Ende ging, doch wenn deine Frau raunt: »Komm in mir. *Bitte*, komm in mir«, ist das völlig unmöglich.

Mein Rhythmus steigerte sich, und als sie ihre Beine um meine Taille presste, sank ich tief in sie und rieb über die Stelle, an der sie es so mochte. Stöhnend verdrehte sie die Augen.

»Das ist es. Komm für mich, Süße. Ich werde deine Muschi ausfüllen … Ich werde so heftig kommen …«

Ihr Körper verkrampfte sich, und sie begann, sich um mich herum zusammenzuziehen. In einer Mischung aus Stöhnen und Schreien rief sie meinen Namen, während wir zusammen ihre Lust ausritten. Als ihr Höhepunkt langsam verebbte, beschleunigte ich das Tempo und nahm sie noch härter. Das peitschende Geräusch unserer Körper war das Erotischste, was ich jemals gehört hatte. Ich war tief in ihr, und sie war so offen für mich, dass meine Hoden zwischen ihre Pobacken schlugen. Ich konnte mich nicht mehr länger beherrschen, ließ los und kam lang und heftig in ihr.

Es dauerte lange, bis wir wieder zu Atem kamen. Ich rollte mich von ihr herunter und zog sie mit mir, sodass ich auf dem Rücken und sie auf mir lag, ihr Kopf auf meinem Herzen.

»Dein Herz schlägt so schnell.«

»Daran bist du schuld.«

Ich spürte ihr Lächeln auf meiner Brust, während ich ihr über das feuchte Haar strich.

Einige Minuten später drehte sie den Kopf und stützte das Kinn auf die Hand, um mich anzusehen. »Mist! Ich muss telefonieren.«

Mein Körper versteifte sich. Der Einzige, den sie in diesem Moment anrufen musste, war ihre Verabredung. Ich schloss fest die Arme um sie und verstärkte meinen Griff. Ob es logisch war oder nicht, ich war eifersüchtig auf den Mann, den sie heute Abend versetzt hatte, bloß weil sie *fast* mit ihm ausgegangen wäre.

»Könnten wir zumindest warten, bis mein Schwanz sich beruhigt hat, ehe du aufstehst, um einen anderen Mann anzurufen?«

Sie zog die Brauen zusammen. »Einen anderen Mann? Wovon redest du?«

»Wolltest du nicht deine Verabredung anrufen und dich entschuldigen, dass du ihn versetzt hast?«

Sie hob den Kopf. »Moment. Woher wusstest du überhaupt, dass ich heute Abend hier bin?«

»Etta hat es mir erzählt.«

Layla begann zu lachen.

»Was ist so lustig?«

»Etta hat uns beide reingelegt. Mit *ihr* war ich heute Abend hier zum Abendessen verabredet. Sie hat mir erzählt, wie sie hier ihren Mann kennengelernt hat, und sagte, sie wären jedes Jahr an ihrem Hochzeitstag hergekommen – weil sie als kleines Mädchen immer dachte, dieser Ort wäre magisch. Was sich bestätigte, als sie schließlich hier ihren Mann getroffen hat.«

»Ich erinnere mich dunkel daran. Sie machten sich beide hübsch und kamen jedes Jahr her.«

»Dann hast du gar nicht plötzlich gemerkt, dass du mich

liebst und nicht ohne mich leben kannst, du hast aus Eifersucht deinen Hintern hochbekommen und versucht, mich zurückzugewinnen.«

»Spielt das eine Rolle?«

»Du bist allgemein ein eifersüchtiger Mensch, oder?«

»Ich bin nur eifersüchtig, wenn jemand anfasst, was mir gehört, Süße.«

»Aber ich habe dir nicht gehört, als du dachtest, ich hätte heute Abend ein Date mit einem anderen Mann.«

Ich zog Layla auf meiner Brust ein Stück nach oben, sodass wir uns Auge in Auge gegenüber waren. »Du gehörst mir seit dem Tag, an dem wir uns zum ersten Mal begegnet sind. Vielleicht waren wir nicht immer zusammen, aber das ändert nichts daran.«

Epilog

Layla

Zwei Jahre später

Ich kam nach Hause und fand etwas Seltenes vor – ein ruhiges Haus.

Als ich heute Morgen aufgebrochen war, um mich mit meinem Vater und meiner Halbschwester zum Frühstück zu treffen, herrschte Chaos im Haus. Gray und Ella arbeiteten um acht Uhr morgens schon wie verrückt im Garten. Sommersprosse hatte sich in einem Haufen Dünger gewälzt, den sie heute auf der einen Seite des Gartens verteilen wollten, und war dann unter dem Rasensprenger hindurchgesaust.

Nichts ging über einen Kaffee mit dem Geruch von nassem Hund und Kuhmist kurz vor einem Frühstück mit zwei Menschen, die mich immer noch nervös machten.

Vor ein paar Monaten war ich mit Ella unterwegs gewesen und hatte wieder einmal meine Halbschwester Kristen getroffen. Sie hatte sich uns ungebeten zum Mittagessen angeschlossen, und als wir fertig waren, merkte ich, dass ich die Zeit tatsächlich genossen hatte. Es hatte eine Tür geöffnet, von der ich angenommen hatte, dass sie auf Dauer geschlossen wäre, und seither näherten wir uns einander allmählich an.

Ich ließ meine Tasche auf den Couchtisch im Wohnzimmer fallen und ging in den Garten. Auch dort war niemand, aber ich musste unwillkürlich über den verrückten Anblick lachen.

Das Haus, das wir vor einem halben Jahr in Brooklyn gekauft hatten, lag wenige Blocks von dem entfernt, in dem Ella mit ihrer Mutter gelebt hatte. Ich hatte mich im Laufe der eineinhalb Jahre, in denen wir Ella regelmäßig dort abgeholt hatten, in die Gegend verliebt. Max hatte alle überrascht, einschließlich der Ärzte, und lebte noch weitere achtzehn Monate anstatt der prophezeiten drei bis sechs. Teile dieses Weges waren steinig gewesen – sie musste oft ins Krankenhaus, und Ella litt, als sie älter wurde und immer mehr verstand, was vor sich ging.

Für Ella hatte sich vieles verändert. Wenn wir in der Gegend blieben, die sie bereits kannte, musste sie sich wenigstens nicht an ein neues Viertel gewöhnen.

Darum hatten wir ein wundervolles altes Sandsteinhaus mit einem kleinen Garten an einer baumgesäumten Straße gekauft und beschlossen, Brooklyn zu unserem Zuhause zu machen. Ella hatte sich nach dem Tod ihrer Mutter eine Weile in sich zurückgezogen, und Gray hatte verzweifelt versucht, an sie heranzukommen. Wir beide. Ich schlug vor, dass sie vielleicht gemeinsam an einem Projekt arbeiten sollten, damit sie einen Grund hatten, Zeit miteinander zu verbringen. Gray holte die Entwürfe für den Garten seiner Mutter wieder hervor, den sie nie zusammen hatten anlegen können und den er in Kalifornien um ihr Grab gepflanzt hatte.

Ich sah mich in unserem Garten um. In einer Ecke befand sich der Garten seiner Mutter – genau nach ihren Vorgaben waren dort Bäume, Blumen und Pflanzen so gesetzt, wie sie es vor fünfundzwanzig Jahren entworfen hatte. Dieses Projekt hatte Ella aus sich herausgelockt, und Gray wollte weitermachen. Darum entwarfen die zwei ihren eigenen Garten – genau wie er es als kleiner Junge mit seiner Mutter getan hatte.

Über einen Monat lang verbrachten sie zahlreiche Abende mit der Entwicklung. An den Wochenenden waren wir in Baumschulen und auf Gartenausstellungen gewesen, was häufig zu Überarbeitungen des Entwurfs führte. Jetzt befanden sie sich in Phase drei des Pflanzens. Ich wollte gar nicht wissen, wie viel dieser verrückte Garten gekostet hatte. Ich war mir ziemlich sicher, dass er mindestens so viel wert war wie ein Auto. Doch was das Projekt für Gray und Ella gebracht hatte, war unbezahlbar. Dass es ihr besser ging und die beiden zueinandergefunden hatten, war jedes Geld wert.

Ich warf einen letzten Blick auf den Dschungel und ging wieder hinein. Wo waren nur alle? Mir fiel auf, dass auch Sommersprosse nicht da war. Sein Schuh lag auf seinem Hundekissen – nicht der ursprüngliche natürlich. Der abgetragene Slipper von seinem ehemaligen Herrchen, den er zwei Jahre lang fast ständig mit sich herumgetragen hatte, war jetzt in unserem Garten begraben. Ungefähr eine Woche nachdem Ella eingezogen war, erwischten Gray und ich ihn dabei, wie er seinen Schuh neben dem großen Baum in der Mitte des Gartens zur Ruhe bettete. In jener Nacht hatte er einen von Ellas blinkenden Turnschuhen geklaut, und der war es jetzt. Endlich war der von seinem alten Herrchen ersetzt. Dieser Tage war er selten ohne Ellas kleinen Schuh unterwegs.

Ich ging nach oben, um mich umzuziehen, und blieb am Eingang zu Ellas Zimmer stehen, um das Licht auszuschalten. Die weißen Wände mit dem riesigen Regenbogen brachten mich immer zum Schmunzeln. Vor einigen Monaten hatte ich ihr im Bett mindestens zum hundertsten Mal *Stuart Little* vorgelesen, als sie mich fragte, ob ihre Mom den Regenbogen von oben sehen könnte. Ich erklärte ihr, dass sie es meiner Meinung nach konnte. Gott ließ Regenbögen am Himmel nur nach einem Regenguss erscheinen, und ich hatte darin immer eine Erinnerung daran gesehen, dass die Welt auch wieder heller wurde.

Ich schaltete in Ellas Zimmer das Licht aus und ging zu unserem Schlafzimmer. Die obere Etage des Hauses konnte sich tagsüber ziemlich aufheizen, vor allem unser Zimmer, denn mein verrückter Freund hatte alle vier Wände bei der Renovierung schallisolieren lassen. Nur weil wir jetzt Vollzeiteltern waren, wollte Gray es nachts im Schlafzimmer nicht ruhig angehen lassen.

Ich ging zu unserem begehbaren Kleiderschrank und tauschte meine Kleidung gegen ein Tanktop und Shorts. Auf dem Rückweg bemerkte ich etwas auf dem Bett.

Ein rotes Spiralnotizbuch. Auf dem Titel stand in Grays männlicher, knapper Handschrift *Grays Auf-jeden-Fall-Notizbuch.* Ich lachte und setzte mich, um zu sehen, was ihn beschäftigte.

Genau wie in meinen Büchern war die Seite in Pro und Contra aufgeteilt und in der Mitte eine Linie gezogen. Seine Liste hatte oben keine Überschrift, darum versuchte ich, es so herauszufinden.

Die Pro-Liste war lang, und über den ersten Eintrag musste ich schallend lachen.

Großer Schwanz.

Die nächsten verstand ich nicht.

Fernbedienung

Programmierter Kaffee

Frische Kirschtomaten

Rip und Etta. Im Ernst?

Was zum Teufel hatte dieser verrückte Kerl vor? Ich las weiter.

Magische Zunge

Liebe meines Lebens

Regenbogen

Die Liste ging immer weiter und bedeckte fast die ganze Vorder- und Rückseite. Der letzte Eintrag berührte mein Herz.

Weil sie die andere Hälfte meines Herzens besitzt und unsere Seelen wie eine schwingen.

Ich war so in die Liste vertieft, dass ich niemanden hatte hereinkommen hören. Grays tiefe Stimme ließ mich vom Bett aufspringen, und das Notizheft flog in die Luft.

»Schnüffelst du?«

»Gott, Gray!« Ich legte eine Hand auf mein Herz, das sich anfühlte, als würde es mir aus der Brust springen. »Du hast mich zu Tode erschreckt.«

Er blieb in der Tür stehen und füllte sie mit seiner beeindruckenden Gestalt. Mit den Armen hielt er sich über dem Kopf am Rahmen fest. Ein Blick auf sein sexy Grinsen, und ich wusste, er führte nichts Gutes im Schilde. Das Pochen zwischen meinen Beinen hoffte, was immer es war, dass es in diesem Zimmer passierte.

Sein Blick glitt zu dem Notizbuch auf dem Boden. »Hast du es herausgefunden?«

»Ja, ich glaube schon. Der Titel der Liste lautet *Gray ist verrückt.*«

Seine Lippen zuckten, und er trat ins Zimmer. Er nahm das Notizheft und reichte es mir.

»Warum gehen wir es nicht gemeinsam durch?«

Mir fiel auf, dass Ella nicht ins Zimmer gerannt war. »Wo ist Ella?«

»Über Nacht bei Oma und Opa.«

Übersetzung: Bei Etta und Rip.

Ella hatte vor einem Jahr angefangen, sie Oma und Opa zu nennen. Sie hatten sie uns ein paarmal über Nacht abgenommen – einmal, als wir zusammen zu einem Geschäftstermin die Stadt verlassen mussten, und dann in der Nacht, in der Gray mich gebeten hatte, bei ihm einzuziehen.

»Wusste ich das und habe es vergessen?«

Er schüttelte den Kopf. »Nope. Ich dachte, auf diese Weise können wir ungestört reden. Sommersprosse ist auch bei ihnen.«

Meinem Körper gefiel der Gedanke, eine ganze Nacht mit Gray zu haben, überaus gut. »Worüber willst du reden?«

Sein Blick fiel wieder auf die Liste. »Lies vor.«

Ich war gelinde gesagt neugierig und las den ersten Punkt vor. »Dicker Schwanz?«

»Ich würde sagen, er ist überdurchschnittlich, du nicht?«

»Dann bezieht sich das auf deine Anatomie?«

»Natürlich.«

Ich lachte. »Fernbedienung?«

Er setzte sich aufs Bett. »Weißt du, wie sie funktioniert?«

»Nein.«

»Nun, ich aber.«

Ich zog verwirrt die Brauen zusammen. »Okay …«

Wieder schaute er auf die Liste. »Lies weiter.«

»Programmierter Kaffee?«

»Wie wichtig ist dir Kaffee, wenn du aufwachst?«

»Wie wichtig ist Nummer eins auf der Liste für dich?«, fragte ich.

Wieder hatte er dieses sexy Zucken um die Mundwinkel. »Mach weiter.«

Ich sah nach unten. »Frische Kirschtomaten?«

»Die aus dem Garten sind supergut, oder?«

»Mmh. Wie Zuckerperlen.«

Ich fuhr mit dem Puzzle fort. »Rip und Etta?«

»Wie lange sind sie jetzt verheiratet?«

»Ich weiß nicht. Ein paar Monate?«

Rip und Etta waren, schon wenige Wochen nachdem Rip eingezogen war, heimlich ein Paar geworden. Das hatte uns nicht überrascht. Sie passten gut zusammen. Überrascht hatte uns, dass Rip ihr einen Antrag gemacht hatte. Wenn er wieder heiratete, drohte er, die Hinterbliebenenrente von seiner ersten Frau zu verlieren. Als wir das erwähnten, sagte er, das wäre ihm völlig klar. Er wäre aber lieber pleite und machte aus Etta eine ehrbare Frau, als Geld in der Tasche zu haben – wobei sie sich um Geld keine Sorgen mehr zu machen brauchten.

Gray hatte ihnen das Haus, in dem sie wohnten, zur Hochzeit geschenkt. Nun ja, das und noch eine Überraschung. Irgendwie war es Gray gelungen, Rips Tochter dazu zu überreden, zur Hochzeit zu kommen. Rip hatte wie ein Baby geweint, als er sie sah. Und der Rest von uns tat es ihm unwillkürlich gleich.

Gray spähte auf die Liste. »Der nächste Punkt ist selbsterklärend.«

Magische Zunge.

Ich rutschte unruhig auf meinem Platz herum und lächelte.

Als Nächstes kam *Liebe meines Lebens.*

»Liebst du mich?«, fragte er.

»Natürlich. Über alles.«

»Mach weiter.«

»Regenbogen?«

»Was hast du gesagt, nachdem wir den großen Regenbogen in Ellas Zimmer als Überraschung für sie fertig gemalt hatten?«

Ich erinnerte mich. »Ich habe gesagt, du wärst der Regenbogen meines Lebens. Mit dir hat es aufgehört zu regnen.«

»Hast du es schon herausgefunden?«, fragte er.

»Vielleicht muss ich die Contras lesen.«

Es stand nur ein Contra-Punkt auf der Liste. Ich las ihn laut vor.

»Hat mich für immer an der Backe.«

Gray stand auf. Und dann sank er auf ein Knie und nahm meine Hand.

»Ich wollte vorbereitet sein, falls du es diskutieren willst, ehe du mir antwortest. Kann mit der Fernbedienung umgehen und die Kaffeemaschine programmieren, magische Zunge, Rip und Etta haben es vor uns zum Altar geschafft … das sind nur ein paar von einer endlosen Liste mit Gründen, aus denen du mich heiraten solltest.«

Er griff in die Hosentasche und holte eine wunderhübsche kleine Schachtel heraus. Als er sie öffnete, kam der fantastischste Verlobungsring zum Vorschein, den ich je gesehen hatte. Der Stein in der Mitte musste drei oder vier Karat haben, daneben saßen zwei weitere Steine, jeder groß genug für einen eigenen Verlobungsring.

»Als ich Etta erzählte, dass ich dich bitten will, mich zu heiraten, und dass ich den Stein vom Ring meiner Mutter einarbeiten lassen wollte, hat sie darauf bestanden, dass ich auch den Stein aus ihrem alten Ehering verarbeiten lasse. Darum besteht dieser Ring aus drei Steinen von den tollsten Frauen aus meinem Leben. Der große Stein in der Mitte ist nur für dich. Und die an den Seiten sind von meiner Mutter und Etta. Als ich mit dem Juwelier an dem Design gearbeitet habe, habe ich gemerkt, dass die Drei symbolisch ist – denn du bekommst zwei, mich und Ella.«

Tränen liefen mir über das Gesicht. Ich blickte auf unsere ineinander verschränkten Hände und merkte, dass Grays zitterte. Der Mann zeigte nie Nerven.

»Er ist wunderschön, Gray. Ich weiß gar nicht, was ich sagen soll.«

»Vielleicht habe ich die Pro-Liste etwas zu meinen Gunsten aufgestockt. Und der eine Contra-Punkt, dass du mich für immer an der Backe hast, mag die beiden Seiten mit Vorteilen überwiegen. Aber wenn du zustimmst, meine Frau zu werden, verspreche ich dir, dass ich jeden Tag daran arbeite, der Pro-Liste einen neuen Punkt hinzuzufügen. Ich könnte sagen, dass du mir den Glauben an die Liebe wiedergegeben hast, aber du hast mehr als das getan, Layla. Du hast mich wieder zum *Leben* erweckt. Also bitte, heirate mich. Bitte sag mir, dass du den Rest deines Lebens als meine Frau verbringst.«

Ich war so gerührt, dass ich die Worte kaum herausbrachte. »Ja. Ja. *Gott, ja.*«

Gray nahm mein Gesicht in seine Hände, umfasste meine Wangen und küsste mich zärtlich auf die Lippen. »Das hätte ich fast vergessen. Ich habe Ella erzählt, dass ich dich heute bitten würde, meine Frau zu werden, und sie hat mir aufgetragen, dir etwas zu sagen.«

»Was?«

Gray lehnte sich zurück, legte den Daumen vor seine Hand und spreizte die Finger. »Mommy«, sagte er. »Sie wird nicht mehr Layla, sondern Mommy zu dir sagen, wenn das okay für dich ist.«

Tränen liefen mir über das Gesicht. Ich nahm Gray in die Arme und ließ ihn lange nicht mehr los. Es war gut, dass er die Liste für mich geschrieben hatte, denn alle Gründe aufzuführen, warum ich diesen Mann heiraten sollte, hätte Jahre dauern und viele Notizbücher füllen können. Doch am Ende brauchte ich nur eine Wahrheit auf der Pro-Liste: Ich liebte jede Faser von ihm mit jeder Faser meines Körpers.

Ich schniefte. »Du hast einen Fehler auf deiner Auf-jeden-Fall-Liste gemacht, Mr. Westbrook.«

Er schob mir eine Strähne aus dem Gesicht und lächelte. »Ach ja? Und zwar, Sommersprosse?«

»*Dass ich dich immer an der Backe habe* steht in der falschen Spalte.«

Dank

Mein Dank gilt …

… euch, meinen *Lesern* – danke, dass ihr mir weiterhin erlaubt, euch auf eurer Flucht aus dem Alltag zu begleiten. Manchmal können wir nicht weg, brauchen aber eine Auszeit. Ich fühle mich geehrt, dass meine Geschichten euch dabei unterstützen dürfen.

Penelope – die letzten Monate waren hart. Von unserem verrückten Terminplan bis hin zu persönlichen Verlusten, immer warst du da und hast es mit mir ausgehalten. Ich spare ein Vermögen für einen Therapeuten, weil du bei mir bist. Danke.

Julie – danke für deine Freundschaft, deine Unterstützung und meinen perfekten New Yorker Morgenkaffee.

Luna – danke für deine wunderschönen Grafiken, deine zuverlässige Unterstützung, Freundschaft und Ehrlichkeit. Ich weiß immer, dass ich zu dir kommen kann, wenn ich eine ehrliche Meinung brauche.

Sommer – ich bin mir ziemlich sicher, du weißt, was ich will, ehe ich es selber weiß. Du erweckst meine Bücher mit deinen wundervollen Titelbildern zum Leben! Danke!

Meiner Agentin und Freundin Kimberly Brower – danke, dass du immer Ausschau nach neuen Gelegenheiten hältst und mein Resonanzboden bist.

Jessica, Elaine und Eda – ich danke euch, dass ihr mich durch eurer Lektorat schlauer klingen lasst, als ich es bin! Ihr macht all meine Geschichten und *mich* besser.

Mindy – ich könnte mich nicht mehr freuen, dass du jetzt dabei bist! Danke, dass du von Anfang bis Ende mit mir an diesem Buch gearbeitet hast. Ich hoffe, das war das erste Projekt von vielen.

Meinen Bloggern – die Sichtbarkeit in den sozialen Medien hat nachgelassen, Partnerprogramme abgenommen und neue Gesetze und Datenschutzbestimmungen sind herausfordernd. Doch ihr seid Tag für Tag immer noch da, postet unermüdlich und teilt eure Leidenschaft für Bücher. Eure Begeisterung ist ansteckend und bringt trotz all der Hindernisse, die sie überwinden muss, ein Buch auf den Markt. Danke, dass ihr euch die Zeit nehmt, meine Geschichten zu lesen, Kritiken zu schreiben, Videos zu drehen und Teaser zu teilen, die meine Bücher lebendig werden lassen.

Alles Liebe
Vi